Hendrik Falkenberg

Die Bühne des Sterbens

EDITION M

Das Buch

Fackeln erleuchten den Strand für das junge Brautpaar, das zuletzt häufig in den Klatschspalten der Boulevardpresse aufgetaucht ist. Keiner der Gäste meldet sich zu Wort, als nach Einwänden gegen die Eheschließung gefragt wird. Stattdessen hallt der Knall einer abgefeuerten Waffe über die Hochzeitsgesellschaft. Der Bräutigam taumelt, während sich sein weißer Anzug auf der Höhe des Herzens rot färbt.

In seinem dritten Fall ermittelt der Sportpolizist Hannes Niehaus im Umfeld einer populären Rockband. Mehrere Mitglieder der Hochzeitsgesellschaft sind verdächtig. Schnell verdichten sich die Hinweise, dass der umschwärmte Gitarrist nicht das einzige Opfer bleiben könnte.

Der Autor

Hendrik Falkenberg, geboren 1978, hat Sportmanagement studiert und arbeitet im Umfeld von Sportübertragungen im Fernsehen. Einen Großteil seiner freien Zeit widmet er dem Lesen und Schreiben von Büchern. Wenn er gerade mal kein Buch in der Hand hält, beschäftigt er sich bevorzugt mit Sport, Musik und Reisen. Er hat gern Familie und Freunde um sich und ist bei schönem Wetter am liebsten draußen in der Natur, um den Alltag für eine Weile hinter sich zu lassen. Das Meer übt eine magische Anziehungskraft auf ihn aus, sodass er auch seine Erzählungen bevorzugt an der norddeutschen Küste ansiedelt.

Hendrik Falkenberg

DIE BÜHNE DES STERBENS

KRIMI

3. Fall für Hannes Niehaus

EDITION M

Deutsche Erstveröffentlichung bei
Edition M, Amazon Media EU S.à r.l.
5 Rue Plaetis, L-2338 Luxembourg
August 2016

Umschlaggestaltung: bürosüd° München, www.buerosued.de
Umschlagmotiv: © Vlad Ageshin/Shutterstock; © Ricardo Villasenor/
Shutterstock; © Jiri Vondrous/Shutterstock; © AVN Photo Lab/
Shutterstock; © www.buerosued.de
Lektorat: Julia Rohr
Satz: Dr. Rainer Schöttle Verlagsservice, www.schoettle-lektorat.de
Printed in Germany
By Amazon Distribution GmbH
Amazonstraße 1
04347 Leipzig, Germany

ISBN: 978-1-503-93775-8

www.amazon.de/editionm

KAPITEL 1

Strenger Frost lag über der Küste. Seit drei Wochen zuvor das neue Jahr ins Land gezogen war, hatten die Temperaturen nur selten den Gefrierpunkt überschritten. Auch an diesem Tag schienen Plusgrade eher fern. Vereinzelt trieben kleine Eisschollen auf dem Wasser der Ostsee, ihre Kanten erzeugten beim Aneinanderreiben ein knirschendes Geräusch. Auf dem Festland waren die Bäume und Hecken von Raureif überzogen und glitzerten in der Abenddämmerung. Das Leben hatte sich tief in die kahlen Äste zurückgezogen und wartete darauf, vom Frühling wieder hervorgelockt zu werden. Die Welt schien stillzustehen. Als die Sonne hinter dem Horizont abtauchte, zeigten sich am schwarzblauen Himmel erste Sterne.

Eingerahmt von zwei Fackelreihen und in dicke Felle gewickelt, trotzten am Strand etwa dreißig Menschen der Kälte. Mit geröteten Gesichtern saßen sie in mehreren Stuhlreihen, über den Köpfen kondensierte die Atemluft zu kleinen Wolken. Die Aufmerksamkeit der Gruppe war auf einen Holzsteg gerichtet. Dort stand ein Tisch mit einem hellen Laken, auf dem sich rote und weiße Rosen, mehrere Windlichter sowie ein Samtkissen mit zwei Platinringen befanden. Vor dem Tisch stand ein junges Paar und hielt sich an den Händen. Gemeinsam mit den Hochzeitsgästen lauschte es einem Liebeslied, das hinter ihrem Rücken von einer Band gespielt wurde. Die sehnsuchtsvolle Melodie der einsetzenden Geige verstärkte die Gänsehaut der Anwesenden.

Auf dem Sandstrand waren mehrere Feuerschalen aufgestellt worden, die die Januarnacht auf Abstand halten sollten. Der aufsteigende Rauch vermischte sich mit dem Geruch des Meeres, und immer wieder stoben Funken aus den Schalen empor. Das warme Licht der Flammen wurde von großen Eisskulpturen reflektiert, mit denen ein Künstler das Thema »Liebe« kreativ interpretiert hatte.

Das anfängliche Murren der Gäste über eine Hochzeit im Januar war angesichts dieser faszinierenden Atmosphäre komplett verstummt. Bewegt lauschten sie dem Gesang, der inzwischen von einer rauen männlichen Stimme ergänzt wurde. Als der Schlussakkord verklang, herrschte Stille. Niemand wollte die feierliche Stimmung zerstören – nicht einmal die neugierige Möwe, die das Geschehen mit schräg gelegtem Kopf von der Reling eines vertäuten Segelbootes aus verfolgte.

Auch für den Pfarrer war es eine besondere Erfahrung, an diesem kalten Winterabend zwei Menschen den sprichwörtlichen Weg in den Hafen der Ehe zu weisen. Er stand dem Paar gegenüber und ließ seinen Blick über den Ostseestrand schweifen. Die Braut hatte vor vielen Jahren den Konfirmationsunterricht bei ihm besucht, und wehmütig dachte er an diese Zeit und das fröhliche Mädchen zurück. Eher kritisch beurteilte er dagegen ihre Partnerwahl. Abschätzend musterte er den Mann, der vor wenigen Wochen achtundzwanzig Jahre alt geworden war. Von der Geburtstagsfeier war in den Klatschblättern ausführlich berichtet worden, denn für bescheidene Partys war Sven Lehmann nicht bekannt. Er war der Gitarrist einer populären Rockband, und der Pfarrer fragte sich, ob dieser Mensch die Rock 'n' Roll-Eskapaden als Ehemann wohl ablegen würde.

Er räusperte sich und bemerkte, dass die Musik schon seit geraumer Zeit verstummt war. Erwartungsvolle Gesichter blickten ihm entgegen. Mit Wärme in der Stimme berichtete er aus der Kindheit der Braut, die von ihm selbst vor siebenundzwanzig Jahren auf den Namen Leah getauft worden war. Humorvoll schilderte er, wie sie zu ihrem Spitznamen ›Eisprinzessin‹ gekommen war, da diese Bezeichnung der Grund für den besonderen Hochzeitsrahmen – und damit auch die Kälte – war. Auf den Gesichtern mancher Gäste zeigte sich ein Schmunzeln.

Den Bräutigam kannte der Pfarrer bislang nur aus der Boulevardpresse, der er ab und zu heimlich frönte. Dennoch war er gut vorbereitet. Er umriss den bisherigen Lebensweg des Mannes und bemühte sich, wohlwollend zu klingen. Lächelnd beendete er die Vorstellung des Brautpaares mit dem Hinweis, die Dekoration der Hochzeit hätte nicht passender ausgewählt werden können. Immerhin symbolisierten die Eisfiguren und Feuerschalen auch die beiden Charaktere, die nun für immer zueinander gefunden hätten.

Feuer und Eis – konnte das gutgehen? Das fragten sich in diesem Moment sicher nicht wenige Gäste. Der Geistliche sprach ein Gebet und näherte sich damit der eigentlichen Trauung. Während Leah seinen Worten sichtlich gerührt folgte, hatte der Mann an ihrer Seite eine eher belustigte Miene aufgesetzt. Obwohl die Presse an diesem Abend rigoros auf maximalem Abstand gehalten wurde, hatte der Rockstar dennoch auf eine hollywoodähnliche Gestaltung der Hochzeit größten Wert gelegt. Auch der Pfarrer trug seinen Teil dazu bei, indem er seine Rolle wie gewünscht ausfüllte.

»Wir haben uns heute an diesem Strand und unter dem Angesicht Gottes zusammengefunden, um Leah und Sven in den heiligen Stand der Ehe zu führen. Wenn jemand unter den Anwesenden ist, der etwas gegen diese Verbindung einzuwenden hat, möge er jetzt sprechen oder auf ewig schweigen.« Erwartungsgemäß erhob niemand Einspruch, und so setzte der Seelsorger nach einer kurzen Kunstpause zum Weitersprechen an.

In diesem Moment begann das Feuerwerk. Die versammelten Menschen zuckten zusammen, als auf das Zischen der ersten Rakete hin ein Knall ertönte und ein goldener Funkenregen den Himmel aufleuchten ließ. Eine weitere Detonation schallte über den Strand. Gebannt schauten alle nach oben und warteten auf die nächste Farbexplosion. Nur ein einziges Augenpaar war weiter auf den Steg gerichtet und beobachtete, wie sich auf dem weißen Anzug des Bräutigams ein roter Fleck abzeichnete und schnell vergrößerte. Auch der künftige Ehemann hatte den Kopf in den Nacken gelegt, um das Feuerwerk zu verfolgen. Ein erstaunter Ausdruck trat in seine Augen. Er taumelte nach vorn und stützte sich auf dem Tisch ab, bevor er, ohne einen Laut, zusammensackte. Weitere Raketen setzten den Himmel in Brand. Erst der schrille Schrei der Braut lenkte alle Blicke wieder zurück auf den Steg. Sven Lehmann lag reglos auf den Holzplanken, noch ehe er das Ja-Wort hatte aussprechen können.

KAPITEL 2

Hannes Niehaus blickte in die vertrauten Gesichter seiner Freunde. Alle waren Anfang dreißig und hatten erst vor einem halben Jahr per Zufall zueinander gefunden. An diesem Samstagabend trafen sie sich in dem kleinen Gartenhaus, das Ben von einer Arztfamilie gemietet hatte. Die Besitzer bewohnten das große Haupthaus nebenan und hatten kein Problem damit, einen Langzeitstudenten mit blonden Dreadlocks, einer ausgeprägten Vorliebe für Marihuana und einem lebhaften Border-Collie als Mieter zu akzeptieren. Seit Ben im vergangenen Sommer in Hannes' erster Mordermittlung eine wertvolle Hilfe gewesen war, verband die beiden eine enge Freundschaft. Dass sie charakterlich eher gegensätzlich veranlagt waren, schien die Zuneigung sogar zu verstärken.

Für Hannes war es das letzte Wochenende, bevor sein Urlaub vorbei war und er wieder den Polizeidienst antreten musste. Gemeinsam mit seiner Freundin Anna war er in den Bergen zum Skifahren gewesen und hatte jede Minute genossen. Nach den dramatischen Ereignissen in seiner zweiten Ermittlung war ihm der Urlaub mehr als willkommen gewesen. Die Narbe an seiner Hand würde ihn aber weiter an diesen besonderen Fall erinnern, so wie ihm auch manche Bilder noch immer in seine Träume folgten. Hannes saß neben Anna auf dem zerschlissenen Sofa und kraulte Sockes Kopf. Der Hund hatte sich, wie immer, sofort zu seinen Füßen niedergelassen und war ihm den ganzen Abend noch nicht von der Seite gewichen. In einer Ecke lagen leere Pizzakartons, der Geruch von Fett und Käse waberte durch den Raum.

Ben erinnerte die Gruppe gerade an die drei Wochen zurückliegende Silvesternacht, die einen ungewöhnlichen Charakter gehabt hatte. Von seinem ehemaligen Vorgesetzten, Fritz Janssen, war Hannes der frühere Krabbenkutter *Lena* vermacht worden. Der vom Dienst suspendierte Kriminalhauptkommissar hatte keine Verwendung mehr für das Boot. Rechtzeitig vor der Neujahrsnacht hatte Hannes den Sportbootführerschein erworben, sodass er mit seinen Freunden auf offener See in das neue Jahr hatte starten können. Sogar Socke hatte seine Pfoten auf das Boot gesetzt, auch wenn ihm die Ausfahrt offensichtlich nicht ganz geheuer gewesen war.

»Er hat sich die ganze Nacht an Hannes' Bein gedrückt und war froh, als wir endlich wieder angelegt haben«, erinnerte sich Ben. »Und wenn ich ihn mir heute Abend so ansehe, frage ich mich, ob du nicht ein besseres Herrchen für ihn wärst.« Anklagend deutete er auf seinen Hund, der hechelnd zu dem jungen Polizisten aufblickte und ihm dann die Hand ableckte.

»Könnte auch daran gelegen haben, dass du schon um elf Uhr nicht mehr gerade auf dem Boot stehen konntest«, wurde Ben von Kalle aufgezogen. Allerdings verschwieg der Spötter wohlweislich, dass er sich selbst nach einer Stunde in das aufgewühlte Wasser hatte übergeben müssen – ohne dass zu diesem Zeitpunkt die Ursache in alkoholischen Getränken zu finden gewesen wäre. Ben versäumte nicht, ihm das sofort unter die Nase zu reiben.

»In dieser Nacht ging es keinem von uns so richtig gut«, entgegnete Kalle. Eingeschnappt rückte er die runde Brille zurecht, und sofort sprang ihm Ines zur Seite, seine Freundin. Zumindest äußerlich waren sie ein ungleiches Paar – sie war etwas größer und kräftiger gebaut als er. Mit ihren dreißig Jahren war

Ines die Jüngste der Gruppe und versprühte wie gewohnt gute Laune.

»Das war definitiv die denkwürdigste Silvesterparty meines Lebens. Vielleicht hätten wir den Anker gar nicht hochziehen und stattdessen im geschützten Hafen bleiben sollen. Aber zumindest werden wir uns immer an diese Nacht erinnern! Vor allem an den Moment, als Elke das Schiff fast in Flammen gesetzt hätte.« Lachend zeigte sie eine kleine Lücke zwischen den Schneidezähnen.

Hannes hatte sich zunächst standhaft geweigert, auch nur eine einzige Rakete mit auf das Boot zu nehmen. Kein offenes Feuer an Bord – dieser Ratschlag war ihm in der Führerscheinvorbereitung und auch von Fritz eingetrichtert worden. Erst nach dem intensiven Einsatz von Bens Überredungskünsten hatte er sich breitschlagen lassen, dabei aber alle zu größter Vorsicht ermahnt. Als dann jedoch eine Welle die *Lena* ins Schlingern gebracht hatte, war Elke eine entzündete Rakete aus der Hand gerutscht, funkensprühend über das Deck gerast und in einem Tauknäuel explodiert. Socke hatte die Kajüte erst wieder verlassen, als das Boot sicher vertäut im Hafen lag.

Elke schien sich keiner Schuld bewusst. Sie warf ihre blonden Haare über die Schulter und spielte den Ball zu Hannes weiter. »Hätte unser Käpt'n die Welle sanfter genommen, wär das nicht passiert. Aber er war eben abgelenkt …«

Anna verstand die Botschaft und schaute aus ihren hellgrünen Augen unschuldig in die Runde. »Keine Ahnung, was du meinst«, behauptete sie, konnte ein Lächeln aber nicht unterdrücken.

Während die restliche Gruppe ihre Raketen abgefeuert hatte, war sie mit Hannes im Führerhaus der *Lena* gewesen. Da sie erst wenige Wochen zuvor ein Paar geworden waren, hatten sie wenigstens für einen kurzen Augenblick den Start in das neue Jahr zu zweit zelebrieren wollen. Hannes' Aufmerksamkeit hatte also tatsächlich nur begrenzt dem Fahrwasser gegolten. Liebevoll sah er nun seine Freundin an.

Noch immer konnte er sich nicht an ihr sattsehen, auch wenn er inzwischen wohl jeden Quadratzentimeter ihrer Haut erforscht hatte. Anna war kleiner als er, was bei seiner Körpergröße von einem Meter neunundachtzig nicht erstaunlich war. Ihre braunen Haare fielen ihr inzwischen offen über die Schultern, denn Hannes hatte seinen Wunsch nach langen Haaren durchsetzen können. Wie immer war sie zurückhaltend geschminkt und ihr Gesicht zeigte vereinzelte Sommersprossen. Hannes löste seine Hand vom Hundekopf und strich ihr über die schlanken Beine.

»Selbst schuld, wenn ihr euer Leben einer Landratte mit druckfrischem Bootsführerschein anvertraut«, kommentierte er grinsend. Er lebte seit sechs Jahren an der Küste und hatte das Meer in dieser Zeit meist nur vom sicheren Strand aus betrachtet. Aufgewachsen war er in einer Kleinstadt bei Hannover, die er erst verlassen hatte, als ihm eine Planstelle für Spitzensportler bei der Polizei angeboten worden war. Die Vormittage wurden für sein Kanutraining reserviert, was für ihn als Mitglied der Nationalmannschaft eine unverzichtbare Rahmenbedingung war. Bei den vergangenen Weltmeisterschaften hatte er sich über 1.000 Meter für die Olympischen Spiele qualifiziert. Sie sollten im kommenden Sommer sowohl seinen Karrierehöhepunkt als auch sein Karriereende darstellen. Als hinderlich für die Wettkampfvorbereitungen hatte sich zuletzt seine interne Versetzung erwiesen. Seit dem vergangenen Sommer hatte er sich mit mehreren Morden herumschlagen und das Training immer wieder vernachlässigen müssen.

Erschwerend kam noch hinzu, dass sein neuer Chef für die Bedürfnisse eines Athleten kaum Verständnis hatte. Hannes' Gesicht verdüsterte sich, als er daran dachte, ihm am Montag wieder gegenübertreten zu müssen. Seine Beziehung zu Henning

Federsen hatte von Anfang an unter keinem guten Stern gestanden, und der Sportpolizist konnte sich noch immer nicht richtig mit der Situation arrangieren. Nach seiner Meinung war sein Vorgesetzter eine Zumutung. Als zögen seine Gedanken das Unheil an, klingelte in diesem Moment das Telefon. Ein Blick auf das Display ließ ihn zusammenzucken. Dann stöhnte er auf.

»Wer ist es?« Anna beugte sich neugierig zu ihm. Verstehend zog sie die Augenbrauen hoch, als sie den Namen des Anrufers entzifferte.

»Mein Boss«, erklärte Hannes den anderen und legte das Handy vor sich auf den Couchtisch.

»Willst du nicht rangehen?«, fragte Kalle. Als Eventmanager war er es gewohnt, auch am Wochenende berufliche Anrufe zu erhalten.

Hannes schüttelte entschieden den Kopf. »Ich lass mir von dem alten Griesgram nicht die letzten Urlaubstage vermiesen! Der Montag kommt eh schnell genug.«

»Unsere neue Chefin ist auch ein ziemlicher Kotzbrocken«, nutzte Elke die Chance für einen Themenwechsel. Sie hatte an diesem Abend zum ersten Mal ihre Freundin mitgebracht. Beide arbeiteten in einer städtischen Kinderkrippe und waren erst seit Kurzem zusammen. Da Elkes Freundin bei der Silvester-Ausfahrt nicht dabei gewesen war, hatte sie zu dem bisherigen Gespräch nicht viel beitragen können.

Anna und Ines fragten sie und Elke sofort, wie sie sich kennengelernt hatten. Hannes' Telefon meldete sich zum zweiten Mal. Unschlüssig nahm er es in die Hand. Derselbe Anrufer wie zuvor.

»Vielleicht sollte ich doch …«

Ben grinste. »Kannst deinen Chef ja einladen, vorbeizukommen. Ich hab hier was, das ihn todsicher auflockern würde.« Er wedelte mit einem frisch gedrehten Joint.

»Selbst das würde bei ihm vermutlich nicht viel bringen«, erwiderte Hannes. Er hatte sich daran gewöhnt, dass Ben seinen Marihuana-Konsum nicht vor ihm verbarg. Bisher hatte er die zahlreichen Angebote, auch mal einen Zug zu nehmen, standhaft abgewehrt. Sogar beim Alkohol hielt er sich meist zurück, da er seinen Sport höher einordnete als einen kurzfristigen Genuss. Zumindest noch bis zu den Olympischen Spielen.

Das Telefon verstummte. Erleichtert legte Hannes es auf den Tisch zurück. Die Entscheidung war ihm abgenommen worden, und er konzentrierte sich wieder auf das Gespräch. Keine Minute später klingelte es erneut. Hannes verdrehte die Augen, schnappte sich das Handy und verschwand im Flur. Socke heftete sich sofort an seine Fersen. Der Rest der Gruppe warf sich belustigte Blicke zu. Hannes' Probleme mit seinem neuen Chef waren allen gut bekannt. Elke konnte diese Schwierigkeiten am besten nachvollziehen, da sie bereits Bekanntschaft mit dem Kriminalhauptkommissar gemacht hatte.

»Dieser Kerl hat die Ausstrahlung eines Metzgers. Hätte ich so einen Boss, ich würde mir sofort einen neuen Job suchen.«

Diese Überlegung schien Hannes zu teilen, als er wenig später wieder den Raum betrat. Er hatte die Jacke übergeworfen, und sein Gesichtsausdruck ließ nichts Gutes erahnen. Der Urlaub hatte ein abruptes Ende gefunden.

»Ich muss sofort los. Auf einer Hochzeit wurde der Bräutigam erschossen. Ben, kannst du Socke festhalten, damit er mir nicht nachläuft?«

Die Straße endete etwa fünfhundert Meter vom Meer entfernt an einem eisernen Schiebetor. Davor befanden sich mehrere Parkbuchten, und Hannes lenkte seinen alten Ford in die letzte Lücke. Als er ausstieg, musterte er die anderen Fahrzeuge. Fast ausnahmslos gehobenes Segment. Den Nummernschildern nach zu schließen kamen die Gäste zum größten Teil aus der näheren Umgebung. Hannes fischte seine dicke Winterjacke vom Rücksitz und wickelte sich in einen grauen Wollschal. Der Parkplatz war schwach beleuchtet und menschenleer. Er verschloss das Auto und stapfte auf das Eingangstor zu. Ein großes Schild kündigte das Fünf-Sterne-Hotel *Meeresschloss* an, und wie es sich für einen derartigen Bau gehörte, war er hermetisch von der Außenwelt abgeriegelt.

Links und rechts von der Einfahrt zog sich eine hohe Mauer entlang und verschwand in der Dunkelheit. Es musste sich um ein großes Gelände handeln. Neugierig näherte sich Hannes einem Wachmann und zwei Polizisten. Er präsentierte seinen Dienstausweis, woraufhin das Tor geräuschlos zur Seite glitt. Aus den Augenwinkeln erkannte er eine Gruppe junger Frauen, die ihn aufmerksam beobachteten. Hannes nahm an, dass sie zur Hochzeitsgesellschaft gehörten. Eine sauber gepflasterte Zufahrt führte weiter in Richtung Meer, der Geruch nach Salz und Feuchtigkeit wurde stärker. Kniehohe Laternen warfen ein gelbes Licht auf den Weg, neben dem die Bäume und Sträucher ihre kahlen Äste in die Dunkelheit streckten.

Als Hannes einen kleinen Hügel erreichte, konnte er das Gelände teilweise überblicken. Hell erleuchtet präsentierte sich nicht weit entfernt ein prächtiges Gebäude. Die Fassade war weiß gestrichen und wurde von Scheinwerfern angestrahlt. An der linken und rechten Seite war das Bauwerk leicht nach vorn gezogen, die Hauskanten und Fensterumrandungen waren mit hellgrauen Steinen farblich abgesetzt. In der Mitte führte eine Freitreppe von zwei Seiten zu großen Flügeltüren hinauf. Darüber befand sich ein kleiner Balkon, der mit runden Pfeilern abgestützt war. Es handelte sich jedoch nicht um ein mittelalterliches Gebäude, sondern um den detailgetreuen Nachbau eines Schlosses, der erst vor zehn Jahren errichtet worden war und als Event-Location für verschiedenste Anlässe diente.

Vor dem Hotel standen mehrere Polizeifahrzeuge, und auf dem Rasen hatten sich Menschen in kleinen Gruppen versammelt. Hannes konnte ein aufgeregtes Stimmengewirr hören. Er ließ den Blick nach links gleiten. Ein schmaler Weg führte vom Schloss zum Ufer hinunter. Auf der dunklen Ostsee konnte er die Positionslichter vorbeifahrender Schiffe sehen, während der Strand von Fackeln und kleinen Feuern erhellt wurde. Einige Menschen wuselten dort herum, und Hannes vermutete, dass es sich nicht um Zivilisten handelte. Besonderes Interesse schien einem Steg zu gelten, an dem ein kleines Segelboot mit roten Segeln dümpelte.

Fröstelnd zog Hannes die Schultern nach oben und ging mit großen Schritten auf das beleuchtete Gebäude zu. Er war nicht der Einzige, der die Minusgrade schnell hinter sich lassen wollte. Ein Großteil der Anwesenden verließ gerade die Rasenfläche und steuerte auf das Schloss und die verlockende Wärme zu. Auch Hannes stieg die Treppenstufen zu dem großen Eingangsportal hinauf und begrüßte einen uniformierten Kollegen.

»Hast du 'ne Ahnung, wo sich Federsen aufhält?«

Der Mann deutete nach links. »Unten am Strand. Du musst den Weg da drüben langlaufen.«

Verwundert runzelte Hannes die Stirn. »Wieso am Strand? Ich hab gesehen, dass dort einiges los ist. Aber ich dachte, der Bräutigam wurde während der Trauung erschossen?«

»Stimmt schon. Die Feier sollte hier im Schloss steigen, die Zeremonie fand aber unten am Meer statt.«

»Bei dieser Kälte? Wer kommt denn auf so eine verrückte Idee? Vielleicht wurde der Kerl ja gar nicht erschossen, sondern ist einfach nur erfroren und dann umgefallen«, versuchte sich Hannes an einem lahmen Kalauer.

»Der Tote war ein Rockstar. Da kann eine Hochzeit wahrscheinlich gar nicht exzentrisch genug sein.«

Hannes nahm diese Information erstaunt zur Kenntnis und ließ schweren Herzens das warme Gebäude hinter sich. Der Kies knirschte unter seinen Schritten, als er dem Pfad durch einige Büsche hindurch folgte. Kurz bevor er den breiten Sandstrand erreichte, versperrte ihm ein Polizist den Weg.

»Bitte bleiben Sie oben beim Haus. Wir untersuchen momentan den Tatort und werden anschließend mit Ihnen sprechen.«

Wortlos zückte Hannes ein weiteres Mal seinen Ausweis. Als er über den Sand lief, bemerkte er die Eisskulpturen, die im Licht zahlreicher Feuer funkelten. Er ging an einer verlassenen Eisbar vorbei. Die Champagnerflaschen und mehrere Schälchen mit Fingerfood waren unberührt geblieben, der Umtrunk zu Ehren des frischvermählten Paares war dem Tod des Bräutigams zum Opfer gefallen.

Unbehaglich näherte sich Hannes dem Steg. Er hatte in der Vergangenheit keine guten Erfahrungen mit der Betrachtung von Leichen gemacht, sein Magen hatte regelmäßig für ein Malheur gesorgt. Nun hoffte er, dass er sich heute nicht ein weiteres Mal würde übergeben müssen. Seine Sorge war unbegründet. Zwar setzte eine leichte Übelkeit ein, doch er hatte schon schlimmere Anblicke zu verdauen gehabt. Als Hannes über die Schultern seiner Kollegen spähte, sah er einen Mann, der mit dem Gesicht nach unten auf dem hölzernen Steg lag. Er trug einen weißen Anzug, und die Füße steckten in ebenfalls weißen Lederschuhen. Einen Farbtupfer gab es aber. Unter dem linken Schulterblatt hatte der Anzug ein kleines Loch, der Stoff um diese Stelle herum war rot verfärbt. Eine junge Frau mit schwarzen Haaren kniete über dem Toten.

Hannes erkannte Maria Stern, die Rechtsmedizinerin, über deren Anwesenheit er nicht verwundert war. Anerkanntermaßen war sie eine der Besten auf ihrem Gebiet und wurde auch aufgrund ihres verbindlichen Auftretens bei einem Mordfall gerne als Erste hinzugezogen. Dass die Deutsch-Spanierin zudem attraktiv war, trug ebenfalls seinen Teil dazu bei. Nach wie vor stellte die Polizei überwiegend eine Männerwelt dar, und Maria war in diesem Mikrokosmos von Anfang an äußerst beliebt gewesen. Nur ein gewisser Kriminalhauptkommissar konnte wenig mit ihr anfangen, wobei sich dessen Abneigung allgemein gegen Frauen im Polizeiumfeld richtete.

»Heute könnte ich mich auch als Rechtsmediziner aufspielen«, hörte Hannes eine mürrische Stimme neben sich. »Eindeutige Todesursache: Eine Kugel, die dem Mann von hinten ins Herz geschossen wurde. Interessanter wird sein, was die Spurensucher herausfinden.«

Hannes blickte seinen Chef von der Seite an. Eine herzliche Begrüßung nach seinem Urlaub hatte er angesichts der Umstände nicht erwartet. Er wunderte sich dennoch, dass er sich über diesen nahtlosen Übergang zur Ermittlungsarbeit ärgerte. Henning Federsen zog heftig an einem Zigarettenstummel und schnippte ihn dann ins Wasser. Er war Mitte fünfzig und deutlich kleiner als Hannes, dafür war sein Bauchumfang fast doppelt so groß. Graue Bartstoppeln bedeckten seine Wangen, die – wie auch die Augen – von roten Adern durchzogen waren. Er zog Hannes am Arm und deutete auf die Stuhlreihen hinter sich.

»Hier saß die Hochzeitsgesellschaft und verfolgte die Zeremonie. Als der Pfarrer fragte, ob jemand Einwände gegen die Ehe habe, machte keiner den Mund auf. Stattdessen hat jemand ein deutlicheres Statement abgegeben. Eines, das man nicht falsch deuten konnte.« Er stieß sein bellendes Lachen aus, das kurz darauf in Husten überging.

Hannes trat einen Schritt zurück. »Wenn mitten unter all den Leuten jemand eine Waffe zog, hätte das den anderen doch auffallen müssen!«

»Sollte man meinen, ist aber nicht so. Zumindest nicht nach den ersten schnellen Befragungen.« Er fummelte sein

Handy aus der Jackentasche. »Ich rufe Steffen an und erzähle ihm von der Schweinerei hier. Wird ihm zwar die Samstagabendlaune verderben, aber wieso soll nur unser Wochenende im Eimer sein?«

Der Leiter der Mordkommission, Steffen Lauer, würde in der Tat wenig erfreut sein. Schließlich lag es noch nicht allzu lange zurück, dass eine Mordserie die Stadt in Atem gehalten und die Medien zu Attacken gegen die vermeintlich langsamen Ermittlungsfortschritte angestachelt hatte. Ein erschossener Rockstar versprach ebenfalls, ein heißes Thema für eine ganze Armee von Journalisten zu werden. Während sein Vorgesetzter telefonierte, versuchte Hannes ein weiteres Mal, einen Blick auf den Toten zu werfen. Das Gesicht konnte er aus seiner Perspektive nicht erkennen, und er wollte Maria auch nicht bei der Arbeit stören. Da entdeckte er Per und Isabell, mit denen er in seinem letzten Fall eng zusammengearbeitet hatte.

Beide gehörten ebenfalls zu den jüngeren Ermittlern und hatten unter Federsens Führung einiges auszuhalten gehabt. Hannes freute sich über ihre Anwesenheit, denn sie sprach dafür, dass er Federsen auch diesmal nicht allein ertragen musste. Im Gegensatz zu dem Kommissar waren sie auch nicht wortkarg, sondern klärten ihn über die Hintergründe auf. Insbesondere Isabell schien erfreut zu sein, den Sportpolizisten zu sehen.

»Der Tote ist Sven Lehmann«, sagte Per, als würde das alles erklären.

»Muss mir das was sagen?«

»Nicht unbedingt. Aber *Cloud Palace*?«

Hannes schaute ihn mit offenem Mund an. Jetzt mischte sich Isabell ein. Sie war von kräftigerer Statur und für ihr sonniges Gemüt bekannt. Selbst Federsen musste sich schon sehr anstrengen, um ihre gute Laune nachhaltig zu vertreiben. Erneut fand Hannes, dass Isabell eine Stilberatung nicht schaden würde. Er selbst kleidete sich zwar auch häufig nachlässig, aber Isabell schien das Talent zu haben, sich immer genau die Kleidungsstücke zu kaufen, die ihr am wenigsten standen. Die schwarze Kurzhaarfrisur war unter einer giftgrünen Bommelmütze verborgen, die sich mit dem orangefarbenen Schal darum stritt, wer den Augen mehr Schmerzen zufügen konnte. Hannes riss sich zusammen.

»Der Tote war der Gitarrist von *Cloud Palace*? Eine der erfolgreichsten Bands im Moment!«

»Im Radio werden sie erst seit ein oder zwei Jahren regelmäßiger gespielt«, erklärte Per. »Haben aber schon länger eine große Fangemeinde. Verkaufen Platten ohne Ende. Sie kommen ursprünglich aus der Indie-Ecke und haben mit ihrer Musik eine Nische besetzt, die sich inzwischen als gar nicht so klein herausgestellt hat.«

Hannes betrachtete die Aknenarben in Pers Gesicht. Dass in seinem Kollegen ein Musikfachmann steckte, war ihm neu. Offenbar unterschätzte er Per noch immer. Sein Kollege hatte einen bleichen Teint, eingefallene Wangen und ausgeprägte Geheimratsecken, die auch durch das millimeterkurze Haar nicht kaschiert wurden. Per war zugleich gutmütig und zuverlässig, sodass Hannes ihn schnell schätzen gelernt hatte. Er war das beste Beispiel dafür, dass Äußerlichkeiten absolut nebensächlich waren.

»Ich steh nicht so auf *Cloud Palace*«, meinte Isabell. »Hab zwar noch nicht viele Songs von denen gehört, aber nach Pers Beschreibung wär es sowieso nicht mein Fall. Klingt depressiv. Unser Job ist schon deprimierend genug, da muss ich mich nicht noch zusätzlich runterziehen lassen.«

»Du hast nicht richtig zugehört«, protestierte Per, und in seine braunen Augen trat ein fast schon leidenschaftlicher Ausdruck. »Die Musik dieser Gruppe hat einen Tiefgang, der …«

»Fertig gequatscht?« Federsen war zu der kleinen Gruppe getreten. In seinem Mundwinkel hing eine frische Zigarette. »Die Leiche wird jetzt abtransportiert. Das gesamte Gelände bleibt bis Montag abgesperrt. Wir müssen auch die Hochzeitsgesellschaft hier festsetzen.«

»Gibt es erste Verdächtige?«, fragte Isabell.

»Gibt es. Und zwar alle, die sich auf dem Gelände befunden haben. Einer von denen muss den Schuss abgefeuert haben, kein Zweifel.«

»Ich hab schon gesehen, dass das Gelände von einer hohen Mauer umgeben ist«, meinte Hannes nachdenklich. »Aber ist es völlig ausgeschlossen, dass jemand darüber geklettert …?«

»Glauben Sie, daran hätte ich nicht auch schon gedacht?«, polterte Federsen. »Die Mauer ist nicht das einzige Hindernis. Die Hochzeit sollte komplett von der Öffentlichkeit abgeschirmt werden. Entlang der Mauer waren mehrere Sicherheitskräfte postiert, um ein Eindringen von Fans oder Paparazzi zu verhindern. Am Strand achteten weitere Leute darauf, dass sich niemand mit einem Boot näherte.«

»Von wie vielen Personen sprechen wir?«, fragte Isabell.

»Knapp dreißig Leute von der Security waren im Einsatz. Der Großteil draußen vor der Mauer. Grenzschützer sozusagen.« Wieder bellte er die Andeutung eines Lachens heraus. »Kann man schon als paranoid bezeichnen. Aber bei solchen Stars wundert mich das nicht. Immerhin haben …«

»Ich meinte eigentlich, wie viele Hochzeitsgäste anwesend waren«, traute sich Isabell, ihn zu unterbrechen. Sie erntete einen giftigen Blick.

»Fünfundzwanzig. Es war eine Hochzeit im kleinen Kreis. Die Braut soll darauf bestanden haben, dass nur Familie, engste Freunde und Bandmitglieder eingeladen wurden.«

»Wir dürfen die Angestellten nicht vergessen«, warf Hannes ein.

»Deren Zahl haben wir noch nicht geprüft. Wahrscheinlich kommen auf einen Gast mindestens zwei Angestellte. Solche Leute sind es ja gewohnt, dass man ihnen …«

»Was passiert jetzt mit den Gästen?«, unterbrach ihn Isabell ein weiteres Mal.

»Sie werden befragt. Unter anderem von Ihnen«, schnauzte Federsen. »Da alle ohnehin hier übernachten wollten, haben wir veranlasst, dass bis morgen Abend niemand das Gelände verlässt. Das gilt auch für die Angestellten. Genug Zeit also, um allen auf den Zahn zu fühlen.«

»Sollen wir etwa auch hier übernachten?«, fragte Per. »Ich hab noch nie in einem Schloss …«

»Das könnte Ihnen so passen! Wir fangen heute Abend mit den Befragungen an, morgen früh geht es ab acht Uhr weiter. Unsere Kollegen werden aufpassen, dass sich niemand unauffällig verkrümelt. Und jetzt an die Arbeit!« Er nahm einen letzten tiefen Zug, blies den Rauch in Pers Gesicht und marschierte davon.

Maria Stern, die Rechtsmedizinerin, trank das Wasserglas ohne abzusetzen in einem Zug aus und stellte es auf dem Tablett eines umhereilenden Bediensteten ab. Die Empfangshalle des Schlosses leerte sich, da alle Gäste und Angestellten in den großen Festsaal gebeten worden waren. Dort erwartete sie eine kurze Ansprache von Federsen, der die weitere Vorgehensweise bekannt geben wollte. Da Hannes nicht mit einer feinfühligen Wortwahl seines Chefs rechnete, wollte er sich die Peinlichkeit lieber ersparen. Als letzte Person wurde die schluchzende Mutter des Toten von zwei Frauen behutsam in den Saal geleitet. Als die Tür hinter ihnen zufiel, atmete Maria auf.

»Normalerweise habe ich mit den Angehörigen ja wenig zu tun. Es nimmt mich schon mit, diese Verzweiflung zu sehen. Wie hältst du das nur aus? Dir passiert das doch häufiger.«

»Geht mir nicht anders als dir. Am schlimmsten ist es, wenn du ihnen die Hiobsbotschaft persönlich überbringen musst. Wie zum Beispiel vor ein paar Wochen bei dem gekreuzigten

Mann. Heute wussten ja schon alle Bescheid, sie haben es sogar live miterlebt.«

»Was es sicher nicht besser macht.«

»Wohl nicht«, stimmte Hannes zu. »Aber zumindest für uns ist es dadurch etwas einfacher.«

Maria nickte. »Für mich ist es diesmal auch eine leichtere Aufgabe als sonst. Die Todesursache steht fest, genauso der Todeszeitpunkt. Wir werden natürlich trotzdem eine Obduktion vornehmen, aber da dürfte nichts Überraschendes rauskommen.«

»Was wissen wir bis jetzt?«

»Er stand auf dem Steg, mit dem Gesicht zum Meer. Neben ihm seine Braut, vor ihm der improvisierte Altar, in seinem Rücken die versammelte Hochzeitsgesellschaft. Den Pfarrer könnt ihr schon nach Hause schicken, denn der kann den Abzug nicht gedrückt haben. Der Schuss hat den Bräutigam von hinten unter dem linken Schulterblatt getroffen. Ist direkt ins Herz eingedrungen. Ein präziser Schuss. Keine Überlebenschance!«

Hannes versuchte, sich in die Situation des Bräutigams hineinzuversetzen. Er schauderte. Eine Hochzeit sollte einer der glücklichsten Momente im Leben sein. Neben ihm die Liebe seines Lebens, und nur noch wenige Augenblicke bis zum Ja-Wort. Ein Gefühl voller Glück und Zuversicht. Dann plötzlich ein heftiger Schmerz, der allem ein Ende setzt.

»Hat er leiden müssen?«

Maria schüttelte den Kopf und legte sich eine Strähne ihrer schwarzen Haare hinters Ohr. »Das Letzte, was er wahrgenommen hat, dürfte Überraschung gewesen sein. Wahrscheinlich wurde ihm nicht mal mehr klar, was passiert ist.«

»Mit welcher Waffe wurde er erschossen?«

»Die Kugel werden wir erst bei der Obduktion herausholen. Das Einschussloch deutet aber auf eine Pistole hin.«

»Die bisher nicht gefunden wurde?«

»Nein. Die Spurensicherung wird morgen bei Tageslicht noch mal das gesamte Gelände durchkämmen.«

»Aus welcher Distanz fiel der Schuss?«

»Kann ich erst nach der Obduktion beantworten. Ich ahne aber das Ergebnis.«

»Aus größerer.« Hannes nickte zustimmend. »Extrem unwahrscheinlich, dass jemand aus der Mitte der Hochzeitsgäste eine Waffe abgefeuert hat. Dann hätten uns gleich mehrere Zeugen den Täter nennen können. Es dürfte ein geübter Schütze gewesen sein. Jemand, der auch aus der Entfernung das Ziel exakt trifft. Wir müssen also herausfinden, wer zum Zeitpunkt des Schusses nicht unmittelbar vor Ort war. Vielleicht hat sich jemand angeblich zur Toilette abgesetzt, ein Getränk geholt oder eine gute Position für Fotos gesucht.«

»Ich merke, du hast schon vollständig vom Urlaubs- in den Ermittlungsmodus geschaltet!« Maria warf ihm einen mitleidigen Blick zu und legte ihre Hand auf seinen Arm. »Hast dir wahrscheinlich einen sanfteren Arbeitseinstieg erhofft. Wie war der Urlaub in den Bergen?«

Unauffällig entfernte Hannes ihre Hand von seinem Arm, indem er nach einem Getränk griff. Bevor er mit Anna zusammengekommen war, hatte er sich ein paar Mal mit Maria getroffen, ohne dass es zu größerer Nähe gekommen wäre. Zwar mochte er sie sehr gern, doch ihre spezielle Arbeit führte dazu, dass er stets eine Leiche auf dem Obduktionstisch vor sich sah, sobald er auf ihre Hände mit den gepflegten Fingernägeln blickte. Davon abgesehen übte Maria aber immer noch eine Wirkung auf ihn aus. Hannes spürte, dass seine Ohren erröteten. Das taten sie meist, wenn er sich unwohl oder überfordert fühlte.

»Super!« Er hoffte, dass Maria die Farbe seiner Ohren auf den Wechsel von der Eiseskälte in das geheizte Gebäude zurückführte. »Tollstes Winterwetter, Märchenlandschaft. Ein großer Skifahrer wird aus mir aber nicht.«

»Reicht ja, dass du ein toller Kanut bist«, lächelte Maria, und Hannes blickte auf ihre strahlend weißen Zähne, die einen Kontrast zu ihrer gebräunten Haut darstellten. Dann warf sie ihre schwarzen Haare zurück, und die braunen Augen glitzerten. Sie hatte einen leichten Silberblick, der den Polizisten schon öfter ins Schwitzen gebracht hatte. »Wie läuft es mit Anna?«, fragte sie. »Euer erster gemeinsamer Urlaub war bestimmt was ganz Besonderes. Wundert mich, dass ihr überhaupt zum Skifahren gekommen seid …« Ihr Lachen wirkte unecht.

Erleichtert registrierte Hannes, dass Per auf ihn zusteuerte. Tatsächlich hatten Anna und er zumindest in den ersten Tagen nur wenig Tageslicht gesehen, aber das wollte er vor Maria ungern ausbreiten. »Wir hatten wirklich eine superschöne Zeit«, meinte er daher und zählte die verbleibenden Schritte seines schlaksigen Kollegen. »Nur viel zu kurz! Das Hotel war zwar eher eine billige Absteige, lag aber dicht am Skilift. Einmal konnten wir sogar … Oh Per, ist was los? Was machst du denn für ein Gesicht?«

Pers Gesicht sah eigentlich so aus wie immer, entsprechend verwirrt reagierte er auch auf die Begrüßung. »Ich freu mich eben schon, gleich in einen Club loszuziehen und den Samstagabend zu genießen«, erwiderte er ironisch. »Federsen ist da drinnen bald fertig. Zum Glück! Er ist mal wieder wahnsinnig feinfühlig. Seine Ansprache hat die Tränenflut nicht unbedingt eingedämmt. Isabell, du und ich, wir sollen uns als Erstes die Angestellten vornehmen. Federsen startet mit den Hochzeitsgästen.«

»Weil unter denen die Wahrscheinlichkeit größer ist, einen Treffer zu landen«, grinste Maria. Sie hatte bereits mehrere Zusammenstöße mit dem Kommissar hinter sich und gab sich keine Mühe mehr, ihre Abneigung zu verbergen. Er tat es schließlich auch nicht. »Dann macht euch mal einen fröhlichen Abend«, wünschte sie, »ihr seid hier ja in allerbester Gesellschaft.«

Die Uhr auf dem Kaminsims zeigte, dass es noch genau eine Stunde bis Mitternacht war. Der Festsaal des *Meeresschlosses* war hell erleuchtet, das Licht der Kronleuchter brachte die Gläser und das Besteck auf den aufwendig dekorierten Tischen zum Glänzen. Alles wirkte, als warte es noch immer auf den Einzug einer fröhlichen Hochzeitsgesellschaft. Das Motto *Feuer und Eis* war auch in der Dekoration des Saales berücksichtigt worden. Die Farben Rot und Weiß bestimmten das Bild. Neben dem Mischpult des DJs waren die bunten Lichter abgeschaltet worden, nachdem Federsen eine unmissverständliche Ansage gemacht hatte.

Bis auf die Ermittler war der Raum menschenleer. Der Kommissar hatte seine drei jungen Kollegen in einer Ecke des Saales um sich versammelt. Sämtliche Angestellten waren inzwischen von Isabell, Per und Hannes vernommen worden, während Federsen immerhin vier Hochzeitsgäste befragt hatte. Die große Anzahl der anwesenden Personen war Vorteil und Nachteil zugleich. Sie erhöhte die Chance auf Zeugen mit hilfreichen Hinweisen, sorgte andererseits aber für einen erhöhten Arbeitsaufwand. Alle Aussagen mussten schriftlich aufgenommen und anschließend von den Zeugen unterschrieben werden. Ein derartiger Papierkrieg gehörte nicht gerade zu Federsens Lieblingsbeschäftigungen.

Entgegen seiner ersten Vermutung war zumindest die Anzahl der Bediensteten überschaubar. Nur vier Mitarbeiter waren an diesem Abend für den Hotelbetrieb und weitere zehn Personen für die eigentliche Hochzeit zuständig gewesen. Bei vieren handelte es sich um Aushilfskräfte, die lediglich für Veranstaltungen herangezogen wurden. An ihnen zeigte Federsen besonderes Interesse.

»Einer von denen könnte sich hier eingeschleust haben, um den Mord zu verüben«, war seine Begründung, als er mit den anderen Ermittlern in einer bequemen Sofagruppe vor dem Kamin saß und in die Flammen starrte.

Hannes schüttelte den Kopf. »Warum sollte jemand diesen Aufwand betreiben? Alle sind in der Vergangenheit schon mehrfach engagiert worden. Es wäre viel unauffälliger gewesen, Sven Lehmann irgendwo auf der Straße zu erschießen. Dieses Gelände war dagegen streng abgeschirmt, und wir kennen die Namen von allen, die sich heute hier aufgehalten haben.«

Seine Zweifel stützten sich zudem auf die Befragung des Chefkochs, die erst vor wenigen Minuten geendet hatte. Während der Trauung hatten zwei Personen gemeinsam mit ihm das Essen zubereitet und die Küche nicht verlassen. Drei Servicekräfte hatten in der Zwischenzeit die Tische eingedeckt und bestätigt, dass keiner von ihnen das Gebäude verlassen hatte. Bei ihnen hatte sich auch die Eventmanagerin des Hotels befunden. Sie hatte Isabell Auskunft über den Aufenthaltsort der anderen Mitarbeiter geben können.

»Die Frau überwachte die Vorbereitungen im Festsaal, und so, wie sie drauf ist, hat sich bestimmt niemand von den drei Aushilfen unbemerkt verdrücken können. Die vierte Person, die hier nur sporadisch beschäftigt wird, bereitete die Bar vor und holte Feuerholz sowie Getränke. Normalerweise werde alles vorbereitet, bevor die ersten Gäste eintreffen, aber heute gab es bis zum Mittag noch die Veranstaltung einer Unternehmensberatung. Daher wurden die letzten Vorbereitungen erst getroffen, als alle Personen unten am Strand waren und nichts davon mitbekommen konnten. Es soll ein ziemlich großer Zeitdruck geherrscht haben.«

»Zwei weitere Servicekräfte waren unten am Strand an der Eisbar eingeteilt«, ergänzte Per. »Sie sind fest angestellt und sollten nach der Trauung den Sekt verteilen und Häppchen reichen. Dazu kam es aber nicht mehr. Sie haben sich gegenseitig bezeugt, die Bar nicht verlassen zu haben.«

»Bleiben noch die Angestellten, die für den Hotelbetrieb zuständig waren.« Hannes hatte sie vor seinem Gespräch mit dem Chefkoch einzeln vernommen. Es handelte sich um die Inhaberin des Hotels, eine Putzfrau, einen langjährigen Empfangsmitarbeiter und einen jungen Mann, der für Koffertransporte und Sonderwünsche der Gäste zuständig war. Alle hatten sich im Empfangsbereich aufgehalten, als ein Freund des Bräutigams hereingestürzt war und panisch nach einem Notarzt und der Polizei gerufen hatte.

»Die Hotelbesitzerin ist am Boden zerstört«, berichtete Hannes. »Sie befürchtet, der Name ihres Hauses werde jetzt für immer mit dem Mord an einem Rockstar in Verbindung gebracht.«

»Ihre Bestürzung wird sich spätestens dann legen, wenn sie sich mit Sensationstouristen eine goldene Nase verdient«, kommentierte Federsen bissig und streckte seine kurzen Beine in Richtung des Feuers. »Kommen wir noch mal zu dieser Aushilfe zurück, die Getränke und Holz ranschaffen musste. Wer hat die Befragung durchgeführt?«

»Ich.« Unruhig rutschte Per in seinem Sessel herum. Mit seinem dünnen Körper wirkte er in dem wuchtigen Möbelstück völlig deplatziert. Er ahnte, dass er nun eine gute Figur machen musste. Was ihm nur teilweise gelang. »Der Mann heißt Christian Langfinger und …«

Isabell lachte prustend los. »Im Ernst? Nur gut, dass wir nicht wegen eines Diebstahls ermitteln!«

»Reißen Sie sich mal zusammen!«, fuhr Federsen sie an. »Solche Albernheiten sind überflüssig.« Ungehalten zog er eine Zigarette aus der Packung. Niemand traute sich, ihn auf die Nichtraucherschilder hinzuweisen. Per fuhr rasch mit seinem Bericht fort.

»Herr Langfinger ist einundvierzig Jahre alt. Hilft hier seit zwei Jahren immer mal wieder am Wochenende aus. Unter der Woche arbeitet er in einem Supermarkt. Mit dem Job im *Meeresschloss* bessert er sein Gehalt auf.«

»Wo befand er sich zur Tatzeit?«, hakte Federsen sofort nach. »Der Schuss fiel ungefähr um halb sechs.«

»Kann er nicht genau sagen, offenbar hat er nicht auf die Uhrzeit geachtet. Er sei zwischen Keller, Wirtschaftsgebäude und diesem Saal mehrfach hin- und hergelaufen und habe sich beeilt. Um achtzehn Uhr sollte die Hochzeitsgesellschaft vom Strand heraufkommen, bis dahin musste alles fertig sein.«

»Wo liegen der Keller und das Wirtschaftsgebäude?« Federsen beugte sich Per entgegen und stützte die fleischigen Arme auf seinem Bauch ab.

Per zuckte mit den Achseln. »Das habe ich noch nicht …«

»Dann holen Sie das jetzt nach.« Federsen deutete mit der Zigarette zur Tür. Per erhob sich und trottete davon. Als Nächstes geriet Isabell ins Visier. »Weiß jemand, ob sich der Mann zur Tatzeit hier drinnen aufhielt?«

Nun war es an der Polizistin, mit den Schultern zu zucken. »Dazu haben wir die anderen noch nicht befragt. Aber wahrscheinlich können auch die sich nicht genau erinnern, was um diese Uhrzeit genau passierte.«

Die Botschaft von Federsens ausgestrecktem Arm war auch in diesem Fall eindeutig. Widerwillig erhob sich Isabell, um von den in der Empfangshalle versammelten Mitarbeitern weitere Informationen einzuholen. Hannes blieb sitzen.

»Was ist denn bei Ihren Gesprächen herausgekommen?«

Federsen antwortete zunächst nicht. Er ließ sich in seinem Sessel zurücksinken und nahm einen tiefen Zug. Das glimmende Ende der Zigarette näherte sich seinen nikotingelben Fingern, und er warf sie gerade noch rechtzeitig in das Kaminfeuer. Nachdem Isabell die Tür hinter sich zugezogen hatte, musterte er den Sportpolizisten grimmig.

»Vor uns liegt eine Sisyphusarbeit! Wir müssen herausfinden, wer sich zum Zeitpunkt des Schusses wo befunden hat und dabei von wem gesehen wurde. Bis jetzt habe ich nur mit der Braut, ihrer Mutter und den Eltern des Toten sprechen können. War nicht ganz einfach, was Brauchbares aus denen rauszuholen.«

›Wobei dir deine ausgeprägte Empathie natürlich große Dienste geleistet hat‹, dachte Hannes, hielt aber den Mund.

»Um es kurz zu machen«, fuhr Federsen fort, »keiner hat bemerkt, dass sich jemand abgesetzt hat. Der Schuss ist auch nicht aus der Mitte der Hochzeitsgesellschaft abgegeben worden. Warten wir mal ab, was die anderen dazu sagen. Bemerkenswert ist aber was anderes.«

»Und zwar?«

»Das Feuerwerk ging zu früh los.«

Hannes war verwirrt. »Welches Feuerwerk?«

»Im Anschluss an die Trauzeremonie, beziehungsweise zeitgleich mit dem Hochzeitskuss, sollte ein Feuerwerk abgebrannt werden. Es startete aber früher. Nämlich kurz vor dem Moment, in dem der Bräutigam tödlich getroffen zusammensackte, und alle Aufmerksamkeit auf den Himmel gerichtet war. Was für ein praktischer Zufall! Der Schuss ging in dem Geknatter des Feuerwerks unter. Dennoch bleibt es unwahrscheinlich, dass aus den Stuhlreihen heraus abgedrückt wurde.«

»Der Täter kann einen Schalldämpfer verwendet haben.«

»Das hätte doch jemand bemerkt. Der Schuss war gezielt, das kann man nicht mal so eben aus der Hüfte machen! Aber wir werden bald wissen, aus welcher Distanz abgefeuert wurde. Vielleicht schon morgen. Sofern unsere Kollegen ihre Arbeit ordentlich erledigen. Bis dahin behalten wir alle Gäste hier, nur die Angestellten und Aushilfen mit Alibi dürfen das Gelände verlassen.«

»Hoffentlich sind nicht schon Gäste abgereist«, meinte Hannes und berichtete seinem Chef von den jungen Frauen, die er am Eingangstor gesehen hatte. Federsen winkte ab.

»Der Pförtner und der Security-Chef haben bestätigt, dass niemand das Gelände verlassen hat. Die Frauen am Tor waren

Fans, die einen Blick auf ihre Idole erhaschen wollten. Alle Musiker waren heute anwesend. Deswegen sind auch so viele Sicherheitsleute im Einsatz gewesen. Sie sollten verhindern, dass Anhänger dieser Band oder Journalisten der Hochzeit nahekommen.«

»Was ist eigentlich mit den Security-Leuten?«, fragte Hannes. »Auch von denen könnte jemand der Schütze gewesen sein.«

»Alle, die nicht außerhalb der Mauer patrouilliert haben, bleiben ebenfalls hier. Das gilt ebenso für den Hochzeitsfotografen und den DJ.«

»Den DJ können wir gehen lassen«, entgegnete Hannes. »Laut der Eventmanagerin und den Aushilfen, die die Tische eingedeckt haben, war er die ganze Zeit im Raum. Er justierte die Anlage, schloss die Lautsprecher an und baute die Lichtershow für die Party auf.«

»Aha. Na, immerhin haben Sie im Gegensatz zu Ihren Kollegen die Befragungen nicht auf halber Strecke eingestellt.« Für Federsens Verhältnisse war das schon fast ein Lob. »Trotzdem ist das bisher eine magere Ausbeute! Wir haben keinen einzigen nützlichen Hinweis erhalten.«

»Das sehe ich anders«, wagte Hannes einen Widerspruch. »Immerhin können wir ein paar Leute ausschließen und wissen Genaueres über die Begleitumstände. Das ist gar nicht so wenig. Der Mann ist ja erst seit wenigen Stunden tot. Keinem der Angestellten ist etwas Ungewöhnliches oder Verdächtiges aufgefallen. Allerdings stehen die Leute auch alle noch unter Schock.«

Federsen warf ihm einen vernichtenden Blick aus seinen vorstehenden Augen zu und setzte zu einer scharfen Erwiderung an. In diesem Moment betraten Isabell und Per wieder den Raum. Sie hatten Informationen, die nicht geeignet waren, die Stimmung des Kommissars aufzuhellen. Isabell brachte es als Erste hinter sich.

»Wie schon erwartet, kann sich keiner erinnern, wie die Lage um halb sechs herum genau war. Jeder war mit seinen eigenen Aufgaben beschäftigt. Allerdings ist niemandem aufgefallen, dass Herr Langfinger außergewöhnlich lange weggewesen wäre.«

Ihre Belustigung über den Namen des Mannes hatte sich inzwischen gelegt. Federsen war von einem fröhlichen Zustand ohnehin meilenweit entfernt.

»Außergewöhnlich lange braucht es ja auch nicht, um einen Schuss abzufeuern. Der Mann hat also kein Alibi, damit bleibt er heute Nacht ebenfalls hier!«

»Das ergibt Sinn«, stimmte Per zu. »Der Keller, in dem die Getränke lagern, befindet sich auf der dem Strand entgegengesetzten Hausseite. Das Wirtschaftsgebäude, wo das Feuerholz für den Kamin aufgeschichtet ist, steht dagegen auf halbem Weg zum Strand. Herr Langfinger sagte, dass er zweimal dort war. Der Holzstapel hier neben dem Kamin ist aber nicht besonders hoch.«

KAPITEL 3

Am nächsten Morgen traf Hannes als erster Ermittler beim *Meeresschloss* ein. Es war halb acht, seine Kollegen würden erst eine halbe Stunde später dazustoßen. Als er am Abend zuvor um kurz nach Mitternacht Annas Wohnung betreten hatte, war seine Freundin noch nicht zu Hause gewesen. Die Party in Bens Gartenhaus hatte sich offensichtlich in die Länge gezogen. Gegen alle Logik war Hannes darüber leicht verärgert gewesen und frustriert zu Bett gegangen. Wenige Stunden später war er noch vor dem Klingeln des Weckers aufgewacht und hatte neben sich Anna ruhig ein- und ausatmen gehört. Leise hatte er die Wohnung verlassen und gehofft, an diesem Abend nicht ganz so spät zurück zu sein.

Der Sonntag war trist. Die Temperaturen lagen leicht im Plusbereich, doch der Himmel war komplett zugezogen. Hannes begrüßte die Kollegen, die während der Nacht sichergestellt hatten, dass niemand das Gelände unbemerkt hatte betreten oder verlassen können. Er ließ das Schloss rechts liegen und schlenderte über den Weg, der zum Strand hinunterführte. Auf halber Strecke passierte er das Wirtschaftsgebäude, in dem die Gärtner ihre Geräte aufbewahrten. An der Außenwand war Feuerholz aufgestapelt. Prüfend blickte Hannes auf seine Uhr und sprintete los. Knapp eine Minute später kam zum ersten Mal der Holzsteg in sein Sichtfeld. Er blieb stehen. Eine Minute vom Wirtschaftsgebäude bis hierher, eine Minute zum Zielen und Abdrücken, eine Minute wieder zurück. Herr Langfinger, der im *Meeresschloss* als Aushilfskraft arbeitete, kam somit als Schütze in Betracht. Blieb nur die Frage, ob er auch mit einer Waffe umgehen konnte und ein schlüssiges Motiv hatte.

Als Hannes den Strand betrat, achtete er sorgfältig darauf, wohin er seine ausgetretenen Turnschuhe setzte. Die Spurensicherung sollte in Kürze eintreffen und wäre wenig begeistert, wenn er hier planlos hin und her latschte. Zunächst blieb er in dem Bereich, der von den Hochzeitsgästen ohnehin zertrampelt worden war. An der Eisbar standen noch immer die Champagnerflaschen und leeren Gläser, sogar die Schälchen mit den Snacks waren nicht abgeräumt worden. Die Polizei hatte darauf bestanden, dass die Hotelangestellten alles unverändert ließen. Einige Stühle waren umgefallen, und die weißen Felle, die als Kälteschutz gedient hatten, lagen auf dem Boden verteilt. Die Fackeln und Feuerschalen waren inzwischen natürlich erloschen, und auch die Eisskulpturen veränderten ihre Form. Hannes betrachtete zwei ineinander verschlungene Herzen, von denen stetig Wasser heruntertropfte. Insgesamt konnte er zehn aufwendig präparierte Skulpturen entdecken. Der Künstler dürfte mit dem Auftrag eine Weile beschäftigt gewesen sein.

Schräg hinter den Stuhlreihen befand sich ein kleines Holzpodest, auf dem die Bandkollegen des Toten ihren Beitrag zur Hochzeit dargeboten hatten. Die Instrumente und Lautsprecher waren ins Haus gebracht worden, da sie die kalte Januarnacht nicht schadlos überstanden hätten. Hannes ging an einer Prinzessin aus Eis vorbei, die ihm bis zu den Schultern reichte. Hinter der kleinen Bühne hatte etwas seine Aufmerksamkeit erregt. In einem kleinen Kasten war die Stromversorgung des Strandabschnitts untergebracht, denn an diesem Ort wurden des Öfteren Veranstaltungen abgehalten. Normalerweise fanden derartige Events aber im Sommerhalbjahr statt. Neben der Bühnentechnik versorgte dieser Kasten offenbar noch etwas anderes mit Strom.

Ein Kabel führte schräg vom Ort der geplanten Hochzeit weg und endete in etwa einhundert Metern Entfernung vor mehreren Büschen.

Hannes näherte sich dem Bereich, wo ein paar Stahlstangen im Sand steckten. Zwischen den Stäben war eine rote Kordel gespannt. Dahinter standen schwarze Geräte auf dem Boden. Hannes musterte mehrere Rohre, die in den Himmel zeigten. Er befand sich am Abbrennplatz des Feuerwerks. Dann drehte er sich herum und blickte zum Steg zurück. Er hatte freie Sicht. Das Feuerwerk hatte kurz vor dem Schuss losgelegt. Mindestens eine Person hatte sich somit an dieser Stelle befunden. Sie war weit genug von den Hochzeitsgästen entfernt gewesen, um nicht aufzufallen, jedoch nahe genug, um einen tödlichen Treffer zu platzieren. Hannes war überzeugt, dass Federsen auch den Feuerwerkstechniker über Nacht im Hotel hatte festsetzen lassen.

Langsam ging er über den Strand zurück und betrat den Steg. Noch immer stand der Tisch auf den Planken, und das helle Laken flatterte im Wind. Das Samtkissen mit den Ringen war entfernt worden, auch das rote Segel des kleinen Segelbootes hatte jemand eingeholt. Wie er inzwischen wusste, hätte es nach der Trauzeremonie einem Fotoshooting des Brautpaares dienen sollen. Hannes blickte auf den dunklen Fleck, der sich vor ihm auf dem Holz ausgebreitet hatte. Er fröstelte und wandte sich ab, vergrub die Hände in den Hosentaschen und ließ seinen Blick über die Szenerie gleiten. Es sah so aus, als wäre erst vor wenigen Augenblicken urplötzlich sämtliches Leben von diesem Strand vertrieben worden. Niemand war zu sehen, und Hannes hatte das befremdliche Gefühl, der letzte Mensch auf der Erde zu sein. Er blickte auf das Meer hinaus und war fast schon erleichtert, als er eine große Fähre erblickte, die das Wasser in Richtung Skandinavien durchpflügte. Tief atmete er die klare Luft ein und schloss für einen Moment die Augen.

Ein Geräusch ließ ihn zusammenzucken. Vier Möwen hatten die Eisbar entdeckt und machten sich gierig über die Essensreste her. Ihr Schreien hallte weit über den Strand, als sie sich um die kleinen Häppchen balgten. Hannes verspürte eine tiefe Sehnsucht nach dem Frühling, nach Licht und Wärme. Er hasste den Winter, und er hasste die Schlechtigkeit dieser Welt. Selten stand sie ihm so klar vor Augen wie in diesem Augenblick.

Gegen zehn Uhr setzte Schneeregen ein. Große Flocken segelten vor den Fenstern des Schlosses vom Himmel und schmolzen, sobald sie den Boden berührten. Während die Ermittler die Befragungen des Vorabends fortsetzten, wurde das Gelände gründlich durchkämmt. Auch die Spurensicherung hatte ihre Arbeit wieder aufgenommen. Maria beschäftigte sich währenddessen in der Stadt mit dem Leichnam von Sven Lehmann, und Hannes fokussierte sich bei diesem abschreckenden Gedanken sofort wieder auf seinen Gesprächspartner. Federsen hatte den Techniker der Feuerwerksfirma keineswegs vergessen und dafür gesorgt, dass ihm für die Nacht ein Hotelzimmer zur Verfügung gestellt worden war.

Der Mann war um die fünfzig und der Inhaber des Unternehmens. Die Hochzeit eines Rockstars stellte eine blendende Referenz dar, weshalb er sich persönlich um eine einwandfreie Abwicklung gekümmert hatte. Rückblickend war dies jedoch eher kontraproduktiv gewesen.

»Mir war schon den ganzen Nachmittag übel«, erklärte er mit verlegenem Gesicht. »Das Feuerwerk sollte mit dem Kuss des Brautpaares beginnen, alles war vorprogrammiert. Es musste nur noch der Zünder betätigt werden. Herr Lehmann hatte genaue Vorstellungen, in welcher Reihenfolge alles abgebrannt werden sollte und welche Elemente vorzukommen hatten. Wir mussten das Feuerwerk am Computer mehrfach simulieren, bis er damit zufrieden war.«

»Und warum haben Sie den Zünder zu früh gedrückt?«, fragte Hannes.

»Das war ich nicht. Wie gesagt, mir war schon die ganze Zeit schlecht. Als die Hochzeitszeremonie losging, wurde es immer schlimmer. Ich konnte es schließlich nicht mehr aushalten und bin hoch zum Schloss auf die Toilette gerannt. Dort habe ich gehört, wie die ersten Raketen explodierten, und dachte, dass irgendwas schiefgegangen sein muss. Obwohl das eigentlich nicht möglich ist. Ich bin so schnell wie möglich zurück … und mitten rein in das Chaos am Strand.«

»Dann hat also einer Ihrer Mitarbeiter das Feuerwerk ausgelöst?«

»Nein. Wir hatten am Nachmittag alles aufgebaut, dann habe ich meinen Angestellten nach Hause geschickt. Das Abfeuern selbst ist der am wenigsten aufwendige Teil eines Feuerwerks.«

»Eine Fehlzündung schließen Sie aus?«

»Habe ich zumindest noch nie erlebt. Wir verwenden ausschließlich hochwertigste Technik und Sprengkörper.«

»Also muss ein Unbefugter in Ihrer Abwesenheit den Auslöser betätigt haben. Ist Ihre Technik selbsterklärend?«

»Nein. Wenn man sich auskennt, ist es natürlich kein Problem. Für Fachfremde aber schon. Das ganze System ist komplex. Herr Lehmann war beeindruckt, als ich es ihm gestern Nachmittag erklärt habe.«

»Na ja, als Bräutigam war er aber mit anderen Dingen beschäftigt und wird kaum einen Fernzünder in seinem Anzug gehabt haben.«

»Da haben wir jetzt aneinander vorbeigeredet«, erwiderte der Mann. »Die Organisation des Feuerwerks hat der Bruder des Bräutigams übernommen. Niklas Lehmann, der Frontmann von *Cloud Palace*. Aber warum hätte er das Feuerwerk in Gang setzen sollen?«

›Gute Frage‹, dachte Hannes, und die Antwort darauf interessierte ihn brennend. Zumal aus anderen Zeugenbefragungen inzwischen bekannt war, dass sich Niklas und Sven des Öfteren bis aufs Blut gestritten hatten.

Den Gästen des Hotels wurde um dreizehn Uhr ein opulentes Mittagessen serviert. Die Ermittler hatten dagegen nur eine Platte mit belegten Broten und gekühlte Getränke hingestellt bekommen und sich in einen Büroraum zurückgezogen. Hannes' Magen hatte den akuten Nahrungsmangel schon eine ganze Weile hörbar beklagt. Als Spitzensportler gehörte mangelnder Appetit nicht zu seinen Schwächen. Ein Teil der Gäste würde nach dem Mittagessen das Hotel verlassen können, da sie inzwischen befragt und als unverdächtig eingestuft worden waren. Federsen hatte die Namensliste der Hochzeitsgäste, Hotelbediensteten und Security-Mitarbeiter vor sich auf dem Tisch liegen und notierte die Erkenntnisse seiner Kollegen.

Insgesamt hatten sich am Vorabend neben dem Brautpaar dreiundfünfzig Personen auf dem Gelände befunden. Fünfundzwanzig Hochzeitsgäste, vierzehn Bedienstete, der Pfarrer, ein Fotograf und der DJ. Dazu der Feuerwerktechniker und zehn Security-Mitarbeiter. Die anderen achtzehn Sicherheitsleute waren außerhalb des Anwesens im Einsatz gewesen. Federsen schüttelte den Kopf und zündete sich eine Zigarette an.

»Was für ein Aufwand! Geld scheint bei dieser Hochzeit keine Rolle gespielt zu haben. Sind die Leute von der Security inzwischen alle vernommen worden?«

Per nickte. »Ich habe mit dem Chef der Firma angefangen. Tobias Steinfeld. Ihm gehört die Firma, und er ist auch auf den Konzerten von *Cloud Palace* für die Sicherheit zuständig. Zumindest war er das, denn gestern Abend haben er und seine Leute gründlich versagt. Ich habe vorhin beobachtet, wie er vom Bruder des Toten heftig angegangen wurde. Niklas Lehmann war völlig außer sich. Gut möglich, dass auf der nächsten Tour eine andere Firma für Sicherheit sorgen wird.«

»Ist mir egal«, knurrte der Kommissar und atmete Rauch aus. »Ich will wissen, wo sich diese Leute um halb sechs befunden haben, und ob ihnen etwas aufgefallen ist!«

»Jeder war für einen festen Bereich eingeteilt und durfte diesen nicht verlassen«, informierte Per. »Achtzehn befanden sich außerhalb der Mauer und sollten verhindern, dass jemand drüberklettert. Scheinbar ist man von Fans und Presse einiges an Fantasie gewohnt, wenn es darum geht, in die Nähe der Band zu kommen. Die Leute waren so postiert, dass sie gerade noch Sichtkontakt zueinander hatten. Außerdem mussten sie sich in regelmäßigen Abständen per Funk melden. Keiner hat Auffälligkeiten bemerkt. Niemand versuchte, über die Mauer zu steigen. Ohne eine große Leiter wäre das ohnehin nicht möglich. Also war es eigentlich ein ruhiger Abend.«

»Was waren das für Frauen vor dem Eingangstor?«, fragte Hannes.

»Groupies.« Per grinste süffisant. »Hatten wohl trotz der Hochzeit die Hoffnung, heute Nacht neben einem der Musiker in einem warmen Hotelbett zu landen. Vielleicht standen sie aber auch nicht auf den Bräutigam, sondern auf ein anderes Bandmitglied.«

»Namen?«, verlangte Federsen.

»Leider keine. Inzwischen sind natürlich alle weg. Wahrscheinlich haben sie sich gestern über die Polizeipräsenz gewundert, aber die Nachricht des Mordes ist ja noch nicht nach außen gedrungen. Sonst würde das Tor bestimmt von einer Menschenmenge belagert werden.«

»Ist nur eine Frage der Zeit.« Federsen seufzte resigniert. Es war klar, dass ihnen nur noch wenige ruhige Stunden vergönnt waren, bevor die Presse Wind von dem erschossenen Rockstar bekäme. Insgeheim überlegte er wohl bereits, wie er die

Ermittlungsleitung an einen anderen Kollegen abgeben konnte. Doch zunächst nahm er Per weiter in die Zange.

»Was ist mit den Männern, die innerhalb der Mauer für Sicherheit sorgen sollten? Durften die sich frei bewegen?«

»Es waren nicht nur Männer. Auch Frauen arbeiten heutzutage in dieser Branche. Gestern waren es fünf.«

Nach Federsens Gesichtsausdruck zu schließen, war es demnach kein Wunder, dass der Gitarrist von *Cloud Palace* nicht mehr unter den Lebenden weilte. Per überging die kaum versteckte Diskriminierung. »Alle waren hilfsbereit, aber auch verstört, dass sie gestern versagt haben. Am Strand waren neun Wachleute verteilt, jeweils in Sichtweite zu den Kollegen. Sie schließen aus, dass ein Boot unbemerkt angelegt haben könnte. Keiner von ihnen habe seinen Posten verlassen.«

»Neun plus achtzehn ergibt nur siebenundzwanzig.« Federsens Gesicht verfärbte sich. »Sie haben aber eben von achtundzwanzig Security-Fuzzis geredet. Haben Sie etwa einen übersehen?«

»Natürlich nicht!« Auch Pers Gesicht rötete sich. »Nummer achtundzwanzig, das war der Chef, Tobias Steinfeld. Er ging immer wieder über das Gelände, hat seine Leute aufgesucht und sich ansonsten in der Nähe der Gäste aufgehalten. Außerdem koordinierte er den Einsatz über Funk.«

»Und wo war er um halb sechs?«

»Auf dem Weg vom Tor zurück zum Strand. Als er panische Schreie hörte, ist er sofort losgerannt. Er hat übrigens vorbildlich reagiert und darauf geachtet, dass alles unverändert bleibt, bis wir eintreffen. Bevor uns die Rezeption informierte, hatte er schon einen Notruf abgesetzt. Nur seine Reanimationsversuche beim Opfer waren natürlich chancenlos.«

Federsen brummelte unzufrieden vor sich hin. Dennoch stimmte er zu, dass die Mitarbeiter der Security-Firma nach Abgabe ihrer Personalien das Gelände verlassen durften. Lediglich

Herrn Steinfeld würde er sich noch einmal persönlich vorknöpfen. Zwischenzeitlich verlagerte er seine Aufmerksamkeit auf Isabell. Sie hatte mit dem Pfarrer, dem DJ und dem Fotografen gesprochen. Der DJ war ein Jugendfreund des Opfers, der bei Konzerten das Mischpult bediente. Da er sich nur im Festsaal aufgehalten hatte, konnte er keine Hinweise liefern. Besonderes Augenmerk hatte Isabell daher auf den Hochzeitsfotografen gelegt, dessen Kamera beschlagnahmt worden war.

»Ihm ist zwar nichts aufgefallen, aber vielleicht helfen uns seine Aufnahmen weiter«, erklärte sie. »Auf der Speicherkarte sind mehrere Hundert Fotos. Davon sollten wir uns jedes genau ansehen. Nach einer schnellen Durchsicht ist mir aber noch nichts aufgefallen.«

»Zuerst setzen wir die Befragungen fort«, bestimmte ihr Chef. »Was hat der Pfaffe gesagt? Immerhin stand er als Einziger mit dem Gesicht in Richtung des Todesschützen.«

»Hilft uns aber nix«, erklärte Isabell. »Dummerweise ist er kurzsichtig. Da er auch als Geistlicher nicht vor der Sünde der Eitelkeit gefeit ist, trug er bei der Trauzeremonie keine Brille. Das Entscheidende spielte sich ja ohnehin unmittelbar vor ihm ab. Auch er sah in den Himmel, nachdem die erste Rakete explodiert war. Als die Braut plötzlich wie am Spieß schrie, sackte Sven Lehmann bereits zu Boden. Der Pfarrer versuchte sofort zu helfen, aber …«

»Ihm ist nicht aufgefallen, dass sich jemand merkwürdig verhalten hätte?«

»In der Panik haben sich wahrscheinlich viele Leute merkwürdig verhalten. Allerdings meinte er, schemenhaft jemanden vom Abbrennplatz des Feuerwerkes wegrennen gesehen zu haben.«

»Das ist interessant!«, rief Hannes. Er berichtete von seinem Gespräch mit dem Chef der Feuerwerksfirma. Damit stand fest, dass kein technischer Defekt den vorzeitigen Start ausgelöst hatte, sondern ein Mensch aus Fleisch und Blut. Hannes hatte auch schon eine Vermutung, wer es gewesen sein könnte.

»Der Bruder des Toten hat das Feuerwerk organisiert und sich am Nachmittag alles erklären lassen. Er wusste, wie man das Abbrennen der Raketen in Gang setzt. Außerdem hatte ihm der Feuerwerktechniker mitgeteilt, dass er schnell aufs Klo müsse. Niklas Lehmann wusste also, dass der Abbrennplatz in dem Moment nicht besetzt war. Und wir wissen inzwischen, dass das Verhältnis zu seinem Bruder kompliziert war.«

»Gibt es Zeugen für die Aussagen des Sprengmeisters?« Federsen blieb skeptisch. »Ist ja die perfekte Lüge, um zu vertuschen, dass eigentlich er …«

»Die Putzfrau«, kürzte Hannes den Einwand ab. »Sie hielt sich in der Nähe der Toiletten auf. Hatte dafür zu sorgen, dass dort während der Veranstaltung alles in einem einwandfreien Zustand blieb. Als die Feuerwerkskörper explodierten, kotzte sich der Mann gerade die Seele aus dem Leib.«

»Wurde der Bruder des Toten schon vernommen?«, fragte Federsen. Seine Kollegen schüttelten den Kopf. Der Kommissar zog die Gästeliste heran und ging die Namen einzeln durch. Bis auf Niklas Lehmann waren alle Familienangehörigen des Brautpaares befragt worden. Als einziges Ergebnis konnte festgehalten werden, dass sie nicht als Täter infrage kamen. Sie hatten ausnahmslos in den ersten Stuhlreihen gesessen, was von mehreren Leuten bestätigt worden war.

»Zu einem möglichen Täter oder zumindest einem Motiv hatten sie auch keine Idee«, fasste Isabell zusammen. »Nur gut, dass wir diese Befragungen schon hinter uns haben! Ich konnte die Verzweiflung dieser Menschen kaum noch ertragen.«

»Dann sollten Sie mal Ihr Seelenkostüm stählen«, herrschte Federsen sie an. »Wir sind doch keine Verkehrspolizisten. Außerdem dürften die restlichen Gäste kaum weniger verzweifelt sein. Wir haben noch …«, er schielte auf die Liste, »genau vierzehn Personen zu befragen, darunter alle Bandmitglieder und die engen Freunde des Paares. Die Familienangehörigen dürfen nach dem Essen aufbrechen, der Rest muss sich noch weiter gedulden.«

Herzhaft biss er in ein Schinkenbrot, und die Mayonnaise lief an seinem Doppelkinn herunter. Die jungen Kollegen schauten sich schweigend an und schienen alle denselben Gedanken zu haben: Hoffentlich würde dieser Tag schnell vorbeigehen.

Niklas Lehmann hatte einen glasigen Blick, als er Federsen und Hannes gegenübersaß. Er war achtundzwanzig Jahre alt und sah dem Toten verblüffend ähnlich. Beide hatten grüne Augen, waren groß gewachsen und besaßen markante Gesichtszüge. Im Gegensatz zu seinem Bruder trug Niklas die braunen Haare mittellang und schien auch mehr Wert auf Fitness zu legen. Bei dem Mordopfer war ein kleiner Bauchansatz zu sehen gewesen, während der Sänger von *Cloud Palace* einen trainierten und schlanken Körper vorzeigen konnte. Die frappierende Ähnlichkeit der Geschwister war jedoch kein Zufall, da sie Zwillingsbrüder gewesen waren. Sven war fünf Minuten älter als Niklas. Abwesend starrte der Mann aus dem Fenster, und Federsen musste sich kräftig räuspern, um überhaupt dessen Aufmerksamkeit zu erlangen. Eine Beileidsbekundung sparte sich der Kommissar.

»Irgendeine Idee, wer Ihren Bruder nicht leiden konnte?«

Niklas schüttelte den Kopf und fuhr sich mit der Hand gekonnt durch die Haare. ›Als wäre auch jetzt eine Kamera auf ihn gerichtet‹, dachte Hannes. Der Mann trug ein eng anliegendes T-Shirt und eine schwarze Röhrenjeans, in die Haut seiner Unterarme waren asiatische Schriftzeichen eintätowiert.

»Sven war ein Star. Ich habe seinen Tod noch gar nicht realisiert. Nächste Woche startet unsere Tournee, wir haben vor wenigen Wochen unsere neue CD auf den Markt gebracht. Kennen Sie wahrscheinlich, *Dreams and Fears*.«

Er hatte eine raue und markante Stimme. Hannes erinnerte sich an die morgendliche Autofahrt. Die aktuelle Single des Albums mit dem Titel *No fear for nothing* wurde seit Tagen im Radio gespielt. Auch Hannes gefiel der Song, und er betrachtete den Sänger mit Respekt. Federsen zeigte sich unbeeindruckt.

»Ich wollte nicht wissen, wer Ihren Bruder vergötterte, sondern wer ihn nicht mochte. Ob ihn möglicherweise sogar jemand hasste.«

»Sven wurde nicht gehasst. Er war ein lustiger Kerl, stand oft im Mittelpunkt des Geschehens. Das war schon als Kind so. Keine Ahnung, warum er erschossen wurde, und wer das getan hat.«

»Haben Sie wenigstens eine Idee, woher die Narbe auf seinem Bauch stammt?«, fragte der Ermittlungsleiter. Überrascht blickte Hannes auf. Diese Information war neu für ihn. Der Kommissar musste mit Maria telefoniert haben. Federsen warf ihm einen triumphierenden Blick zu.

»Die Narbe?«, erwiderte Niklas. »Die hatte er schon länger. An der Stelle hat er sich mal beim Sport verletzt, als er mit dem Rennrad in einen Zaun fuhr. Früher präsentierte er sich gern mit nacktem Oberkörper auf der Bühne, das hat er nach der Verletzung dann sein gelassen.«

»Komisch. Unsere Experten meinen, dass die Narbe wahrscheinlich erst ein Jahr alt ist.«

»Sag ich doch. Ist schon länger her.«

»Außerdem vermutet die Rechtsmedizinerin, dass die Narbe von einer Messerverletzung stammt«, überging Federsen die unterschiedliche Auffassung zu kurzen und langen Zeiträumen.

Niklas verzog spöttisch den Mund. »Ach, kommen Sie! Mein Bruder war nie in eine Messerstecherei verwickelt. Er war gar nicht der Typ. Außerdem hätte er mir das erzählt.«

»Vielleicht hat er Ihnen ja absichtlich die Geschichte mit dem Radunfall erzählt?«

»Kann ich mir nicht vorstellen.« Der Mann wurde dennoch nachdenklich. »Aus heutiger Sicht könnte das aber natürlich sein. Vielleicht hatte es schon mal jemand auf ihn abgesehen, und gestern wurde es dann zu Ende gebracht.«

Falls es so wäre, habe er jedoch keine Ahnung, wer oder welches Motiv dahinterstecken könnte. Zwar habe die Band nicht nur Verehrer, aber es sei nie etwas Ernsthaftes vorgefallen. Hannes beschloss, in das Gespräch einzugreifen. Neugierig schaute ihn sein Gegenüber an – auch ein Rockstar blickte nicht jeden Tag in zweifarbige Augen. Schon sein ganzes Leben litt Hannes weniger unter der sogenannten Iris-Heterochromie, der er ein grünes und ein blaues Auge zu verdanken hatte, als unter den verstohlenen Blicken, die er aufgrund dieser Pigmentstörung auf sich zog.

»Wo waren Sie, als Ihr Bruder erschossen wurde?«, fragte er. »Von den anderen Gästen hat Sie keiner gesehen.«

Die Augen des Mannes verengten sich, seine Finger trommelten auf das überschlagene Bein. »Ich habe schon auf die Frage gewartet. Der böse Zwilling hat sein Spiegelbild vernichtet. Wollen Sie darauf hinaus?«

»Das ist eine ganz normale Frage, die wir jedem stellen«, erwiderte Federsen pampig. »Oder ist das für Sie eine Majestätsbeleidigung? Seien Sie lieber froh, dass wir gründlich arbeiten. Wir befinden uns hier nicht auf der Bühne, sondern im realen Leben.«

Niklas entspannte sich und zeigte erneut ein spöttisches Lächeln. »Sie brauchen nicht persönlich zu werden, nur weil Sie denken, dass wir ein abgehobenes Leben führen. Ich weiß schon, dass Sie den Techniker nach dem Grund für den vorzeitigen Start des Feuerwerks gefragt haben. Den kann ich Ihnen sagen. Weil ich den Knopf gedrückt habe.«

Perplex schauten ihn die Ermittler an. Sie hatten nicht damit gerechnet, dass er das so schnell und freiwillig zugeben würde.

»Und warum haben Sie das gemacht?«, schnaufte Federsen.

»Der Kuss stand unmittelbar bevor. Beide mussten sich nur noch das Ja-Wort geben. Mir war klar, dass der Techniker sich nicht rechtzeitig ausgekotzt haben würde. Am Nachmittag hatte er mir gezeigt, wie alles geht. Kompliziert ist das nicht. Mein Bruder hatte sich riesig auf das Feuerwerk gefreut. Es sollte eine Überraschung für Leah werden. Ich habe beobachtet, wie die beiden auf dem Steg standen, um bloß den Kuss nicht zu verpassen. Den Finger hatte ich auf dem Auslöser liegen. Ich dachte nicht, dass er so druckempfindlich ist. Bin selbst erschrocken, als auf einmal die erste Rakete loszischte. Außerdem hab ich mir Vorwürfe gemacht, dass ich den Moment versaut hab. Dann … dann …«

»Ja?« Federsen war der Wind aus den Segeln genommen worden.

»Ich sah, wie Sven auf den Steg fiel, und dachte zuerst, die Rakete wäre falsch ausgerichtet gewesen und hätte ihn getroffen. Natürlich bin ich so schnell wie möglich losgerannt, aber als ich bei ihm ankam …« Seine Stimme brach, und er drehte den Kopf zur Seite. Mühsam blinzelte er, und seine Lippen waren zu einem schmalen Strich zusammengepresst.

»Wie war Ihr Verhältnis zueinander?«, fragte Hannes nach einer Weile.

Niklas rieb sich die Augen, bevor er sich wieder herumdrehte. »Haben Sie Geschwister?«

»Ja, eine Schwester. Aber …«

»Dann wissen Sie ja, wie das ist«, unterbrach ihn der Mann. Ein sentimentaler Gesichtsausdruck begleitete seine nächsten Worte. »Als Kinder haben wir alles zusammen gemacht. Uns geprügelt, gestritten und uns das Schwarze unter den Fingernägeln nicht gegönnt. Kurz darauf hätten wir wieder alles füreinander getan. Das Motto der gestrigen Hochzeit hätte auch auf uns gepasst. *Feuer und Eis*, so wie das bei vielen Geschwistern ist. Bei Zwillingen vielleicht noch ausgeprägter. Man kann nicht mit- und auch nicht ohne einander. Ich werde es wohl erst langsam begreifen, dass er jetzt nicht mehr da ist.«

Es dauerte bis zum Abend, bis auch der letzte Hochzeitsgast vernommen worden war. In wechselnden Besetzungen konzentrierten sich die Ermittler zunächst auf die Bandmitglieder, die vollständig zur Hochzeit erschienen waren. *Cloud Palace* hatte vor dem Tod von Sven Lehmann im Kern aus sechs Mitgliedern sowie je zwei weiblichen und männlichen Backgroundsängern bestanden. Die Musiker machten den Eindruck einer verschworenen Gemeinschaft, die viel zusammen erlebt und gesehen hatte. Als der Gitarrist neben der Braut auf dem Steg gestanden hatte, war von der restlichen Band ein Song vorgetragen worden. Anschließend hatten sie das kleine Podest im Rücken der Gäste in verschiedenen Richtungen verlassen. Ein Umstand, der die Ermittler sehr interessierte.

Der Verbleib des Leadsängers und zugleich Bruders des Toten war inzwischen geklärt. Nach Federsens Meinung kristallisierte sich Niklas damit als der Haupttatverdächtige heraus. Die Schlagzeugerin und der Keyboarder hatten sich zu der am Strand aufgebauten Eisbar begeben, was bestätigt worden war. Der Bassist, Erik von Wagner, hatte noch sein Instrument eingepackt und war dann etwas abseits in Richtung des Wassers gegangen, von wo er das weitere Geschehen hatte verfolgen wollen. Bezeugt wurde das von einem Wachmann, der ihn allerdings nicht weiter beachtet hatte. Niemand hatte sich in direkter Nähe des Mannes aufgehalten. Hätte er eine Pistole gezogen, wäre es wohl keinem aufgefallen.

Erik wirkte auf den ersten Blick nicht wie das Mitglied einer Rockband. Seine blauen Augen hatten einen melancholischen

Ausdruck, die Haare hatte er wie Per bis auf wenige Millimeter abrasiert. Am Hinterkopf zeigte sich der Beginn einer Glatze, obwohl er erst siebenundzwanzig Jahre alt war. Er war Kettenraucher, und als er an einer Zigarette zog, bemerkte Isabell, dass ihm am linken Ringfinger zwei Glieder fehlten.

»Jugendsünde«, antwortete der Mann auf ihre Frage. »Mit ein paar Freunden hatte ich chemische Experimente in der Garage meiner Eltern durchgeführt. Einmal ist uns ein Gemisch um die Ohren geflogen. Danach war für immer Schluss mit der Forschung.«

Bei der Schilderung dieses Ereignisses zeigte sein Gesicht keine Regung, obwohl es für den damaligen Teenager gewiss einschneidende Konsequenzen gehabt hatte. Er wirkte leicht zerstreut und zugleich introvertiert. Man konnte ihn sich nur schwer auf einer Bühne vor Tausenden von Fans vorstellen.

»Fehlt Ihnen der Finger nicht beim Spielen?«, erkundigte sich die Polizistin neugierig. Sie hatte schon immer eine direkte Art besessen.

»Ich habe gelernt, damit umzugehen.«

»Nachdem Sie von der kleinen Bühne zum Wasser gegangen waren, ist Ihnen von dort aus irgendwas aufgefallen?«

»Nein, aber bis zum Wasser bin ich auch gar nicht gekommen. Fuji und Patrick wollten an der Eisbar fragen, ob sie einen Drink bekommen können. Ich hab erst mal meinen E-Bass weggepackt. Die Kälte ist nicht gut für ihn. Dann ging ich auch rüber zur Bar, merkte aber, dass ich noch nicht in der Stimmung für Alkohol war. Also bin ich abgedreht und aufs Wasser zugelaufen. Auf einmal begann das Feuerwerk, und kurz darauf schrie Leah.«

Leah Hartenbach kannte die Zwillingsbrüder seit ihrer Kindheit. Obwohl – oder vielleicht auch weil – sich Federsen bei ihr für seine Verhältnisse zurückgenommen hatte, konnte ihre Vernehmung nur als absoluter Flop bezeichnet werden. Sie hatte völlig neben sich gestanden und von den Ärzten mehrfach Beruhigungsmittel bekommen. Inzwischen hatte sie den Ort gemeinsam mit ihrer Mutter verlassen.

Per und Hannes sprachen währenddessen mit Annika Morgen. Mit ihren fünfunddreißig Jahren war sie so etwas wie die Mutter der Band. Zugleich war sie auch die Kleinste. Sie trat den Ermittlern ungeschminkt gegenüber, ihre langen braunen Haare fielen ihr offen über den halben Rücken. Niklas hatte sie vor gut einem Jahr von einem Symphonieorchester, das vereinzelt bei Konzerten von *Cloud Palace* zum Einsatz gekommen war, abgeworben. Sie war ein Multitalent und wechselte mühelos zwischen verschiedenen Instrumenten. Je nach Bedarf spielte sie Akkordeon, Violine, Cello, irische Flöte oder Akustikgitarre. Sogar einem Dudelsack könne sie halbwegs harmonische Töne entlocken, hatte sie stolz mitgeteilt. Sie war bei der Hochzeitsfeier als Einzige auf der kleinen Bühne zurückgeblieben und hatte den Fortgang der Zeremonie von dort aus verfolgt.

»Sobald das Feuerwerk startete, sollte ich auf der Violine *Land of Green* spielen«, begründete sie ihr Fernbleiben von den anderen Gästen. »Leah ist Halb-Irin, und es war das gemeinsame Lied von Sven und ihr. Er liebte die irische Musik. Mia sollte dazu singen.«

»Mia?«, fragte Per.

»Mia Landberger aus unserem Backgroundchor.«

»Das heißt, sie stand mit Ihnen auf dem kleinen Podest?«

»Nein, ich war schon nervös, ob sie es noch rechtzeitig schaffen würde.«

»Wo war sie denn?«

Annika zuckte mit den Schultern. »Sie ist nach unserem ersten Song mit Dennis weggegangen. Ich dachte, sie käme gleich wieder.«

»Dennis ist auch ein Backgroundsänger?«

»Genau. Da er auch perfekt Gitarre spielen kann und Sven das während der Trauung ja schlecht selbst tun konnte, übernahm Dennis gestern diesen Part.«

»Als der Schuss fiel, waren Sie also allein auf der Bühne und haben nichts Verdächtiges bemerkt und auch keine Ahnung, wer geschossen hat«, fasste Per zusammen.

Annika nickte und zupfte ihre Bluse zurecht. Sie hatte eine beachtliche Oberweite, und Hannes ertappte sich bei der Überlegung, ob man darin nicht sogar einen Revolver hätte verstecken können.

Hannes beendete die Verhöre gemeinsam mit Isabell. Etwas unruhig rutschte er auf seinem Stuhl herum. Mia Landberger war vierundzwanzig Jahre alt und sang seit der letzten Tournee von *Cloud Palace* im Backgroundchor. Hannes war auch bei der Befragung der anderen Sängerin anwesend gewesen und vermutete, dass die Auswahl der Frauen nicht ohne Hintergedanken erfolgt sein dürfte. Beide hatten ein auffallend gutes Aussehen, zugleich verkörperte jede einen anderen Typ. Das fing schon bei den Haaren an. Eine hatte schwarze Locken, während die Haare der Frau vor ihm glatt und blond waren, mit aufgehellten Strähnchen. Der Anblick von Hannes' grünem und blauem Auge irritierte sie sichtlich. Isabell versuchte, die unangenehme Situation für ihren Kollegen zu überspielen. Dessen Ohren waren ohnehin schon rot genug.

»Warum sind Sie nicht bei Annika Morgen auf der Bühne geblieben? Sie hatten doch noch einen weiteren Auftritt vor sich.«

»Ich wollte mir kurz die Beine vertreten. Dennis hat mich begleitet. Als das Feuerwerk begann, bin ich sofort zurückgerannt. Ich dachte eigentlich, dass ich noch mehr Zeit hätte.«

»Ging es Ihnen nicht gut?« Hannes rächte sich nun für die ausgiebige Musterung, die er zuvor über sich hatte ergehen lassen müssen. Per hatte ihm vor wenigen Minuten das Ergebnis seiner Befragung von Dennis Hartfurt mitgeteilt. Der junge Mann hatte ausgesagt, Mia sei aufgewühlt gewesen, da sie über mehrere Wochen eine Affäre mit Sven gehabt habe. Er vermutete, dass es eine schwere Aufgabe für sie gewesen sein musste, ausgerechnet auf Svens Hochzeit *Land of Green* zu singen.

»Ob mir schlecht war? Nein, wie kommen Sie darauf?« Noch immer glitt Mias Blick zwischen Hannes' Augen hin und her. Ihr Mund stand leicht offen. »Ich wollte mich nur kurz konzentrieren. Ich bin es gewohnt, im Hintergrund zu singen. Aber gestern wäre ich allein dran gewesen, nur von der Violine begleitet. Jeder falsche Ton wäre ein Fiasko gewesen.«

»Waren Sie aber nicht auch innerlich aufgewühlt?«, bohrte Hannes nach. »Wie fanden Sie es denn, dass Sven heiratete?«

Mia hielt sich die Hand vor den Mund und starrte ihn entsetzt an. »Dennis hat es Ihnen gesagt! Dieser Mistkerl! Hören Sie, Leah darf nichts davon erfahren! Als wir, also als ich mit Sven … da waren die beiden ja schon zusammen. Dennis ist so ein Intrigant! Dabei macht er selbst sich schon Hoffnung, dass er Svens Nachfolger an der Gitarre wird.«

»Hat er Ihnen das gesagt?«

»Gestern Abend wollte er mich dadurch beruhigen, dass er Sven madig machte. So ein toller Kerl sei das ja gar nicht, da er sich ständig irgendwelche Groupies ins Bett holt. Auch an der Gitarre werde er überschätzt. Er selbst, also Dennis, würde die deutlich besseren Riffs hinlegen. Das war überhaupt nicht das, was ich von ihm hören wollte. Ich habe ihn weggestoßen und bin gegangen. Und … kurz darauf begann das Feuerwerk. Ich dachte nur, verdammt, ich muss schnell zurück! Annika wird gleich das Intro spielen! Dann hörte ich den Schrei und …«

Der Rest des Satzes ging in ihrem Schluchzen unter. Hannes und Isabell blickten sich an. Traten da die ersten Risse in dem Bandgefüge zutage? Aus den Augenwinkeln sah Hannes seinen Chef energisch mit den Armen fuchteln. Tröstend legte er der weinenden Sängerin die Hand auf die Schulter, doch sie stieß ihn unwirsch von sich. Achselzuckend bedeutete er Isabell, ihm zu folgen.

»Was haben Sie denn mit der Frau angestellt?«, knurrte der Kommissar. »Mir werfen Sie immer vor, nicht feinfühlig genug zu sein. Ihre Bilanz scheint aber auch nicht viel besser zu sein.«

Hannes erklärte ihm den Zusammenhang. Federsens Laune besserte sich. »Wunderbar! Wir müssen weiter Keile in diese Bandgemeinschaft treiben. Bisher ist mir das noch viel zu sehr eitel Sonnenschein. Gleich fünf Musiker haben kein überprüfbares Alibi! Alle Zimmer wurden durchsucht, bis auf Drogen wurde aber nichts gefunden.«

»Drogen?«, fragte Isabell. »Bei wem?«

»Überrascht Sie das?«, entgegnete Federsen. »Wir haben es hier mit Stars zu tun! Von denen ist selten einer clean. Beim Sänger fanden wir Marihuana, beim Keyboarder Ecstasy. Den Grund für die glasigen Augen von Niklas Lehmann kennen wir also. Trauer war es nicht.«

»Nur weil er kifft, muss er nicht der Mörder sein«, wandte Hannes ein, der an Ben dachte.

»Ein Alibi hat er aber auch nicht. Außerdem haben wir Hinweise erhalten, dass zwischen ihm und seinem Bruder öfter die Fetzen flogen. Heftig. Deshalb noch mal: Wir müssen weiter Keile in diese Truppe schlagen, auch wenn das nicht wirklich Ihre Stärke ist.«

»Haben Sie noch mal mit der Aushilfe gesprochen, die für das Kaminholz zuständig war?«, lenkte Isabell ab.

»Klar. Er behauptet, unschuldig zu sein, er habe noch nie was mit Sven Lehmann zu tun gehabt. Dass hier nur so wenig Holz rumliegt, hat übrigens einen einfachen Grund. Aus ästhetischen Gründen sollten nur ein paar Scheite neben dem

Kamin aufbewahrt werden. Den Rest legte Herr Langfinger in einem Abstellraum ab. Die Managerin hat das bestätigt. Seinen Hintergrund müssen wir trotzdem durchleuchten.«

Mit der Spurensicherung hatte sich der Kommissar inzwischen ebenfalls ausgetauscht. Eine Waffe war nicht entdeckt worden, obwohl sogar der Meeresboden in Strandnähe und der Außenbereich um die Mauer abgesucht worden war. Außer den Drogen war auch in den Räumen des Schlosses nichts Bemerkenswertes zu finden gewesen. Dafür hatte man hinter einem Busch mehrere Zigarettenkippen aufgesammelt, die jemand am Vorabend geraucht haben musste. Dieselbe Marke, die auch Erik von Wagner fast ununterbrochen konsumierte. Der Busch befand sich jedoch nicht zwischen der Bühne und dem Strand, zu dem er angeblich geschlendert war, sondern auf halber Strecke zum Wirtschaftsgebäude, an einer Stelle, wo sich eine gute Sicht auf den Steg bot. Federsen hatte umgehend einen DNA-Vergleich angeordnet. Dem Bassisten war der dafür notwendige Speichel bereits entnommen worden.

Auch dem Security-Chef Tobias Steinfeld war noch die Ehre einer persönlichen Befragung durch den Kommissar zuteilgeworden. Er hatte mit seiner Mannschaft das Gelände am Vortag ab zwölf Uhr gesichert und einmal nach unbefugt Anwesenden durchkämmt. Dabei hatte es keine Vorkommnisse gegeben. Beim Durchgehen der Gästeliste hatte Steinfeld jedoch noch einen wichtigen Hinweis gegeben.

»Die Band hat sich mit ihrem Manager zerstritten«, berichtete Federsen seinen Kollegen. »Sie wollten ihn loswerden, doch er wehrte sich. Er war nicht zur Hochzeit eingeladen und stand deshalb auch nicht auf der Gästeliste. Am Tag der Hochzeit gab es aber eine kurzzeitige Versöhnung. Sven Lehmann informierte die Security, dass der Mann nun doch kommen dürfe. Kurz vor der Trauung kam es dann erneut zum Streit, und Herr Steinfeld musste den Manager vom Gelände werfen.«

»Wo ist das Problem?«, fragte Per und kratzte eine seiner Geheimratsecken. »Dann war er zum Zeitpunkt des Schusses doch schon weg.«

»Eben nicht! Herr Steinfeld hat ihn nur bis zum Schloss begleitet und ihm dann die Richtung zur Einfahrt gezeigt. Dort ist der Manager aber erst nach dem Schuss angekommen. Das hätte uns dieser dämliche Pförtner auch gleich sagen können! Den werde ich mir gleich noch mal vorknöpfen. Zu Fuß dauert es vom Schloss bis zum Tor fünf, maximal zehn Minuten. Es fehlen also ungefähr fünfzehn Minuten, in denen keiner weiß, wo sich der Bandmanager rumgetrieben hat.«

Kurz nach zweiundzwanzig Uhr traf Hannes in Annas Wohnung ein. Für einen entspannten Abend war es damit auch diesmal zu spät. Zumindest war sie noch wach. Von der Straße aus hatte Hannes gesehen, dass im Schlafzimmer Licht brannte. Er fühlte sich zerschlagen, als er die Treppe des Mietshauses hinaufstieg, und steuerte nach dem Öffnen der Tür sofort das Badezimmer an. Wie so oft stieß er mit dem Kopf an die Duschstange. Annas Wohnung war in vielerlei Hinsicht nicht für einen Mann seiner Körpergröße vorgesehen. Wohltuend prasselte das warme Wasser aus dem verkalkten Duschkopf auf ihn herab. Nur mit einer Boxershorts bekleidet, betrat er anschließend das Schlafzimmer. Anna saß aufrecht im Bett und blickte von einem Buch auf. Mitleidig beobachtete sie, wie ihr Freund erschöpft unter die Decke schlüpfte.

»Hattest dir einen anderen Urlaubsausklang vorgestellt, oder?«

Hannes streckte sich unter der Decke aus und genoss die Wärme. »So schnell wie diesmal ist ein Urlaub noch nie aus meinem Kopf verschwunden. Dabei sind wir erst vorgestern zurückgekommen.«

Er sah zur Zimmerdecke hinauf und hing seinen Gedanken nach. Wahrscheinlich hätte ihm sein abruptes Urlaubsende weniger zu schaffen gemacht, wenn damit nicht auch eine enge Zusammenarbeit mit Federsen verbunden gewesen wäre. Hannes überlegte, wie die Ermittlung wohl mit seinem früheren Chef Fritz Janssen abliefe. Anders, so viel stand fest. Er runzelte die Stirn und nahm sich vor, Fritz schnellstmöglich einen Besuch im Gefängnis abzustatten. Das letzte Treffen lag schon viel zu lange zurück.

Anna legte das Buch zur Seite und kuschelte sich an ihn. Auf seiner blanken Brust spürte er ihre Hand, die mit kreisenden Bewegungen zu seinem Bauch hinunterwanderte. Hannes war dankbar, dass sich Anna seine Bitte, ihn nach einem langen Ermittlungstag nicht zu seiner Arbeit auszufragen, zu Herzen nahm. Wenn er mit ihr zusammen war, konnte er schnell abschalten, und das wollte er auf keinen Fall aufs Spiel setzen. Doch ganz so überstürzt konnte er dann auch wieder nicht vom Berufs- ins Privatleben wechseln. Er griff nach ihrer Hand, die schon kurz davor war, unter den Bund seiner Shorts zu gleiten.

»Was hast du heute gemacht? Und wie war es gestern Abend noch bei Ben?«

»Am Nachmittag war ich mit Tine im Fitnessstudio. Heute Morgen bin ich spät aus dem Bett gekommen. Ich war erst um halb drei zu Hause. Ben hat uns überredet, noch in einen Club zu gehen.« Sie kicherte leise. »Kalle hat sich in dem Laden fast mit drei Typen geprügelt.«

Verwundert sah Hannes zu ihr herunter. Sie hatte den Kopf auf seiner Brust abgelegt, und er spürte ihren Atem auf seiner Haut. Sein Blick fiel auf ihre gerade Nase, und mit dem Finger fuhr er über ein paar vereinzelte Sommersprossen, die Anna selbst im Winter nicht loswurde.

»Kalle? Wie ist das denn passiert? Er ist doch die Friedfertigkeit in Person.«

»Ben war recht schnell mit irgendeiner Tussi in einer dunklen Ecke des Clubs verschwunden. Dann haben uns drei Jungs angeflirtet. Kalle fühlte sich wohl verpflichtet, uns zu verteidigen. Du warst ja nicht da.« Ihre Worte klangen leicht spöttisch, als sie über seinen muskulösen Oberkörper strich.

Hannes verspürte einen Stich von Eifersucht. Gleich drei Kerle hatten ein Auge auf seine Freundin geworfen! Bei dem Gedanken, wie sich der schmächtige Kalle schützend vor die Frauen gestellt hatte, grinste er aber.

»Ich musste vorhin erst überlegen, ob du wohl in meiner oder in deiner Wohnung auf mich wartest«, meinte er gähnend. »Das hier war übrigens meine letzte frische Unterhose in deinem Schrank, morgen sollten wir mal wieder bei mir übernachten.«

»Vielleicht sollten wir das Problem lieber bei der Wurzel packen?«

»Wie meinst du das?«

»Aus zwei Wohnungen eine machen. Dann hast du immer frische Wäsche und brauchst auch nicht zu überlegen, welches Bett du nach einem Tatort ansteuern musst. Außerdem sparen wir Geld.«

Hannes musste nachdenken. Anna und er waren erst seit zwei Monaten zusammen, doch er gab zu, dass sich alles wirklich vielversprechend entwickelte. Außerdem würde eine gemeinsame Wohnung manches vereinfachen. In diesem Zusammenhang fiel ihm ein, dass er am nächsten Vormittag auch wieder sein Kanutraining aufnehmen musste. Die entsprechenden Klamotten lagen jedoch in seiner Wohnung, und die war auf der anderen Seite der Stadt. Leise fluchte er.

»Was denn? Findest du den Vorschlag so schlecht?« Anna richtete sich auf und rückte spürbar ernüchtert ein Stück zur Seite.

»Nein, gar nicht. Mir ist nur eingefallen, dass meine Trainingssachen bei mir liegen und ich um neun Uhr an der Regattastrecke sein muss. Das beweist, dass dein Vorschlag wirklich gut ist. Also nicht nur, weil es praktischer wäre oder weil es Geld sparen würde oder ...« Er merkte selbst, dass er sich verhaspelte.

Zum Glück bestätigte Anna auch jetzt wieder, dass sie eher unkompliziert war. Sie lachte und küsste ihn auf den Mund. »Schon verstanden. Ich freu mich auch, dass wir dann mehr Zeit miteinander haben. Bilde dir aber nicht ein, dass ich dir den Haushalt schmeiße. Ich steh auf emanzipierte Männer.«

Darüber machte sich Hannes keine Sorgen. Immerhin war er schon seit einigen Jahren in der Lage, seine eigene Bude einigermaßen in Schuss zu halten. Gedanklich war er bereits bei der praktischen Umsetzung.

»Welche Wohnung sollen wir denn nehmen? Meine oder deine?«

»Meine schon mal nicht. Du merkst ja selbst, wie kalt es hier im Winter ist, und im Sommer steht die Luft. Eigentlich kann man es nur im Frühling und Herbst gut aushalten.«

»Hmm. Meine Wohnung ist ja auch kein Highlight. Ich wollte mir schon länger eine neue suchen, bin aber nie richtig dazu gekommen.«

»Dann suchen wir eben jetzt gemeinsam was«, schlug Anna vor. Ihre grünen Augen glänzten vor Tatendrang. »Vielleicht finden wir ja einen netten, modernisierten Altbau. Zentral gelegen, mit großem Südwestbalkon.«

»Ich dachte, du wolltest Geld sparen?« Hannes schmunzelte. Ihre Begeisterung war ansteckend. Vielleicht war das genau das Projekt, das er als Ablenkung zu dem toten Rockstar brauchte. Dann verdüsterte sich sein Gesicht.

»Ich hoffe nur, dass ich Zeit für Wohnungsbesichtigungen finde. Morgen geht das Training wieder los, außerdem stecke ich mitten in einer Mordermittlung.«

Anna ließ sich nicht bremsen. »Ich habe ja noch eine Woche frei, bis ich den neuen Job anfange. Morgen kann ich gleich mit der Suche beginnen und schon mal vorsortieren. Zur Not mache ich ein paar Besichtigungen alleine. Dann musst du dich allerdings auf meinen guten Geschmack verlassen.«

Hannes grinste. »Das ist natürlich gefährlich. Am Ende ziehen wir in eine Wohnung mit rosa Blütentapeten.«

Anna zwickte ihn in eine Brustwarze. »Wenn ich wirklich einen schlechten Geschmack haben sollte, dann fällt das auch auf dich zurück. Immerhin habe ich dich ausgesucht. Bist du also wirklich der Meinung, dass ich einen schlechten Geschmack habe?«

»Bei Männern offensichtlich nicht. Aber was soll das heißen, du hast mich ausgesucht? Ich hatte ja auch ein Wort mitzureden.«

»Von wegen, bei deiner Schüchternheit wären wir wahrscheinlich heute noch nicht zusammen«, entgegnete Anna – und hatte damit vermutlich recht.

KAPITEL 4

Mit zusammengebissenen Zähnen wuchtete Hannes die Hantelstange ein weiteres Mal in die Höhe. Im Winter machte das Kraft- und Koordinationstraining einen größeren Anteil aus als im Sommer. Mit Blick auf die Olympischen Spiele nahm er die zahlreichen Einheiten im Kraftraum aber stoisch auf sich. Zuletzt hatte er immer häufiger überlegt, ob ihm das tägliche Training und die Wettkämpfe fehlen würden, sobald er zum letzten Mal die Ziellinie überquert hatte. Der Sport begleitete ihn, seit er zu seinem fünften Geburtstag von seinem Großvater ein Anfängerkanu geschenkt bekommen hatte. So ganz würde er davon wahrscheinlich nie loskommen.

Wer ihm dagegen mit Sicherheit nicht fehlen würde, war sein Konkurrent im Verein, Ralf. Ihre Feindschaft hatte in den vergangenen Jahren schon fast ungesunde Züge angenommen, spornte sie andererseits aber auch an. Keiner konnte es vertragen, wenn der andere seine Kanuspitze vor ihm über die Ziellinie schob. Auch im Training herrschte ein ständiger Wettstreit. Der Trainer nutzte diesen Umstand regelmäßig, um das Maximale aus seinen Athleten herauszuholen.

Im Augenblick lagen beide nebeneinander auf einer Hantelbank. Zehnmal musste das Gewicht in die Höhe gestemmt werden, dann wurden fünf Kilo zusätzlich aufgelegt, und es ging von vorne los. Beide Sportler hatten mehrere Durchgänge hinter sich und waren schweißüberströmt. Ihr Trainer kümmerte sich gerade um einen Nachwuchsathleten, als Hannes und Ralf simultan die Stange in den Halterungen ablegten.

»Schon kaputt?«, keuchte Ralf, dessen eigenes Gesicht aussah, als würde es gleich in Fetzen fliegen.

Auch Hannes musste erst durchatmen. »Wovon träumst du eigentlich?«, japste er. »Lass uns die nächste Ladung draufpacken. Oder kneifst du?«

»Bestimmt nicht!« Auffällig langsam erhob sich Ralf von der Liege und kroch unter der Hantelstange hervor. Umständlich fummelte er die zusätzlichen Gewichte auf das Trainingsgerät.

Hannes befürchtete, etwas vorlaut gewesen zu sein. Seine Arme brannten höllisch. Ob er die Stange noch in einem weiteren Durchgang würde stemmen können, war fraglich. Da das Training nach der Hantelbank jedoch beendet sein würde, konnte er alle verbliebenen Kräfte in diese Aufgabe investieren. Es war eine Frage der Ehre. Er bemerkte, dass Ralf ihn abwartend musterte.

»Los geht's!«, rief Hannes betont fröhlich und legte sich wieder unter die Stange. Erschrocken keuchte er auf, als er das Gewicht von der Halterung nahm und seine Arme sofort unbarmherzig nach unten gedrückt wurden. Kurz legte er die Stange auf seiner Brust ab und stieß sie dann mit größter Willensanstrengung nach oben. »Eins«, zischte es aus seinem Mund, und er sah, dass auch Ralf den ersten Versuch erfolgreich absolviert hatte.

Simultan bewegten sich die Arme der Sportler immer wieder langsam von oben nach unten. Bei der fünften Wiederholung zitterten Hannes' Arme heftig. Das laute Mitzählen hatte er inzwischen eingestellt. Er merkte, dass er zunehmend Konzentration einbüßte und die Gedanken abdrifteten. Am Morgen hatte er einen Blick in die Zeitung geworfen und zum ersten Mal einen Bericht über Sven Lehmanns Tod entdeckt. Sogar Fotos von der Hochzeit und dem Steg mit dem toten Bräutigam waren abgedruckt worden. Federsen dürfte angesichts dieser Bilder einen Tobsuchtsanfall bekommen haben. Ein Grinsen stahl sich in Hannes' Gesicht, was sich sofort kontraproduktiv auswirkte. Seine Körperspannung ließ nach, und die Hantelstange zertrümmerte ihm beinahe den Brustkorb. Gerade noch rechtzeitig brachte er sie zum Stillstand. Aus den Augenwinkeln bemerkte er, dass Ralf die Gewichte bereits zum siebten Mal hochgestreckt hatte.

Er blinzelte den Schweiß aus den Augen und dachte an seine letzte Ermittlung und die vielen Situationen, in denen sein Chef ihn schikaniert hatte. Die Taktik ging auf, seine einsetzende Wut mobilisierte die letzten Kraftreserven. Unnachgiebig stemmte er die Hantelstange nach oben, und nach der zehnten Wiederholung ließ er das Foltergerät scheppernd in die Halterung krachen. Sterne tanzten vor seinen Augen, ermattet ließ er die Arme auf den Boden sinken. Nur langsam ebbte das Schwindelgefühl ab. Von der Seite hörte er ein angestrengtes Keuchen. Ralf war bei seiner neunten Wiederholung, doch Hannes erkannte sofort, dass die Luft raus war. Aus eigener Kraft würde Ralf das Gewicht nicht mehr ablegen können.

Leicht schwankend erhob er sich und trat an die Seite seines Kontrahenten. »Wie es aussieht, habe ich gewonnen«, sagte er und beugte sich nach vorn, um Ralf zu helfen, die Stange zur Ablagevorrichtung zurückzubewegen.

»Du hast nur neunmal gestemmt«, keuchte Ralf. »Das war Beschiss!«

Hannes verharrte mitten in der Bewegung. »Ach ja? Stimmt zwar nicht, aber okay. Du hast bis jetzt erst acht Wiederholungen geschafft. Noch eine, und wir haben Gleichstand. Ruf mich einfach, sobald du fertig bist. Dann legen wir die nächsten Kilos drauf.«

Er drehte sich um und ging zum Ausgang. Erstaunlicherweise hatte Ralf noch genug Luft in den Lungen, um ihm einige

Kraftausdrücke hinterherzuschleudern. Als Hannes seinen Trainer passierte, sah der ihn irritiert an.

»Was ist denn bei euch schon wieder los?«

»Ich glaube, Ralf braucht deine Hilfe.« Hannes zeigte mit dem Daumen hinter sich und verschwand durch die Tür in Richtung der Duschräume.

Während Hannes im Kraftraum das Wasser aus allen Poren triefte, stand auch Bastian Eckhoff der Schweiß auf der Stirn. Der Bandmanager von *Cloud Palace* war von Federsen und Per in seinem Büro aufgesucht worden. In ihm hatte der Kommissar ein willkommenes Ziel gefunden, um seinen Frust über die morgendlichen Presseberichte abzureagieren. Ohne lange zu zögern, hatte er den Mann von der ersten Minute an in die Ecke getrieben und schien auch nach zwanzig Minuten noch nicht erschöpft zu sein.

Eckhoff dürfte einen derartigen Start in den Tag nicht erwartet haben. Überfordert ließ er die cholerischen Ergüsse über sich ergehen. Er war fünfunddreißig Jahre alt, schlank und hatte feine Gesichtszüge. Die dunklen Haare waren mit einem scharfen Seitenscheitel zur Seite gegelt, und seine Hornbrille verlieh ihm einen intellektuellen Touch. Eckhoff nahm für sich in Anspruch, den kometenhaften Aufstieg von *Cloud Palace* eingeleitet zu haben. Als er im Internet Clips von amateurhaften Auftritten der Band gesehen hatte, habe er sofort das Potenzial erkannt. Es war offensichtlich, dass er sich in dem Glanz der Stars sonnte, denn sein Auftreten gegenüber den Polizisten war, zumindest anfangs, herablassend und wenig bescheiden gewesen. Vermutlich konnte es nur einem Menschen wie Federsen gelingen, ihm dieses Verhalten innerhalb weniger Minuten abzugewöhnen. Der Kommissar war auch nicht gewillt, diese Bemühungen einzustellen.

»Damit wir uns klar verstehen«, herrschte er den Manager an und tippte ihm mit seinem dicken Zeigefinger auf die

Brust, »ich nehme Sie mit ins Präsidium, wenn Sie weiter meine Zeit verplempern! Zum Zeitpunkt des Schusses trieben Sie sich noch auf der Anlage des *Meeresschlosses* herum, obwohl Sie längst des Geländes verwiesen worden waren. Der Grund war ein heftiger Streit, der Sie wahrscheinlich Ihren Job als Manager dieser Truppe kosten wird.«

»Das ist nicht entschieden«, wehrte Eckhoff ab. »Es gibt klare vertragliche Regelungen, so einfach werden die mich nicht los. Ohne mich würde *Cloud Palace* heute noch in dunklen Kellerlöchern auftreten. Ich habe die Band erst …«

»Das interessiert mich alles nicht!«, brüllte Federsen. Die roten Adern in seinem Gesicht verdunkelten sich. »Was haben Sie gemacht, nachdem die Security Sie am Schloss zum Ausgang geschickt hatte?«

»Sagte ich doch schon. Ich bin langsam zum Tor gelaufen und habe überlegt, wie wir wieder Frieden schließen können. Auf Dauer kann das kein Zustand …«

»Glauben Sie, dass ich bescheuert bin? Wenn Sie kein gebrochenes Bein hatten, dann wären Sie selbst bei einem gemütlichen Spaziertempo nach spätestens zehn Minuten am Eingangstor angekommen. Sie brauchten aber fast zwanzig.«

»Es war nun mal so. Mehr kann ich dazu nicht sagen. Wollen Sie mich als Nächstes einem Waterboarding unterziehen?«

»Sie machen sich keine Vorstellungen«, grollte Federsen. »Ich habe genügend Methoden, Sie zu knacken.«

Pers Anteil an der Vernehmung lag bislang bei genau null Prozent. Seit wenigen Minuten versuchte er immer wieder, die Aufmerksamkeit des Kommissars zu gewinnen. Erneut bedeutete ihm Federsen mit einer ärgerlichen Handbewegung, sich zurückzuhalten.

»Ich habe eine gute Menschenkenntnis, Herr Eckhoff. Und die sagt mir, dass Sie lügen! Ich verrate Ihnen, wie es war: Herr Lehmann lud Sie unerwartet doch noch zu seiner Hochzeit ein, und Sie hofften, dass alles wieder ins Lot kommt. Stattdessen ist der Konflikt zwischen Ihnen abermals eskaliert. Sie befürchteten einen endgültigen Bruch. Da sind Sie durchgedreht und haben den Bräutigam aus dem Hinterhalt erschossen. Danach sind Sie abgehauen.«

»Blödsinn!« Allmählich zeigte Bastian Eckhoff wieder ein steigendes Selbstbewusstsein. Der Federsen-Effekt schien sich abzunutzen. Einen Pfeil hatte der Kommissar aber noch in der Hinterhand.

»In wenigen Minuten beginnt die Durchsuchung Ihrer Wohnung. Ich bin gespannt, was wir dort finden.« Er grinste dem Mann in das erschrockene Gesicht.

Wenig später ließ sich der Leiter der Mordkommission einen Überblick über den derzeitigen Ermittlungsstand geben. Steffen Lauer war, wie Federsen, Mitte fünfzig, im Gegensatz zu dem Kommissar aber ein leidenschaftlicher Sportler. Er hielt sich mit Triathlon fit und war einer der Hauptbefürworter gewesen, dass Hannes als Sportpolizist zu den Mordermittlern hatte wechseln dürfen. Für die Bedürfnisse des Kanuten hatte er von Anfang an großes Verständnis gezeigt, sehr zum Missfallen von Federsen. Nachdem Lauer mit Fritz Janssen einer seiner erfolgreichsten Kommissare auf spektakuläre Weise abhandengekommen war, führte er sämtliche Ermittler an einer kürzeren Leine. Er war auffallend klein, hatte eine Glatze und trug einen Schnurrbart, an dessen Enden er mit Vorliebe herumzwirbelte. So auch, als Isabell den Tatort auf einem Whiteboard aufzeichnete.

Anhand der Aussagen der Gäste konnte der Aufenthaltsort der meisten Personen zweifelsfrei bestimmt werden. Als hilfreich erwiesen sich in diesem Zusammenhang zudem die Aufnahmen des Hochzeitsfotografen, der den Finger kaum vom Auslöser genommen haben konnte. Die Ermittlerin hatte den ganzen Vormittag über die Fotos gesichtet und nach Hinweisen gesucht. Ihr war aber nichts aufgefallen. Auch nicht auf den Bildern der Hochzeitsgäste, die ebenfalls zur Auswertung beschlagnahmt worden waren. Dafür brannten ihr nun die Augen, seit Jahren führte sie einen erbitterten Kampf mit ihren Kontaktlinsen. Für eine Brille war sie aber zu eitel. Per hatte sie inzwischen abgelöst und klickte sich an einem Laptop durch die umfangreiche Galerie.

»Hier ist ja Bastian Eckhoff!«, rief er und drehte den Bildschirm so herum, dass alle draufsehen konnten. »Da hinten vor der kleinen Bühne. Er steht mit den Lehmann-Zwillingen zusammen. Das Bild wurde kurz vor Beginn der Trauung aufgenommen. Die scheinen sich gerade ganz schön gefetzt zu haben.«

Er vergrößerte den Bildausschnitt. Ohne Zweifel hatte der Fotograf unbeabsichtigt einen heftigen Streit festgehalten.

»Das ist ja nichts Neues«, meinte Federsen. »Interessanter wird sein, was bei der Wohnungsdurchsuchung gefunden wird. Ein Kollege begleitet ihn vorsichtshalber, damit er sich nicht absetzt.«

»Lasst uns mal am Anfang beginnen«, forderte Steffen Lauer mit seiner ruhigen Stimme. »Für mich ist das alles noch unübersichtlich. Was ist wann passiert, und wer befand sich an welchem Ort?«

Abwechselnd trugen die Ermittler die Erkenntnisse vor, und Isabell fügte die Informationen an der Tafel in Form einer Skizze zusammen. Dadurch sahen die Ermittler die Situation am Strand immer klarer vor sich.

Die fünfundzwanzig Gäste waren im Laufe des Samstagnachmittags nach und nach eingetroffen und hatten ihre Zimmer bezogen. Vierzehn Hotelbedienstete waren im Einsatz gewesen und achtundzwanzig Sicherheitsleute hatten einen ungestörten Ablauf garantieren sollen, davon zehn innerhalb des Geländes. Daneben hatten sich noch der Fotograf, der

Feuerwerktechniker, der DJ und der Pfarrer auf dem Gelände des *Meeresschlosses* befunden. Und – zumindest zeitweise – der Manager der Band. Theoretisch kamen somit vierundfünfzig Menschen als Täter infrage.

Die Liste dünnte sich jedoch rasch aus, als die Aufenthaltsorte der Personen zum Zeitpunkt des tödlichen Schusses aufgezeichnet wurden. Alle Ortsangaben, die entweder von Dritten oder durch Fotos bestätigt waren, wurden grün markiert, die anderen rot. Als alle Namen abgearbeitet waren, fasste Isabell zusammen: »Siebenundvierzig Personen können wir ausschließen. Nicht schlecht für den Anfang!«

»Das bedeutet aber, dass wir sieben Leute haben, die infrage kommen. Und das sind sechs zu viel«, brummte Federsen missmutig und spielte mit Daumen und Zeigefinger an seinem Doppelkinn herum.

Bei den rot markierten Namen handelte es sich um die Aushilfskraft Christian Langfinger, den Security-Chef Tobias Steinfeld und um vier Bandmitglieder sowie ihren Manager. Die Backgroundsänger Mia und Dennis hatten sich kurz vor dem Schuss getrennt, auf der Bühne hatte Annika mit ihrer Violine auf den nächsten Einsatz gewartet, und der Bassist Erik war allein in Richtung Strand gelaufen. Wo sich der Bandmanager befunden hatte, war dagegen völlig offen.

Hannes dämmte Isabells Euphorie zusätzlich ein. »Wir haben mehr als sieben Verdächtige. Je nachdem, von wo der Schuss gefallen ist, kommen auch grün markierte Personen in Betracht. Niklas zum Beispiel. Er hielt sich zwar offensichtlich am Abbrennplatz auf, allerdings ist niemand bei ihm gewesen. Er könnte erst als Ablenkung das Feuerwerk gestartet und dann auf seinen Bruder geschossen haben.« Der Sportpolizist wischte den Namen des Sängers weg, um ihn mit roter Farbe neu aufzuschreiben.

»Dieser Kerl ist mir auch suspekt.« Es war einer der seltenen Momente, in denen Federsen seinem jungen Kollegen zustimmte. »Zwischen den Brüdern herrschte eine Hassliebe. Vielleicht hat an diesem Abend der Hass überwogen.«

»Ist inzwischen bekannt, aus welcher Richtung und Entfernung der Schuss kam?«, fragte Isabell. »Dann könnten wir den Kreis der Verdächtigen weiter eingrenzen.«

Federsen schaute vielsagend auf seine Uhr. »Frau Stern sollte seit zehn Minuten hier sein. Pünktlichkeit ist in der Rechtsmedizin offenbar ein dehnbarer Begriff. Diese Frau ist mir …«

»Ist es auszuschließen, dass sich noch jemand anderes auf dem Hotelgelände aufhielt?« Steffen Lauer kam einer unbedachten Äußerung des Kommissars schnell zuvor.

»Wenn wir der Security-Firma glauben können, dann schon. Diese Leute haben das Gelände vor der Hochzeit abgesucht, und unsere Kollegen haben es danach ebenfalls durchkämmt. Da hat sich niemand versteckt.«

In diesem Moment öffnete sich die Tür, und Maria trat herein. Mit ihrer weißen Bluse und dem kurzen Cordrock machte sie eine gute Figur. Sie zwinkerte Hannes zu und entschuldigte sich für die Verspätung. Neugierig betrachtete sie die Zeichnung des Tatorts an der Wand.

»Die roten Namen sind eure Verdächtigen?«

»Kommt drauf an«, knurrte Federsen unwirsch. »Je nachdem, was Sie uns gleich erzählen, können sich die Farben auch noch verändern. Wir brauchen endlich weitere Anhaltspunkte von Ihnen.«

»Deshalb bin ich hier«, erwiderte Maria knapp. Sie ging zu der großen Tafel und nahm einen blauen Stift in die Hand. »Wir haben die Wunde genau untersucht und die liegende Position des Toten auf dem Steg analysiert. Inzwischen sind wir uns sicher, aus welcher Richtung ihn die Kugel erwischt hat.« Triumphierend blitzte sie den Kommissar aus ihren braunen Augen an. »Manchmal braucht es eben Zeit, um ein fundiertes Ergebnis zu erzielen. Und Sie wollen bestimmt mehr von mir hören als lediglich Spekulationen, die Sie in die falsche Richtung führen.«

»Jetzt zeigen Sie es uns schon«, brummte Federsen mit rotem Gesicht.

Maria zog die Kappe von dem Stift und drehte sich zur Tafel. Ausgehend vom Steg zeichnete sie zwei gestrichelte Linien ein, die trichterförmig auseinander liefen.

»Eine hundertprozentige Angabe können wir leider nicht machen«, erklärte sie. »Daher kann ich keinen Strich aufmalen, der den Weg der Kugel exakt darstellen würde. Aber ihr könnt davon ausgehen, dass der Schuss innerhalb des Gebietes zwischen diesen beiden Linien abgefeuert wurde.«

Erregt sprang Per von seinem Stuhl auf und stürmte nach vorn. »Das stellt alles in einem ganz anderen Licht dar! Niklas Lehmann ist aus dem Schneider, denn der Abbrennplatz des Feuerwerks liegt auf der anderen Seite.« Er markierte den Namen wieder mit grüner Farbe.

»Alle anderen roten Namen befinden sich aber in diesem Sektor oder könnten sich darin befunden haben«, meinte Hannes. »Schade, dass der Schuss nicht von der anderen Seite gefallen ist, dann käme nur der Bruder infrage.«

»Leider ist es selten so einfach.« Lauer ließ seine jahrzehntelange Erfahrung mitklingen. »Frau Stern, mit was für einer Waffe wurde der Mann erschossen?«

»Mit einer Pistole. Wir haben die Kugel aus ihm herausgeholt. Leider hat die Spurensicherung keine Patronenhülse gefunden. Der Täter muss sie mitgenommen haben.«

»Können Sie die Entfernung zumindest eingrenzen?«

»Es war kein Schuss aus nächster Distanz, aber das war ja ohnehin schon klar.« Sie tippte auf das Wirtschaftsgebäude, das sich auf halber Strecke zwischen Schloss und Strand befand. »Hier ist nach meiner Meinung die entfernteste Stelle, an der sich der Schütze befunden haben kann.«

Lauer seufzte. Damit konnte kein weiterer Name mit grüner Farbe versehen werden. Unterdessen war Hannes etwas aufgefallen. Er erhob sich, ging ebenfalls zur Tafel und deutete auf einen Bereich unterhalb des Wirtschaftsgebäudes.

»Irgendwo hier befindet sich der Busch, hinter dem die Zigarettenkippen gefunden wurden. Er liegt am Rande des möglichen Schusskorridors. Der Bassist Erik behauptet, erst in Richtung Bar gegangen und dann zum Wasser abgebogen zu sein. Er könnte aber auch in die andere Richtung gelaufen sein. Er wurde ja nur kurz von einem Sicherheitsmann gesehen. Der Busch ist von der Bar nicht weit entfernt. Leider konnten aufgrund der Beschaffenheit des Untergrundes keine Fußspuren ausgewertet werden. Was ist mit der DNA-Analyse von den Zigaretten?«

»Die soll morgen kommen«, sagte Federsen. »Bis dahin müssen wir alle infrage kommenden Personen durchleuchten. Herr Niehaus, Sie suchen auch noch mal die Braut auf. Vielleicht hat sie sich inzwischen gefasst und kann mehr über die Hintergründe der verdächtigen Leute sagen. Suchen Sie sich aus, wen Sie mitnehmen.«

Isabell signalisierte Hannes sofort, sich ihm anschließen zu wollen. Per wurde beauftragt, genauere Hintergründe über die Band zusammenzutragen. Immerhin stammten vier der Verdächtigen aus dem inneren Kreis von *Cloud Palace*. Federsen selbst wollte sich um etwas kümmern, das ihm schon seit dem frühen Morgen unter den Nägeln brannte.

»Ich fahre zu diesem Schmierblatt, das heute die Fotos vom Tatort veröffentlicht hat. Ich möchte wissen, wo die herkommen. Sie stimmen mit keinem der Bilder überein, die wir bisher kennen. Wenn diese Typen uns Beweismaterial vorenthalten, können sie sich auf was gefasst machen! Anschließend werde ich sehen, wie weit die Hausdurchsuchung bei dem Bandmanager fortgeschritten ist. Typisch, dass sich noch niemand gemeldet hat!«

Im Raum herrschte Aufbruchsstimmung, und Maria trat zu Hannes.

»Freut mich, dass meine Hinweise bei deinem cholerischen Chef auf so große Dankbarkeit treffen«, meinte sie sarkastisch.

»Du kennst ihn doch. Das war wirklich gute Arbeit! Jetzt haben wir endlich das komplette Bild. Nur noch sieben Leute kommen als Täter infrage. So schnell sind wir in keiner anderen Ermittlung vorangekommen, seit ich dabei bin!«

»Es dürfte trotzdem noch ein Stück Arbeit vor euch liegen. Sag mal, es ist ja inzwischen schon eine Ewigkeit her, dass wir uns außerhalb der Arbeit getroffen haben. Wollen wir nicht mal wieder zusammen was trinken gehen?«

Hannes spürte das Erröten seiner Ohren, noch bevor Maria es sehen konnte. Es irritierte ihn, dass sie nicht lockerließ. Schließlich wusste sie, dass er jetzt mit Anna zusammen war. Oder steckte lediglich das Angebot einer harmlosen Freundschaft hinter ihrem Vorschlag? Er ließ einen Testballon steigen.

»Im Moment suchen Anna und ich nach einer Wohnung. Wahrscheinlich stehen diese Woche noch Besichtigungstermine an, und das geht ja bei mir nur abends. Aber ich kann dir spontan Bescheid geben, sobald es bei mir passt.«

»Guter Vorschlag, melde dich einfach. Ich habe im Moment nicht so viel um die Ohren.« Sie lächelte ihn unbefangen an, und Hannes atmete erleichtert auf. Dass sich ihr Gesichtsausdruck veränderte, als er zur Tür des Besprechungszimmers ging, konnte er nicht mehr sehen. Maria wusste eben, wann sie ihre Mimik unter Kontrolle halten musste und wann sie ihre wahren Gefühle zeigen konnte.

Emil Wegberg war gut in seinem Job. Er besaß alle Voraussetzungen, die man dafür brauchte. Er war risikofreudig, wenn es sich lohnte, skrupellos, wenn es nicht anders ging – und opportunistisch, wenn dies einen Vorteil versprach. Daneben war ihm seine Unauffälligkeit von Nutzen. Er war ein eher kleiner Mann mit einem Allerweltsgesicht und einer langweiligen Kurzhaarfrisur. Außerdem konnte er äußerst fokussiert vorgehen. Hatte er sich an einem Opfer festgebissen, blieb er ihm so lange auf den Fersen, bis er das gewünschte Ziel erreichte. Dieses Ziel war immer das gleiche: spektakuläre Fotos und skandalöse Enthüllungen.

Der Zweiundvierzigjährige war Klatschreporter und Paparazzo in einer Person. In den letzten fünfzehn Jahren hatte er schon einige Prominente öffentlich bloßgestellt. Auch die eine oder andere vielversprechende Karriere war seinen Enthüllungen zum Opfer gefallen. Er war auf keine bestimmte Personengruppe, wie zum Beispiel Politiker oder Schauspieler, spezialisiert. Jeder, der über eine ausreichend große Bekanntheit verfügte, konnte in sein Fadenkreuz geraten. Zwar hatte er nichts gegen diese Leute, doch Schuldgefühle plagten ihn niemals. Wer sich einen Job mit öffentlicher Strahlkraft aussuchte, musste eben mit den unangenehmen Nebeneffekten des Ruhmes leben. Emil Wegberg sah das ganz pragmatisch. Machte er den Job nicht, würde es jemand anders tun. Im Gegensatz zu vielen seiner Kollegen war er nicht auf das schnelle Geld aus. Ihn interessierten die richtig großen Skandale und die am sorgfältigsten verborgenen Geheimnisse. Um an diese heranzukommen, ließ er auch mal einen schnell zu verdienenden Euro liegen.

Jetzt verfuhr er wieder nach diesem Motto. *Cloud Palace* interessierte ihn, seit er einen ausführlichen Artikel über die Band und ihre Fanszene gelesen hatte. Einigen Dreck hatte er bereits an die Oberfläche geholt und veröffentlicht. Allerdings waren das eher die üblichen Exzesse von Rockstars gewesen. Damit war kaum noch jemand hinter dem Ofen hervorzulocken. Je mehr er sich mit der Band beschäftigt hatte, umso stärker war die Vermutung gereift, dass ihm die Gruppe noch eine wirklich dicke Story liefern könnte. Der tote Gitarrist war erst der Auftakt gewesen, dessen war er sich sicher. Natürlich hatte er in diesem Fall der Versuchung, einen aufsehenerregenden Artikel zu verfassen, nicht widerstehen können. Dafür waren auch die Fotos zu gut gewesen – und noch dazu exklusiv.

An diesem Tag befand sich Wegberg am Rande eines abgeschotteten Grundstücks. In der Mitte stand ein spektakulärer Neubau, dessen große Fensterflächen einen freien Blick auf die nahe Ostsee erlaubten. Hohe Mauern versperrten neugierigen Besuchern die Sicht, und eine aufwendige Alarmanlage sicherte das Gebäude zusätzlich. Doch Wegberg übte seinen Job nicht erst seit gestern aus. Nachdem er die Umgebung intensiv ausgekundschaftet hatte, war ihm eine einsame Fichte auf einem Acker aufgefallen. Sie erlaubte einen guten Blick auf das Anwesen. Dass die Äste erst weit über dem Boden begannen, hatte den Reporter nur kurz aufgehalten. Es gab immer einen Weg. In diesem Fall hatte er darin bestanden, kleine Eisenklammern, wie sie auch auf Klettersteigen verwendet wurden, in den Baumstamm zu schlagen. Auf diese Weise hatte sich der Mann eine Leiter geschaffen, über die er bequem in das immergrüne Astgewirr hinaufsteigen konnte.

Die Mühe hatte sich gelohnt. Sicher vor einer Entdeckung, aber mit einem hervorragenden Blick über die dem Meer zugewandte Grundstücksseite, hatte Wegberg schon an den ersten Tagen einiges geboten bekommen. Offensichtlich fühlte sich der Bewohner des Hauses vollkommen unbeobachtet. Nie waren die Vorhänge der Fensterfronten zugezogen, so konnte er mit einem Teleobjektiv in das Arbeitszimmer, den Wohnbereich und den Schlafraum spähen. Dadurch waren ihm tiefe Einblicke in das Privatleben des Bewohners vergönnt gewesen. Einiges davon hätten seine Kollegen schon längst meistbietend an die Boulevardpresse verscherbelt. Emil Wegberg war anders. Ihm war klar, dass die Fotos seinen Beobachtungsplatz verraten würden. Eine andere Möglichkeit, das Grundstück einzusehen, gab es aber nicht. Auch diesmal wartete er lieber auf den großen Knall, anstatt eine schnelle Schlagzeile zu produzieren.

Gelegenheit dazu hätte es genug gegeben. Niklas Lehmann war ein egozentrischer Typ. Gäbe es den Beruf des Rockstars nicht schon lange, er hätte für ihn erfunden werden müssen. Sein Tagesablauf war unregelmäßig. Meist stieg er erst gegen Mittag aus dem Bett, dafür war er oft bis tief in die Nacht aktiv. Dagegen hatte Wegberg absolut nichts einzuwenden, denn die beleuchteten Räume erleichterten die Beobachtung enorm. Er hatte mehrere wilde Partynächte verfolgen können, dann aber auch wieder längere Phasen, in denen sich der Sänger von *Cloud Palace* allein in dem Gebäude aufhielt. Oft saß er stundenlang vor den Fenstern und starrte auf das Meer hinaus. Wegberg vermutete, dass der Mann zwar eine stark ausgeprägte extrovertierte Seite hatte, hin und wieder aber auch gerade nicht aus sich herausging. Sein Gemütszustand wechselte manchmal schlagartig und ohne Vorwarnung von einem Extrem ins andere.

Eine Konstante gab es allerdings in Niklas' Leben. Er konnte sich am Abend noch so zugedröhnt oder sexuellen Ausschweifungen hingegeben haben, sein Aussehen zelebrierte er jeden Tag. Über dem Schlafzimmer befand sich im ersten Stock des Hauses ein moderner Fitnessraum mit bodentiefen Fenstern. Hier trainierte er jeden Nachmittag zwei Stunden, bevor er anschließend die Sauna ansteuerte, die ebenfalls eine freie Sicht über die Küste bot. Anschließend verschwand er entweder im Bett oder saß im Arbeitszimmer am Fenster, um zu komponieren oder zu texten. Häufig beobachtete Wegberg, wie der Musiker auf einem großen Klavier herumklimperte und dann etwas niederkritzelte. Das Arbeitszimmer war eigentlich mehr ein Studio, weshalb die anderen Bandmitglieder auch öfter anwesend waren. Einen besseren Platz hätte sich Wegberg daher gar nicht aussuchen können. Unauffällig vermochte er der Band kaum näher zu kommen. Er hatte umfangreiche Charakteranalysen angefertigt, obwohl er die Leute nur wie in einem Stummfilm beobachten konnte.

Auch heute fühlte er sich wieder wie in einem Kinosaal, als er mit der Kamera auf die Fenster des Studios zoomte. Er kicherte leise. Vor einem Gast wedelte Niklas aufgeregt mit den Armen. Auch ohne Ton war klar, dass er den Besucher zusammenbrüllte. Tobias Steinfeld war vor zehn Minuten eingetroffen, und die Begrüßung war wenig herzlich ausgefallen. Der Security-Chef wirkte jedoch nicht so, als würde er sich noch lange anschreien lassen. Er war das, was man umgangssprachlich als einen Schrank bezeichnete, hatte eine Zahnlücke und konnte bei Bedarf äußerst autoritär auftreten. Wegberg hatte das in der Vergangenheit schon zu spüren bekommen. Er sah, wie sich Steinfeld über seine Glatze strich und offenbar nur noch mühsam zurückhalten konnte. Auch wenn er zwölf Jahre älter war als der Sänger, hätte er ihn wahrscheinlich mit einem einzigen gezielten Schlag ausschalten können. Aber er wusste natürlich, wer sein Gehalt zahlte, auch wenn sich der Reporter fragte, wie lange sich der Mann als Sicherheitschef noch würde halten können. Den Mord hatte er nicht verhindern können, offensichtlicher konnte eine Sicherheitsfirma nicht versagen.

Das Tor des Anwesens wurde von mehreren Fans belagert, die seit der Meldung von Svens Tod dessen Bruder ihre Unterstützung signalisieren wollten. Wegberg vermutete, dass der Bandleader auf diese Anteilnahme gern verzichtet hätte. Zugleich war ihm klar, dass den Mann noch etwas anderes in Wallung versetzte. Als der Reporter am frühen Morgen vor der Einfahrt vorbeigegangen war, hatte er mehrere Fotos davon geschossen. Inzwischen war der Grund für Niklas' Aufregung zwar entfernt worden, zeigte aber noch immer eine nachhaltige Wirkung. Der Sänger von *Cloud Palace* hatte Angst. Todesangst. Und das konnte Emil Wegberg gut verstehen.

Leah Hartenbach war eine beeindruckende Frau. Zwei Tage nach dem Mord an ihrem Freund war ihr die Trauer noch deutlich anzusehen. Aber sie war wieder in der Lage, ein zusammenhängendes Gespräch zu führen. Hannes und Isabell trafen sie im Wohnhaus ihrer Mutter an, einer bescheidenen Behausung mit gepflegtem Garten. Leah war in kleinbürgerlichen Verhältnissen am Rande der Stadt aufgewachsen. Ihre Mutter war Irin und als junge Frau nach Deutschland gezogen. Der Vater hatte auf einer Werft gearbeitet, bis er eines Tages aus Unachtsamkeit von einem Stahlträger erschlagen worden war.

Einen Teil der blonden Haare hatte Leah zu einem Zopf geflochten und am Kopf wie eine Krone rund gebunden. Diese Frisur hatte sie auch am Abend der geplatzten Hochzeit getragen – zu den weichen Gesichtszügen, dem sinnlichen Mund und ihren tiefblauen Augen. Sie war siebenundzwanzig, also ein Jahr jünger als Sven.

Die Zwillinge Lehmann kannte sie seit ihrer Kindheit, da sie nur ein paar Häuser weiter gewohnt hatten. So, wie sie ihre Jugend schilderte, mussten es freie und wilde Jahre gewesen sein. Sie hatte einen drei Jahre älteren Bruder, und zu viert waren sie eine verschworene Bande gewesen, die viel Unsinn angestellt hatte. Hannes lenkte das Gespräch schließlich auf den Samstagabend.

»Wie Sie wissen, war das Gelände des *Meeresschlosses* streng abgeschirmt. Das bedeutet, dass Ihr Mann … ähm … dass Sven Lehmann nur von einem Anwesenden erschossen worden sein kann. Haben Sie jemanden im Verdacht?«

Der Frau standen sofort wieder Tränen in den Augen. »Das kann nicht sein! Sie müssen sich irren! Irgendjemand hat sich Zutritt verschafft und … und …« Ihre belegte Stimme brach nun endgültig.

Isabell warf Hannes einen vorwurfsvollen Blick zu und wechselte auf das Sofa, um der Frau tröstend die Hand auf den Arm zu legen. Hannes streckte mit einem fragenden

Gesichtsausdruck seine Hände nach oben. Wie sollte man dieses Thema feinfühliger ansprechen? Isabell zeigte es ihm. Behutsam wirkte sie auf die Frau ein und verwickelte sie in ein vermeintlich harmloses Gespräch über die Hochzeitsgäste und deren Hintergrund. Geschickt lenkte sie das Gespräch dann aber immer wieder auf diejenigen Personen, die auf dem Whiteboard im Präsidium rot markiert waren.

Leahs Anmerkungen waren durchweg positiv, sofern man davon absah, dass sie den Bassisten Erik als Einzigen aus der Band nicht zu mögen schien. Sie deutete an, dass er sich vor längerer Zeit um sie bemüht, sie aber seit ihrer Beziehung mit Sven geschnitten habe. Auch die anwesenden Freunde und Familienangehörigen waren nach ihren Ausführungen harmlos. Die junge Frau war fest davon überzeugt, dass niemand der Gäste auf Sven geschossen hatte.

»Alle, die eingeladen waren, standen ihm nahe. Wir waren uns einig gewesen, in einem ganz kleinen Kreis zu feiern. Niemand von denen hätte ihn umbringen wollen. Sie müssen irgendwas übersehen haben!«

»Das gesamte Gelände wurde auf den Kopf gestellt«, entgegnete Hannes. »Es gibt keinerlei Anzeichen, dass sich jemand eingeschlichen hatte.«

Leah musterte die ungewöhnliche Farbgebung seiner Augen. »Dann … dann … vielleicht jemand von den Angestellten? Als wir angekommen sind, hat uns ein Mann die ganze Zeit so komisch angeschaut.«

»Wie meinen Sie das?«

»Er starrte zu uns rüber. Mit einem verkniffenen und unfreundlichen Gesichtsausdruck.«

»Sven war ein Star. Könnte der Mann nicht deshalb gestarrt haben?«

»Vielleicht. Es war aber kein beeindruckter Blick, eher ablehnend.«

»Okay.« Isabell mischte sich wieder ein. »Können Sie ihn beschreiben?«

Leah konzentrierte sich. Mit jedem ihrer Sätze formte sich ein Bild vor dem inneren Auge der Ermittler: Christian Langfinger, die Aushilfskraft. Er hatte sich als einziger Bediensteter unbeobachtet zwischen Schloss und Wirtschaftsgebäude hin und her bewegt.

Federsen war stinksauer. Er hatte alles gegeben. Trotzdem hatte der Chefredakteur nicht damit rausrücken wollen, woher die Fotos vom Tatort kamen. Stattdessen hatte er etwas von Informantenschutz gemurmelt und den Kommissar damit endgültig zum Kochen gebracht.

»Sie haben vielleicht Nerven!«, hatte er gebrüllt. »Wir suchen einen Mörder, und Sie faseln von Informantenschutz? Wir versuchen hier, Leben zu schützen! Vielleicht ist Ihr Informant sogar selbst in den Mord verwickelt!«

»Das glaube ich kaum. Aber ich mache Ihnen einen Vorschlag. Ich frage ihn, ob ich Ihnen seinen Namen mitteilen darf. Sollte er zustimmen, dann aber sicher nur unter der Voraussetzung, dass Sie das vertraulich behandeln.«

»Machen Sie, was Sie wollen! Ich werde Ihnen sowieso ein Feuer unterm Arsch anzünden und alle Hebel in Bewegung setzen. Sie behindern eine Mordermittlung, bei der sogar der Schutz von Informanten zurückstehen muss!«

Doch der Chefredakteur hatte sich nicht einschüchtern lassen. In Federsen brodelte es noch immer, als er bei Bastian Eckhoffs Wohnhaus eintraf. Der Manager hatte sich nach der Ankündigung, dass sein Haus durchsucht werden würde, sofort auf den Heimweg gemacht. Empört sah er zu, wie die Polizisten seine gesamte Einrichtung auf den Kopf stellten. Gereizt kündigte er dem Kommissar an, ihn für dieses ungerechtfertigte Eindringen in sein Privatleben zur Rechenschaft zu ziehen. Damit kam er Federsen gerade recht. Minutenlang lieferten sich die beiden Männer ein heftiges Wortgefecht. Schließlich näherte sich ein Polizist und lenkte Federsens Aufmerksamkeit auf sich.

»Wir haben da was, das Sie sich ansehen sollten.«

»Gleich!« Federsens Gesicht war tiefrot. »Herr Eckhoff, Sie bleiben hier und rühren sich nicht von der Stelle! Mein Kollege da hinten wird Sie im Auge behalten.«

Er drehte sich um und folgte dem Polizisten kurzatmig durch den Flur. Die Wohnung war hochmodern und exklusiv eingerichtet. Mehrere Fotos zeigten den Manager, wie er sich im Umfeld der Band aufhielt. Auf den meisten Bildern zeigte er einen selbstgefälligen Gesichtsausdruck. »Als stünde er selbst auf der Bühne und zöge nicht nur im Hintergrund die Fäden«, brummte Federsen seinem Kollegen zu.

Der zog es vor, zu schweigen. Er übertrat die Schwelle zum Schlafzimmer und führte den Kommissar zur Fensterbank. Dort lag ein durchsichtiger Plastikbeutel, in dem Beweismittel sichergestellt wurden. Der Inhalt des Beutels führte dazu, dass sich Federsens schlechte Laune endlich in Luft auflöste.

Erschöpft stieß Hannes um halb acht seine Wohnungstür auf. Anna würde in wenigen Minuten eintreffen, und bis dahin wollte er einfach nur in seinem Sessel sitzen und die Bilder der letzten Tage Revue passieren lassen. Sie hatten die Erinnerung an seinen Urlaub komplett verdrängt. Doch trotz der Müdigkeit war Hannes in guter Stimmung. Der heutige Tag hatte die Ermittlungen einen wichtigen Schritt nach vorne gebracht. Das war auch dringend nötig gewesen, denn vor dem Polizeipräsidium hatte sich über den Tag eine Horde von Journalisten versammelt, die nach Informationen gierte. Steffen Lauer hatte sie mit einer nichtssagenden Pressekonferenz nur bedingt befriedigen können. Die Bekanntheit des Opfers war in Verbindung mit den besonderen Todesumständen ein gefundenes Fressen für den Sensationshunger der Menschen.

Hannes dachte an die Szenerie am Strand zurück. Leah Hartenbach hatte den Ermittlern die Hintergründe des ausgefallenen Hochzeitsdesigns mitgeteilt. In ihrer Jugend trug sie den Spitznamen *Eisprinzessin*, da sie zahlreiche Annäherungsversuche kühl und – wie sie selbst zugab – arrogant abgewehrt hatte. Da sie schon damals auffallend attraktiv gewesen war, hatte sie sich vermutlich nicht anders gegen die Zudringlichkeiten zu helfen gewusst. Einem besonders hartnäckigen Jungen hatte sie bei der Feier zu ihrem sechzehnten Geburtstag ein unvergessliches Erlebnis beschert.

Sie hatte ihm vorgegaukelt, offen für ein kleines Abenteuer zu sein und ihn in die Küche gelockt. Als er mit heruntergelassener Hose vor ihr gestanden hatte, war er von ihr unauffällig zur Tür geschoben worden. Hinter seinem Rücken hatte sie den Schlüssel wieder herumgedreht, die Tür aufgerissen und ihn mit Schwung ins Wohnzimmer gestoßen. Die Gesichter der versammelten Freunde und Familienmitglieder mussten unbeschreiblich gewesen sein.

Die Schilderung dieses Ereignisses war am Nachmittag einer der wenigen Momente gewesen, in denen Leah aufgetaut war. Sogar der Ansatz eines Lächelns war zu sehen gewesen, und Hannes hatte geahnt, welche intensive Ausstrahlung diese Frau sonst zu versprühen imstande war. Die positive Energie war jedoch schnell verblasst, als sie auf den Hochzeitsabend zu sprechen kam.

»Natürlich ist diese Szene unvergesslich. Der arme Kerl war übrigens Niklas gewesen. Er hat sich danach wochenlang nicht mehr in unser Haus und in meine Nähe getraut. Damals war es unvorstellbar, dass wir nur ein Jahr später tatsächlich für kurze Zeit ein Paar waren.«

Das Desinteresse am anderen Geschlecht hatte die Frau bald nach ihrem sechzehnten Geburtstag abgelegt. Nach dem kurzen Verhältnis mit Niklas war sie mit seinem Bruder zusammengekommen und hatte danach mehrere Freunde gehabt, bis sie Sven erneut über den Weg gelaufen war.

»Es war seine Idee, eine Hochzeit im Winter zu feiern, da das zu einer Eisprinzessin passe. Ich fand es auch lustig, denn wir lachen immer noch über diesen besonderen Geburtstag. Niklas kam dann auf *Feuer und Eis,* das Motto.« Sie hatte wehmütig gelächelt. »Sven hat das natürlich sofort gefallen. Zum einen wollte er eine ausgefallene Hochzeit und zum anderen war er geschmeichelt, dass er das Feuer in unserer Beziehung sein sollte.«

Hannes hörte einen Schlüssel in der Wohnungstür. Wenig später legte Anna ihm von hinten die Arme um den Oberkörper. Inzwischen wusste sie, welcher Todesfall momentan die komplette Energie ihres Freundes erforderte. Sie hatte mit dem Bandnamen sofort etwas anfangen können. Vor einem Jahr war sie auf einem Konzert von *Cloud Palace* gewesen. Widerstrebend hatte sie damals dem Drängen ihrer besten Freundin nachgegeben und sich eine Karte gekauft. Was sie darüber erzählte, hatte Hannes neugierig gemacht. Genauso gespannt betrachtete er nun die Ausdrucke eines Immobilienportals, die Anna auf seinem schäbigen Couchtisch ausbreitete.

»Schau dir die Anzeigen mal an«, forderte sie ihn auf. »Die liegen alle in unserem Preisrahmen. Leider sind es keine Altbauten, aber für den Anfang ist die Ausbeute nicht schlecht. Solche Sechzigerjahre-Klötze wie deinen Bunker habe ich sofort aussortiert. Wir wollen uns ja verbessern …«

Hannes schmunzelte. Eine Augenweide war das Gebäude in der Tat nicht. Er überflog die Inserate und konzentrierte sich vor allem auf die Bilder.

»Sehen alle gut aus, bis auf diese hier.« Entschieden legte er ein paar Blätter zur Seite. Sie zeigten Bäder, die ihn an die Wohnung seiner Großmutter erinnerten. Auch die Wände wirkten seltsam.

»Hab ich mir schon gedacht.« Anna deutete auf die Fotos. »Die Tapeten könnten wir zwar runterreißen, aber ich habe trotzdem nur für die anderen Wohnungen Termine ausgemacht.«

»Du legst ja ganz schön los. Wann sind die Besichtigungen?«

»Morgen Abend zwei, der Rest am Wochenende. Wir müssen noch unsere Unterlagen zusammenstellen. Meinen Arbeitsvertrag hab ich schon kopiert, damit die Vermieter sehen, dass ich ab nächster Woche wieder ein regelmäßiges Einkommen habe.«

»Meine Gehaltsabrechnungen werden bestimmt keine Freudensprünge auslösen«, meinte Hannes skeptisch. Als Teilzeitpolizist fiel seine Entlohnung nicht üppig aus, und auch die Fördermittel der Sporthilfe waren überschaubar. »Wir müssen wohl auf anderer Ebene überzeugen.«

»Das sollte kein Problem sein«, sagte Anna zuversichtlich. »Aber erst mal müssen wir eine Wohnung finden, die uns gefällt.«

»Dir ist es also wirklich ernst, dass du mit mir zusammenziehen willst?«

Anna sah ihn liebevoll an. »Todernst«, sagte sie, und angesichts der derzeitigen Umstände fühlte sich Hannes bei dieser Wortwahl etwas unbehaglich.

KAPITEL 5

Am Vortag hatte Per umfangreiches Material über *Cloud Palace* zusammengetragen. Irrtümlich war er zunächst von einem überschaubaren Aufwand ausgegangen, da er bereits einiges über die Band wusste. Ihre Musik hatte ihn sofort in den Bann gezogen, als er zum ersten Mal einen ihrer Songs gehört hatte. Inzwischen besaß er alle CDs, auf einem Konzert war er jedoch noch nicht gewesen.

»Was ich aber unbedingt nachholen muss«, meinte er, als er seine Kollegen über die Hintergründe der Rock-Gruppe informierte. »*Cloud Palace* soll eine fantastische Live-Band sein. Dadurch sind sie erst richtig berühmt geworden. Die Konzerte sollen die reinsten Happenings sein und werden mit großem Aufwand aufgezogen. Ein paar Ausschnitte habe ich euch ja vorhin gezeigt.«

Auch Steffen Lauer war im Konferenzzimmer dabei. Angesichts der Begeisterung des Polizisten schmunzelte er. Federsen hatte dagegen eine nicht so euphorische Meinung, was die musikalische Qualität betraf.

»Viel Lärm um nichts. Wenn man ihnen die ganze Pyrotechnik und Effekte wegnehmen würde, bliebe nur noch eine wilde Truppe, die Krach produziert.«

»Krach?« Per war empört. »Die Musik ist total melodisch! Klar, sie geben richtig Gas, aber trotzdem sind es erstklassige Kompositionen. Manchmal werden sie sogar von einem

Symphonieorchester und Chor begleitet. Diese Elemente in schnelle Rockmusik zu integrieren, muss man erst mal hinbekommen. Es gibt hier ein Lied, bei dem das sehr deutlich wird.«

Er streckte den Arm aus, um ein weiteres Youtube-Video anzuklicken. Federsen stoppte ihn augenblicklich.

»Verschonen Sie uns damit und kommen Sie lieber zur Sache. Gibt es im Zusammenhang mit dieser Band irgendetwas, was uns bei der Ermittlung weiterhelfen kann? Immerhin kommen vier der Musiker infrage, ihren Gitarristen beseitigt zu haben.«

»Ich war doch gerade dabei, Ihnen einen Überblick zu verschaffen«, maulte Per.

»Dann fassen Sie sich mal kürzer und vor allem nüchterner!«

Per nahm sich diese Aufforderung zu Herzen. Isabell feixte. Dass jemand Per mangelnde Nüchternheit vorwarf, war ungewöhnlich. Ihr Kollege war nicht gerade dafür berüchtigt, zu Gefühlsausbrüchen zu neigen oder ein Übermaß an Emotionen zu besitzen. Was war an *Cloud Palace* so besonders, dass dieser sonst so zurückhaltende Kerl in Wallung geriet?

Cloud Palace war vor vielen Jahren als Schülerband mit dem aufsässigen Namen *School's out!* gestartet, in Anlehnung an einen Hit von Alice Cooper. Die Lehmann-Zwillinge hatten ein paar Freunde für das Projekt gewonnen, und bis auf Annika Morgen und den Backgroundchor waren alle aktuellen Musiker von Anfang an dabei gewesen. Lediglich der zweite Gitarrist war unterwegs auf der Strecke geblieben – ersatzlos. Die Qualität musste anfangs unterirdisch gewesen sein, bei einem Sommerfest war der Gruppe von der Schulleitung sogar der Strom abgestellt worden. Der wenig vielversprechende Start hatte die Jugendlichen aber nicht von ihrem Traum abgebracht, eines Tages eine weltweit bekannte Band zu sein.

Die vier jungen Männer und die Schlagzeugerin Fuji Yoko waren nach dem Abitur in der Stadt geblieben, um gemeinsam an ihrer Karriere zu basteln. Bis auf Sven hatten zwar alle studiert, die Uni aber eher sporadisch aufgesucht. Der Gitarrist hatte dagegen eine Ausbildung zum Industriekaufmann begonnen, sodass seine Zeit für die Musik begrenzt gewesen war. Seitdem war Niklas der alleinige Bandleader. Der um fünf Minuten jüngere Zwillingsbruder war ohnehin das größere Musiktalent der beiden. *School's out!* war eine Coverband gewesen, doch Niklas widmete seine Zeit vermehrt dem Komponieren eigener Songs, statt sich auf das Studium der Kommunikationswissenschaften zu konzentrieren.

Sein Stil vereinte Elemente aus Rock, Punk und Metal. Wie sein Bruder war er von der irischen Musik fasziniert, weshalb er sich auch beim Folk-Rock bediente. Er verfügte über große sprachliche Begabung, und entsprechend hatten seine Songtexte auffällig lyrische Züge. Auch der Bandname war seiner Neuausrichtung wenig später zum Opfer gefallen. Seit sieben Jahren trat die Gruppe als *Cloud Palace* auf. Die Zahl der Auftritte in Bars und kleineren Clubs hatte stetig zugenommen, und vor fünf Jahren war das erste, damals allerdings fast unbeachtete Album veröffentlicht worden.

Ein Jahr später war *Cloud Palace* dennoch bekannt genug gewesen, um eine kleine Halle für ein Konzert zu mieten. Finanziell zwar eine Verlustveranstaltung, hatte es aber das Interesse des Musikmanagers Bastian Eckhoff geweckt. Er vermittelte *Cloud Palace* als Vorband für die Konzertreihe einer bekannten Popgruppe. Erstmals mit den Möglichkeiten einer professionellen Bühnenausstattung versehen, hatten die Musiker ihr wahres Können demonstrieren und die Anzahl ihrer Fans nachhaltig vergrößern können.

»Bastian Eckhoff arbeitete damals bei einem Plattenlabel, erkannte das Potenzial und bot sich als Bandmanager an«, berichtete Per. »Wahrscheinlich waren die Lehmanns blauäugig, als sie den Vertrag unterschrieben.«

»Weshalb?«, wollte Steffen Lauer wissen.

»Leider gibt es dazu nur Gerüchte. Auf den ersten Blick klang wohl alles vielversprechend. Eckhoff sollte auf eigene Kosten die zweite CD produzieren und eine Tour durch zehn Clubs in Norddeutschland organisieren. Im Gegenzug erhielt er siebzig Prozent der erzielten Erlöse.«

»Nicht grade bescheiden«, meinte Isabell.

»Na ja, er trug auch das komplette Risiko. Kündigte seinen Job und gründete eine eigene Firma, *Golden Universe Music*. Außerdem waren die Musiker zu der Zeit abgebrannt und hatten ihr Studium geschmissen. Der Bassist war sogar verschuldet. Die hätten sich niemals die Produktion einer weiteren CD oder das finanzielle Risiko einer Tour leisten können. Ohne Eckhoff wäre *Cloud Palace* trotz des zunehmenden Erfolgs gegen die Wand gefahren.«

»Dann verdanken ihm diese Leute also alles«, schlussfolgerte Federsen. »Und zum Dank wollen sie ihn jetzt loswerden. Da wäre es kein Wunder, wenn er Hassgefühle entwickelt.«

»Ganz so einfach ist es nicht«, widersprach Per. »Der Vertrag beinhaltete eine spezielle Klausel. Sollte es Eckhoff gelingen, die CD in die Top 100 zu bringen, verlängerte sich die Zusammenarbeit um drei weitere CDs.«

»Und das gelang ihm«, vermutete Isabell.

»Zwar nur knapp, aber ja. Das Album erreichte Platz achtundneunzig. Vor drei Jahren kam dann die nächste Scheibe auf den Markt, deutlich aufwendiger produziert. Die Texte waren poetisch und die Musik intensiver. Es gab begeisterte Rezensionen. Das war der Durchbruch. Nicht nur in Deutschland, sondern weltweit.«

Pers Wangen glühten, und er zeigte wieder eine ansteigende Erregung. Federsen schritt rechtzeitig ein.

»Wir haben verstanden, was Sie sagen wollen. Die Band arbeitete sich mühsam bis ganz nach oben und Herr Eckhoff verpasste ihr den entscheidenden Schub. Jetzt kommen Sie mal zu den Hintergründen, die mit unserem Fall zu tun haben können.«

»Tue ich doch«, protestierte Per. »Wir sollten wissen, aus welchem Umfeld Sven kam. Und neben Bastian Eckhoff kommen nun mal einige Bandmitglieder als Täter infrage.«

»Dann konzentrieren Sie sich auch auf diese Leute«, blaffte Federsen.

Per grunzte zustimmend und beeilte sich, seine Ausführungen schnell zu Ende zu bringen. Die Musiker erkannten, dass der Vertrag mit ihrem Manager seine Tücken hatte. Doch Eckhoff zeigte sich nur bedingt gesprächsbereit. Am Ende einigte man sich, seinen Erlösanteil drastisch zu reduzieren. Im Gegenzug musste *Cloud Palace* fünf weitere Alben mit *Golden Universe Music* herausbringen und sich anteilig an allen Kosten beteiligen. Da man mit Eckhoffs Arbeit grundsätzlich zufrieden war und sich auch persönlich gut verstand, gab es keine Bedenken gegen eine längerfristige Bindung. Nur eben zu fairen Konditionen.

»Bis zur vorletzten CD lief alles gut«, erklärte Per. »Die Musiker wurden aber mit dem großen Erfolg selbstbewusster. Es gab Meinungsverschiedenheiten, und das Verhältnis zu Eckhoff litt zunehmend. Vor wenigen Wochen erschien das insgesamt fünfte Album. Ein sogenanntes Konzeptalbum, das die Lebensphasen und Schicksale eines Menschen von der Geburt bis zum Tod in fünfzehn Songs beschreibt. Die Single ist in mehreren Ländern auf Platz eins gelandet. Zwei CDs unter Eckhoff stehen also noch aus. Danach wollten die Zwillingsbrüder ein eigenes Label gründen. Bin gespannt, ob Niklas das jetzt alleine durchzieht oder jemand anderen beauftragt.«

»Das ist mir völlig egal«, rief Federsen. »Klar ist, dass Herrn Eckhoff eine sprudelnde Einnahmequelle wegfallen wird. Natürlich kotzt ihn das an! Aber würde er deswegen einen Mord begehen?«

»Und daraus folgt eine weitere Frage«, stimmte ihm der Leiter der Mordkommission zu. »Wenn er es war, warum sollte es dann nur Sven Lehmann treffen? Er war zwar eine prägende Figur der Truppe, das gilt für seinen Bruder aber genauso.«

»Richtig!« Per runzelte die Stirn. »Natürlich hat jedes Bandmitglied seine Fans, aber Sven und Niklas teilten den Großteil der Sympathien unter sich auf. Außerdem waren beide die klaren Führungspersönlichkeiten der Band. Den größten Hass dürfte Eckhoff also auf die Brüder haben – von denen inzwischen nur noch Niklas lebt.«

Als Hannes im Anschluss an sein Training im Präsidium eintraf, recherchierten Per und Isabell gerade nach weiteren Informationen zu den einzelnen Musikern. Per fasste für seinen Kollegen noch einmal den morgendlichen Vortrag über die Bandhistorie zusammen.

»Klingt schon spannend«, gab Hannes zu. »Anna war mal auf einem Konzert und fand es super. Ich frage mich nur, ob der Mord an Sven wirklich etwas mit der Band zu tun hat. Nicht, dass wir einer falschen Fährte nachjagen.«

»Da fast alle Verdächtigen aus dem Umfeld von *Cloud Palace* stammen, liegt die Vermutung aber nahe.« Isabell schaute vom Computerbildschirm hoch. »Als Außenstehender kommt nur dieser Herr Langfinger infrage.«

»Von dem die Braut meinte, dass er sich merkwürdig verhalten habe.« Hannes nickte. »Wissen wir schon mehr über ihn?«

»Federsen ist gerade bei ihm.«

»Allein?«

Isabell grinste. »Er hat mehr als deutlich gemacht, dass Per und ich hier genügend Arbeit zu erledigen haben. Hättest du ihm widersprochen und auf dem Grundsatz *Kein Verhör allein* gepocht?«

»Bestimmt nicht! Was kam bei der Hausdurchsuchung bei Eckhoff raus?«

»In einer Schublade wurde eine Pistole gefunden.« Pers Stimme klang für die Tragweite dieser Information erstaunlich unbeteiligt. »Eingewickelt in einem Handtuch. Eine sichere und ordnungsgemäße Aufbewahrung sieht anders aus. Federsen hat den Mann zwar sofort in U-Haft genommen, aber inzwischen haben wir die Analyse vorliegen. Es ist eine ganze Weile her, seit diese Pistole zuletzt abgefeuert wurde. Eckhoff behauptet, zuletzt vor zwei Monaten auf dem Schießstand gewesen zu sein. Außerdem stimmt die Munition nicht mit der vom Samstag überein. Deshalb mussten wir ihn wieder gehen lassen.«

»Zumindest kann er also mit einer Pistole umgehen«, meinte Hannes. »Wieso hat er überhaupt eine?«

»Er ist Mitglied in einem Schützenverein. Besitzt auch einen Waffenschein. Durch den Erfolg von *Cloud Palace* sei er vermögend geworden und wolle sich verteidigen können.«

»Gibt es für diese Vorsicht einen konkreten Anlass?«

»Nein. Aber Neider gebe es schließlich immer, und außerdem habe *Cloud Palace* auch Gegner.«

»Wieso das denn? Entweder man mag eine Band oder eben nicht. Wieso sollte man gegen sie sein?«

»Erinnerst du dich an diese Boyband-Schwemme in den Neunzigern? Die wurden auch von einigen gehasst. Hauptsächlich von Jungs.«

Isabell grinste. »Warst du auch einer von denen? Aber ich sehe es wie Hannes. Wenn man eine Musikgruppe nicht mag, oder meinetwegen sogar hasst, dann erschießt man doch nicht den Gitarristen. Außerdem ist *Cloud Palace* keine Boyband.«

»Stimmt, bei den Fans gibt es nur einen leichten Frauenüberhang. Es hat einen anderen Grund, warum manche Leute gerade diese Band so vehement ablehnen. Unter den Anhängern herrscht teilweise nämlich so was wie eine religiöse Verehrung.«

Fragend schaute Hannes ihn an. »Wie meinst du das?«

»Du musst dir mal die Texte ansehen. Das sind keine platten Liebeslieder oder belanglosen Aneinanderreihungen von Worten. Fast immer geht es um tiefgreifende Themen, und die Musik ist perfekt auf diese Texte abgestimmt. Bei den Konzerten werden dann noch Effekte und Technik in einer Art und Weise eingesetzt, wie es wohl keine andere Band tut. Angeblich fallen manche Zuhörer sogar in einen tranceähnlichen Zustand.«

»Das hast du heute Morgen ja gar nicht erzählt«, rief Isabell überrascht.

»Ich wollte unseren Chef nicht überfordern«, sagte Per. »Von den Fans werden die Musiker wie Helden verehrt.«

Hannes blieb skeptisch. »Mag sein, aber das trifft auch auf andere Bands zu.«

»Am Samstag wirst du es verstehen«, erwiderte Per.

»Wieso?«

»Dann findet das Eröffnungskonzert ihrer Tournee statt. In der *Hafenarena*. Anschließend gehen sie auf Europatour. Federsen will, dass wir uns einen Eindruck verschaffen und das Konzert besuchen.«

Hannes war fassungslos. »Obwohl der Gitarrist erschossen wurde, wird die Tournee nicht abgesagt?«

»Die fünfzehn Konzerte sind restlos ausverkauft. Insgesamt über zweihunderttausend Tickets. *Cloud Palace* spielt nur in den größten Hallen. Für jedes Konzert wird ein gigantischer technischer Aufwand betrieben. So aufwendig, dass zwei baugleiche Bühnen gemietet wurden. Während sie in einer Stadt spielen, wird in der nächsten Halle alles aufgebaut. Die aktuelle Bühne wird sofort nach dem Konzert abmontiert und zur übernächsten Station gebracht. Nur so lässt sich die Tournee überhaupt durchführen.«

Langsam wurde Hannes neugierig. »Könnte wirklich interessant werden.«

»Ich frage mich, woher sie so schnell Ersatz an der Gitarre bekommen wollen«, meinte Per, der dem Konzert offenbar entgegenfieberte. »Sven war nicht irgendein Gitarrist, er …«

»Fang nicht schon wieder an«, stöhnte Isabell.

Hannes hatte eine Ahnung, wer der neue Gitarrist werden dürfte. Er erinnerte Isabell an die Befragung der Backgroundsängerin Mia Landberger. Ihr Kollege Dennis hielt sich für einen hochbegabten Gitarristen und hatte Svens Part schon an dessen Hochzeit übernommen.

Per war alarmiert. »Den Kerl haben wir doch auf der Liste! Er ging nach dem Hochzeitsständchen mit Mia von der Bühne, war zum Tatzeitpunkt aber allein – und zwar in dem Korridor, aus dem der Schuss abgegeben wurde.«

»Und deshalb …«, Isabell klappte ihren Laptop zu, »sollen Hannes und ich ihn jetzt auch aufsuchen. Nachdem wir noch mal mit dem Bassisten der Band gesprochen haben.«

»Sagt wer?«

»Der Chef.«

»Und ich?«

»Du sollst weiter an den Profilen der Bandmitglieder arbeiten. Für fünf Uhr ist eine weitere Besprechung angesetzt, besser du beeilst dich.«

Missmutig blieb Per zurück, als sich seine Kollegen auf den Weg machten. Die Ernüchterung verflog schnell, als der Bildexperte des Präsidiums mit einem USB-Stick in der Hand das Zimmer betrat.

»Ich hab mir mal die Fotos des Hochzeitsfotografen näher angesehen.« Er steckte den Stick in Pers Computer und öffnete mehrere Dateien. »Ein paar Bildausschnitte habe ich vergrößert und geschärft. Du hattest völlig recht, es war kein Dreck auf der Linse des Apparates. Dem Fotografen ist wahrscheinlich überhaupt nicht bewusst gewesen, was er da teilweise fotografierte.«

Mit aufgerissenen Augen blickte Per auf seinen Bildschirm. Eine neue Spur war aufgetaucht.

Christian Langfinger hatte dem Kommissar nicht viel entgegenzusetzen. Federsen hatte ihn an seinem Arbeitsplatz, einem Discount-Supermarkt in einem heruntergekommenen Stadtviertel, aufgesucht. Um ungestört reden zu können, hatten sie sich in das Lager zurückgezogen. Es roch gewöhnungsbedürftig nach einer Mischung aus Gemüse und Waschmitteln. Federsen unterbrach kurz das Verhör, als ein anderer Supermarktangestellter das Lager betrat, und wartete, bis der Mann eine Palette mit Klopapier in den Verkaufsraum bugsiert hatte.

Mit zunehmender Verzweiflung beteuerte Herr Langfinger, nichts mit der Ermordung des Rockstars zu tun zu haben. Er habe sich an jenem Abend gänzlich auf seine Aufgabe konzentriert und die Getränkevorräte aufgefüllt sowie Feuerholz für den Kamin des Festsaals herbeigeschafft. Federsen gab alles, um ihn in Widersprüche zu verwickeln. Nach fünfzehn Minuten war er genauso schweißgebadet wie sein Gegenüber. Zur Erholung steckte er sich eine Zigarette an und nebelte Herrn Langfinger ein.

Der Kommissar wusste, dass er wie kaum ein anderer in der Lage war, einen Verdächtigen in die Mangel zu nehmen. Allmählich neigte er daher dazu, dem Mann Glauben zu schenken. Er hielt ihn weder für intelligent noch für kaltschnäuzig. Im Gegenteil. Der Kerl war den Tränen nahe und kurz vor dem Zusammenbruch. Und ganz offensichtlich damit überfordert, ein Verdächtiger in einem aufsehenerregenden Mordfall zu sein. Dann lieferte er unverhofft und unbewusst doch noch eine bedeutsame Information.

»Ich war es wirklich nicht! Als das Feuerwerk plötzlich loslegte, habe ich mich doch genauso erschrocken wie die Security.«

Federsens Gesichtsmuskeln zuckten. »Was sagen Sie da? Haben Sie einen von der Security getroffen, als das Feuerwerk begann? Wo war das?«

»Vorm Hotel. Es war aber eine Frau. Sie war ein Stück entfernt von mir und zuckte genauso zusammen wie ich. Sie kam den Weg vom Tor entlang.«

»Von der Einfahrt?«

»Genau.«

Federsen fluchte. »Verdammt, wieso rücken Sie erst jetzt damit heraus?«

»Ist das wichtig?«

»Wichtig?« Federsen brüllte. »Sie unterbelichteter … Wenn das stimmt, dann haben Sie ein Alibi! Dann sind Sie aus dem Schneider, kapieren Sie das nicht?«

Endlich dämmerte dem Mann die Tragweite seiner Aussage. Erleichterung breitete sich auf seinem Gesicht aus, und sofort versuchte er, die Frau vom Sicherheitsdienst zu beschreiben. Da es dunkel gewesen war, konnte er keine genaue Aussage machen, aber Federsen wusste, was er zu tun hatte.

Grußlos ließ er Herrn Langfinger in dem Lagerraum zurück und eilte zu seinem Auto. Hektisch fummelte er in den Unterlagen auf seinem Beifahrersitz herum, bis er den gesuchten Zettel herausfischte. Dann tippten seine nikotinverfärbten Finger eine Telefonnummer in das Handy.

»Steinfeld«, meldete sich eine tiefe Männerstimme.

»Federsen, Kriminalpolizei«, schnaufte der Kommissar in das Mikrofon. »Sagen Sie mal, als am Samstag das Feuerwerk begann, befand sich da eine Ihrer Mitarbeiterinnen auf dem Weg von der Einfahrt zum Hotel?«

Es verging ein Moment, bevor der Security-Chef antwortete. »Das kann eigentlich nicht sein, denn …«

»Lange blonde Haare, auf denen eine dunkle Mütze saß. Sie trug irgendeinen Kasten.«

»Blonde Haare hat nur eine meiner Angestellten. Kann ich Sie zurückrufen? Ich kläre das.«

»Dann klären Sie auch gleich, ob diese Frau einen Hotelangestellten vor dem Schloss gesehen hat. Und ich brauche ihre Adresse und ihren Namen! In fünf Minuten!«

»Weshalb …?«

Federsen beendete das Telefonat. Wütend starrte er durch die Windschutzscheibe. Eine ältere Frau zuckte erschrocken zurück, als sie auf dem Bürgersteig vorbeiging und in das hochrote Gesicht mit den hervorquellenden Augen sah. Federsen warf ihr einen giftigen Blick zu, und die alte Dame setzte eilig ihren Weg fort. Als das Telefon klingelte, nahm er das Gespräch sofort an.

»Und?«

»Sie haben recht. Eine Mitarbeiterin hatte die Kollegen außerhalb des Grundstücks mit Getränken versorgt. Sie war gerade auf dem Weg zurück zum Hotel, als das Feuerwerk einsetzte. Vor dem Gebäude sah sie einen Mann, der Holzscheite ins Schloss brachte.«

»Wieso erfahre ich das erst jetzt?«, schrie Federsen. »Sagten Sie nicht, dass Ihre Leute ihre Position nicht verlassen durften?«

»Sie sollten ihren Posten nicht ohne vorherige Zustimmung oder Anweisung von mir verlassen«, präzisierte Tobias Steinfeld. »Dafür haben wir Funkgeräte. Die Kollegin ist erst seit kurzer Zeit bei uns und hatte diese Regelung noch nicht verinnerlicht. Tut mir leid, wenn Sie dadurch …«

»Es tut Ihnen leid? Wegen Ihnen habe ich meine Zeit vergeudet! Wenn sich Ihre Leute den ganzen Abend so vorbildlich an Ihre Anweisungen gehalten haben, wundert es mich nicht, dass wir Herrn Lehmann erschossen vom Steg aufsammeln mussten.«

»Wie gesagt, es tut mir leid. Aber alle anderen waren sehr erfahren. Ich kann also ausschließen, dass …«

»Sie sollten besser gar nichts ausschließen. Ich tu das nämlich auch nicht. Und wissen Sie, warum?«

»Äh …«

»Weil ich mich gerade frage, warum ich Sie nicht schon längst viel intensiver durchleuchtet habe. Angeblich befanden Sie sich zu dem Zeitpunkt ebenfalls auf dem Weg von der Einfahrt zurück zum Strand. Bestätigen kann das jedoch niemand! Wo genau waren Sie denn tatsächlich, und wieso sind nicht auch Sie Ihrer Mitarbeiterin und dem Hotelangestellten begegnet?«

»Das ist … Ich war mit Sven befreundet! Wie können Sie glauben …«

»Beantworten Sie meine Frage!«, herrschte Federsen ihn an. Speicheltropfen landeten auf dem Armaturenbrett.

»Ich war in der Nähe des Wirtschaftsgebäudes. Konnte die Hochzeitsgesellschaft schon sehen. Sind Sie nun zufrieden?«

»Wo sind Sie im Moment?«, fragte Federsen zurück.

»In meiner Wohnung. Ich plane die Sicherheitsvorkehrungen für die Tour von *Cloud Palace* und …«

»Bleiben Sie, wo Sie sind! Ich bin in zwanzig Minuten bei Ihnen, dann unterhalten wir uns!« Der Motor des Dienstwagens jaulte im obersten Drehzahlbereich, als der Kommissar aus der Parklücke ausscherte. Auf Tobias Steinfeld rollte ein Besucher mit ausgeprägten Rachegelüsten zu.

Erik von Wagner war siebenundzwanzig Jahre alt und hatte gemeinsam mit den Lehmann-Zwillingen die Schulbank gedrückt. Er war fast so groß wie Hannes, nur schlaksiger, und bewohnte eine geräumige Dachgeschosswohnung. Die umlaufende Terrasse bot einen grandiosen Ausblick über die Innenstadt. Im Kamin loderte ein Feuer, dessen Flammen sich in den Pupillen des Bassisten spiegelten. Wieder waren ihm die verschiedenfarbigen Augen des Polizisten sofort aufgefallen, und als einer von wenigen sprach er Hannes auch unumwunden darauf an. Er klang mitfühlend, als er vermutete, dass ein derart markantes Äußeres ständig verstohlene Blicke mit sich bringen dürfte. Erik hatte aufgrund seines fehlenden Fingers ein gutes Gespür für derartige Zusammenhänge, und Hannes konnte ihm nicht widersprechen.

Die Wohnung war prunklos eingerichtet, ein Exemplar des kleinen Couchtischs hatte der Polizist auch in seinem eigenen Wohnzimmer stehen. Er erinnerte sich, dass der Preis in dem gelb-blauen Möbelhaus lächerlich niedrig gewesen war. Schon nach wenigen Minuten war den Ermittlern klar, dass Erik nicht zu Starallüren neigte, sondern bescheiden und zurückhaltend war. Hannes war sogar der Meinung, dass der regelmäßige Griff zur Zigarettenschachtel ein Zeichen von Unsicherheit bedeutete. Das Ergebnis des DNA-Tests lag inzwischen vor. Die im Schusskorridor hinter einem Busch gefundenen Zigaretten entsprachen zwar Eriks Marke, waren aber nicht von ihm geraucht worden. In der Rangliste der Verdächtigen war er damit wieder abgesackt.

Isabell versuchte zunächst, das Eis zu brechen, denn der Bassist hatte bisher nicht viele Worte verloren. »Stimmt es eigentlich, dass Sie bei Ihren Konzerten immer dieselben Schuhe anhaben?«

»Das ist tatsächlich so. Es sind die Schuhe, die ich bei unserem ersten Auftritt getragen habe. Damals waren wir noch eine unbekannte – und ehrlich gesagt auch grauenhafte – Schülerband. Insofern ist es vielleicht ein merkwürdiger Talisman. Aber so hat eben alles angefangen. Diese Schuhe sind für mich ein Symbol des langen und nicht immer einfachen Weges, den wir zurückgelegt haben. Das sieht man ihnen inzwischen auch an.«

Er zeigte den Anflug eines Lächelns, und auch Isabell schien zufrieden zu sein. So viele Sätze am Stück hatte sie aus dem Mund des Mannes gerade zum ersten Mal gehört. Er drückte sich gewählt aus und sprach auffällig langsam. Als überlege er bei jedem Wort zuerst, ob es tatsächlich wert war, ausgesprochen zu werden. Dass er vor dem Durchbruch von *Cloud Palace*

Philosophie studiert hatte, sprach für eine gute Selbsteinschätzung. Kein anderer Studiengang hätte seinem Wesen besser entsprochen.

»Das kann ich mir vorstellen«, antwortete die Polizistin. »Die Dinger dürften inzwischen schon fast auseinanderfallen.«

»Etwas mehr als zehn Jahre haben sie schon durchgehalten. Wenn sie mal kaputt sind, wird das wahrscheinlich auch das Ende unseres Erfolgs einleiten.«

Isabell lachte. Eriks Gesicht blieb dagegen völlig unbewegt. Vielleicht hatte es gar keine scherzhafte Bemerkung sein sollen, sondern war tatsächlich der Ausdruck einer abergläubischen Einstellung.

»Haben Ihre Freunde auch solche Talismane?«, fragte Hannes.

»Nein, sie machen sich eher über mich lustig. Niklas sagt, die Schuhe stinken schon so stark, dass irgendwann keine Fans mehr in der ersten Reihe stehen wollen.«

»Sie scheinen sich alle gut zu verstehen. War das schon immer so?«

»Wir haben uns nach oben gekämpft, das schweißt zusammen.«

»Aber in jeder Gruppe gibt es immer mal Rivalitäten oder Streitigkeiten.«

Erik zündete eine neue Zigarette an. »Natürlich, das gehört dazu. Und wir sind heute auch nicht mehr dieselben unbedarften Kerle wie früher. Erfolg und Ruhm verändern die Menschen. Die meisten zumindest.«

»Sie nicht?«

Der Mann ließ die Frage eine Weile in der Luft hängen. Seine Augen hatten inzwischen wieder einen melancholischen Ausdruck angenommen. »Gute Frage. Ja, der Erfolg hat mich verändert. Allerdings anders, als Sie annehmen werden. Ich genieße den Ruhm nicht. Manchmal hasse ich ihn sogar. Er lässt mich aber darüber nachdenken, wer ich eigentlich bin und was all diese Leute in mir sehen. Da gibt es wenig Übereinstimmungen.«

»Klingt ziemlich zurückhaltend.«

»Verstehen Sie mich nicht falsch. Ich liebe Musik und wollte immer in einer Band spielen. Es gibt nichts, was ich lieber tue. Ich reflektiere nur die Begleiterscheinungen.«

Isabell war sichtlich beeindruckt. Der Mann war vollkommen anders, als man sich einen Rockstar vorstellte. Mit den kurz geschorenen Haaren und der Hornbrille wirkte er auch äußerlich wie jemand, den man eher im Lesesaal einer Bibliothek antreffen würde und nicht vor einer kreischenden Horde Fans.

»Wie gehen Ihre Kollegen mit dem Erfolg um? Teilen die Ihre Einstellung?«

»Das ist verschieden.«

»Wie war es bei Sven?«

»Er genoss es in vollen Zügen, genauso sein Bruder.«

»Stört Sie das?«

»Überhaupt nicht. Ich hatte auch eine wilde Phase, in der ich alles mitgenommen hab, was möglich war. Nur merkte ich irgendwann, dass ein solches Leben ganz schön oberflächlich ist. Aber jeder muss selbst wissen, was er tut.«

»Wie äußert sich das bei den anderen?«

»Das müssen Sie meine Freunde selbst fragen. Ich werde keine Interna ausbreiten. Was in der Band passiert, bleibt in der Band.«

»Schöner Ehrenkodex«, war Hannes' Kommentar. »Dennoch wäre aufgrund eines toten Gitarristen wohl jetzt ein geeigneter Zeitpunkt, ihn zu überdenken.«

»Wieso?«

»Weil nur Leute als Schützen infrage kommen, die sich auf dem Gelände befanden. Das schließt alle Bandkollegen ein, Sie auch!«

»Ich habe nie ernste Probleme mit Sven gehabt. Was soll mir sein Tod denn bringen?«

»Und die anderen?«

»Wie Sie schon gesagt haben: Natürlich gibt es in jeder Gruppe mal Streit, auch heftigeren. Aber jeder weiß, dass wir nur gemeinsam den Erfolg von *Cloud Palace* sicherstellen können. Ratio ist oft der beste Friedensstifter.«

»Gab es jemanden, der sich besonders heftig oder häufig mit Sven gestritten hat?«, erkundigte sich Isabell.

Erik zog die Mundwinkel nach oben, wenn auch nur für einen kurzen Moment. »Natürlich sein Zwillingsbruder, die beiden waren manchmal fast filmreif. Genauso melodramatisch lief dann aber auch ihre Versöhnung ab. Sie konnten echte Drama-Queens sein. Aber wie gesagt, wir hätten es nicht so viele Jahre zusammen aushalten können, hätte es ernsthaft Schwierigkeiten gegeben.«

»Das gilt aber nur für die beiden Brüder, Sie, den Keyboarder und Fuji Yoko.« Hannes hatte Pers Schilderung zur Bandhistorie aufmerksam verfolgt. Niklas, Patrick und die Schlagzeugerin kamen alle nicht als Schützen infrage. Im Gegensatz zu einer anderen Person. »Annika Morgen ist erst seit einem Jahr dabei. Wie kam sie mit Sven zurecht?«

»Annika kommt mit allen gut klar. Sie kann zwar launisch sein, ist aber nie jemandem länger böse. Außerdem war Sven sofort begeistert, als Niklas vorschlug, sie in die Band aufzunehmen. Und Annika ergänzt uns wirklich gut. Sie ist Vollprofi und beherrscht mehrere Instrumente. Mit ihr setzen wir Akzente, die bislang fehlten.«

»Was ist mit dem Backgroundchor?«, wechselte Isabell die Stoßrichtung.

Mit Mia Landberger und Dennis Hartfurt hatten sich immerhin zwei der Sänger im möglichen Bereich des Täters aufgehalten.

»Auch mit denen gab es keine Probleme. Wir haben mit ihnen aber nur zu tun, wenn wir eine neue CD aufnehmen oder auf Tour sind. Trotzdem, sie gehören zur Familie.«

Und über die Familie redete man eben nicht schlecht. Zumindest Erik von Wagner nicht. Allerdings gab er zu, von dem Verhältnis zwischen Mia und Sven gewusst zu haben. Zu der Frage, ob dieses Verhältnis zum Zeitpunkt der Hochzeit noch bestanden hatte, lehnte er eine Aussage ab. Dafür bestätigte er, dass sich Svens Tod zumindest für Dennis positiv auswirkte. Bei der anstehenden Tour würde er den bisherigen Gitarristen ersetzen und im Falle einer erfolgreichen Bewährungsprobe festes Bandmitglied werden.

Die Trauer war Leah Hartenbach anzusehen. Dazu brauchte man keine große Menschenkenntnis. Obwohl er über eine herausragende Menschenkenntnis verfügte und der Meinung war, die junge Frau inzwischen sehr gut zu kennen. Ihr Kummer war nicht gespielt, so viel stand fest. Auch wenn sie meistens in der Lage war, nach außen ein kühles und unnahbares Gesicht zu zeigen. Jetzt war die Maske gefallen. Doch er war sich sicher, dass sie schnell über den Verlust hinwegkäme. Genau betrachtet war es nicht mal einer. Weder für sie, noch für ihn. Mit ihrem zukünftigen Ehemann wäre sie nicht lange glücklich gewesen. Gut, dass ihr dieses Schicksal erspart blieb. Sie war für etwas anderes bestimmt, für jemand anderen.

Halb verborgen hinter einem Lieferwagen beobachtete er, wie sie das Begräbnisinstitut verließ. Am nächsten Tag sollte Sven Lehmann seine letzte Ruhe finden, und Leah dürfte gerade ein paar Details besprochen haben. Sie sah genauso bezaubernd aus wie vor wenigen Tagen am Strand. Eine solche Frau brauchte kein Hochzeitskleid, um die Umgebung mit ihrer Schönheit zum Leuchten zu bringen. Genau genommen gefiel sie ihm heute sogar viel besser als am Samstagabend vor dem improvisierten Traualtar auf dem Steg. Dieser Anblick hatte lediglich schmerzhafte Stiche in seinem Inneren ausgelöst, während er heute von einem Glücksgefühl durchströmt wurde. Der entscheidende Unterschied war, dass sie endlich wieder frei war. Frei für ihn. Sein größter Wunsch war in Erfüllung gegangen.

Nur eine Kleinigkeit störte. Auch heute befand sich ein anderer Mann in Leahs Nähe. Gerade nahm er sie sogar in die Arme, als wollte er ihr Trost spenden. Niklas Lehmann. Konnten diese verdammten Zwillinge nicht endlich ihre Finger von dieser Frau lassen? Erregt atmete er ein und aus. Es hätte nicht viel gefehlt, und er wäre nach vorne gestürmt, um die beiden auseinanderzureißen. Unvorsichtigerweise hatte er sich etwas zu weit aus der Deckung getraut. Leah schaute über Niklas' Schultern – und ihm direkt entgegen. Hastig trat er hinter den Lieferwagen und zog die Mütze tiefer herunter. Hatte sie ihn erkannt? Er glaubte, Schritte zu hören, und sah sich verzweifelt nach einer Fluchtmöglichkeit um. Es gab keine. Würde er vom Lieferwagen wegrennen, hätten Leah und Niklas freie Sicht.

Da hörte er das Geräusch einer Autotür. Vorsichtig spähte er um das Heck des Lieferwagens herum. Leah warf ihre Handtasche auf den Beifahrersitz und ging um ihr Auto herum zur Fahrertür. Erleichtert wischte er sich den Schweiß aus den Augen. Er wusste, wohin sie fahren würde, und hatte dafür gesorgt, dass dort bereits etwas auf sie wartete. Alles funktionierte nach Plan. Schritt für Schritt. Er musste das Netz um die Frau seiner Träume nur geduldig enger ziehen. Und dabei sollte ihm besser niemand in die Quere kommen.

Am Abend versammelten sich die Ermittler im Konferenzraum. Draußen hatte leichter Schneefall eingesetzt und den Verkehr zusammenbrechen lassen. Die Heizungsanlage im Präsidium war ausgefallen, weshalb die Polizisten mit Winterjacken um den großen Tisch herumsaßen. Strenger Schweißgeruch lag in der Luft. Hannes war überzeugt, dass sein Vorgesetzter dafür verantwortlich war.

Neben Federsen verfolgte auch Steffen Lauer das gegenseitige Update der Ermittler. Nachdem Christian Langfinger als Verdächtiger ausgeschieden war, hatte sich die Anzahl der möglichen Täter auf sechs Personen reduziert. Im Anschluss an Eriks Vernehmung waren Isabell und Hannes zu Dennis Hartfurt weitergefahren. Der Mann begleitete *Cloud Palace* seit zwei Jahren als Backgroundsänger und war das jüngste Mitglied des Ensembles. Er war erst zwanzig und würde der vordersten Bandreihe eine Frischzellenkur verpassen.

Dass es ihm an Motivation nicht mangelte, hatten die Ermittler schnell erkannt. Dennis fieberte dem Tourneestart entgegen. Als Isabell und Hannes bei ihm aufgetaucht waren, hatte er seit mehreren Stunden auf der E-Gitarre die Songs für das Auftaktkonzert einstudiert. Für den nächsten Tag war eine Bandprobe im Haus von Niklas Lehmann angesetzt, und der junge Mann wollte die Erfüllung seines Lebenstraums nicht aufs Spiel setzen.

Die Aussicht, Teil einer weltweit erfolgreichen Band zu werden, versetzte ihn in einen euphorischen Zustand. Sein Auftreten hätte im Vergleich zu Erik nicht unterschiedlicher sein können. Hannes fragte sich allerdings, ob der Mann wirklich Svens Platz ausfüllen konnte. Zumindest mit dem Aussehen des bisherigen Gitarristen konnte er nicht annähernd mithalten, und auch seine Ausstrahlung war eher ungestüm als charmant.

Empört hatte er auf den Verdacht reagiert, etwas mit der Ermordung seines Vorgängers zu tun zu haben. Noch nie habe er eine Waffe in der Hand gehalten, und außerdem hätte er sich sehr gut mit dem Mordopfer verstanden. Nach Dennis' Meinung hätte die Band ohnehin zwei Gitarristen vertragen können. Auch Sven habe ihm gegenüber angedeutet, dass dies eine Option wäre. Ob das stimmte, ließ sich nun natürlich nicht mehr überprüfen.

»Eine Hausdurchsuchung wäre angebracht«, war Federsens Kommentar. »Und zwar bei allen, die kein Alibi haben und sich im Schusskorridor befunden haben könnten.«

»Was hoffst du zu finden?« Lauer war skeptisch. »Das Gelände und alle Anwesenden wurden durchsucht. Ohne Ergebnis. Die Tatwaffe wird sich der Mörder kaum unters Kopfkissen gelegt haben. Den Richter will ich sehen, der uns beim derzeitigen Kenntnisstand die Durchsuchung von sechs Wohnungen genehmigt.«

»Es sind nur fünf«, erwiderte Federsen mürrisch. »Im Haus des Bandmanagers waren wir ja schon.«

»Außerdem treten wir mit den Ermittlungen nicht auf der Stelle«, sprang ihm Hannes bei.

»Das habe ich auch nicht gesagt«, erklärte Lauer. »Die Ergebnisse reichen nur noch nicht aus. Heute wurde ein weiterer Verdächtiger entlastet. Vielleicht fallen morgen noch mehr Leute durchs Raster, während sich der Verdacht gegen andere erhärtet. Dann können wir noch mal über Wohnungsdurchsuchungen reden.« An Federsens Adresse hatte er noch etwas hinzuzufügen: »Außerdem geht es nicht, dass ihr manchmal allein zu den Verdächtigen unterwegs seid! Henning, du weißt genau, dass eine belastende Aussage wertlos ist, wenn es keinen Kollegen gibt, der sie bezeugen kann. So ein Alleingang wie heute kommt nicht mehr vor!«

»Und wie denkst du dir das?« Federsen war wütend. »Wir sind nur vier Ermittler!«

»Mehr habe ich für diesen Fall aber nicht.«

»Was ist mit Marcel und Clarissa?«, fragte Hannes. Die beiden Kollegen hatten das Team vor wenigen Wochen in seiner zweiten Mordermittlung tatkräftig unterstützt.

»Die arbeiten in einem anderen Fall. Sollte der sich wider Erwarten schnell auflösen, wäre das aber eine Option.«

Federsen war weiter ungehalten, obwohl ihm klar sein musste, dass der Leiter der Mordkommission völlig recht hatte. Allein loszuziehen war ausgeschlossen. In diesem Moment klingelte sein Mobiltelefon, und der Kommissar verließ den Raum. Als er wenig später zurückkam, hatte sich seine Miene aufgehellt.

»Das war der Chefredakteur dieser Zeitung, die die Fotos vom Tatort veröffentlich hat«, rief er triumphierend. »Seine Quelle ist bereit, sich morgen mit uns zu treffen. Wir bekommen alle Fotos, die diesem Typen vorliegen. Soll ein freiberuflicher Journalist sein, der ziemlich dicht an *Cloud Palace* dran ist. Einzige Bedingung ist, dass er nach außen unerkannt bleiben will. Pah! Der Kerl wird nicht mehr wissen, wo oben und unten ist, wenn ich mit ihm fertig bin!«

»Immer langsam!« Lauer zog sofort die Notbremse. Vermutlich hielt er es für die schlechteste Idee des Tages, dass der cholerische Ermittlungsleiter auf einen Journalisten losgelassen wurde. »Du wirst hier gebraucht, um alle Fäden zusammenzuhalten. Herr Niehaus kann das übernehmen.«

Federsens Augen quollen hervor. »Der Kerl muss in die Mangel genommen werden! Das willst du Herrn Niehaus übertragen? Wie soll dieses Weichei …«

»Henning!« Es war einer der seltenen Momente, in denen auch Lauers Stimme an Lautstärke gewann. »Keine Diskussion! Vielleicht kann dieser Mann nicht nur Fotos liefern, sondern auch ein wertvoller Informant werden. Vertrauensbildende Maßnahmen sind da zielführender als deine Holzhammermethode. Herr Niehaus übernimmt das und damit Punkt.«

»Dann machen wir es eben zusammen«, brauste Federsen auf.

»Nichts da. Das ist einer der wenigen Fälle, in denen ein einzelner Ermittler ausreicht! Sollte sich der Mann tatsächlich als möglicher Informant herausstellen, wird ausschließlich Herr Niehaus sein Verbindungsmann sein. Damit habe ich alles gesagt.«

Mühsam akzeptierte Federsen diese aus seiner Sicht skandalöse Entscheidung und berichtete stattdessen von seinem weiteren Tagesverlauf. Mit Tobias Steinfeld war er am Nachmittag kaum weitergekommen. Seine Anschuldigung, der Security-Chef käme als Täter infrage, hatte fast schon Belustigung hervorgerufen. Der Mann war lediglich aufgrund des Versagens seiner Sicherheitsvorkehrungen kleinlaut gewesen. Nach einer halben Stunde hatte Federsen das Feld ergebnislos räumen müssen.

Anschließend hatte er sich Mia Landberger vorgeknöpft. Die Sängerin war noch immer am Boden zerstört gewesen, was angesichts ihrer Affäre mit dem Mordopfer nicht überraschte. Sie gab zu, noch vier Tage vor der Hochzeit mit Sven im Bett gewesen zu sein. Das hatte dem Kommissar tiefe Einblicke in den Charakter des Gitarristen gegeben. Mia war offensichtlich so heftig in den Mann verliebt gewesen, dass sich Federsen nur schwer vorstellen konnte, dass sie ihn erschossen hatte. Andererseits war die Trauung des Geliebten mit einer anderen Frau natürlich ein schwer zu verkraftender Anblick. Hätte die Kugel dann aber nicht eher die Braut treffen müssen?

»Vielleicht hat sie schlecht gezielt«, witzelte Isabell. Alle starrten sie an. »Was ist? War ein blöder Witz, ich weiß.«

»Das stimmt«, sagte Hannes erregt. »Aber als Mutmaßung nicht schlecht. Vielleicht sollte der Schuss gar nicht den Bräutigam treffen, sondern die Braut! Oder jemanden, der auf einem der Stühle hinter dem Brautpaar saß.«

Federsen stürmte sofort zum Whiteboard, auf dem die Situation am Strand grafisch dargestellt war. »Wer käme dann noch infrage?« Er musste sich auf die Zehenspitzen stellen, um auf den Bereich zeigen zu können. »Die Eltern von Sven

Lehmann, zwei Backgroundsänger von *Cloud Palace* und hier: der Bruder der Braut und ihr Großvater.«

Auch Lauer hatte sich von seinem Stuhl erhoben. »Wir müssen jedes denkbare Motiv der Tatverdächtigen zu diesen Personen prüfen. Den Bräutigam natürlich weiter eingeschlossen! Frau Forster, solche Witze dürfen Sie gern häufiger machen!«

Isabell errötete bis zur Spitze ihrer Stupsnase, während Hannes die Tafel aus zusammengekniffenen Augen musterte. »Wieso sitzen der Bruder der Braut und ihr Großvater eigentlich abseits von den Gästen?«

»Finden Sie's heraus«, forderte sein Chef. »Wir befragen morgen die betroffenen Personen. Anschließend sollten wir alle Verdächtigen zum Verhör einbestellen. Die nehmen wir nacheinander auseinander!«

Lauer nickte. »Vielleicht sind anschließend auch Hausdurchsuchungen eher gerechtfertigt als zum jetzigen Zeitpunkt.«

Per hatte die Aufregung schweigend verfolgt. Sein Gesicht hatte sich jedoch ebenfalls gerötet, so stachen die Aknenarben deutlicher hervor als gewöhnlich. »Es könnte noch etwas für die Möglichkeit eines fehlgeleiteten Schusses sprechen.« Er schloss seinen Laptop an den Beamer an. »Auf manchen Bildern des Hochzeitsfotografen sind mir kleine Flecken aufgefallen. Wie auf dem hier.« Er ging zur Wand und deutete auf einen Ausschnitt der Aufnahme.

»Sieht wie ein Fliegenschiss aus«, brummelte Federsen.

Per ging zu seinem Platz zurück. »Ich dachte zuerst auch, dass da irgendwas auf der Linse war. Aber diese Flecken sind auch auf anderen Fotos. An verschiedenen Stellen. Eine Gemeinsamkeit gibt es: Es sind immer Aufnahmen, die vom Strand in Richtung des Wirtschaftsgebäudes und Schlosses gemacht wurden.«

»Und damit in Richtung des Schützen«, schlussfolgerte Hannes aufgeregt. Er ahnte, Per würde gleich eine Bombe platzen lassen.

»Ich habe alle betroffenen Bilder unseren Experten gegeben«, sagte dieser. »Sie sollten die Flecken vergrößern und schärfen. Hier ist das Ergebnis.«

Er öffnete ein neues Bild. Es zeigte den dunklen Himmel und die kahlen Äste eines Baumes. Doch noch etwas anderes war zu erkennen, wenn auch nur verschwommen. Es war den Technikern nicht gelungen, das Objekt richtig scharf darzustellen. Die Ausgangsfotografie hatte keine bessere Qualität ermöglicht.

»Was soll das sein?« Federsen blickte verständnislos auf den Fotoausschnitt.

»Eine Drohne«, erklärte Per.

Federsen schnaubte aus. »Wie sie die Amis im Krieg verwenden? Wollen Sie uns auf den Arm nehmen?«

»Es gibt verschiedene Arten«, erklärte Per geduldig. »Das hier ist natürlich keine militärische Drohne. Wer auch immer dieses Ding ferngesteuert hat, er musste sich nicht auf dem Gelände aufhalten. Normalerweise hängt an diesen Geräten eine Kamera. Aber prinzipiell kann man natürlich alles Mögliche damit in die Luft bringen.«

»Zum Beispiel eine Waffe?«

Hannes war geplättet.

»Das ist nicht ausgeschlossen. Der Pilot wäre dann allerdings ein ziemliches Bastelgenie. Das war zumindest die Meinung der Experten, mit denen ich gesprochen habe. Trotzdem ist es nicht unmöglich, dass die Drohne neben einer Minikamera auch eine Schussvorrichtung hatte. Egal, ob der Bräutigam oder jemand anderes getroffen werden sollte: Es könnte auch aus der Luft passiert sein. Wie ihr seht, hängt da tatsächlich irgendwas unter der Drohne. Und sie fliegt nicht besonders hoch. Der Schusswinkel könnte passen. Allerdings wurde keine Patronenhülse gefunden. Es müsste also eine Schussvorrichtung gewesen sein, die nichts ausspuckt.«

»Verdammte Scheiße!«, polterte Federsen. »Dieser ganze neumodische Technikquatsch macht mich krank! Wenn dieses Fluggerät tatsächlich bewaffnet war, können wir doch alle bisher Verdächtigen vergessen! Dann stehen wir im Dunklen!«

»Wie gut, dass ich noch keine Hausdurchsuchungen beantragt habe«, war Lauers nüchterner Kommentar.

Zwei Stunden später streiften sich Anna und Hannes den Schnee von den Schuhen. Der Summer der Haustür ertönte. Zuvor hatte es Hannes knapp geschafft, pünktlich zur ersten Wohnungsbesichtigung einzutreffen. Schnell hatten Anna und er sich einen selbsterklärenden Blick zugeworfen. Das Appartement war ein kompletter Reinfall gewesen. Auch die zweite Besichtigung war nicht erfreulicher verlaufen. Da sie sich jedoch in der Nähe von Ines und Kalle befunden hatten, nutzten sie die Gelegenheit für einen Kurzbesuch. Wenig später saßen sie in dem warmen Wohnzimmer und schauten in das Schneetreiben der Januarnacht hinaus.

»Hoffentlich hört der Winter mal auf«, meinte Ines. »Ich habe die Kälte und Dunkelheit schon jetzt so was von satt!«

»Dann ist es ja gut, dass wir schon im Januar angekommen sind«, meinte ihr Freund sarkastisch.

»Hör bloß auf! Wäre ich besser in Afrika geblieben!« Ines arbeitete für das DRK und war erst im Sommer von einem einjährigen Aufenthalt als Entwicklungshelferin zurückgekommen. Sie wechselte das Thema. »Wie waren die Wohnungen?«

»Nicht der Rede wert!« Hannes winkte ab. »Die erste hätten wir sofort haben können, aber da wär ich nicht mal tot eingezogen. Bei den richtig guten Angeboten werden sich dann wahrscheinlich gleich hundert Leute bewerben.«

»Es braucht einfach Zeit.« Anna war weiter optimistisch. »Wir stehen ja noch ganz am Anfang. Am Wochenende haben wir weitere Termine.«

»Ihr könntet auch unsere Wohnung übernehmen«, schlug Kalle vor.

»Wie? Ihr zieht aus?« Hannes war überrascht. »Das wusste ich gar nicht. Wohin denn?«

Zögernd blickten sich Ines und Kalle an. Ines fuhr sich mit der Hand durch ihren Pagenschnitt, dann ließ sie die Neuigkeit heraus. »Nach München.«

»Was?« Jetzt war Hannes schockiert. Sein Freundeskreis war ohnehin überschaubar, sollten nun noch Kalle und Ines wegziehen, würde es allmählich einsam werden. »Was wollt ihr denn in Bayern?«

»Arbeiten.« Ines sah auch nicht ganz überzeugt aus. »Kalle hat ein Super-Angebot von einer Eventfirma bekommen. Das konnte er nicht ausschlagen. Ich habe auch schon mit meinem Vorgesetzten gesprochen, wahrscheinlich kann er mich beim Bayerischen Roten Kreuz unterbringen.«

Hannes sank nach hinten in die Lehne des Sofas. Diese Neuigkeit musste er erst einmal verdauen. »Wann?«

»Ich fange am ersten März an«, informierte ihn Kalle und kratzte an seinem Neurodermitis-Ausschlag in der Armbeuge herum. »Da wir noch Resturlaub haben, wollen wir Mitte Februar den Umzug über die Bühne bringen.«

»Zuerst müssen aber auch wir noch eine Wohnung bekommen.« Ines machte ein betretenes Gesicht. »Das soll in München noch viel schwieriger sein als hier. Hoffentlich müssen wir nicht für die ersten Wochen in eine Pension.«

»Mein neuer Chef will sich umhören«, sagte Kalle. »Die Wohnung hier wird jedenfalls frei. Wenn ihr wollt, können wir euch als Nachmieter vorschlagen.«

Hannes kam langsam wieder zu sich. »Wirklich nett, aber ganz ehrlich: Eigentlich suchen wir was völlig anderes, als … das hier.«

Die beiden nahmen ihm die Offenheit nicht übel und grinsten. Sowohl die Lage als auch das Haus selbst waren gewöhnungsbedürftig. Die Wohnung hatten sie zwar gemütlich eingerichtet, wirklich Charme versprühten die Zimmer aber nicht. Von der tristen Aussicht ganz zu schweigen.

Kalle erzählte, dass er künftig im Münchener Olympiapark Veranstaltungen organisieren werde, wobei der Fokus auf Musikkonzerten lag. Da er auf dem Gebiet in den letzten Jahren viel Erfahrung gesammelt hatte, war er sofort ein vielversprechender Kandidat für die zu besetzende Position gewesen. An der Stelle hakte Hannes ein und berichtete von dem Mord am Gitarristen von *Cloud Palace.* Als er das bevorstehende Konzert erwähnte, fiel ihm Kalle ins Wort.

»Da wirst du was geboten kriegen! Ich war mal vor ein paar Jahren für einen Gig von denen zuständig. Allerdings in einer kleineren Halle. Kurz bevor sie groß rauskamen.«

»Sind die live wirklich so toll, wie alle behaupten?«

»Toll? Speziell trifft es eher. Die spielen mit allen möglichen Elementen und inszenieren sich ziemlich eigenwillig. Sie sind nicht ohne Grund so erfolgreich.«

»Ich frage mich schon die ganze Zeit, warum *Cloud Palace* lange Zeit kaum im Radio gespielt wurde. Die aktuelle Single läuft zwar ständig, davor hab ich aber seltener was von denen gehört.«

»Im Radio läuft halt austauschbarer Einheitsbrei. *Cloud Palace* traf musikalisch lange nicht den Nerv der Musikredakteure. Zu wenig mainstream-tauglich. Aber ihre Fanszene ist treu und wächst weiter. Das konnten auch die Radiosender nicht mehr ignorieren. Die Gruppe hat schon ausverkaufte Konzerte auf der ganzen Welt gegeben. Sie polarisiert eben. Du wirst es ja bald selbst erleben.«

KAPITEL 6

Mit verschränkten Armen stand Niklas Lehmann am Fenster des Tonstudios. Seine moderne Villa hatte er am Rande eines Vorortes auf einem Hügel errichten lassen, sodass er von den meisten Zimmern zur nahen Ostsee hinüberblicken konnte. An diesem Tag schimmerte das Meer tiefblau, die dichten Wolken des Vortages waren weitergezogen. Den Schnee hatten sie jedoch zurückgelassen, und die Küstenlandschaft wirkte, als wäre eine weiße Decke über ihr ausgebreitet worden. Die reflektierten Sonnenstrahlen stachen schmerzhaft in den Augen, die zuletzt nur selten grellem Tageslicht ausgesetzt gewesen waren.

Mit diesem Anwesen hatte sich Niklas einen Traum erfüllt. Das nächste Gebäude lag mehrere Hundert Meter entfernt, außer Sichtweite. Dennoch hatte er eine hohe Mauer errichten lassen. Er suchte Sicherheit und wollte sich zugleich frei und unbeobachtet bewegen können. Da der große Garten zum Meer hin leicht abfiel, hatte er freie Sicht auf das Wasser. Der Blick zum Horizont gab ihm ein Gefühl von Freiheit und innerer Stärke. Zwischen dem Grundstück und der Ostsee befanden sich nur ein paar Felder sowie sumpfige Wiesen. Die Mauer stand zweihundert Meter vom Gebäude entfernt, sodass auch aus dieser Richtung keine neugierigen Blicke zu befürchten waren.

Auf der Bühne genoss Niklas die Aufmerksamkeit ausgiebig, doch zu Hause sollte ihn die Welt in Ruhe lassen. Hier hatte er alles, was er brauchte. Seinem Wunsch entsprechend hatte der Architekt das Tonstudio mit bodentiefen Fenstern in das Erdgeschoss integriert. Niklas liebte es, mit dem Blick auf das Meer Songs zu komponieren oder an Ideen zu feilen. Wenn er einen kreativen Schub hatte, verließ er das Gelände tagelang nicht. Unter der Einsamkeit litt er in dieser Zeit kaum. Und wenn ihm doch nach Gesellschaft zumute war, hatte er ohnehin genügend Möglichkeiten, sie sich zu verschaffen. Sein Adressbuch war so gefüllt, dass er sich jede wie auch immer geartete Ablenkung organisieren konnte. Die Einladung eines Rockstars lehnte niemand ab.

Am frühen Morgen hatte er mit ansehen müssen, wie sein Bruder unter die Erde gebracht wurde. Die Beerdigung war streng abgeschottet worden, das Stimmengewirr der zahlreichen Fans und Journalisten hatte er dennoch bis zum Grab hören können. Es hatte ihn angewidert. Eine Bande von Hyänen. Doch er war Realist und wusste, ohne Sensationsgier gab es weder Anerkennung noch Ruhm. Aber heute hatte er sich mit dieser Erkenntnis besonders schwergetan.

Nach der Beerdigung hatten ihn die Bandmitglieder in seine Villa begleitet. Alle waren für Ablenkung dankbar, und die bevorstehende Tournee erforderte letzte Vorbereitungen. Die Sänger des Backgroundchors waren nicht dabei, dafür aber Dennis Hartfurt als neuer Gitarrist. Die Band traf sich häufig bei Niklas, denn alle fanden die Atmosphäre hier angenehmer als in einem kargen Tonstudio mitten in der Stadt. Nachdem die Setlist für das Auftaktkonzert besprochen worden war, hatten die Musiker die ersten vier Stücke geprobt. Allen war klar, dass sie sich mit Dennis noch abstimmen mussten. Dennoch war Niklas sauer – allerdings nicht auf den Neuzugang.

»Wenn wir am Samstag so spielen, können wir es auch lassen! Was ist los? Erik, ich hab dich noch nie so schlecht den Bass zupfen gehört. Das war eine Katastrophe!«

Empört setzte Erik seine Hornbrille ab. »Sven wurde heute beerdigt, und du fragst, was los ist? Wir können doch nicht so tun, als wäre nichts passiert.«

»Erwartet ja auch keiner. Glaubst du, mir geht es gut? Immerhin war Sven mein Bruder, nicht deiner.«

»Das habt ihr aber immer wieder gut verbergen können«, antwortete der Bassist. »Ich finde es unpassend, dass wir die Tour durchziehen, als wenn nichts passiert wär. Fast, als wäre Sven dabei. Außerdem scheint uns die Polizei im Visier zu haben.«

»Wie kommst du darauf?«

Erik erzählte von den Befragungen, und auch Annika und Dennis schilderten den Besuch der Ermittler.

»Das ist normal«, versuchte der Keyboarder Patrick seine Freunde zu beruhigen. »Alle, die für den Zeitpunkt des Schusses kein Alibi haben, sind logischerweise verdächtig. Aber niemand glaubt ernsthaft, dass einer von euch was damit zu tun hat.«

»Ihr vielleicht nicht.« Erik fuhr sich nervös über seine millimeterkurze Kopfbehaarung. »Ihr kennt uns auch gut. Die Polizisten wissen dagegen fast nichts über uns. Bei mir war dieser muskulöse Kerl mit den zweifarbigen Augen. Er und seine Kollegin schienen ziemlich misstrauisch zu sein.«

Tatsächlich hatte Patrick leicht reden. Als die Kugel in Svens Herz eingeschlagen war, hatte er sich mit Fuji Yoko an der Eisbar befunden und dem Kellner zwei Drinks abgeschwatzt. Eigentlich hätten erst nach der Trauung alkoholische Getränke ausgeschenkt werden sollen, Sven hatte seine Freunde gut gekannt. Damit waren die Schlagzeugerin und der Keyboarder entlastet, genauso Niklas, der sich nicht im möglichen Schussfeld aufgehalten hatte.

Erik schien am stärksten unter dem Verdacht zu leiden. Dennis hatte nur das kommende Konzert im Kopf, und Annika machte sich ohnehin selten um irgendetwas Sorgen. Nun lehnte sie ihre Akustikgitarre an die Wand und ging vor dem Bassisten in die Knie. Behutsam fasste sie ihn an den Schultern.

»Du siehst mal wieder alles viel zu schwarz! Ist doch gut, dass die Polizei in alle Richtungen ermittelt. Umso schneller findet sie den Mörder und lässt uns in Ruhe.« Dann drehte sie sich zu Niklas um. »Bist du wirklich sicher, dass du das durchziehen willst?«

»Was?« Er warf ihr einen genervten Blick zu. »Die Tournee? Darüber haben wir schon x-mal diskutiert! Denkt an all die Vorbereitungen und das Geld, das wir investiert haben. Abgesehen von der Enttäuschung der Fans.«

»Die würden das verstehen«, erwiderte Annika. »Vor deinem Tor stehen ständig Leute, die Blumen und Karten ablegen. Von denen wär keiner sauer, wenn wir die Tour verschieben.«

»Und was ist mit den anderen?« Niklas war aufgebracht. Dann sah er ein, dass er seine Taktik ändern musste. Seine Stimme wurde sanfter. »Ich versteh euch ja! Aber was denkt ihr, hätte Sven gewollt? Ihr kanntet ihn fast genauso gut wie ich. Würde er es gut finden, wenn wir jetzt alles hinschmeißen?«

»Wir wollen nicht hinschmeißen«, meinte Erik. Er hatte bereits einen zweifelnden Ausdruck in den Augen. Es war tatsächlich unwahrscheinlich, dass sich Sven im umgekehrten Fall anders als sein Bruder verhalten hätte. »Es geht nur darum, die Tour zu verschieben.«

»Du weißt genau, dass die Hallen lange im Voraus belegt sind«, erinnerte Niklas. »Wenn wir die Konzerte absagen, fallen sie ersatzlos aus.«

»Im Sommer spielen wir ja noch die Stadion-Tour. Die ist sowieso wichtiger.«

Während Erik und Annika weiter von Niklas bearbeitet wurden, verfolgte Dennis zurückhaltend das Geschehen. Vielleicht war ihm klar, dass er sich als Neuling besser nicht an der Diskussion beteiligte. Fuji Yoko hatte sich bisher ebenfalls rausgehalten, sie ergriff bei einem Streit selten Partei. Diesmal war es allerdings anders. Sie zupfte an dem Piercing in ihrer Unterlippe und deutete mit einem Drumstick auf den Bandleader.

»Niklas hat recht. Sven hätte unbedingt gewollt, dass wir weitermachen. Mir fällt es auch schwer, aber es nützt ja nichts, wenn wir jetzt wochenlang depressiv vor uns hin grübeln.«

Bei den letzten Worten sah sie zu Erik hin, der auch ohne Todesfälle immer wieder von Schwermut befallen wurde. Sie selbst hatte dagegen eine eher sarkastische Einstellung zum Leben und zur Welt und schien nur wenig an sich heranzulassen. Häufig war sie distanziert, um dann plötzlich und ohne Vorwarnung einen spöttischen Pfeil zielsicher abzuschießen. Trotz ihres bleichen Teints und den dunkel geschminkten Lippen und Augen wirkte sie nicht wie ein Gruftie. Sie sah asketisch aus, hatte aber eine überraschende Power in ihren tätowierten Armen. Die dunklen Haare trug sie kinnlang, mit roten Strähnen. Sie war ein besonderer Typ, der einen bestimmten Teil der Fanszene ansprach.

Dass Fuji zugunsten von Niklas Partei ergriff, führte dazu, dass sich Eriks Widerstand zusehends auflöste. Schließlich stimmte er zu, den Auftritt nicht platzen zu lassen. Dennis wirkte erleichtert. Erik schlug vor, das Konzert aber zumindest Sven zu widmen und entsprechend aufzuziehen.

»Auf keinen Fall!«, rief Niklas. War er in den letzten Minuten einfühlsam und sanft aufgetreten, verfiel er jetzt wieder in eine dominante Rolle. Seine Freunde kannten diese plötzlichen Stimmungswechsel zum Teil schon seit seiner Kindheit. War Niklas eben noch ein Charmebolzen gewesen, konnte er kurz darauf ein Ekelpaket sein. In diesem Fall hatte er allerdings gute Gründe.

»Alle werden etwas in der Art erwarten. Aber wir dürfen unseren Mythos nicht gefährden! Keine Reden, kein helles Licht! Wenn wir auf einmal nicht mehr unnahbar und unerreichbar wirken, leidet die Faszination, die wir auf sie ausstrahlen. Das ganze Programm ist auf diese Wirkung ausgerichtet. Das ist unser Erfolgsrezept.«

»Na ja, hoffentlich hat der Erfolg auch mit unserer Musik und deinen Texten zu tun.« Patrick grinste. Er war die verwegenste Figur der Band. Die blonden Haare hatte er zu einer Irokesenfrisur hochgestellt und er trug zahlreiche Piercings und Tattoos. Von allen verkörperte er den Inbegriff eines Rockstars am meisten. Ähnlich wie Annika, kannte er schlechte Laune fast nur vom Hörensagen. Seiner Meinung nach hatte ihm das Leben einen echten Volltreffer beschert. Sven hatte ihn immer damit aufgezogen, dass dieses Leben schnell zu Ende sein könnte, wenn er sich nicht wenigstens ein bisschen zurückhielt. Allerdings hatte es sich dabei nicht um den glaubwürdigsten Ratgeber gehandelt, da Sven bei den Annehmlichkeiten des Ruhms selbst kein Kostverächter gewesen war.

Cloud Palace übte noch zwei Stunden, und Niklas bemängelte jede kleinste Disharmonie. Seine Laune besserte sich aber zusehends. Er war Perfektionist und mit einem ausgeprägten musikalischen Gehör gesegnet. Gegen Ende der Probe hätten nur noch wenige Zuhörer kleinere Dissonanzen heraushören können, und die würden beim Konzert ohnehin von der Technik herausgefiltert werden. Als alle Bandmitglieder ihre Instrumente wegpackten, trat Patrick neben Niklas ans Fenster und ließ den Blick über die Winterlandschaft gleiten.

»Was machen wir mit Bastian? Sven hat ihm ja am Samstag ins Gesicht geschrien, dass er ihn nie wieder sehen will.«

Niklas zuckte mit den Schultern. »Dummerweise ist er aber immer noch unser Manager. Aus dem Vertrag kommen wir nicht raus. Aber ich habe eine Idee: Im Sommer bringen wir doch während der Stadiontour die Best-of-CD raus, das ist wenig Aufwand. Im Herbst spielen wir ein neues Album ein und in einem Jahr sind wir Bastian endlich los.«

»Das wird ihm nicht gefallen.«

»Was soll er machen? Er war gestern bei mir. Hoffte wohl, dass er nach Svens Tod bei mir auf offenere Ohren stößt. Wusstest du, dass er bei der Polizei auch als Verdächtiger geführt wird? Er trieb sich am Samstag noch weiter in unserer Nähe rum.«

»Glaubst du, er könnte dahinterstecken?«

»Wütend genug war er. Außerdem hatte er von allen die größten Probleme mit Sven. Ich hab ihm aber gestern gesagt, dass sich nichts geändert hat und wir nicht weiter mit ihm zusammenarbeiten werden.«

»Wie hat er reagiert?«

Niklas folgte mit den Augen einer Möwe, die über seinem Grundstück kreiste. »Ich dachte, er würde ausrasten, aber das tat er nicht. Er nickte nur und ging zur Tür. Dann drehte er sich noch mal um und sagte: ›Okay, es ist deine Entscheidung. Wundere dich aber nicht über die Konsequenzen.‹«

Der Bruder der Braut arbeitete als Zimmermann. Aufgrund des kalten Winterwetters trafen ihn Isabell und Federsen zu Hause und nicht auf einer Baustelle an. Wie seine jüngere Schwester hatte Kai Hartenbach ein attraktives Aussehen. Er war dreißig Jahre alt und besaß die gleichen tiefblauen Augen wie Leah. Seine Frisur hätte auch einem Surfer gut gestanden, und die Tätigkeit an der frischen Luft war ihm anzusehen. Sein Vater war früh gestorben, und Kai erklärte, eine sehr enge Beziehung zu seiner Schwester zu haben. Isabell glaubte ihm das aufs Wort, denn als er über seine Schwester sprach, strahlte seine Zuneigung regelrecht aus ihm heraus.

Die Ermittler folgten kurzzeitig der Theorie, dass der Schuss eigentlich ein anderes Ziel hätte finden sollen. Kai Hartenbach konnte jedoch von keinen schwerwiegenden Zerwürfnissen zwischen den infrage kommenden Personen und den derzeit Verdächtigen berichten. Auch er selbst habe mit niemandem ernsthafte Probleme.

»Ich glaube also nicht, dass eigentlich ich das Opfer sein sollte«, meinte er leicht amüsiert. »Wie kommen Sie auf die Idee?«

»Sie saßen im Schusskorridor«, erklärte Federsen. »Die Kugel dürfte nicht weit entfernt an Ihnen vorbeigezischt sein.«

Der belustigte Gesichtsausdruck des Mannes verschwand. »Nur gut, dass ich nicht plötzlich aufgestanden bin«, meinte er unbehaglich.

»Warum saßen Sie überhaupt so abseits von den anderen?«, fragte Isabell.

»Das ging nicht anders. Mein Großvater ist nicht mehr gut zu Fuß und wollte nicht weit über den Strand laufen. Meine Schwester sorgte dafür, dass er in der Nähe des Weges sitzen konnte. Damit er da nicht so verloren war, bin ich bei ihm geblieben. Dass der Mörder auf ihn statt auf Sven gezielt hat, ist wohl auch ausgeschlossen.« Erneut zuckten seine Mundwinkel. Sven Lehmann stellte aus seiner Sicht das realistischste Ziel dar. »Meiner Mutter hat es schon früher nicht gefallen, dass Leah so viel mit ihm rumhing. Er war zwar ein mitreißender Typ und hat unsere Mutter zuerst um den Finger gewickelt, aber sie merkte recht schnell, was für eine Art Mensch er war.«

»Können Sie das konkreter ausdrücken?« Federsen war interessiert.

»Kein Rock war vor ihm sicher, wie man so schön sagt. Aber auch sonst war er absoluter Hedonist. Auf harte Arbeit hatte er keine Lust, er wollte immer nur Spaß. Eigentlich überraschend, dass er seine Ausbildung durchgezogen hat.«

»Klingt nicht so, als hätten Sie sich darauf gefreut, ausgerechnet ihn als Schwager zu bekommen«, überlegte Isabell.

»Stimmt. Keine Ahnung, was Leah in ihm gesehen hat. Seit *Cloud Palace* so erfolgreich wurde, hatte sich sein großspuriges Verhalten noch verstärkt. Meine Schwester wollte das aber nicht hören. Das hat unser Verhältnis belastet. Deshalb hab ich die

Versuche, ihr die Augen zu öffnen, irgendwann aufgegeben. Sie muss selbst wissen, was sie tut.«

»Vielleicht dachte sie, dass er sich als Ehemann ändern würde?«

»Wie wahrscheinlich wäre das wohl gewesen?« Er schnaubte aus. »Sogar an seinem Junggesellenabschied konnte er die Finger nicht von anderen Frauen lassen.«

»Sie meinen … er hat da mit einer anderen Frau angebändelt?«

»Das ist noch nett formuliert. Es passierte eine Woche vor der Hochzeit in einer Bar. Wir waren alle ziemlich betrunken. Hat mich übrigens gewundert, dass er mich überhaupt eingeladen hatte. Ich habe nur halb mitbekommen, dass er mit mehreren Frauen rumgeflirtet hat. Dann zog er mit einer in Richtung Toilette ab. Als er zurückkam, fummelte er noch seine Hose zu und hatte ein zufriedenes Grinsen im Gesicht. Ich fand das nur widerlich und bin aufgestanden, um zu gehen. Plötzlich brach ein Tumult los, und eine kleine Prügelei entstand.«

»Was war der Anlass?«

»Der Freund dieser Frau fand es wohl nicht so toll, dass Sven sie sich für ein paar Minuten ausgeliehen hatte.«

»Wie, der Freund war auch da?« Isabell schien entgeistert. »Kannten Sie den?«

»Klar, er spielt ja auch in der Band mit. Für einen schnellen Fick hatte sich Sven die Freundin des Bassisten ausgesucht.«

Hannes war von der Regattastrecke in die Innenstadt gefahren. Dort war er mit dem Mann verabredet, der die Fotos des Tatorts in der Boulevardzeitung veröffentlicht hatte. Emil Wegberg hatte ihn in ein Restaurant gelotst, das sich im zehnten Stock eines Hotelgebäudes befand und einen beeindruckenden Blick über den Hafen bot. Der Polizist schätzte den Mann, der sich als Enthüllungsjournalist vorstellte, auf Mitte vierzig.

»Umgangssprachlich würde man mich wahrscheinlich eher als Klatschreporter bezeichnen«, meinte Wegberg und lachte. Das tat er offenbar häufig, wie die Falten in seinen Augenwinkeln vermuten ließen.

Einen typischen Klatschreporter hatte sich Hannes ganz anders vorgestellt. Sein Gegenüber war definitiv kein schmieriger Typ. Er war gepflegt gekleidet und hatte ein glatt rasiertes Durchschnittsgesicht. Auf der Straße hätte Hannes den kleinen Mann wahrscheinlich übersehen. Dieser Umstand dürfte für einen Skandaljournalisten jedoch keinen Nachteil darstellen. Lediglich die eher roten als blonden Haare hatten einen gewissen Wiedererkennungswert.

Seelenruhig zerteilte Emil Wegberg ein Fischfilet und kaute genüsslich. Versonnen schaute er durch die Scheiben nach draußen. Zuvor hatte er fasziniert die verschiedenfarbigen Augen des Polizisten begutachtet, sich aber eines Kommentars enthalten.

»Fantastischer Blick, nicht? Und genauso fantastisch ist die Küche. Schmeckt es Ihnen nicht?«

Tatsächlich konnte sich Hannes eigentlich nie über mangelnden Appetit beschweren, als Leistungssportler hatte sein Körper einen hohen Kalorienbedarf. Im Moment gierte er jedoch eher nach neuen Erkenntnissen. Also legte er die Gabel zur Seite.

»Zunächst mal freut es mich, dass Sie doch noch mit uns sprechen«, ignorierte er die vorherige Frage. »Sie können sich sicher vorstellen, dass wir daran interessiert sind, zu erfahren, von wem Sie die Fotos des Tatorts erhalten haben.«

»Das fällt mir nicht schwer.« Wegberg lächelte und nahm einen großen Schluck aus seinem Weinglas.

»Und?«, fragte Hannes irritiert, als das Schweigen anhielt.

»Was meinen Sie?«

»Von wem sind die Bilder? Wir haben die Speicherkarte des Hochzeitsfotografen und sämtliche Apparate und Smartphones der Gäste überprüft. Die Fotos, die Sie der Zeitung angeboten haben, waren nicht dabei.«

»Nein?«

»Überrascht Sie das?«

Der Reporter zog daraufhin nur vielsagend die Augenbrauen hoch.

Genervt beugte sich Hannes über den Tisch. »Was für ein Spiel soll das hier sein? Ich dachte, Sie wären bereit, uns Informationen zu liefern?«

Gelassen tupfte sich Wegberg mit der Serviette über den Mund und schob seinen leeren Teller zur Seite. »Herr Niehaus, so läuft das nicht. Ich bin freiberuflich tätig. Informationen sind mein Geschäft und damit meine finanzielle Grundlage. Wenn ich Ihnen Informationen gebe, müssen Sie mir im Gegenzug auch etwas anbieten.«

Hannes schnappte nach Luft. »Ihnen ist schon klar, dass Sie gerade eine Mordermittlung behindern?«

»Und Sie wissen, dass der Quellenschutz von Journalisten in Deutschland ein hohes Gut ist.« Der Mann blieb ungerührt. »Ich mache Ihnen einen Vorschlag. Mir ist bewusst, dass Sie zum momentanen Ermittlungsstand nichts sagen dürfen. Sollen Sie auch nicht. Aber sobald der Fall gelöst ist, geben Sie mir als erstem Journalisten alle Informationen, die Sie ohnehin an die Presse herausgeben werden. Vielleicht noch mit ein, zwei kleinen Extras. Sagen wir, mit einer Exklusivität von vier bis fünf Stunden. Das wäre ausreichend.«

»Wäre es das?«, krächzte Hannes fassungslos. War dieser Typ verrückt geworden? Er musterte ihn abschätzend. Wegberg hatte sich in seinem Stuhl zurückgelehnt und erwiderte selbstbewusst den Blick des Ermittlers.

»Ich bin nicht befugt, mit Ihnen eine solche Vereinbarung zu treffen«, versteckte Hannes sich schließlich hinter den dienstlichen Vorschriften.

»Dann klären Sie das intern ab.« Wegberg schob eine Visitenkarte über den Tisch. »Ich bin schon länger an *Cloud Palace* dran. Ich verfüge über Informationen und Material, das sonst niemand hat und Sie sehr interessieren dürfte. Überlegen Sie es sich.«

Hannes dachte tatsächlich nach, allerdings fragte er sich, ob er den Kerl nicht auf der Stelle verhaften sollte. Da er sich mit dem Umfang des Quellenschutzes von Journalisten jedoch kaum auskannte, hielt er sich zurück. Als Wegberg dem Kellner die Bitte nach der Rechnung signalisierte, kam Hannes ein Gedanke.

»Haben Sie die Fotos etwa selber geschossen?« Er war sich nicht sicher, hatte aber den Eindruck, dass der Mann kurz zusammengezuckt war. »Das Gelände war gut gesichert, aber vielleicht haben Sie die Mauer ja mit einer Drohne überflogen, an der eine Kamera befestigt war.« Für einen Moment hoffte er, dass es tatsächlich so gewesen war. Zwar schätzten die Ermittler eine Schussvorrichtung an der Drohne als eher unwahrscheinlich ein, doch ihre bloße Anwesenheit warf bereits genügend Fragen auf.

»Nicht schlecht«, lächelte Wegberg. »Nur bin ich leider nicht auf diese Idee gekommen. Aber sehen Sie, soeben hat es doch schon hervorragend zwischen uns funktioniert. Sie hätten die Drohne kaum erwähnt, wenn nicht tatsächlich eine in der Luft gewesen wäre. Für mich ist das eine interessante Information, die ich natürlich vorerst für mich behalte. Sie können ganz beruhigt sein, unsere Zusammenarbeit basiert auf Vertrauen. Im Gegenzug wissen Sie jetzt, dass ich diese Drohne nicht eingesetzt habe. Das dürfte auch für Sie nicht unwichtig sein. Auch wenn Sie nun weitersuchen müssen, wer dieses Ding …«

Der Kellner trat mit der Rechnung an den Tisch, und der Reporter unterbrach sich. Er deutete auf Hannes. »Der junge Mann ist so freundlich, mich einzuladen.«

Hannes warf einen Blick auf die Rechnung und erbleichte. »Kann ich mit Karte bezahlen?«

Nachdem Hannes seine Geheimzahl in das Lesegerät getippt hatte, erhob sich Wegberg. »Sehen Sie sich am Samstag das Konzert an?«, fragte er, als Hannes ihm zum Ausgang des Restaurants folgte. »Das empfehle ich Ihnen dringend, denn dann können Sie sich am besten ein Bild von der Band machen.«

Hannes nickte nachdenklich. Er war gespannt, wie dieses Bild am Samstag aussehen würde. Freundlich lächelte ihn der Reporter an. »Dann könnten wir uns das nächste Mal doch in der Arena treffen. Eine Stunde vor Konzertbeginn am Haupteingang? Wenn Sie bis dahin die nötigen Befugnisse haben, kann ich Ihnen einiges zu den Musikern erzählen. Und natürlich zu den Fotos, an denen Sie so interessiert sind.«

Die Tür des Aufzugs öffnete sich, und Wegberg gab Hannes die Hand.

»Fahren Sie nicht mit runter?«, fragte der Sportpolizist überrascht.

»Ich nehme die Treppe, da ich unter Klaustrophobie leide. Freut mich, wenn wir uns beim Konzert wiedersehen. Und da Sie mir sympathisch sind, gebe ich Ihnen jetzt schon einen kleinen Hinweis mit auf den Weg: Sven Lehmann ist angeblich schon mal tätlich angegriffen und dabei mit einem Messer am Bauch verletzt worden. Leider hat mir meine Quelle nicht verraten, von wem. Aber es wäre gut möglich, dass am vergangenen Samstag etwas zu Ende gebracht wurde, das damals nur eine hässliche Narbe verursacht hat.«

Leah Hartenbach suchte Zuflucht in ihrer Arbeit. Mit einer Freundin betrieb sie ein kleines Café am Rande des Stadtparks, mit Blick auf die Hafenanlagen. Mittags war wenig los, und so waren neben Isabell und Federsen nur noch zwei junge Mütter mit ihren Kinderwagen anwesend. Leahs Gesicht wirkte eingefallen, mit dunklen Ringen unter den Augen. Zumindest standen keine Tränen mehr darin, wahrscheinlich weil keine mehr übrig waren.

Die Ermittler wollten die Frau in ihrem Kummer zwar nicht noch zusätzlich belasten, berichteten ihr aber von der Möglichkeit, dass der Schuss auch ihr oder einem der Hochzeitsgäste gegolten haben könnte. Doch obwohl sie dabei etwas um den heißen Brei herumredeten, hörten sie schnell heraus, dass sie sich von niemandem auf der Hochzeitsfeier bedroht fühlte. Federsen neigte inzwischen ohnehin dazu, diese Theorie als Schnapsidee zu verwerfen. Wer einen Menschen durch den Rücken und aus einiger Entfernung mitten ins Herz traf, dürfte kaum sein Ziel verwechselt haben. Und dass der Schuss nur zufällig ein solcher Volltreffer gewesen war, kam ihm weit hergeholt vor.

Auch Leah glaubte nicht, dass einer ihrer Hochzeitsgäste das eigentliche Ziel des Schützen gewesen war. Sie hatte sich inzwischen darauf versteift, dass nur der Bandmanager Bastian Eckhoff als Täter infrage kam, sofern sich nicht doch jemand Unbekanntes auf das Gelände geschlichen hatte.

»Sven und Bastian haben sich kurz vor der Trauung heftig gestritten. Seit längerer Zeit gab es immer wieder Auseinandersetzungen. Er kommt für mich als Einziger infrage. Und wenn er es war, dann hat er Sven nicht versehentlich erschossen. Wieso hätte er … denn mich oder meinen Großvater erschießen sollen?« Nun traten ihr doch wieder Tränen in die Augen. »Mein armer Opa. Er ist sowieso schon verwirrt, aber nach dem Mord war er völlig durcheinander.«

»Zum Glück hat sich ja Ihr Bruder um ihn gekümmert«, sagte Isabell.

»Ja, es war gut, dass Kai neben ihm saß. Er sollte ihm erzählen, was bei der Trauung alles passierte. Unser Großvater sieht und hört fast nichts mehr, daher war es eigentlich auch kein Problem, dass er etwas abseits saß. Bei Kai war er in den besten Händen, der ist ein richtiger Beschützertyp. Manchmal so sehr, dass das schon nervt. Trotzdem habe ich mich schlecht gefühlt, als mein Opa so am Rand saß. Hätten wir bloß nie diese blöde Idee mit der Hochzeit am Strand gehabt. Vielleicht wäre der Mord nie passiert!«

Isabell wechselte das Thema. Kurz zuvor hatte sie mit Hannes telefoniert, der von seinem Gespräch mit dem Reporter Emil Wegberg berichtet hatte.

»Eine Frage noch«, begann sie. »Sven hatte am Bauch eine große Narbe. Wie kam er dazu?«

Die Frau sah sie an. »Die Narbe? Was hat die mit dem Mord zu tun?«

»Seit wann hatte er die Narbe und woher stammt sie?«, wiederholte Federsen die Frage betont langsam.

»Das … dürfte so ein Jahr her sein.«

»Was war die Ursache?«

»Das weiß ich nicht mehr genau.«

»Das wissen Sie nicht?« Federsens Gesicht verfärbte sich. »Wollen Sie uns … Wie lange waren Sie ein Paar?«

»Seit zwei Jahren.«

»Sie waren zu dem Zeitpunkt also schon zusammen und wissen nicht mehr, woher die Narbe stammt? Sie ist nicht klein, es muss eine größere Verletzung gewesen sein!«

Die Frau fuhr sich über die Augen, die nun wieder feucht schimmerten. »Ich stehe im Moment eben … neben mir. Aber ich erinnere mich dunkel. Er hatte erzählt, irgendwo hängen geblieben zu sein.«

»Waren Sie nicht dabei, als es passierte?«

»Nein. Er hat es als kleine Sache abgetan.«

»Kleine Sache? So sieht das Ding auf seinem Bauch aber nicht aus. Wo wollte er denn hängen geblieben sein?«

»Ach, weiß ich nicht. Er ist gestolpert und auf irgendwas Scharfes gefallen.«

Isabell und Federsen warfen sich einen misstrauischen Blick zu. Niklas hatte ausgesagt, dass sein Bruder die Narbe von einem Fahrradunfall zurückbehalten hatte. So ganz stimmte Leahs Erinnerung mit dieser Information nicht überein. Mit Wegbergs Aussage schon gar nicht. War die Erinnerungslücke nur ihrem derzeitigen Zustand geschuldet? In diesem Moment trat die Freundin, mit der Leah das Café betrieb, an den Tisch.

»Schon wieder«, sagte sie belustigt und legte einen Blumenstrauß auf den Tisch. Sie bemerkte den verständnislosen Blick der Ermittler. »Leahs heimlicher Verehrer hat mal wieder eine Duftmarke gesetzt.«

»Verehrer?« Federsen nahm die junge Frau ins Visier. »Hatten Sie neben Herrn Lehmann ein weiteres Eisen im Feuer?«

»So ist das nicht!«, empört richtete sie sich auf. »Seit zwei Monaten scheint mir irgendjemand hinterherzusteigen. Immer wieder liegen Blumen hinten am Lieferanteneingang oder werden zu mir nach Hause geliefert. Sven hatte schon Tobias darauf angesetzt. Das ist der Security-Chef von *Cloud Palace*. Er hat aber nicht herausgefunden, wer mir diese Blumen schickt.«

Federsen fingerte eine kleine Karte aus dem Strauß und las den Text laut vor: »›Jede dieser Rosen soll dir zeigen, was ich für dich fühle. Du und ich, wir gehören zusammen. Du wirst es auch bald erkennen. In Liebe. Ich.‹ Was für ein dämliches Gefasel …«

»Ja, es nervt total.«

»Wie oft haben Sie schon Blumen bekommen?«

»Ich hab aufgehört, zu zählen. Mehrmals pro Woche.«

»Mehrmals pro Woche?« Auch Isabell war nun besorgt. »Stecken immer solche Sprüche in den Sträußen?«

»Meistens. Es ist irritierend.«

»Können Sie uns die anderen Karten zeigen?«

»Die hab ich nicht aufgehoben. Das Zeug wandert immer sofort in den Müll. Gestern kam auch ein Strauß.« Leah setzte sich wieder, alle Kraft schien sie verlassen zu haben. Sie schluchzte. »Gestern stand auf der Karte, dass ich ja jetzt endlich frei für die wahre Liebe sei.«

Hannes hatte Per beim Präsidium eingesammelt und war dann weiter zum Stadtrand gefahren. In wenigen Minuten hatten sie einen Termin mit dem Vorsitzenden des Schützenvereins *Am Torfsee*. Der Bandmanager Bastian Eckhoff war in dem Club seit mehreren Jahren Mitglied, und die Ermittler wollten sich ein genaueres Bild von dem Mann machen.

Der Winter hielt die Stadt weiter fest im Griff. Der Schneematsch war wieder gefroren, frische Flocken überdeckten den Schmutz. Die Reifen des Polizeifahrzeugs drehten durch, als Hannes auf einen verschneiten Parkplatz abbog. Dort standen ein silberner Kombi und ein schwarzer BMW. Der Verein hatte mit vierzig Mitgliedern eine übersichtliche Größe, verfügte aber dennoch über ein eigenes Vereinsheim mit mehreren Schießplätzen. Als sich die Polizisten dem Gebäude näherten, öffnete sich die Tür, und Herr Eckhoff trat heraus.

»So eine Überraschung«, meinte Per. »Herr Eckhoff hat unseren Besuch wohl schon vorbereitet. Also dürften wir kaum Neues über ihn erfahren.«

Der Mann stritt jedoch ab, etwas von dem Besuch der Polizisten geahnt zu haben. Aufgrund der zurückliegenden Ereignisse habe er es lediglich für sinnvoll gehalten, seine Schießfähigkeiten wieder aufzufrischen.

»Und haben Sie ins Schwarze getroffen?« Hannes erwartete keine Antwort und sprach ohne Pause weiter. »Aber da Sie schon mal hier sind, können wir uns gleich noch einen Moment unterhalten. Wir sprechen nur kurz mit dem Vorsitzenden Ihres Vereins. Bitte warten Sie hier vor der Tür auf uns.«

»Wie Sie meinen.« Herablassend nickte er und stellte sich unter ein kleines Vordach, um sich vor dem Schneefall zu schützen.

Der Vorsitzende war ein älterer Herr, der die Ermittler im Gebäude erwartete. Hannes und Per vermuteten, dass er von Eckhoff bereits instruiert worden war. Überraschenderweise bestätigte der Mann diese Vermutung unaufgefordert.

»Bastian hat mir schon gesagt, dass die Polizei eventuell mit mir sprechen will.«

»Hat er Ihnen auch gesagt, was Sie uns mitteilen dürfen und was nicht?«, fragte Hannes launisch.

»Natürlich nicht«, entgegnete der Mann entrüstet. »Was wollen Sie wissen?«

Bastian Eckhoff war seit fast fünf Jahren Mitglied und schoss überwiegend mit der Pistole. In der Regel erwies er sich als treffsicher. Einige Vereinsmitglieder betätigten sich auch am Gewehr, während der Vorsitzende selbst leidenschaftlich mit einer Schnellfeuerpistole trainierte. Doch entschieden lehnte er die Vorstellung ab, dass es irgendwelche Anzeichen einer aggressiven Haltung bei Eckhoff gegeben habe.

»Wir betreiben hier Sport und keine Vorbereitung auf Amokläufe oder private Rachefeldzüge. Auch wenn Öffentlichkeit und Presse oft anders über uns denken. Außerdem gibt es strenge Vorschriften, wie die Waffen verwahrt werden müssen, und auch zum Jugendschutz bestehen strenge Regeln.«

Hannes und Per ahnten, dass sie hier nicht mehr erfahren würden, und verabschiedeten sich wenige Minuten später. Als sie draußen wieder auf den Bandmanager trafen, schnippte der gerade eine Zigarette in den Schnee.

»Wertvolle Erkenntnisse gewonnen?« Der Spott war nicht zu überhören.

»Haben Sie Ihre wertvolle Beziehung zu *Cloud Palace* wieder aufpoliert?«, fragte Hannes zurück.

»Das wird schon!« Die Aussage des Mannes klang zuversichtlicher, als die Lage – seinem Gesichtsausdruck nach zu schließen – tatsächlich war. Er griff in die Jackentasche und zog eine Schachtel hervor, um eine weitere Zigarette zu entnehmen. Die Ermittler sahen sich vielsagend an.

»Ihre Lieblingsmarke?«, erkundigte sich Per unschuldig.

»Was? Ach so, ja.«

»Kann aber auch nützlich sein. Zumindest für uns«, entgegnete Hannes.

»Was meinen Sie? Wollen Sie auch eine?« Eckhoff hielt ihnen die Packung entgegen.

Hannes griff tatsächlich zu, allerdings nach der ganzen Schachtel. Er drehte sie in der Hand. »Nicht sonderlich verbreitet, die Sorte, oder?«

»Nein, schmeckt aber. Erik raucht dieselbe, durch ihn bin ich drauf gekommen.«

»Interessant. Am Samstagabend haben Sie sicher auch geraucht?«

»Ja, klar. Was …«

»Wir haben auf dem Gelände des *Meeresschlosses* vier Zigarettenstummel dieser Marke gefunden. Hinter einem Busch. Von dort hatte man eine perfekte Sicht auf den kleinen Steg. Passenderweise wächst dieser Strauch genau in der Richtung, aus der auch der Schuss auf Sven Lehmann abgegeben wurde.«

»Das ist …« Bastian Eckhoff wurde unruhig.

»Geben Sie es schon zu«, forderte Per ihn auf. »Sie sind vom Schloss aus nicht direkt zum Ausgang gegangen, sondern zurück zum Strand. Hinter dem Busch gingen Sie in Deckung und warteten auf den richtigen Moment.«

»Nein, das stimmt nicht!«

»Dann haben Sie sicher keine Einwände gegen einen DNA-Test. Der wird zweifelsfrei klären, ob es Ihre Zigaretten waren oder nicht.«

Eckhoff blickte ihn wütend an und schien mit sich zu ringen. »Wo kann ich diesen DNA-Test machen?«, fragte er schließlich.

»Fahren Sie einfach hinter uns her«, meinte Hannes freundlich.

Am Nachmittag wurden im Präsidium noch einmal alle verdächtigen Personen verhört. Sie waren nacheinander einbestellt worden, und die Befragungen zogen sich bis in den frühen Abend hinein. Dennoch gelang es den Ermittlern nicht, eine Person in Widersprüche zu verwickeln, geschweige denn ein Geständnis zu erzielen. Bastian Eckhoff war eine Speichelprobe entnommen worden. Man hoffte, das Ergebnis am nächsten Tag vorliegen zu haben. Da er als Einziger nervös wirkte, hatte Steffen Lauer eine Überwachung des Mannes angeordnet. Eine erneute Hausdurchsuchung erschien ihm dagegen wenig sinnvoll.

Erik von Wagner bestätigte, dass es sich tatsächlich um seine Freundin Nina gehandelt hatte, mit der Sven Lehmann an seinem Junggesellenabschied Sex gehabt hatte. Ihm war anzusehen, dass ihn dieser Verrat schwer getroffen hatte.

»Eigentlich sind bei einem Junggesellenabschied doch nur Männer anwesend«, wunderte sich Isabell.

»Es war mehr eine Party im Freundeskreis. Annika, Fuji und unsere Sängerinnen waren auch dabei, deshalb habe ich Nina überhaupt mitgenommen. Das war eine schlechte Idee. Ich wusste ja, dass Sven sie attraktiv fand, hätte aber nicht gedacht, dass er so weit gehen würde.«

»Einem Freund die Freundin auszuspannen?«

»Ja. Mia war ja auch in der Bar, und mit der hatte er ohnehin was laufen. Er hätte sich also auch mit ihr vergnügen können. Aber wahrscheinlich fing sie schon an, ihn zu langweilen.«

Sein Zorn auf Sven sei jedoch schnell verraucht. Tatsächlich hätten sie sich in der Bar kurz geprügelt, dann wären sie von den anderen auseinandergezogen worden. Nach einer Nacht voller Selbstmitleid und Hass sei ihm jedoch klar geworden, dass nicht nur Sven, sondern auch Nina Schuld an dem Vorfall hatte. Er habe seine Beziehung zu ihr sofort beendet und sei alleine auf der Hochzeitsfeier aufgetaucht. Niklas hatte ihn zum Kommen überreden müssen, da er zunächst wenig Lust verspürt habe.

Auch Mia Landberger hatte den Vorfall beim Junggesellenabschied mitbekommen und schien noch immer empört zu sein.

»Wahrscheinlich bin ich die Letzte, die in diesem Zusammenhang moralisch auftreten darf. Ich wusste, dass Sven neben mir auch ständig andere Frauen hatte. Und damit meine ich nicht nur Leah. Aber die Freundin eines Freundes zu verführen, und das auch noch vor aller Augen, das war eine echte Schweinerei.«

KAPITEL 7

Nervosität war ein Zustand, zu dem Tobias Steinfeld normalerweise nicht neigte. Der Security-Chef von *Cloud Palace* war schon zu viele Jahre im Geschäft, als dass er leicht aus der Ruhe zu bringen wäre. Doch im Moment kam eben einfach zu viel zusammen. Der Mord an Sven, den er eigentlich hätte beschützen müssen, die Vorbereitungen für die anstehende Tournee und dann auch noch die Befragungen durch die Polizei. Letzteres bereitete ihm zwar grundsätzlich am wenigsten Kopfzerbrechen, er befürchtete aber, dass die Ermittlungen Dinge aus seiner Vergangenheit ans Licht bringen könnten, die er längst hinter sich gelassen zu haben hoffte. Seine Frau wusste von diesen Geheimnissen nichts, und das musste auch unbedingt so bleiben. Andernfalls war eine impulsive Reaktion seiner Gattin mit weitreichenden Konsequenzen für die Zukunft der kleinen Familie nicht abwegig. Es war zuletzt ohnehin nicht allzu rund zwischen ihnen gelaufen, obwohl Steinfeld für seine Frau und die zweijährige Tochter scin cigenes Leben gegeben hätte.

Er befand sich auf der Rückfahrt von der *Hafenarena*, in der am nächsten Tag die Europatournee von *Cloud Palace* ihren Anfang nehmen würde. Die aktuelle CD hatte die Begeisterung der Fans neu angefacht, und es würde eine Herkulesaufgabe sein, die ekstatischen Fans im Zaum zu halten. Steinfeld hatte kurz zuvor eine Besprechung mit der Gruppe gehabt und sie über die bevorstehenden Sicherheitsmaßnahmen informiert. Niemand schien ernsthaft beunruhigt.

Nur bei Erik von Wagner hatte er ein komisches Gefühl gehabt. Er mochte ihn und verstand sich gut mit ihm. Aus Steinfelds Sicht neigte Erik zwar ohnehin zu einem depressiv-melancholischen Verhalten, doch heute war er besonders angeschlagen gewesen. Auch das Verhältnis zu Niklas, dem der Bassist bislang treu ergeben gewesen war, schien in den letzten Tagen gelitten zu haben. Ob Erik sich Sorgen machte, dass auch der Rest der Gruppe ins Visier eines Wahnsinnigen geraten könnte? Niklas hatte den anderen, auf Anraten Steinfelds, nichts von dem bizarren Fund vor seiner Hauseinfahrt erzählt. Panik war das Letzte, was er jetzt gebrauchen konnte.

Steinfeld seufzte. Nur gut, dass er diese Stadt gemeinsam mit der Band in wenigen Tagen verließ. Er brauchte dringend eine Luftveränderung. Dadurch würde er zwar auch seine Familie fast drei Wochen lang nicht sehen, aber das brachte dieser Beruf nun mal mit sich. Wahrscheinlich wäre er auch ohne das Engagement bei *Cloud Palace* einigermaßen über die Runden gekommen, denn seine Sicherheitsfirma entwickelte sich dank dieser Referenz vielversprechend. Die anstehende Tournee stellte aber eine willkommene Abwechslung zu dem häufig langweiligen Alltagsgeschäft dar.

Noch einmal schweiften seine Gedanken zu Erik zurück. Er hatte ihn mit dem Hinweis zu beruhigen versucht, dass für das Auftaktkonzert in Abstimmung mit der Polizei und dem Hallenbetreiber höchste Sicherheitsvorkehrungen getroffen wurden. Offenbar waren derartige Sorgen jedoch nicht der Grund für die gedämpfte Stimmung des Bassisten gewesen. Steinfeld hatte das Gefühl, dass der Mann mit irgendetwas zu kämpfen hatte, das über den Verlust eines Freundes hinausging. Hatte er am Samstagabend irgendwas gesehen? Falls ja, warum rückte er dann nicht damit heraus?

Steinfeld schaute auf die Uhr. In einer halben Stunde würde er sich mit dem Journalisten Emil Wegberg treffen. Die beiden hatten sich auf der letzten Tour besser kennengelernt. Der Sicherheitschef hatte ihn schon oft aus dem Dunstkreis von *Cloud Palace* befördern müssen, da die Bandmitglieder von den investigativen Nachforschungen des Mannes wenig begeistert waren. Mit der Zeit hatte sich jedoch auf einer persönlichen Ebene eine Verbindung zwischen den beiden Männern eingestellt. Schließlich hatten sie sogar ein Arrangement getroffen, das für beide Seiten vorteilhaft gewesen war. Aktuell war ihm der Reporter noch einen großen Gefallen schuldig, und den gedachte Steinfeld nun einzufordern.

Den gesamten Vormittag hatten Hannes' Kollegen mit erneuten Zeugenbefragungen verbracht. Als er am Mittag dazustieß, ließ sich Steffen Lauer gerade das aktuelle Bild präsentieren. Hannes ignorierte Federsens vorwurfsvollen Blick und nahm am Konferenztisch Platz.

»Da wir jetzt endlich vollzählig sind, können wir abschließend die Lage zusammenfassen«, schoss der Kommissar noch schnell einen Giftpfeil auf den jungen Kollegen ab. »Wir verfolgen momentan zwei Theorien: Sven Lehmann war tatsächlich das Ziel, und der Täter hat seine Mission erfolgreich abgeschlossen. Sicherheitshalber haben wir in den letzten Tagen aber auch die Möglichkeit verfolgt, dass die Kugel einer anderen Person gegolten haben könnte. Jemandem, der sich nahe der Schussbahn befand.«

»Mit welchem Ergebnis?«, hakte Lauer nach.

»Dass es unwahrscheinlich ist. Um jemandem aus dieser Distanz durch den Rücken eine Kugel ins Herz zu jagen, musst du ein guter Schütze sein. Bis auf die Braut waren alle anderen potenziellen Opfer auch zu weit von der tatsächlichen Schussbahn entfernt. Da müsste dem Täter der Arm schon stark gezuckt haben.

Außerdem war Sven Lehmann der Einzige, der sich nach jetzigem Kenntnisstand ernsthafte Feinde gemacht haben könnte.«

»Schon innerhalb der Band zwei«, stimmte Per zu. »Mia war schwer in ihn verliebt, während sie für ihn eher ein attraktives Spielzeug war. Eriks Freundschaft zu Sven dürfte spätestens beim Junggesellenabschied verpufft sein, als der Kerl dessen Freundin vögelte. Und das fast vor Eriks Augen!«

»Achten Sie mal etwas auf Ihre Ausdrucksweise«, forderte Federsen, der sich selbst selten um eine gewählte Wortwahl bemühte.

Per überhörte die Maßregelung. »Wenn an der Drohne doch eine Schussvorrichtung hing, würde das den Kreis möglicher Täter massiv erweitern.« Ihm war noch immer der Stolz anzuhören, dass er dem Fleck auf den Fotos einen genaueren Blick gewidmet hatte. »Allerdings haben wir das als unrealistisch eingestuft. Warum sollte sich auch jemand die Mühe machen, eine Drohne einzusetzen? Ein Schuss aus dem Hinterhalt in irgendeiner dunklen Nebenstraße wäre deutlich einfacher gewesen.«

»Weil der Ort oder – noch mehr – der Moment wichtig war«, bemerkte Hannes.

»Wieso?«, fragte Isabell.

»Sven mitten in der Trauzeremonie zu ermorden, ist eine starke Botschaft, die einen Grund haben muss. Einen persönlichen.«

»Vielleicht war es jemand, dem er Leah ausgespannt hat? Sie hat erzählt, dass ihr ein Unbekannter ständig Blumen schickt.«

»Möglich«, meinte Lauer. »Haltet Kontakt zu Frau Hartenbach und überwacht dieses Café. Sobald jemand mit Blumen oder anderen Liebesbeweisen auftaucht, nehmt ihn fest.«

»Was ist mit Erik?« Isabell erinnerte die Kollegen an Leah Hartenbachs Aussage, innerhalb der Band nur zu dem Bassisten kein allzu gutes Verhältnis zu haben. Er habe sich früher um sie bemüht, sie aber ignoriert, seit sie mit Sven zusammengekommen war. »Erst schnappte Sven ihm Leah weg. Kurz bevor er sie heiratete, spannte er Erik dann auch noch dessen aktuelle Freundin aus. Da kann man durchaus sauer werden.«

»Er hat definitiv ein nachvollziehbares Motiv.« Per nickte heftig. »Für mich steht er weit oben auf der Liste.«

»Wie sieht es bei den anderen Verdächtigen aus?« Lauer blickte in die Runde.

Die Befragungen der letzten Tage hatten den Ermittlern inzwischen einen guten Einblick in die inneren Strukturen der Band und in das nähere Umfeld des ermordeten Gitarristen gegeben. Annika Morgen, die während der Trauzeremonie allein auf der Bühne gesessen hatte, war als harmlos eingestuft worden. Ein Motiv konnte ihr nicht zugeordnet werden, schließlich war sie von Sven und Niklas erst vor einem Jahr in die Band geholt worden und hatte beiden eine Menge zu verdanken. Entscheidend war aber etwas anderes.

»Die Bühne befand sich am äußersten Rand des möglichen Schusskorridors«, sagte Federsen. Er musste sich seit Tagen nicht rasiert haben, da die grauen Stoppeln inzwischen einen fleckigen Bart bildeten. Gut sah das nach Meinung seiner Kollegen nicht aus. »Ich habe mit Frau Stern die Abstände vor Ort noch mal genau aufgezeichnet. Es ist praktisch ausgeschlossen, dass der Schuss von der Bühne abgegeben wurde.«

»Auch Mia und Dennis dürften kaum infrage kommen«, erklärte Isabell. Sie war mal wieder damit beschäftigt, ihre Kontaktlinsen zu wechseln. »Klar, Mia könnte ein Motiv haben. Sie war eifersüchtig und fühlte sich um ihre Liebe betrogen. An ihrer Stelle hätte ich dann aber die Braut erschossen.«

»Aber vielleicht hat sie im Gegensatz zu Ihnen ein gutes Urteilsvermögen und erkannt, dass der eigentlich Schuldige Sven war«, entgegnete Federsen.

Isabell ignorierte ihn. »Bei Dennis kann ich gar kein Motiv erkennen. Er wurde zwar durch Svens Tod zum neuen

Gitarristen, aber es bestand ohnehin die Chance, dass er als zweiter Gitarrist aufgenommen wird. Niklas hat derartige Überlegungen bestätigt.«

»Eine Garantie hatte Herr Hartfurt aber nicht. Vielleicht wollte er Tatsachen schaffen oder seinen Aufstieg zumindest beschleunigen.«

»Außerdem kann auch etwas ganz anderes zwischen den beiden vorgefallen sein«, sprang Per dem Kommissar bei.

Hannes sah es entspannter. »Das würde vielleicht Sinn ergeben, wenn Mia und Dennis den Mord gemeinsam geplant haben. Bis kurz vor dem Schuss standen sie noch zusammen. Dann ärgerte sich Mia über Dennis und ließ ihn stehen. Das Zeitfenster bis zum Schuss war ab diesem Moment sehr klein. Sollte einer der beiden abgedrückt haben, hätte der andere das mitbekommen können oder sogar müssen.«

»Dass sie sich zusammengetan haben könnten, sollten wir nicht außer Acht lassen.« Lauer spielte an seinem Schnurrbart herum. »Könnte das auch auf andere Leute zutreffen? Solche, denen wir bislang ein Alibi zugeschrieben haben, da sie nicht allein unterwegs waren?«

Alle blickten auf das Whiteboard, auf dem die Aufenthaltsorte aller Personen während der Trauung eingezeichnet waren. Isabell schüttelte den Kopf.

»Kai Hartenbach«, sagte Hannes in die nun folgende Stille. Alle sahen ihn an.

»Der Bruder der Braut?« Federsen schnaubte ungläubig. »Soll der etwa mit seinem Opa gemeinsame Sache gemacht haben?«

»Die beiden saßen abseits, weil der alte Herr nicht weit durch den Sand laufen konnte«, erklärte Hannes. »Allerdings sind nicht nur die Beine von Opa Hartenbach schwach, sondern auch seine Augen und Ohren. Als wir ihn befragten, kam er mir sogar etwas senil vor. Er könnte vielleicht gar nicht mitbekommen haben, dass sein Enkel den Bräutigam erschoss.«

»Warum hätte Kai das tun sollen?«

»Er hat einen extrem ausgeprägten Beschützerinstinkt für seine Schwester. Das ist schon auffällig. Von Sven hielt er nicht viel, er kannte dessen Charakterschwächen seit ihrer Kindheit. Auf dem Junggesellenabschied zeigte Sven dann deutlich, dass er sich nicht gebessert hatte.«

»Hat Kai seiner Schwester eigentlich gesagt, was an dem Abend passiert ist?«

»Nein. Er sagt, es habe schon genügend Beispiele für Svens Untreue gegeben, und sie reagiere sowieso immer gereizter auf seine negativen Äußerungen.«

»Dann könnte er zu härteren Maßnahmen gegriffen haben, um seine Schwester vor einer unglücklichen Ehe zu bewahren. Wäre zwar krass, aber möglich.« Isabell packte ihre Kontaktlinsen weg. »In der Topliga der Verdächtigen spielt Kai in meinen Augen aber nicht.«

»Dafür aber Herr Steinfeld!« Federsen erhob sich von seinem Stuhl, als wollte er seinen Worten mehr Gewicht verleihen. »Niemand weiß, wo er sich zum Zeitpunkt des Mordes herumgetrieben hat. Auch kurz davor oder danach ist ihm keiner über den Weg gelaufen, obwohl das aufgrund der Bewegungsprofile diverser Personen kaum möglich ist. Als Sicherheitschef kannte er sich bestens mit den Begebenheiten vor Ort, dem Programmablauf und den Schwachstellen im Sicherheitsbereich aus.«

»Das stimmt ja alles«, meinte Isabell. »Aber was soll das Motiv sein? Wir wissen nichts von Problemen zwischen Sven und ihm.«

»Das muss nichts heißen!« Angriffslustig stützte sich der Kommissar auf dem Tisch ab und beugte sich ihr entgegen. »Ich habe mir mal die Vergangenheit dieses Mannes angesehen. Da hat sich ein düsteres Bild offenbart.«

Gespannt hingen die Ermittler an seinen Lippen, als er im Zimmer auf und ab ging und ihnen dieses Bild verbal verdeutlichte. In jungen Jahren war Tobias Steinfeld eine schillernde Figur im Rotlichtmilieu gewesen. Auch eine Nähe zum Rauschgifthandel wurde ihm nachgesagt, und bei Auseinandersetzungen um die Revierabgrenzungen war er mehrmals tätlich geworden. Außer Körperverletzungen hatten ihm jedoch nie Gesetzesverstöße nachgewiesen werden können. Einmal habe ihn die Polizei dann aber doch fast am Haken gehabt, wie Federsen berichtete.

»Es war ein offenes Geheimnis, dass er auch in den Frauenhandel verwickelt war. Manche vermuteten in ihm sogar den Drahtzieher. Eine Kollegin konnte schließlich das Vertrauen einer Prostituierten gewinnen. Sie war eine Favoritin von Steinfeld und hielt sich viel in seinem Umfeld auf. Er wollte sie als Verbindungsfrau zu osteuropäischen Schleusern einsetzen.«

»Wieso hat sie dann doch nicht als Kronzeugin ausgesagt?«

»Weil sie eines Nachts tot in einem Hafenbecken trieb. Mit einem Kopfschuss. Kurz bevor sie belastendes Beweismaterial übergeben wollte. Die Ermittlungen liefen ins Leere, Herrn Steinfeld konnte nichts nachgewiesen werden.«

»Ist er immer noch im Rotlichtmilieu unterwegs?«, fragte Lauer.

»Nein. So nah wie damals sind ihm unsere Kollegen nie mehr gekommen. Offenbar begriff er, dass es recht knapp für ihn ausgegangen war. Er gründete eine Sicherheitsfirma, aber erst als er von *Cloud Palace* engagiert wurde, nahm sein Geschäft Fahrt auf. Er hat sogar einen weiblichen Fan der Band geheiratet und eine zweijährige Tochter mit ihr.«

»Ist er der einzige Verdächtige, dem wir einen gewalttätigen Hintergrund nachweisen können?«

»Nachweisen eben nicht, aber es liegt auf der Hand, und eigentlich wussten alle Bescheid.«

»Wie auch immer. Sein mögliches Motiv müssen wir also noch ausgraben. Sobald uns das gelungen ist, werde ich eine

Hausdurchsuchung beantragen.« Auch Lauer erhob sich nun und zeigte damit, dass er die Sitzung zu beenden gedachte. »Im Fall des Bassisten werde ich aber sofort aktiv. Seine Wohnung sollten wir schnellstmöglich auseinandernehmen. Ein weiterer Hauptverdächtiger ist für mich der Manager. Auf diese drei Personen legen wir ab jetzt den Fokus. Parallel suchen wir den Stalker von Leah Hartenbach. Einwände?«

Alle schüttelten den Kopf, nur Hannes brachte noch einmal seine Spekulation ins Spiel. »Was ist mit dem Bruder der Braut?«

»Setzen Sie ihn vorsichtshalber auf die Liste.«

Damit war die Zahl der namentlich bekannten Verdächtigen wieder auf sieben gestiegen.

Am Nachmittag verstärkten sich die Verdachtsmomente gegen Bastian Eckhoff dramatisch. Er war in Handschellen ins Präsidium gebracht worden, nachdem die Laboranalyse des DNA-Vergleichs eingetroffen war. Das Ergebnis war eindeutig. Die am Abend des Mordes hinter dem Busch weggeworfenen Zigarettenkippen stammten von ihm. Dennoch stritt er weiter ab, den tödlichen Schuss abgegeben zu haben. Außerdem zeigte er nach wie vor ein erstaunlich selbstsicheres Auftreten. Zu selbstsicher für Federsens Geschmack.

»Ersparen Sie uns ein weiteres Drum-Herumreden«, rief er ärgerlich. Ein inzwischen erloschener Zigarettenstummel hing in seinem Mundwinkel. »Was wollen Sie damit erreichen? Alles spricht gegen Sie!«

»Ich geb ja zu, dass ich hinter diesem Strauch stand. Von dort habe ich noch kurz die Hochzeit beobachtet. Ich war richtig sauer, dass Sven mich rauswerfen ließ. Als wäre ich irgendein dahergelaufener Störenfried. Da Tobias mich nur bis zum Schloss begleitete, bin ich noch mal umgekehrt.«

»Warum?«

»Ich … wollte da mitten reinplatzen und einen kleinen Skandal provozieren.«

»Der ist dann wohl größer ausgefallen«, höhnte der Kommissar.

»Blödsinn! Als ich näher kam, bin ich ins Zweifeln geraten. Die Braut sah so glücklich aus, und alle Leute lachten. Damit mich niemand sieht, habe ich mich hinter den Busch gestellt und noch kurz zugesehen.«

»Und wer hat geschossen?«

»Weiß ich nicht. Zu der Zeit war ich wirklich nicht mehr auf dem Gelände.«

Isabell schaltete sich ein. »Zwar können sich die Leute vorne am Tor nicht an die exakte Uhrzeit erinnern, als Sie das Anwesen verlassen haben. Das Feuerwerk soll da aber bereits eine ganze Weile geknallt haben.«

»Dann erinnern sich diese Leute falsch. Ich weiß noch, dass ich dicht vorm Tor war, als über mir die erste Rakete explodierte. Ich dachte, dass die Zeremonie ganz schön schnell zu Ende gegangen ist.«

»Tja, dann steht da wohl Aussage gegen Aussage«, presste Federsen hervor. »Fragt sich nur, welcher Version der Richter eher Glauben schenken wird.«

In diesem Moment sprang der Mann erregt von seinem Stuhl auf. Die Ermittler blickten ihn alarmiert an. »Setzen Sie sich!« Federsen erhob sich ebenfalls und streckte seinen Bauch nach vorn. Eckhoff ignorierte die Aufforderung.

»Die Groupies!«, rief er.

»Was ist mit denen?«

»Die draußen vor dem Tor rumlungerten. Die müssen mich gesehen haben, als ich das Gelände verlassen hab. Vielleicht können die sich genauer erinnern, wann das gewesen ist.«

»Dummerweise wissen wir nicht, wer diese Leute waren«, erklärte Isabell.

»Aber ich!« Der Bandmanager klang nun fast euphorisch. »Zwei der Frauen hab ich erkannt. Die leiten den Fanclub hier in der Stadt. Waren schon bei vielen Konzerten und fragen immer wieder, ob sie sich mit *Cloud Palace* treffen können.«

Federsen war angesichts dieser neuen Entwicklung der Wind aus den Segeln genommen worden. »Namen?«, fragte er schmallippig.

»O je … warten Sie.« Hektisch ging Eckhoff auf und ab. »Sara!«, rief er dann triumphierend. »Sara irgendwas. Den Namen ihrer Freundin kenn ich nicht. Aber das können Sie doch herausfinden!« Hoffnungsvoll schaute er die Polizisten an.

»Ja«, brummte Federsen und schickte einen auffordernden Blick an seine Kollegin.

Niklas hatte sich anstrengen müssen, um Leah wenigstens die Andeutung eines Lächelns zu entlocken. Er hatte sie in ihrem Café besucht und damit für Aufsehen unter den Gästen gesorgt. Sein attraktives Gesicht war fast allen bekannt. Auch den wenigen, die von *Cloud Palace* bisher nichts gehört hatten, war die Band aufgrund der aktuellen Berichterstattung inzwischen ein Begriff. Nun saßen Leah und Niklas in der Küche und unterhielten sich leise. Niklas hatte seit der Hochzeit täglich nach der jungen Frau gesehen. Er war erleichtert, dass sie die schlimmsten Momente überstanden zu haben schien.

Ihre Freundschaft war in den vergangenen Jahren mal mehr und mal weniger intensiv gewesen. Aus den Augen hatten sie sich nie verloren. Die Erinnerung an die gemeinsame Jugend war ein starkes Band geblieben. Niklas war überrascht gewesen, als sein Bruder die lange zurückliegende Beziehung zu Leah wieder hatte aufleben lassen. Noch überraschter war er von den Hochzeitsplänen gewesen – und dass Leah sich nicht von Svens Eskapaden hatte abschrecken lassen.

»Ich weiß ja, was alle denken«, sagte sie. »Sven hat mich ständig betrogen, und trotzdem wollte ich ihn heiraten. Kai konnte das auch nicht verstehen.«

»Ich ehrlich gesagt auch nicht«, bemerkte Niklas.

Zum ersten Mal lachte sie. »Weil du im Gegensatz zu Sven so ein anständiger und treuer Typ bist?«

»Ich steh auch nicht kurz vor einer Hochzeit! Und eine Freundin hab ich auch nicht.«

»Wenn es anders wäre, würdest du also nicht ständig an deinen Groupies rumfummeln?«

»Definitiv nicht.«

Nachdenklich sah sie ihn an. »Das ist gut, dann bist du anders als Sven. Seine Untreue hat mich am Anfang schon verletzt. Aber irgendwann war es mir egal. Ich wusste, dass ich es ihm nicht austreiben konnte. Er war eben so. Und es hatte für ihn keine Bedeutung. Geliebt hat er nur mich.«

»Bist du dir sicher?«

»Ja, wir haben uns ausgesprochen. Ich war bereit, es zu akzeptieren, wenn er mir verspricht, immer Kondome zu benutzen.«

Niklas war erstaunt. »Davon wusste ich gar nichts.«

Plötzlich wechselte sie das Thema. »Wahrscheinlich weißt du auch nicht, dass ich den Grund für seine Narbe kenne?«

»Wie kommst du da jetzt drauf?«

»Die Polizei hat mich danach gefragt. Ich hätte mich fast verquatscht. Irgendjemand hat ihnen erzählt, dass sie von einem Radunfall stammte.«

»Das war ich. Hätte ich zugeben sollen, dass ich meinen Bruder mal im Drogenrausch mit einem Messer attackiert habe? Dann hätten die sofort geglaubt, dass ich ihn erschossen habe.«

»Hast du es?«

Niklas riss die grünen Augen auf. »Bist du verrückt geworden? Wie kommst du da drauf?«

»Ihr habt euch nicht immer gut vertragen. Und in letzter Zeit lief es besonders schlecht.«

»Das stimmt, aber …« Er ging vor ihr in die Knie und umfasste ihre Hände. Sein Blick war fest. »Ich verspreche dir, dass ich es nicht war. Als die Polizei mich nach der Narbe gefragt hat, wusste noch niemand, von wo aus geschossen wurde. Deshalb habe ich gelogen. Inzwischen steht fest, dass der Schuss nicht aus meiner Richtung kam. Mensch, Leah, denk an unsere gemeinsame Zeit. Glaubst du wirklich, dass ich in der Lage wäre …«, seine Stimme zitterte.

Leahs Augen schimmerten feucht. Fast zärtlich strich sie ihm über die Haare. »Nein, tut mir leid. Natürlich glaube ich dir. Ich bin nur so durcheinander. Ich verstehe einfach nicht, wer es getan haben könnte. Und warum.«

»Das geht mir auch so. Und es belastet mich, dass die Polizei manche aus der Band verdächtigt. Erik scheint ganz oben auf ihrer Liste zu stehen.«

»Hältst du das für möglich?«

»Nein. Einen guten Grund hätte er zwar gehabt, aber Erik ist kein Mörder! Dummerweise hat er kein Alibi.«

»Dann gib du ihm halt eins.«

»Dafür ist es jetzt zu spät. Außerdem … was, wenn er es doch gewesen ist?«

»Du hältst es also für möglich!« Leah sah ihn aus großen Augen an, und Niklas biss sich auf die Lippe. Der bislang unerschütterliche Zusammenhalt der Band hatte in den letzten Tagen sichtbare Risse bekommen. Je deutlicher es wurde, wen die Polizei im Visier hatte, umso misstrauischer wurden diese Personen von der restlichen Band beäugt. Zwischen Mia und der anderen Sängerin war es sogar schon zu Handgreiflichkeiten gekommen.

»Bekommst du immer noch diese Blumen und Liebesbriefe?« Er wollte sich von seinen Gedanken ablenken.

»Ja, gestern lag hinten wieder ein Strauß. Das ist irgendwie unheimlich und macht mir Angst. Ständig hab ich das Gefühl, beobachtet zu werden.«

»Soll ich Tobias noch mal darauf ansetzen?«

Sie winkte ab. »Was kann er schon tun? Außerdem kümmert sich die Polizei inzwischen darum. Vielleicht hat die mehr Erfolg. Tobias soll sich lieber darauf konzentrieren, euch im Auge zu behalten. Ich will dich nicht auch noch verlieren!«

Tröstend nahm Niklas sie in die Arme. Er hatte nicht damit gerechnet, dass Leah sich auch um ihn Sorgen machte. Offenbar befürchtete sie, dass es der Täter nicht nur auf Sven abgesehen haben könnte. Der Gedanke brachte Niklas ins Grübeln.

Steffen Lauer war es in rekordverdächtiger Zeit gelungen, die Genehmigung zur Wohnungsdurchsuchung zu erhalten. Als die Beamten mit einem Staatsanwalt im Dachgeschoss eintrafen, war Erik von Wagner nicht zu Hause. Die Tür war aufwendig gesichert und die Techniker beratschlagten die beste Vorgehensweise. Gerade als sie zu härteren Mitteln greifen wollten, trat der Bassist von *Cloud Palace* aus dem Aufzug. Überrascht blieb er stehen.

»Was tun Sie hier?«

Hannes zeigte ihm die Genehmigung für die Durchsuchung. Bereitwillig öffnete Erik die Tür und beobachtete, wie vier Beamte mit einer gründlichen Überprüfung begannen.

»Muss das denn sein?«, fragte er, als einer der Männer die Bodenleiste der Küchenschränke löste.

Hannes zuckte nur mit den Achseln. »Sie wollen sicher nicht, dass wir noch mal kommen müssen. Meine Kollegen machen es lieber gleich gründlich. Aber keine Sorge, die Leiste wird nachher wieder angeschraubt.«

Dennoch herrschte in der Wohnung schon nach wenigen Minuten eine beeindruckende Unordnung. Zimmer für

Zimmer arbeiteten sich die Polizisten vorwärts. In sich zurückgezogen saß Erik auf einem Stuhl und reagierte noch nicht einmal, als eine Kiste mit Sexspielzeug von einer Polizistin durchwühlt wurde. Erst als seine CD-Sammlung auseinandergenommen wurde, kam Leben in ihn, und er forderte nachdrücklich eine rücksichtsvollere Vorgehensweise.

»Sind Sie das?« Hannes wollte ihn ablenken und deutete auf ein etwas ausgeblichenes Bild an der Wand. Es zeigte eine Horde wild aussehender junger Leute. In einer Garage posierten sie stolz hinter mehreren Instrumenten.

»Ja, das waren unsere Anfänge. Damals hießen wir noch *School's out!*« Er trat auf das Bild zu und zeigte nacheinander auf die abgebildeten Personen. »Hier sind Sven und Niklas, damals konnte man sie kaum auseinanderhalten. Das ist Fuji, und hier, neben Patrick, stehe ich.«

»Und wer ist das?« Auch Hannes stand nun vor dem Bild und deutete auf einen kräftigen Kerl, der der Kamera seine geballte Faust entgegenstreckte.

»Max. Damals unser zweiter Gitarrist. Wie Sie sehen, war er ein ziemlich prolliger Typ. Keine Ahnung, wie er heute drauf ist. Eigentlich gehörte er auch nicht richtig zu uns. Seine Eltern waren kurz vorher in die Stadt gezogen. Patrick hörte in der Schule, dass er Gitarre spielen kann. Da hat er ihn angeschleppt.«

»Wie lange war Max dabei?«

»Als wir zur Uni gegangen sind, war für ihn Schluss. Sven hatte wegen seiner Ausbildung weniger Zeit, und Niklas richtete die Band neu aus. Er schrieb eigene Songs und fand, dass Max zu dem neuen Stil nicht mehr passte. Sven stimmte ihm sofort zu. Er war sowieso der Meinung, dass Max grottenschlecht spielte.«

Das fand Hannes interessant. »Max akzeptierte das einfach so?«

»Nein. Er hat die beiden sogar verprügelt, er war viel stärker als sie. Den Rauswurf hat er damit nicht rückgängig machen können. Der Stachel saß aber tief. Sven kaufte sich von seinem Ausbildungsgehalt ein Schrottauto. Zwei Tage später waren alle Scheiben eingeschlagen. Ich weiß, dass er Max im Verdacht hatte.«

»Wie ist der Nachname des Mannes? Lebt er noch hier?«

»Schaffner, Maximilian Schaffner. Aber ich kann Ihnen nicht sagen, wo er ….«

In diesem Moment trat der Staatsanwalt hinzu. »Nichts«, sagte er knapp und ging auf die Wohnungstür zu. Die anderen Beamten folgten ihm, und auch Hannes verabschiedete sich, nahm jedoch das alte Foto der Schülerband mit.

»Sie haben sich bestimmt eine fettere Beute erhofft«, sagte Erik, als er ihn zur Tür begleitete.

Das sah Hannes anders. Er hatte ohnehin nicht erwartet, Beweismaterial in der Wohnung zu finden. Erik von Wagner war ein intelligenter Mensch. Hätte er in seinem Appartement irgendetwas Belastendes versteckt, so hätte er es längst entsorgt. Schließlich wusste er seit Tagen, dass er zu denen gehörte, die von der Polizei durchleuchtet wurden. Zufrieden lief Hannes im Treppenhaus nach unten. Erik lauschte noch kurz den Schritten, dann schloss er von innen die Tür.

Es wurde bereits dunkel, als Isabell und Per in Sara Voglers Wohnzimmer saßen. Die Frau hatte eine helle Deckenleuchte angeschaltet, so fiel das Licht grell auf eine Vielzahl von Devotionalien. Allerdings hatten sie keinen religiösen Hintergrund, sondern bezogen sich ausschließlich auf *Cloud Palace*. Wobei der Unterschied zu einer religiösen Verehrung nicht groß war, wie Isabell überlegte, als sie all die Gegenstände betrachtete, die in dem Zimmer verteilt waren. Insbesondere Niklas Lehmann schien es der jungen Frau angetan zu haben: Er war auf dem Großteil der Fotos und Poster alleine abgebildet.

Für Isabell war es keine Schwierigkeit gewesen, Sara Voglers Kontaktdaten herauszufinden. Sie betrieb eine eigene Fan-Homepage und nahm für sich in Anspruch, den weltweit ersten Fanclub von *Cloud Palace* gegründet zu haben. Inzwischen gab es allerdings eine Vielzahl, wie ihre Freundin berichtete. Auch sie war am Abend der Hochzeit vor dem Gelände des *Meeresschlosses* gewesen. Die beiden Anhängerinnen hatten vergeblich gehofft, ein kleines Hochzeitsgeschenk überreichen zu können. Isabell konnte bei so viel unerwiderter Hingabe nur den Kopf schütteln.

Die Begeisterung der beiden war dennoch nicht ins Wanken zu bringen. Sie bereiteten gerade ein großes Transparent für den Tourneeauftakt am Samstag vor. Nur zwei Worte standen darauf: »Danke Sven!«

»Als weltweit erster Fanclub haben Sie bestimmt eine besondere Beziehung zu der Band«, beendete Per das bisherige Geplänkel.

»Das stimmt!« Sara Vogler strahlte. »Wir gehen auf fast jedes Konzert. Nehmen sogar Urlaub, um ihnen nachzureisen. Außerdem sammeln wir alles, was wir in die Finger bekommen können, und organisieren Treffen mit anderen Fanclubs.«

»Ich meinte eher, dass Sie bestimmt auch zu den Musikern einen engen Draht haben.«

Frau Voglers Enthusiasmus ließ etwas nach. »Leider nicht. Man kommt unglaublich schwer an sie heran. Außerdem sind sie natürlich wahnsinnig beschäftigt. Aber Fuji und Annika haben uns immerhin letztes Jahr mal besucht.«

Isabell und Per warfen sich einen Blick zu. Da steckten diese Frauen seit Jahren einen Großteil ihrer Zeit und wahrscheinlich auch ihres Geldes in *Cloud Palace*, doch den Musikern schien das egal zu sein. Eine enge Fanbindung sah anders aus. Isabell brachte das Gespräch auf den vergangenen Samstagabend. Beide Frauen erinnerten sich sofort, den Bandmanager beim Verlassen des Geländes gesehen zu haben.

»Wir wunderten uns, dass er schon so früh ging. Aber er muss natürlich die Tournee vorbereiten. Wir fragten ihn, ob er unser Geschenk abgeben könnte, aber er meinte, dass er wegmüsse.«

Isabell beugte sich nach vorn. Jetzt kam der entscheidende Augenblick. »Erinnern Sie sich, wann das gewesen ist? Hatte das Feuerwerk schon begonnen?«

»Ja, es war ein beeindruckendes …«

»Wie lange ging es schon?«, unterbrach Per.

Sara Vogler schaute zu ihrer Freundin. »Vielleicht ein oder zwei Minuten?«

»Es hatte kurz vorher angefangen«, bestätigte die.

»Sind Sie sich absolut sicher?« Per hatte hektische Flecken im Gesicht.

Misstrauisch wurde er von den beiden beäugt. »Ja, aber … ist das wichtig?«

»Ach, wir müssen nur eine andere Zeugenaussage gegenchecken«, erwiderte Isabell und erhob sich. »Sie haben uns sehr geholfen, vielen Dank.«

Bastian Eckhoff wurde noch am selben Abend aus der Untersuchungshaft entlassen. Auf seinem Gesicht stand dabei ein arrogantes »Ich hab es Ihnen ja gleich gesagt«. Die neuen Entwicklungen hatten bei Federsen Missmut ausgelöst, während Hannes mit dem Tagesverlauf zufrieden war. Immerhin hatten sie weitere Hinweise erhalten und konnten sich nun auf einen Verdächtigen weniger konzentrieren. Da noch immer nicht mit Verstärkung zu rechnen war, stellte dies einen nicht zu unterschätzenden Vorteil dar.

Als Hannes auf den Ausgang des Präsidiums zuging, sah er, dass sein Chef in der Kantine vor einer Kaffeetasse saß. Kurz zögerte er, dann änderte er die Richtung und stieß die Glastür auf. Die Kantinenchefin, Frau Öztürk, wischte gerade die Theke sauber und strahlte, als sie ihn erblickte. Sie griff nach einem übrig gebliebenen Schokocroissant und ging ihm entgegen.

»Du bist schon viel zu lange nicht mehr hier gewesen«, sagte sie vorwurfsvoll und steckte ihm verstohlen das Croissant zu. Federsen war es dennoch nicht entgangen. Griesgrämig verfolgte er das Geschehen von einem Tisch in der hintersten Ecke aus.

»Hat dieser unmögliche Mensch irgendwann auch mal gute Laune?« Frau Öztürk senkte die Stimme. »Er sitzt schon seit zwanzig Minuten hier rum und hat kein Wort mit mir geredet. Stört mich ja nicht, aber ich will eigentlich abschließen.«

»Dann werfen Sie ihn doch einfach raus«, schlug Hannes grinsend vor. »Ich muss ihn noch kurz sprechen, vielleicht kann ich ihn danach rauslotsen.«

Er wollte weitergehen, doch Frau Öztürk war noch im Unterhaltungsmodus. Zwar vertrat sie die Auffassung, dass außer Federsen fast alle Angestellten des Präsidiums angenehme Zeitgenossen waren, aber Hannes hatte sie vom ersten Moment an eine große Zuneigung entgegengebracht. Sie bemutterte ihn, wann immer es ihr möglich war – und er es zuließ. Im Gegensatz zu anderen deutete sie seine zweifarbigen Augen auch nicht als Makel, sondern als ein äußeres Zeichen, dass in diesem Körper ein ganz besonderer Mensch steckte.

»Wie läuft es in der Liebe?«, fragte sie augenzwinkernd. »Behandelt dich deine Freundin immer noch gut?«

»Ich kann mich nicht beklagen.« Hannes hatte mit seinem Glück kaum hinterm Berg halten können, als er endlich mit Anna zusammengekommen war. Frau Öztürk war sein veränderter Gemütszustand sofort aufgefallen. Sie hatte auch gleich eine ganze Palette guter Ratschläge für eine lang anhaltende Beziehung parat gehabt, die Hannes teilweise aber etwas merkwürdig vorgekommen waren.

»Im Moment suchen wir uns eine Wohnung – zusammen«, erzählte er.

»Oh, ein wichtiger Schritt. Bloß nichts überstürzen! Aber du wirst dir schon die Richtige ausgesucht haben.«

Hannes nickte. Nach weiteren fünf Minuten gelang es ihm endlich, sich an ihr vorbei und in Richtung seines Chefs zu schieben. Er setzte sich und musterte neugierig einen kleinen Gegenstand, der in Papier eingewickelt vor dem Kommissar lag.

»Das ist heute mit der Post für mich gekommen, ich habe es eben vorne am Empfang abgeholt«, erklärte Federsen und wickelte umständlich das Papier ab. Sein Gesicht hellte sich mit jeder abgeschälten Lage weiter auf. Zum Vorschein kam ein unförmiger Gegenstand. »Ich hab schon lang danach gesucht. Es ist zwar nur eine Kopie, aber immerhin von dem isländischen Künstler angefertigt, der auch das Original geschaffen hat. Ein schönes und seltenes Sammlerstück. Ich habe schon drei andere Figuren aus dieser Reihe. *Sea life* hat sie der Künstler genannt.«

Hannes war erstaunt. Wollte Federsen ihm gerade seine private Seite zeigen? Das war noch nie vorgekommen und machte ihn sofort misstrauisch. Er betrachtete den Metallklumpen in Federsens Händen. Er erinnerte an einen Walfisch, konnte aber auch ein Meeresungeheuer oder etwas ganz anderes darstellen. Verzweifelt suchte er nach einer passenden Bemerkung.

»Ähm. Schön! Und was ist das? Ein Buchhalter?«

Die Miene des Kunstliebhabers verfinsterte sich wieder. Beleidigt wickelte er den Gegenstand ein und legte ihn neben sich auf die Bank. »War mir schon klar, dass Sie nichts davon verstehen. Was wollen Sie hier eigentlich noch von mir?«

Hannes unterrichtete ihn über Emil Wegbergs Angebot, Informationen zu liefern und im Gegenzug einen exklusiven Berichterstattungszeitraum nach der Auflösung des Falles eingeräumt zu bekommen. Die Idee löste umgehend einen Wutanfall des Kommissars aus. Frau Öztürk, die gerade den Nachbartisch abwischte, verzog sich erschrocken hinter die Theke.

Von derartigen Absprachen halte er überhaupt nichts, und allein der Vorschlag sei eine reine Unverschämtheit. Zugleich warf er Hannes vor, mal wieder viel zu defensiv an die ganze Sache herangegangen zu sein. Sollte er den Mann nicht am nächsten Tag zum Reden bringen, wollte Federsen sich selbst der Sache annehmen.

Der Reporter tat Hannes jetzt schon leid. Als er aufstand, folgte ihm sein Vorgesetzter zur Tür und gab ihm Ratschläge, wie er Herrn Wegberg am besten unter Druck setzen könnte. Der eingewickelte Kunstgegenstand blieb vergessen auf der Sitzbank zurück.

Auch Elke und Ben waren ernüchtert, als sie erfuhren, dass Ines und Kalle bald nach München ziehen würden. Die beiden saßen zusammen mit Anna und Hannes in einem Irish Pub, in dem die Musik so laut aufgedreht war, dass eine Unterhaltung kaum möglich war. Hannes überlegte, ob es nicht schon an Tierquälerei grenzte, dass Ben seinen Hund mitgebracht hatte. Socke hatte den Kopf seit einer halben Stunde auf Hannes' Oberschenkel liegen und genoss sichtlich das Kraulen der Ohren. Vermutlich hätte ihn lediglich eine gefüllte Futterschale weglocken können. Bei diesem Gedanken griff Hannes verstohlen zu seinem Teller und hielt Socke ein Fischstück vor die Nase. Behutsam schnappte der Hund danach.

»Wenn er fett wird, kannst du die tägliche Extrarunde mit ihm drehen«, drohte Ben, dem die wiederholten Fütterungen nicht entgingen.

»Dir würde die Bewegung aber auch nicht schaden«, frotzelte Elke und kniff ihm in den Bauch. »Setzt du etwa Winterspeck an?«

Tatsächlich hatte Ben in letzter Zeit zugenommen, was seiner Figur aber noch nicht schadete. Dennoch verzog er betont bekümmert das Gesicht.

»Ich muss für Prüfungen büffeln und zieh mir fast nur noch Junkfood rein.«

»Seit wann lernst du?«, fragte Hannes. Ben war nicht dafür bekannt, sein Geschichtsstudium zielstrebig voranzutreiben.

»Hilft ja nichts.« Ben zuckte mit den Achseln. »Wenn ich die Erstsemester sehe, bin ich gefühlt schon der Studenten-Papa. Die sind teilweise über zehn Jahre jünger als ich! Im nächsten Wintersemester will ich meinen Abschluss machen. Wahrscheinlich hatte ich immer nur Angst vor der großen Prüfung. Aber jetzt denk ich mir: Wenn alle anderen Idioten es können, warum sollte es mir nicht auch gelingen?«

»Ben wird erwachsen«, spottete Elke. »Passt auf, als Nächstes lässt er sich noch sein Augenbrauen-Piercing entfernen und die Dreadlocks abschneiden.«

»Und was kommt danach?« Auch Anna wirkte von dem plötzlichen Eifer überrascht.

»Nächstes Jahr wird eine Stelle an einem Institut frei, das sich mit Demokratieentwicklung und der Aufklärung der Nazizeit beschäftigt. Ich glaube, da würde ich gut reinpassen. Außerdem kenne ich denjenigen, der dann in Rente geht und die Stelle freiräumt.«

»Daher weht also der Wind.« Hannes freute sich, dass Ben endlich ein Ziel ins Visier nahm. Er hatte sich schon länger gefragt, in welchen Job sein Kumpel wohl passen mochte oder ob er ewig an der Uni hängenbliebe.

Als der Barkeeper den Regler an der Musikanlage noch ein weiteres Stück aufdrehte, stöhnte Elke auf. »Entweder ist es wirklich unerträglich laut, oder ich werde alt. Wollen wir zahlen?«

»Gute Idee«, schrie Anna über den Tisch zurück. »Ich merke zwar auch, dass ich lärmempfindlicher als früher bin, aber das hier ist wirklich hart an der Grenze.«

Als sie in der kühlen Nachtluft standen, rieselten erneut Schneeflocken vom Himmel.

»Endlich mal ein richtiger Winter«, meinte Ben und leinte Socke an. »Wollen wir am Wochenende Schlittschuh laufen? Der See im Stadtpark hat schon eine dicke Eisschicht.«

»Das hab ich zuletzt als Kind gemacht.« Anna war begeistert. Sie schob eine Pudelmütze über ihre langen braunen Haare. »Allerdings hab ich keine Schlittschuhe.«

»Du kannst meine alten haben«, bot Elke an. »Die Kufen sind schon stumpf, aber für ein bisschen Spaß wird es reichen.«

Sie gingen den verschneiten Bürgersteig entlang und blieben immer wieder stehen, um Socke an Laternenpfählen schnuppern zu lassen. Zwei Straßen weiter trennten sich ihre Wege.

»Und?«, fragte Hannes, als die weiße Schwanzspitze von Socke um die Ecke verschwunden war. »Zu dir oder zu mir?«

Anna lachte. »Die Frage stellt sich hoffentlich bald nicht mehr. Für das Wochenende habe ich zehn Besichtigungstermine ausgemacht. Dabei hab ich mir überlegt, dass es ein guter Anlass wäre, deine Garderobe aufzufrischen. Vermieter und Makler achten auf so was. Ist dir ja bestimmt auch aufgefallen, manche Leute erscheinen sogar im Anzug zu einer Besichtigung. Das finde ich zwar übertrieben, aber …« Sie verstummte.

Hannes blickte entgeistert an sich herunter. »Aber … was ist denn an meinen Klamotten auszusetzen?«

»Sind schon okay. Aber teilweise etwas abgetragen. Und … tja, man sieht halt, dass keine Frau dabei war, als du sie dir gekauft hast.« Sie grinste frech.

Hannes stöhnte. »Weißt du, was am Wochenende in den Geschäften los ist? Außerdem dachte ich, du magst mich so, wie ich bin?«

Anna stellte sich auf die Zehenspitzen, um ihm einen Kuss auf die kalte Nase zu drücken. »Tu ich ja auch. Trotzdem kannst du dir was Neues gönnen. Im Moment haben viele Geschäfte reduziert, das ist die beste Gelegenheit.«

»Ich weiß nicht …«, erwiderte er unschlüssig.

»Wenn wir dann eh schon in der Stadt sind, können wir auch diese Unterwäsche für mich kaufen, die du dir letztens auf dem Plakat an der Bushaltestelle so interessiert angesehen hast.« Anna prustete los, als sie seinen ertappten Gesichtsausdruck sah. »Hast du gedacht, ich merk das nicht? Du weißt hoffentlich, dass Frauen ein weites Blickfeld haben.«

Hannes gab sich geschlagen und willigte in eine Einkaufstour ein. Zugleich nahm er sich vor, künftig besser auf seine Augenbewegungen zu achten.

KAPITEL 8

Maximilian Schaffner ging es überhaupt nicht gut. Genauer gesagt, er war am Ende. Wenigstens hatte er in der vergangenen Nacht mal wieder ein Dach über dem Kopf gehabt. Bei Temperaturen im zweistelligen Minusbereich war das nicht ganz unwichtig gewesen. Einer seiner wenigen verbliebenen Freunde hatte ihm Unterschlupf gewährt. Diese Hilfe war allerdings auf drei Nächte begrenzt, denn dann würde die Freundin des Mannes von einer Fortbildung zurückkehren. Da sie auf einem Kontaktabbruch zu Max bestanden hatte, musste er die Wohnung am Sonntag um spätestens zwei Uhr wieder verlassen haben.

Max hasste diese Frau. Er hatte von Anfang an nicht verstanden, was seinen Kumpel an dieser eingebildeten Kuh interessierte. Sie hielt sich für etwas Besseres und wollte mit solchem Abschaum wie ihm nichts zu tun haben. Das allerdings konnte er sogar verstehen. Er betrachtete sein Spiegelbild in einem Schaufenster. Von den darin ausgestellten Waren überstiegen alle sein derzeitiges Budget, das aus nicht mehr als vier Münzen bestand, die einen Gesamtwert von zwei Euro und siebzig Cent hatten. Alles, was er sonst noch besaß, fand in einem großen Rucksack Platz. Die dicke Winterjacke war fleckig und verbarg, dass sein Körper abgemagert war. Sein Gesicht zeigte diesen Umstand deutlicher. Die Wangen waren eingefallen, seine Augen lagen in dunklen Höhlen, und die frische Wunde auf der bleichen Haut machte den Gesamteindruck nicht besser. Die Haare hatte er am vergangenen Abend mit einer Küchenschere abgeschnitten, so waren sie zumindest nicht mehr verfilzt.

Ein Angestellter des Geschäfts näherte sich der Tür und musterte ihn misstrauisch. Max beeilte sich, weiterzugehen. Seit einem Jahr lebte er auf der Straße. Nach der Schule hatte er zwar eine Lehrstelle als Elektromechaniker angenommen, den Ausbildungsbetrieb aber mehrfach wechseln müssen. Dennoch hatte er den Abschluss im zweiten Versuch geschafft. Auch danach war er selten für einen längeren Zeitraum bei einem Arbeitgeber angestellt gewesen, und dazwischen hatte es oft lange Pausen gegeben. Bis zum Tod seiner Mutter vor drei Jahren hatte das kein großes Problem dargestellt. Sie hatte ihn kostenlos bei sich wohnen lassen und von ihrer schmalen Witwenrente mühsam mit durchgefüttert. Wenigstens hatte ihr die kleine Wohnung gehört. Nachdem sie eines Morgens nicht mehr aufgewacht war, war das Appartement von ihrem Sohn sofort verkauft worden.

Euphorisch hatte er sich ausgemalt, wie er seinem Leben mit diesem Startkapital neuen Schwung geben würde. Dafür waren einige Anschaffungen nötig gewesen, und auch ein bisschen Spaß hatte er sich gegönnt. Das Leben war hart genug, und er hatte viel zu lange auf die schönen Dinge verzichten müssen. Schon nach wenigen Monaten war die Hälfte des Geldes weggeschmolzen. Die altbekannte Lethargie war langsam aber unerbittlich zurückgekommen und hatte Besitz von ihm ergriffen. Zuerst hatte er Stück für Stück seiner Einrichtung und der sonstigen überschaubaren Besitztümer verkauft, bis in seiner Mietwohnung nur noch eine Matratze gelegen hatte. Als der Vermieter ihn mit zwei Monatsmieten Rückstand vor die Tür gesetzt hatte, war Max noch für einige Monate wechselweise bei Freunden untergekrochen. Irgendwann hatte auch der Letzte auf sein Klingeln nicht mal mehr die Tür geöffnet.

Eine Zeit lang hatte er sich einer Bande angeschlossen, die kleinere Überfälle durchführte und in leer stehende Häuser einbrach. Von irgendetwas musste man ja leben. Nachdem er jedoch einmal einen Teil der Beute unterschlagen hatte, war er vom Boss der Truppe brutal zusammengeschlagen worden. Tagelang hatte er sich kaum bewegen können und sein Glück seitdem auf eigene Faust gesucht. Zumindest hatte er in den Monaten zuvor viel gelernt. Er konnte ein vielversprechendes Opfer schon auf hundert Meter erkennen, und wie man ein Haus auskundschaftete, war ihm ebenfalls nicht fremd. Beim Umgehen technischer Sicherungsmaßnahmen hatte er besonderes Geschick – ein Überbleibsel aus seiner Zeit als Elektromechaniker. Er wusste, wie er sich unauffällig Zutritt verschaffen und auch unerkannt wieder verschwinden konnte. Das hatte er erst vor Kurzem wieder unter Beweis gestellt. Und er hatte einen Plan. Zum ersten Mal seit Langem fühlte er wieder Energie in sich.

Mit gesenktem Kopf schlurfte er die Straße entlang. Als ihn ein eisiger Windstoß traf, hob er kurz den Blick und erstarrte. An einer Hausfassade prangte ein überdimensioniertes Plakat, von dem ihm vertraute Gesichter tief in die Augen zu sehen schienen. Die neue CD und das bevorstehende Konzert von *Cloud Palace* wurden in der ganzen Stadt beworben, obwohl das gar nicht nötig gewesen wäre. Die Band war ohnehin längst auf dem Höhepunkt ihrer Popularität angekommen. Erneut stieg der nie abgeklungene Hass in Max auf. Auch er war mal ein Teil dieser Gruppe gewesen. Auch er hätte am nächsten Tag auf der Bühne der *Hafenarena* stehen und in der Zuneigung der Fans baden können. Er könnte ein großes Haus besitzen, einen schnellen Sportwagen, eine tolle Freundin haben und alles, was er sich sonst noch erträumte – hätten ihn vor vielen Jahren Sven und Niklas nicht aus der Band geworfen.

Leise und mit verzerrtem Gesicht murmelte er vor sich hin. Sven und Niklas hatten ihm die Chance auf ein besseres Leben genommen. Es war ihre Schuld, dass er heute ganz unten auf der Leiter der Gesellschaft stand und sich sogar an dieser Sprosse nur noch mit letzter Kraft festklammern konnte. An manchen Tagen schien ihn der gähnende Abgrund darunter wie ein Magnet anzuziehen. Mühsam löste er den Blick von dem Werbebanner und setzte seinen Weg fort. Er wusste, was er zu tun hatte.

Als Hannes am Mittag den Eingangsbereich des Präsidiums betrat, steuerte er als Erstes die Kantine an. Da er am nächsten Vormittag seinen ehemaligen Vorgesetzten Fritz im Gefängnis besuchen wollte, hatte er das Training mit erhöhter Intensität absolviert. Sein Körper schrie nach einer Energiezufuhr. Hungrig überflog er den Speiseplan, der neben der Kantinentür ausgehängt war. In der Luft lag ein leicht fettiger Geruch. Als er den Raum betrat, war dieser erst mäßig besucht. Dennoch herrschte eine beachtliche Lautstärke – und das lag an seinem Chef. Mit hochrotem Gesicht faltete er gerade Frau Öztürk zusammen, und dabei schienen ihm seine Augäpfel fast aus dem Gesicht zu springen. Unbehaglich näherte sich Hannes.

»Was ist denn los?«

Federsen fuhr herum und deutete mit seinem dicken Zeigefinger anklagend auf die Kantinenchefin. »Gestern Abend habe ich das … das Kunstwerk hier vergessen, und diese Person hat es in den Müll geworfen! Seit Monaten habe ich darauf gewartet, endlich ein Exemplar ergattern zu können. Tausend Euro hat es mich gekostet!«

»Ich dachte, dass es wertlos ist«, verteidigte sich die Frau. »Es sah wie eine Fehlproduktion von irgendwas aus. Deswegen hatte es auch jemand liegen gelassen – dachte ich.«

»Ich glaube, dass Sie gar nichts gedacht haben«, brüllte der Kommissar. Er trat einen Schritt nach vorne, sodass sein Bauch gegen die zierliche Kantinenchefin prallte. »Wohin haben Sie den Müll gebracht?«

»Wie immer. Runter zu den Containern.« Sie blickte auf die Uhr und erschrak. »Die Müllabfuhr kommt immer um diese Zeit, hoffentlich war sie nicht schon da.«

»Das ist nicht Ihr Ernst!« Federsen ballte die Fäuste. »Ich laufe sofort in den Keller. Wenn die Tonnen schon geleert sind, dann werde ich … können Sie …« Auf die Schnelle fiel ihm keine passende Konsequenz ein. Schnaufend stürmte er aus der Kantine und hastete zur Treppe, die in den Keller führte. Mitleidig blickte Hannes zu Frau Öztürk hinunter.

»Da stecken Sie in der Klemme. Aber ich kann gut verstehen, dass Sie dieses Ding für Schrott gehalten haben. Hoffentlich verspätet sich die Müllabfuhr.«

»Muss sie nicht«, kicherte Frau Öztürk. »Der Müll wird erst am Nachmittag abgeholt.«

»Aber Sie haben eben gesagt …«

»Hätte ich mich weiter anschreien lassen sollen? Es hat ja funktioniert, und ich bin ihn los. Außerdem gönne ich ihm die Angst um seinen kleinen Schatz. Was willst du essen?«

Hannes schmunzelte. »Wenn er gleich einen Herzinfarkt bekommt, dürften Sie nicht ganz unschuldig sein. Ich nehme den Auflauf und eine Mangoschorle.«

An einem Fenster entdeckte er Per, und hinter einem Blumenkübel die kurzen, schwarz gefärbten Haare von Isabell. Er bugsierte sein Tablett zu ihrem Tisch. Als er sich auf die Bank setzte, hatte er Mühe, die Beine unter den Tisch zu bekommen. Die Einrichtung der Kantine musste aus einer Zeit stammen, als die Durchschnittsgröße der Polizisten wesentlich kleiner gewesen war.

»Was war da eben los?«, fragte Isabell. »Sah aus, als wollte der Chef Frau Öztürk erwürgen.«

Hannes erzählte ihnen den Hintergrund und erntete zufriedene Heiterkeit. Ein Missgeschick von Federsen war immer geeignet, die Stimmung des restlichen Teams aufzuhellen. Der Nachteil war lediglich, dass dessen schlechte Stimmung meist auch direkte Konsequenzen für seine Untergebenen mit sich brachte. Sollte das Kunstobjekt nicht mehr aufzufinden sein, schwante Hannes für den weiteren Verlauf des Tages Übles.

»Hat sich heute Morgen was Neues ergeben?«, erkundigte er sich und schob sich die erste Ladung des Gemüseauflaufs in den Mund.

»Wir haben mit der Suche nach diesem Maximilian Schaffner angefangen«, informierte ihn Isabell. »Allerdings ist er mit keinem Wohnsitz gemeldet. Beim Arbeitsamt war eine Handynummer hinterlegt, die ist aber nicht mehr vergeben.«

»Ist er obdachlos?«

»Möglicherweise. Wir hören uns bei Hilfsorganisationen und Obdachlosenunterkünften um.«

»Soweit wir wissen, ist er bei der Hochzeit nicht auf dem Gelände gewesen. Und wenn er wirklich auf der Straße lebt, wird er kaum eine Drohne besitzen, mit der man einen Menschen abschießen kann.«

»Würde mich auch überraschen.« Per kratzte den letzten Rest seiner Nudelsuppe zusammen. »Allerdings ist er ausgebildeter Elektrotechniker. Wahrscheinlich könnte er sich so ein Ding sogar selber bauen. Vielleicht ist es ihm aber auch gelungen, sich irgendwie unbemerkt auf das Gelände des *Meeresschlosses* zu schleichen. Nur ist die Frage: Warum?«

»Neid, Missgunst, Rache? Er kann auch geisteskrank sein. Es gibt tausend mögliche Gründe.«

»Er hat aber schon jahrelang keinen Kontakt mehr zu seinen früheren Bandkollegen. Auch nicht zu Patrick, der ihn damals angeschleppt hatte. Haben wir schon gecheckt. Dieser Max kann inzwischen sonst wo wohnen. Ich glaube nicht, dass er hinter dem Mord steckt.«

»An wen denkst du stattdessen?«

»Erik von Wagner. Glasklares Motiv, kein Alibi. Außerdem kommt er mir geistig nicht ganz gesund vor. Gut möglich, dass er sich da in was reingesteigert hat.«

Isabell verschränkte die Arme. »Beim Motiv und fehlenden Alibi geb ich dir ja recht. Aber wie kommst du darauf, dass er nicht ganz richtig im Kopf sein soll? Nur weil er verschlossen ist und scheinbar gerne vor sich hin grübelt?«

»Mir kam er eher depressiv vor«, erwiderte Per. »Und melancholisch.«

»Na, ich weiß nicht …« Isabell sah wenig überzeugt aus. »Selbst wenn, macht ihn das noch nicht zu einem Mörder. Ich tendiere eher zu Tobias Steinfeld. Seine gewalttätige Vergangenheit, und dann hat er als Chef der Security die besten Voraussetzungen, den Mord zu planen. Federsen hat sich weiter zu dem Mann umgehört. Das Verhältnis zwischen Steinfeld und den Zwillingen war zuletzt angespannt.«

»Ging es um einen ähnlichen Hintergrund wie bei dem Manager?«, hakte Hannes nach. »Wollten sie ihn loswerden?«

»Das wohl nicht. Aber Niklas erzählte, dass sie wiederholt nicht genügend vor fanatischen Fans abgeschirmt wurden. Außerdem landeten Interna von der Band bei der Presse. Er hatte damals Steinfeld im Verdacht, da es sich um Dinge drehte, die sonst kaum jemand wissen konnte.«

»Zum Beispiel?«

»Er wollte nicht ins Detail gehen. Frauengeschichten und Drogenkonsum. Er habe Steinfeld im Herbst darauf angesprochen, und seitdem seien tatsächlich keine neuen Enthüllungen in der Presse vorgekommen. Was dafür spricht, dass er mit seinem Verdacht richtiglag.«

Nachdenklich stapelte Hannes das Geschirr zusammen. »Morgen treffe ich diesen Reporter wieder. Vielleicht weiß er was dazu, er scheint gut über *Cloud Palace* informiert zu sein.«

»Aber erst triffst du Federsen«, maulte Per verdrießlich. »In fünf Minuten haben wir eine Besprechung in seinem Büro.«

Das Hallenlicht der *Hafenarena* war soeben wieder eingeschaltet worden, und Niklas Lehmann war die Zufriedenheit anzusehen. Die Generalprobe war ein voller Erfolg gewesen, obwohl

Dennis' Leistung noch ausbaufähig schien. Auch Erik war wieder zu alter Form aufgelaufen, und auf Fuji, Patrick und Annika war sowieso Verlass. Lediglich Mia machte ihm Sorgen. Sie hatte mehrfach den Einsatz verpasst, und ihre Stimme war weniger kraftvoll als gewohnt. Sie aber kurz vor der Tournee durch eine andere Sängerin zu ersetzen, schien riskant.

Die Tournee sollte alles bisher Dagewesene in den Schatten stellen. Eine völlig neue Technik war installiert worden, was zwar enorme Kosten verursachte, aber den Ruf von *Cloud Palace* als eine der besten Live-Bands festigen sollte. Niklas hoffte sogar, dass sie nach dem morgigen Abend als die beste Live-Band aller Zeiten gelten würden. Das Eröffnungs- und Abschlusskonzert würde ein Musikkanal live in mehrere Länder ausstrahlen. Die eingesetzten Effekte mussten punktgenau mit der Musik synchronisiert werden, ein Großaufgebot von Spezialisten hatte in den letzten Wochen intensiv daran gearbeitet. Es war zu spüren, dass sie dem erschossenen Gitarristen mit einer perfekten Show die letzte Ehre erweisen wollten. Sven war bei allen sehr beliebt gewesen, auch wenn seine oft chaotische Herangehensweise immer wieder zu vermeidbarer Mehrarbeit geführt hatte.

Niklas dagegen war Perfektionist. Er hatte nichts dem Zufall überlassen. Bühne und Technik waren ausgeklügelt und doppelt vorhanden. Die Tournee würde nur einen kleinen Gewinn abwerfen, obwohl die Karten teuer waren. Doch Niklas hielt den Aufwand für eine lohnende Investition. Danach würde nichts mehr so sein wie vorher, dessen war er sich sicher.

Allmählich kehrte im weiten Rund der Halle Ruhe ein. Er ging zum Rand der Bühne. Dort saß Mia Landberger und blickte ins Nichts. Neben ihr kniete die zweite Backgroundsängerin. Alle wussten, dass Mia gerade Zuspruch brauchte, und leise sprach ihre Kollegin auf sie ein. Niklas bedeutete ihr mit einer Kopfbewegung zu verschwinden. Nach einem zornigen

Blick verzog sich die Frau ohne ein Wort. Niklas setzte sich neben Mia und ließ die Beine von der Bühne baumeln.

Er sah sie von der Seite an. Sie war eine ideale Besetzung. Wunderschön, mit einem tollen Körper, der in dem geschlitzten Kleid viele Blicke auf sich ziehen würde. Er betrachtete die aufgehellten Strähnen ihrer blonden Haare.

»Du musst noch mal zum Friseur«, sagte er. »Man kann den Ansatz erkennen. Mach das gleich heute Nachmittag.«

Sie nickte, schaute aber weiter stumm nach vorn.

»Wirst du durchhalten?«, fragte er.

Wieder nickte sie, und Tränen glänzten in ihren Augen.

»Du weißt, dass sich Sven nie für dich entschieden hätte?« Niklas beschloss, sie schonungslos mit der Wahrheit zu konfrontieren. »Er wollte Spaß, mehr nicht.«

»Weiß ich«, schniefte sie. »Es ist nur … er fehlt mir so!«

»Er fehlt uns allen. Das werden wir auf der Tour täglich spüren. Auch wenn Dennis ihn zumindest an der Gitarre gut ersetzen dürfte.«

Mia machte ein zweifelndes Gesicht.

»Glaubst du nicht?« Niklas zeigte auf die Bühne. »Er hat eben gut gespielt. Ich weiß, seine Bewegungen sind etwas linkisch, aber das wird noch werden.«

Mia biss sich auf die Lippen. »Das ist es nicht. Er … es scheint ihm gar nichts auszumachen, dass Sven tot ist. Als wäre es das Beste, was passieren konnte.«

»Ist ja auch eine große Chance für ihn.«

»Klar, aber …« Sie verstummte.

Niklas betrachtete sie aufmerksam. »Was beunruhigt dich? Willst du mir irgendwas sagen?«

»Nein, es ist nur, dass … ich glaube, Dennis hat was vorgehabt.«

Niklas zog die Augenbrauen zusammen. »Was meinst du damit?«

»Er ist der Meinung, ein Gitarrengenie zu sein. Das stimmt ja sogar fast. Aber er hielt sich auch für besser als Sven. Weißt du noch, das letzte Konzert? Als Svens Gitarre kaputt war?«

»Ja, irgendein Idiot hat ihm die Saiten durchgeschnitten.«

»Das war Dennis. Er hoffte, dass er dann einspringen und sein Können beweisen könnte. Sven wollte ja nie eine andere Gitarre als seine eigene in die Hand nehmen.«

Das war Niklas völlig neu. »Wie naiv von Dennis, denn Sven hat natürlich doch auf einer Ersatzgitarre gespielt. Wieso hast du uns nichts gesagt?«

»Ich hab es Sven gesagt. Er lachte nur und meinte, dass Dennis schon noch seine Chance bekommen würde. Aber ganz so witzig fand er es wohl doch nicht. Ein paar Tage später brüllte er Dennis an, dass er vergessen könne, jemals zweiter Gitarrist zu werden.«

»Verständlich. Hätte ich das gewusst, wäre Dennis rausgeflogen. Wie hat er reagiert?«

»Pampig. Und du weißt, dass er allein war, als Sven erschossen wurde. Ich stand noch kurz mit ihm zusammen, dann nervte er mich, und ich bin abgehauen. Kurz darauf fiel der Schuss. Sollte ich der Polizei von dem Streit zwischen ihm und Sven erzählen?«

Niklas ließ sich stöhnend nach hinten auf den Rücken sinken. »Das gibt es nicht! Und ich hole diesen Kerl auch noch in die erste Reihe.« Dann schwieg er einen Moment, bevor er sich wieder aufrichtete. »Ich kann mir trotzdem nicht vorstellen, dass er es gewesen ist. Mia, morgen geht die Tour los. Wir brauchen Dennis! Wo soll ich jetzt einen gleichwertigen Ersatz herbekommen und auch noch rechtzeitig mit dem Programm vertraut machen?«

»Ich weiß.« Sie nickte unglücklich.

»Behalt es wenigstens für dich, bis die Tour vorbei ist«, bat er. »Wahrscheinlich findet die Polizei vorher den Täter, und wir wissen, dass Dennis unschuldig ist.«

»Und wenn nicht?«

»Das entscheiden wir dann.« Für Niklas war damit alles gesagt. Der Erfolg von *Cloud Palace* stand für ihn an erster Stelle, und danach kam lange nichts. Er sprang von der Bühne und ließ Mia allein zurück.

»Wenn es dann nicht zu spät ist«, flüsterte sie, aber das hörte er nicht mehr.

Die Ermittler hatten Glück. Federsen hatte das walfischähnliche Kunstobjekt in den Mülltonnen des Präsidiums ausgegraben, bevor die Abfälle der letzten Tage entsorgt worden waren. Der unförmige Gegenstand thronte nun auf seinem Schreibtisch neben einem überquellenden Aschenbecher. Er wirkte frisch poliert. Auch nach einer erneuten Betrachtung konnte Hannes die fatale Fehleinschätzung von Frau Öztürk voll und ganz nachvollziehen. Federsen erwähnte den Vorfall mit keinem Wort, stattdessen kam er ohne Umschweife zur Sache.

»Wir haben am Café und der Wohnung von Leah Hartenbach Überwachungskameras installiert, da nicht ständig Polizisten auf einen Liebesboten warten können. Gleich kreuzt hier auch noch mal der Security-Chef auf. Herr Niehaus, Sie führen das Verhör gemeinsam mit mir. Ihre Samthandschuhe ziehen Sie dann aber bitte aus. Ich bin mir sicher, dass sich entweder Herr Steinfeld oder der Bassist als Täter herausstellen werden.«

»Was sollen Isabell und ich in der Zwischenzeit tun?«, fragte Per.

»Was wohl? Sie suchen weiter nach diesem ehemaligen Bandmitglied. Selbst wenn er nach Afrika ausgewandert ist: Bis heute Abend möchte ich wissen, wo er steckt.«

»Sollten wir nicht Erik noch mal in die Zange nehmen? Die Generalprobe der Band ist vorbei, er dürfte also grade nichts Besseres zu tun haben.«

Federsen überlegte. »Es gibt keine neuen Erkenntnisse zu ihm. Im Gegensatz zu Steinfeld. Schaden kann es trotzdem nicht. Er soll merken, dass wir ihn weiter auf der Liste haben. Aber vernachlässigen Sie die Suche nach Maximilian Schaffner nicht.«

»Klar, wir sind ja multitaskingfähig und haben Zauberkräfte«, murmelte Isabell.

Die eigentlich fällige Rüge blieb aus, da in diesem Moment ein Kollege den Kopf zur Tür hereinsteckte und mitteilte, dass Tobias Steinfeld eingetroffen war. Hannes folgte seinem Vorgesetzten zum Vernehmungszimmer und hoffte, dass der Täter noch vor dem Tourneeauftakt von *Cloud Palace* präsentiert werden konnte. Die Band würde am nächsten Tag schon aufgrund des Todesfalls im Rampenlicht stehen. Auch einige ausländische TV-Sender hatten sich in der *Hafenarena* angekündigt. Für Tobias Steinfeld stellte der enorme Andrang ein Problem dar, wie er gleich zu Beginn klarmachte.

»Wenn wir alle interessierten Journalisten in die Halle ließen, könnten wir die Hälfte der Fans heimschicken. Außerdem erwarten wir, dass viele Anhänger ohne Karten zur Arena strömen. Ich habe alle Hände voll zu tun! Trotzdem haben Sie mich schon wieder herbestellt. Verstehen Sie nicht, dass mir die Zeit davonläuft?«

»Sie verstehen eher den Ernst der Lage nicht«, bellte Federsen. »Sie sind einer der Hauptverdächtigen in einem Mordfall. Außerdem beschäftigt dieser ganze Aufruhr um das Konzert auch viele unserer Kollegen. Oder glauben Sie, dass wir morgen die öffentliche Sicherheit allein in die Hände Ihrer dilettantischen Sicherheitsfirma legen?«

»Etwas verstehe ich in der Tat nicht. Wieso bin ausgerechnet ich einer Ihrer Hauptverdächtigen? Seit Jahren kümmere ich mich um die Sicherheit der Band. Warum sollte ich jetzt einen von den Jungs erschießen?«

»Soso, Sie haben diese Leute jahrelang gut beschützt? Wie kommt es dann, dass man Ihnen vorgeworfen hat, genau das nicht zu tun?«

»Was wollen Sie damit sagen?«

»Fans kamen den Musikern näher, als es ihnen recht war. Außerdem sind Interna an die Presse gedrungen. Und zwar solche, die man nicht gerne in den Skandalblättern lesen möchte. Auch Fotos sollen heimlich gemacht worden sein.«

Die Augen des Mannes verengten sich, und sein Atem wurde schneller. »Haben Sie das von Niklas? Es stimmt, diese Vorwürfe gab es. Völlig grundlos, ich hatte nichts damit zu tun. Wir haben uns ausgesprochen, und seitdem waren alle zufrieden mit unserer Arbeit.«

»Wer steckte dann dahinter?« Hannes standen die Zweifel offen ins Gesicht geschrieben. »Niklas und Sven sprachen Sie auf die Vorfälle an, und danach passierte nichts mehr. Das ist schon auffällig.«

»Das liegt daran, dass ich meine Mitarbeiter an die Regeln ihres Jobs erinnert habe.«

Federsen brummte unwirsch. Er hatte mehrfach darüber genörgelt, dass Steffen Lauer noch immer nicht bereit war, eine Hausdurchsuchung bei dem Mann zu beantragen. Zwar war die Erfolgsaussicht tatsächlich gering, doch einen Versuch war es nach seiner Meinung allemal wert. Und wenn es nur dazu diente, Steinfeld mürbe zu machen. Das musste dem Kommissar nun eben anders gelingen, und er startete auch sofort den nächsten Versuch.

»Ich hab mir noch mal alle Aussagen der Hochzeitsgäste und Angestellten angesehen und mit Ihren Angaben verglichen. Sie sagten, dass Sie sich zu dem Zeitpunkt, als das Feuerwerk startete, in der Nähe des Wirtschaftsgebäudes befanden. Richtig?«

»Stimmt«, antwortete der Sicherheitschef misstrauisch.

»Außerdem haben Sie uns mitgeteilt, sofort zum Steg gerannt zu sein, als Sven Lehmann zusammensackte. Auch richtig?«

»Ja.«

»Wie kommt es dann«, brüllte Federsen los, »dass sich so viele anders erinnern? Dass Herr Lehmann mehrere Minuten auf den Planken lag, bis Sie endlich eintrafen? Wenn man von dem Wirtschaftsgebäude bis zum Steg rennt, sollte das schneller gehen. Sogar wenn man kein Leistungssportler ist, wie mein junger Kollege hier.«

Steinfeld schloss für einen Moment die Augen und stöhnte entnervt. »Was glauben Sie denn, in was für einem Zustand diese Leute waren? Da hat bestimmt keiner auf die Uhr gesehen und die Minuten gezählt, bis ich endlich eintreffe! Ich bin so schnell wie möglich gelaufen. Dass ich gerannt sei, war vielleicht falsch ausgedrückt. Ich habe einen Hüftschaden und kann nicht mehr ohne Weiteres einen Sprint hinlegen.«

»Wie heißt Ihr Arzt? Das werden wir überprüfen.« Hannes griff nach einem Stift und notierte sich den Namen des behandelnden Orthopäden.

»Ich habe eine andere Vermutung«, erklärte Federsen. »Sie brauchten so lange, weil sie noch ein Versteck für die Waffe gesucht haben. Vielleicht hatten Sie sogar eins vorbereitet. Es war so gut getarnt, dass unsere Kollegen es nicht finden konnten.«

»Dann suchen Sie halt noch mal gründlich. Ich habe schon deshalb keine Waffe versteckt, weil ich gar keine bei mir hatte.«

Federsen ließ seine Hand donnernd auf den Tisch krachen. »Wir sind Ihnen dicht auf den Fersen«, zischte er. »Ich will verflucht sein, wenn ich nicht noch das letzte Puzzleteil in diesem verdammten Spiel finde. Und ich bin mir sicher, dass mir Ihre Visage entgegenschauen wird, wenn ich alle Teile zusammengesetzt habe.«

»Dann viel Spaß beim Puzzeln«, erwiderte Tobias Steinfeld lakonisch und erhob sich. Er setzte eine Mütze auf den kahlen Schädel. »War's das jetzt? Ich habe meinen Job zu machen, damit Sie morgen nicht noch jemanden erschossen abtransportieren müssen.«

Annika Morgen verließ den Duschraum der *Hafenarena* und wickelte sich ein Handtuch um die nassen Haare. Nach der Probe war sie genauso durchgeschwitzt gewesen wie nach einem richtigen Konzert. Sobald sie auf der Bühne stand, gab sie alles. Sie konnte nicht anders, es war einfach ihr Naturell. Hatten Musiker für gewöhnlich Schwierigkeiten, ein festes Engagement bei einem Orchester zu ergattern, war Annika nach dem Abschluss ihres Studiums gleich von mehreren Ensembles umworben worden. Zuletzt hatte sie ein paar Jahre in einem Symphonieorchester gespielt, das bei der vorletzten Tournee *Cloud Palace* bei manchen Songs begleitet hatte.

Die Verbindung von klassischer Musik mit Rockkompositionen hatte ihr auf Anhieb Spaß gemacht, auch wenn es dem Orchester anfangs nicht leichtgefallen war, dem teils halsbrecherischen Tempo von *Cloud Palace* zu folgen. Als Sven und Niklas ihr vorgeschlagen hatten, fester Bestandteil der Gruppe zu werden, hatte sie nur eine Nacht nachdenken müssen. Die Vorstellung reizte sie, Instrumente einfließen zu lassen, die man üblicherweise nicht bei einer Rockband erwartete. Sie war schon immer experimentierfreudig gewesen, zum Leidwesen manch eines Musiklehrers. Bei den Fans hatte sie schnell einen Stein im Brett gehabt. War zunächst noch Skepsis zu spüren gewesen, hatte sie mit ihrer Energie und Leidenschaft schon beim ersten Konzert für Begeisterung gesorgt.

Sie setzte sich neben Patrick Steinbrink und Fuji Yoko auf den Boden im Backstage-Bereich und schnappte sich eine Bierflasche.

»Wo ist Erik?«

»Auf dem Weg zur Polizei«, antwortete Patrick. »Hoffentlich verhören sie ihn nicht auch noch während des Konzerts.«

Patrick war die Frohnatur der Band. Ein Journalist hatte ihn einmal als den Normalsten der Truppe bezeichnet – trotz Irokesenfrisur, blondem Vollbart und großen schwarzen Ringen in den Ohrläppchen. Auch die zahlreichen Piercings und Tattoos zeigten, dass er seinen Lebensunterhalt nicht gerade mit dem Verkauf von Versicherungen bestritt. Er war etwas beleibter und hatte leicht vorstehende Schneidezähne, weshalb er nicht als der Attraktivste der Band galt. Diese Position wurde ohnehin von Niklas Lehmann fest besetzt, insbesondere seit dem Tod seines Bruders. Annika hatte sich auf Anhieb gut mit Patrick verstanden. Er war zwar ein ausgeflippter Typ, zugleich aber auch kollegial, kumpelhaft und bodenständig.

»Offenbar hat die Polizei irgendwas gegen Erik in der Hand«, meinte sie. »Hat er erzählt, warum sie sich so an ihn heften?«

»Du kennst ihn ja. Er wittert eine Verschwörung. Sein Hauptproblem ist aber, dass er kein Alibi für den Moment hat, als Sven erschossen wurde.«

»Das gilt für mich auch«, erwiderte Annika. »Ich werde aber nicht ständig ins Präsidium zitiert, und meine Wohnung wurde auch nicht durchsucht. Dieser fette Kommissar kann ihn wahrscheinlich nicht leiden.«

»Der dürfte eher verzweifelt nach dem Mörder suchen.« Fuji Yoko sprach sonst nicht viel. Wenn sie es mal tat, hörte aber jeder zu, denn meistens hatte es Gewicht. »Was glaubt ihr, was für ein Druck auf dem Kommissar lastet! Die halbe Welt will wissen, wer Sven erschossen hat. Er wird seine Zeit kaum mit jemandem verplempern, der ihm lediglich unsympathisch ist. Das spricht für dich, Annika. Aber es spricht auch gegen Erik.«

»Glaubst du, dass Sven von Erik erschossen wurde?« Fassungslos musterte Annika die Schlagzeugerin, die nur mit den Schultern zuckte. Auch heute war Fuji um die Augen und auf den

Lippen dunkel geschminkt, wodurch der Kontrast zu ihrem bleichen Teint verstärkt wurde. Fuji war zwar in Deutschland geboren worden, dass beide Elternteile aus Japan stammten, sah man ihr jedoch sofort an. Sie war mittelgroß, schlank und hatte braune Augen. Die kinnlangen Haare waren von Natur aus dunkel, einige Strähnen hatte sie jedoch mit einem kräftigen Rot einfärben lassen. Sie wirbelte einen Drumstick zwischen den Fingern, deren Nägel alle in unterschiedlichen Farben lackiert waren.

»Ich weiß nicht, was ich glauben soll. Aber die Polizei hat sicher gute Gründe, warum sie Erik so aufs Korn nimmt. Der dicke Kommissar ist zwar ziemlich ungehobelt und macht keinen besonders cleveren Eindruck, aber die anderen wirken nicht inkompetent. Zum Beispiel dieser athletische Polizist mit den verschiedenfarbigen Augen.«

Annika grinste. »Klingt so, als fällt er in dein Beuteschema. Überleg dir gut, ob du einen Polizisten in deiner Wohnung haben willst …«

»Polizisten sind auch Menschen.« Fuji spielte mit dem Piercing in ihrer Unterlippe. »Der Kerl ist schon nicht uninteressant. Erinnert mich mit seinen Augen an David Bowie. Auf jeden Fall glaube ich, dass die Ermittler irgendwas gegen Erik in der Hand haben. Was denkt ihr?«

»Dass es Blödsinn ist«, sagte Patrick bestimmt. »Tobias haben sie übrigens auch mehrfach auseinandergenommen.«

»Was ich schon eher nachvollziehen kann.« Annika erinnerte sich an eine Szene vor wenigen Wochen. »Sven und Tobias haben sich doch einmal fast geprügelt. Generell haben sie sich nicht besonders gut verstanden.«

Patrick schüttelte den Kopf. »Da solltest du nicht zu viel hineininterpretieren. Sven hat an Tobias' Nichte rumgefummelt. Tobias war wohl nicht nur um unsere Sicherheit, sondern auch um die seiner Nichte besorgt. Ist ja kein großes Geheimnis, dass Svens Weg mit gebrochenen Herzen gepflastert ist.«

»Draußen auf der Bühne liegt auch so eins«, bestätigte Fuji. »Mia war schon vor seinem Tod durch den Wind. Sie hat gehofft, seine Auserwählte zu werden.«

»Mia hat auch kein Alibi«, sagte Annika. »Ist schon verrückt, dass wahrscheinlich jemand von uns dahintersteckt.«

Bei dieser Aussage registrierte sie, dass Fuji und Patrick ihr einen seltsamen Blick zuwarfen. Schon in den letzten Tagen hatte sie gespürt, dass sich zwei Lager bildeten. Auf der einen Seite die Musiker, die über jeden Verdacht erhaben waren, und auf der anderen die Pechvögel, die kein Alibi vorweisen konnten – und sich dazu auch noch gegenseitig misstrauisch beäugten. Annikas Wangenmuskeln arbeiteten. Bislang waren sie ein verschworener Haufen gewesen, der die Reihen immer fest geschlossen gehalten hatte. Der Zusammenhalt bröselte, das spürte sie. Sie erhob sich.

»Ich muss los. Wir sehen uns dann morgen früh.«

Fuji und Patrick schienen erleichtert, als sie den Ausgang ansteuerte. Aus den Augenwinkeln bemerkte Annika, dass sich die beiden zueinander beugten und leise Worte wechselten. Infolge ihrer Unachtsamkeit stieß sie in der Tür mit Olaf Köster zusammen, dem zweiten Backgroundsänger. Aufgrund von Dennis' Beförderung zum Gitarristen sollte er nun allein zwischen den weiblichen Sängerinnen stehen.

Olaf blieb vor Fuji und Patrick stehen. Er schien etwas um Aufmerksamkeit zu betteln, aber vielleicht hatte er diese treudoofe Miene auch schon immer gehabt. Er war ein athletischer Typ, der dazu noch attraktive Gesichtszüge hatte. Es gab einige weibliche Fans von *Cloud Palace*, die nur seinetwegen die Konzerte besuchten. Momentan wirkte das Gesicht eher verzweifelt. Olafs Traum war soeben geplatzt.

»Niklas hat mich rausgeworfen«, sagte er. Dabei schwitzte er, und seine Augen irrten ziellos umher.

»Was?« Patrick sprang auf die Beine. »Wann denn?«

»Eben grad. Er saß mit Mia auf der Bühne und kam dann rüber, um es zu sagen.«

»Wieso?«

»Ihr bräuchtet keine männlichen Backgroundsänger mehr. Männliche Stimmen hättet ihr genügend.«

»Der spinnt!« Patrick war empört und griff nach der Wodkaflasche, die er immer in Reichweite hatte. Selbst auf der Bühne stand sie neben seinem Keyboard. Er sparte sich die Mühe, den Alkohol in eine Wasserflasche umzufüllen, wie es andere taten. Nun reichte er sie Olaf.

»Beruhig dich erst mal. Ich rede mit Niklas. Das kann er nicht über unseren Kopf hinweg entscheiden! Dreht er jetzt völlig durch?«

Auch Fuji verlor ihre typische Zurückhaltung. »Dieses Arschloch knöpf ich mir vor! Seine Alleingänge gehen mir schon länger auf die Nerven. Wo ist er jetzt?«

»Duschen«, sagte Olaf niedergeschlagen und nahm einen großen Schluck Wodka. Viel Hoffnung gab es für ihn nicht mehr. Wenn sich Niklas etwas in den Kopf gesetzt hatte, boxte er das gnadenlos durch. Auch Annika, die von der Tür aus das Gespräch verfolgt hatte, gab sich keinen Illusionen hin. Sie vermutete, dass sich der Riss in der Band weiter vertiefen würde, als sie Fuji und Patrick mit entschlossener Miene auf den Duschraum zustürmen sah.

Während sich seine Freunde mit dem Bandleader auseinandersetzten, hatte auch Erik kein erbauliches Erlebnis. Zwar wurde er nicht von Federsen, sondern von Isabell und Per befragt, doch die ständigen Verhöre machten ihm zu schaffen. Im Gegensatz zu den anderen Musikern hatte er nur eine kurze Phase des Drogenkonsums und anderer Exzesse durchlebt. Dennoch war er es, der nun am intensivsten mit der Polizei zu tun hatte. Er überlegte seit Tagen, wie er diese Situation ändern könnte. Natürlich wusste er längst, wen die Ermittler sonst noch auf dem Zettel hatten. Er hatte versucht, aus diesen Personen etwas herauszubekommen, aber alle waren zunehmend verschlossener geworden.

Tobias Steinfeld war noch am ehesten zu einem offenen Gespräch bereit gewesen. Vielleicht lag das daran, dass er neben Erik im Hauptfokus stand und sich die beiden immer gut verstanden hatten. Der Bassist vermutete jedoch, dass auch der Sicherheitschef eigene Pläne verfolgte und lediglich gehofft hatte, ihm etwas Belastendes zu entlocken, um sich selbst in ein besseres Licht zu setzen. Erik war also vorsichtig geworden. Bislang hatte er der Versuchung widerstehen können, seinen Aussagen neue Details hinzuzufügen. Die Gefahr, sich in Widersprüche zu verwickeln, wäre zu groß gewesen. So hatte er in den letzten Minuten ein weiteres Mal seine Schilderung zum Samstagabend wiederholt. Er merkte den Ermittlern an, dass sie frustriert waren.

Isabell wechselte die Taktik. »Wenn Sie wirklich unschuldig sind, wen haben Sie dann im Verdacht? Sie werden sich bestimmt Gedanken gemacht haben. Mit hilfreichen Hinweisen bringen Sie sich am schnellsten aus der Schusslinie.«

Erik saß mit verschränkten Armen auf seinem Stuhl. Die Verlockung war groß. Doch war er wirklich in der Lage, jemanden ans Messer zu liefern? Er wusste, wer von der Polizei intensiver als der Rest befragt worden war. Versuchsweise wollte er Dennis Hartfurt ins Spiel bringen.

»Ich will niemanden verdächtigen und habe auch nichts gesehen. Aber natürlich habe ich nachgedacht, mit wem Sven Probleme hatte.«

»Außer mit Ihnen?«, warf Per provozierend ein. Erik ignorierte ihn. Sein melancholischer Blick ruhte allein auf Isabell.

»Sven war kein einfacher Mensch. Er war zwar lustig und immer gut drauf, aber ich glaube, dass er sich emotional nicht auf andere einlassen konnte.«

»Sie meinen, dass er gefühlskalt war?«

»Nein, das trifft es nicht ganz. Er war nur nicht in der Lage, die Konsequenzen zu erkennen, die sein Handeln bei anderen auslöste.«

»Geben Sie uns ein Beispiel.« Isabell blickte ihm aufmerksam entgegen.

»Es gibt unzählige Frauengeschichten, die er als harmlosen Spaß betrachtete. Für die andere Seite war es aber oft mehr.«

»Wie bei Mia Landberger.«

»Genau, sie ist so ein Beispiel. Dass sie darunter litt, konnte er nicht verstehen. Sie schwankte zwischen ihrer Liebe und der Enttäuschung darüber, wie er sie behandelte.«

»War das bei Ihrer Freundin auch so?«, erkundigte sich Per launisch.

Sichtlich zog sich Erik wieder in sich zurück, und Isabell warf ihrem Kollegen einen vorwurfsvollen Blick zu.

»Meine Exfreundin«, korrigierte er. »Er hat ihr schon länger schöne Augen gemacht, und sie war geschmeichelt. Ich dachte aber nicht, dass er so weit gehen würde.«

Bevor Per ganz in das bisherige und erfolglose Befragungsmuster zurückfallen konnte, riss Isabell das Verhör schnell wieder an sich.

»Sie könnten sich also vorstellen, dass Mia einen Schlussstrich gezogen hat, indem sie ihren Liebhaber erschossen hat?«

Erik rang mit sich. Er wusste, wie sehr Mia litt. »Ich will sie nicht beschuldigen«, wich er aus. »Ich sage nur, dass Sven bei einigen Menschen starke emotionale Regungen auslösen konnte. Wie bei Dennis. Wenn auch in anderer Hinsicht.«

»Inwiefern?« Auch Pers Interesse an Eriks Mutmaßungen war nun geweckt.

»Sven kümmerte sich um ihn und brachte ihm einiges bei. Aber er ließ ihn auch spüren, dass er weit unter ihm stand. Dennis sah das anders. Er ist äußerst ehrgeizig.«

»Wieso schloss er sich dann nicht einfach einer anderen Band an?«

»Weil er nicht irgendwo spielen will. Er will zu *Cloud Palace* gehören, und zwar nicht nur zeitweise als Sänger im Hintergrund.«

»Sven stand ihm also im Weg?«

»Na ja, es gab Überlegungen, dass uns ein zweiter Gitarrist nicht schaden würde. Aber Sven hielt ihm diese Möglichkeit wie eine Karotte vor die Nase, ohne ihm tatsächlich eine Chance zu geben. Immerhin hätte Sven dann die Aufmerksamkeit der Fans teilen müssen. Auch die finanziellen Erlöse wären schmaler ausgefallen.«

»Sie nagen aber alle nicht am Hungertuch«, vermutete Isabell.

»Natürlich nicht. Aber bei aller Lebensfreude war Sven auch geizig. Ich war überrascht, als er Silke eine wertvolle Halskette schenkte.«

»Wer ist Silke?«

»Die Nichte von Tobias, unserem Sicherheitschef.«

»Hatte er mit der auch was laufen?«

»Das ging nicht lange. Sie ist erst siebzehn. Tobias hat da schnell einen Riegel vorgeschoben. Allerdings hatte Sven sie da schon mehrmals im Bett gehabt.«

Isabell und Per blickten sich kurz an. Das war eine Neuigkeit, die Tobias Steinfelds Position nicht verbesserte. Isabell brauchte konkretere Informationen.

»Wie ist Sven an diese Silke herangekommen?«

»Tobias brachte sie nach einem Konzert hinter die Bühne. Sie ist ein großer Fan von uns. Tobias hatte wohl nicht mit derartigen Konsequenzen gerechnet.«

»Er war also nicht begeistert, dass Sven mit ihr … eigene Ziele verfolgte?«

»Sven war klar, dass Tobias das Verhältnis nicht gutheißen würde. Deshalb traf er Silke nur heimlich. Als er genug von ihr hatte, weinte sie sich aber bei ihrem Onkel aus. So kam alles raus. Das war vor zwei oder drei Wochen. Tobias hat Sven zur Rede gestellt und ist sogar handgreiflich geworden. Seitdem hatten sich die beiden nicht mehr viel zu sagen.«

Hannes blickte durch das Busfenster auf die beleuchteten Straßen. Erneut fielen Flocken vom Abendhimmel, und er überlegte, wann er zuletzt so viel Schnee in der Stadt gesehen hatte. An den Bürgersteigen türmte er sich bereits zu Bergen, und der Verkehr kam nur stockend voran. Drei Stationen lagen noch vor ihm, bevor ihn Anna durch die Bekleidungsgeschäfte der Innenstadt hetzen würde. Vorsichtshalber hatte er online noch einen Blick auf seinen Kontostand geworfen. Er befürchtete einen kostspieligen Abend. Gemeinsam mit seiner Freundin hatte er am Vorabend seinen Kleiderschrank durchforstet und zugeben müssen, dass sich einige fragwürdige Klamotten darin befanden. Das meiste hatte er ohnehin seit Jahren nicht mehr getragen. Einige Lieblingsteile hatte er durch Annas strenge Kontrolle hindurchmogeln können, dann aber doch zwei große Plastiktüten in den Altkleider-Container gestopft. Ein Umzug war eine ideale Gelegenheit, sich von Altlasten zu trennen.

Die Ausbeute des heutigen Tages ordnete er dagegen als durchwachsen ein. Die Suche nach Leah Hartenbachs Stalker war genauso erfolglos geblieben wie die Fahndung nach Maximilian Schaffner. Isabell und Per waren bei Federsen dennoch vergleichsweise glimpflich davongekommen. Die Neuigkeit, dass Sven Lehmann eine kurzzeitige sexuelle Beziehung mit der Nichte von Tobias Steinfeld unterhalten hatte, war von dem Kommissar befriedigt zur Kenntnis genommen worden. Sie hatte dazu geführt, dass er Steffen Lauer endlich von einem Antrag zur Durchsuchung der Wohnung des Mannes hatte überzeugen können. Die Entscheidung wurde für den kommenden Vormittag erwartet.

Auf diesen nächsten Tag war Hannes sehr gespannt. Am Vormittag würde er sein Training zugunsten eines Besuchs seines früheren Vorgesetzten, Fritz Janssen, ausfallen lassen. Das Treffen war längst überfällig, denn er hatte den ehemaligen Kriminalhauptkommissar zuletzt kurz vor Weihnachten im Gefängnis besucht. Anschließend sollte er sich ein weiteres Mal mit dem Reporter Emil Wegberg treffen, bevor am Abend der Tourneeauftakt von *Cloud Palace* anstand. Hannes musste zugeben, dass ihn das Konzert am meisten interessierte. Inzwischen hatte er sich mehrere CDs der Band angehört und war fasziniert von ihrer musikalischen Entwicklung. Da er alle Musiker nun mehrfach getroffen hatte, war er neugierig, wie sie auf der Bühne wären.

Als der Bus bremste, wartete Anna bereits auf ihn. Sie hatte sich in einen dicken Mantel gehüllt und in einen Schal gewickelt. Ihre Pudelmütze trug eine kleine Schneehaube. Er stieg aus, und ihre grünen Augen strahlten ihm aus dem geröteten Gesicht entgegen.

»Na endlich! Ich bin total durchgefroren. Lass uns mit dem kleinen Geschäft da hinten anfangen. Wir müssen uns beeilen, denn die Läden schließen in einer Stunde. Hast du dir extra Zeit gelassen?« Sie grinste frech. »Du glaubst gar nicht, wie viel man in einer Stunde anprobieren kann.«

»Kann ich mir schon vorstellen«, schmunzelte Hannes. »Ich saß aber eine ganze Weile im Bus, der Verkehr ist das absolute Chaos!«

Anna zog ihn zu einem Geschäft, das auf hippe Männermode spezialisiert war. Die Schaufenster waren mit roten Zahlen beklebt, angeblich waren Einzelteile um bis zu siebzig Prozent reduziert. Anna war ein Profi. Zielsicher fand sie die echten Schnäppchen und trug einen Berg voller Klamotten zur Umkleidekabine. Hannes vermutete, sie würde in ihrem neuen Job bei einer trendigen Kleidermarke gut aufgehoben sein. Anna deutete seinen Blick richtig.

»Keine Angst, so modefixiert, wie du jetzt denkst, bin ich nicht. Aber ich glaube, dass dir hiervon einige Teile richtig gut stehen werden!«

Wenig später musste Hannes ihr zustimmen. Überrascht betrachtete er sich im Spiegel. Er hatte befürchtet, dass ihn Anna in einen Spießer verwandeln wollte, doch die ausgesuchten Stücke waren sportlich und trotzdem schick. Bisher hatte er bei seiner Kleiderauswahl nur auf Sportlichkeit Wert gelegt. Mit einem Ruck zog sie von außen den Vorhang zur Seite und trat auf ihn zu, um seine verstrubbelten blonden Haare zurechtzuzupfen. Dann musterte sie ihn kritisch von oben bis unten.

»Der Pulli ist super, nur eine Nummer zu groß. Ich seh mal nach, ob es den auch enger gibt. Die Hose geht aber nicht.«

»Wieso?« Hannes sah sein Spiegelbild an. »Sieht doch lässig aus.«

»Aber sie schlabbert um deinen Hintern. Probier' die nächste an, ich suche nach einer kleineren Größe von diesem Pulli.«

Der Vorhang wurde wieder zugezogen, und Hannes betrachtete seine Rückenansicht. Tatsächlich war die Hose nicht unbedingt körperbetont. Seufzend zog er sie herunter und stieg in das nächste Exemplar.

»Super!« Anna war wieder zurück und hielt ihm einen Pullover hin. »Eine Größe kleiner gab es ihn nur in einer anderen Farbe. Müsste dir aber auch stehen.«

Wieder hatte sie recht. Hannes kam in den nächsten zehn Minuten nicht mehr aus der Kabine, Anna organisierte im Alleingang Nachschub in den passenden Größen. Die Tüte, die ihm die Verkäuferin wenig später an der Kasse zuschob, hatte ziemlich Gewicht. Er warf sie sich über die Schulter, als sie den Laden verließen.

»Das ist gut gelaufen! Hat nur eine halbe Stunde gedauert, und ich bin schon vollständig ausgestattet.«

»Genau, dreißig Minuten haben wir also noch. Dort drüben geht es weiter.«

Hannes blieb stehen. »Aber …«

»Du hast eben insgesamt dreihundert Euro vom Normalpreis gespart. Willst du jetzt schon aufhören, obwohl wir gerade so in Fahrt sind?«

Resigniert ging Hannes hinter ihr her. Aber wahrscheinlich war es besser, es auf einen Schlag hinter sich zu bringen, und er merkte, dass es ihm sogar Spaß gemacht hatte. Außerdem musste er gar nicht viel tun. Anziehen und ausziehen reichte, den Rest erledigte Anna. Und sie hatte einen zielsicheren Blick.

Als letzte Kunden wurden sie schließlich aus einem großen Kaufhaus hinauskomplimentiert, die Anzahl der Tüten hatte sich noch einmal vergrößert. Hannes überschlug im Kopf die finanziellen Folgen der letzten Stunde.

»Knapp fünfhundert Euro. Aber wenn man bedenkt, was ich dafür alles bekommen habe, ist das nicht schlecht. Du hast mich wirklich super beraten, nie hätte ich diese Schnäppchen entdeckt.«

»Reiner Selbstzweck.« Anna hakte sich bei ihm ein. »Soll ja genügend Geld übrig bleiben, damit wir die neue Wohnung schön einrichten können. Ich hab auch noch was auf der Seite, wir werden es uns richtig schön machen!«

Hannes stapfte neben ihr her und ahnte, dass es nicht zwangsläufig billiger war, in einer Beziehung zu leben statt als Single.

KAPITEL 9

Am Samstag wartete ein eng getaktetes Tagesprogramm auf Hannes, das ihm wenig Luft zum Durchatmen lassen würde. Der Wecker klingelte schon um sieben, und während sich Anna tiefer unter der warmen Bettdecke verkroch, schnürte er selbst seine Laufschuhe. Zwar traf sich auch an diesem Morgen seine Trainingsgruppe am Kanugelände, doch er konnte nicht mehrere Stunden des Tages für seine Olympiavorbereitung opfern. Um seinen Körper zumindest etwas zu fordern, joggte er eine Stunde kreuz und quer durch die Straßen der Nachbarschaft. Bis auf ein paar Hundebesitzer waren kaum Leute unterwegs. Er genoss die Stille, die nur vom Knarzen des frisch gefallenen Schnees unter seinen Sohlen durchbrochen wurde. Der Großteil des Niederschlags war schon in der Nacht heruntergekommen, im Licht der Straßenlaternen tanzten nur noch vereinzelte Flocken.

Die kalte Luft stach in seinen Lungen. Sie schmeckte nach Winter, der Frühling schien noch meilenweit entfernt. Ein Eichhörnchen flitzte über den verschneiten Bürgersteig und huschte dann an einem Baumstamm empor. Aus sicherer Distanz beäugte es den vorbeilaufenden Polizisten. Erst langsam kam Hannes auf Touren, die belebende Wirkung von Kälte und Bewegung setzte aber schon bald sein Gedankenkarussell in Gang. Es drehte sich ausschließlich um den Mord an Sven Lehmann. Per hatte vor wenigen Minuten per SMS mitgeteilt, dass die Hausdurchsuchung bei Tobias Steinfeld genehmigt worden war und um neun Uhr beginnen sollte. Der Arzt des Sicherheitschefs hatte einen vorliegenden Hüftschaden mittlerweile bestätigt. Rennen konnte Steinfeld demnach tatsächlich nicht, schon ein schneller Laufschritt sei nur unter Schmerzen möglich.

Hannes trabte durch die Winterlandschaft eines kleinen Parks, der nur von wenigen Laternen beleuchtet wurde. Trotz der Aussage des Orthopäden blieb es für ihn verdächtig, dass sich Tobias Steinfeld erstaunlich viel Zeit gelassen hatte, zu seinem Schützling zu gelangen. Beim Anblick des zusammensackenden Sven Lehmann hätte der Sicherheitschef eigentlich versuchen müssen, so schnell wie möglich den Steg zu erreichen – ohne auf die eigenen Schmerzen zu achten. Hannes bedauerte es, bei der Wohnungsdurchsuchung nicht anwesend zu sein.

Der Grund dafür saß ihm eine Stunde später im Besucherraum des Gefängnisses gegenüber. Hannes hatte seinen früheren Chef Fritz Janssen auch schon während seines letzten Falls immer wieder aufgesucht und um Rat gefragt. Seine Kollegen hatten davon nichts mitbekommen, und die Geheimhaltung musste auch diesmal funktionieren, wenn er keinen Rauswurf aus dem Polizeidienst riskieren wollte. Die anderen Ermittler vermuteten ihn im Training, und Hannes war dankbar für die Tarnung, die ihm die Kanu-Nationalmannschaft bot. Er hatte ein schlechtes Gewissen. Fritz hatte zuletzt mit wertvollen Ratschlägen maßgeblichen Anteil an der Auflösung einer Mordserie gehabt. Damals war Hannes zweimal wöchentlich bei dem Inhaftierten aufgekreuzt, während sein letzter Besuch über vier Wochen zurücklag.

Fritz versuchte, seine grauen Zellen mit dem Lösen von Kreuzworträtseln und Sudoku-Aufgaben am Leben zu erhalten, doch er litt unter den tristen Tagesabläufen. Inzwischen saß er seit einem halben Jahr in seiner Zelle, Besuch bekam er selten. Von den ehemaligen Kollegen hatte ihn nur Steffen Lauer einmal aufgesucht, ansonsten brachte lediglich Hannes Abwechslung in das Häftlingsleben. Der frühere Kommissar hatte im Präsidium den Spitznamen *Der alte Fritz* getragen und war wie der Preußenkönig von einigen hoch geschätzt und von anderen beinahe gehasst worden. Zu den Letzteren gehörte auch Federsen, mit dem Fritz regelmäßig aneinandergeraten war. Seine Ermittlungen hatte er eigenwillig und oft abseits der vorgeschriebenen Wege vorangetrieben, sodass es manche Kollegen nicht überrascht hatte, dass er letztlich sogar im Gefängnis gelandet war. Für Federsen war es ein Freudentag gewesen.

Heute dagegen leuchtete das Gesicht des alten Fritz vor Freude, als er Hannes im Besucherraum entgegenhinkte. Er hatte einen drahtigen Körper, der seine besten Tage aber eindeutig hinter sich hatte. In dem ersten und zugleich letzten Fall, den er gemeinsam mit dem Sportpolizisten bearbeitet hatte, war er durch einen schweren Sturz zu allem Überfluss auch noch fast gelähmt worden. Sein rechtes Knie war unbeweglich geblieben, sodass er das Bein beim Gehen steif von hinten nach vorn schleifen musste. Bestürzt blickte Hannes in das vertraute Gesicht. Es kam ihm vor, als wäre Fritz in den letzten Wochen stark gealtert. Die Wangen waren eingefallen und von grauen Bartstoppeln bedeckt. Die buschigen Augenbrauen standen wirr über den blauen Augen, die einen leicht verwaschenen Farbton hatten und sich hinter einer randlosen Brille verbargen. Das ehemals volle Haar war komplett ergraut und zog sich von der Stirn zurück. Die Narbe auf der linken Wange verstärkte das Bild eines Mannes, der nicht mehr viel vom Leben zu erwarten hatte. Zwar trug er, wie früher, eine schwarze Jeans und ein Poloshirt, die Kleidung wirkte aber zerknittert und ungepflegt. Wenigstens war sein Händedruck so kraftvoll und fest wie immer.

»Hab schon mal besser ausgesehen.« Ächzend ließ sich Fritz auf dem Stuhl nieder und legte die Arme auf den kleinen Tisch. Hannes' Gesichtsausdruck war eindeutig gewesen.

»Äh … nein. Du solltest nur mal wieder deine Kleidung bügeln«, log er.

Fritz winkte ab. »Keine Sorge, ich weiß selbst, dass ich nicht wie das blühende Leben aussehe. Hier drinnen würde sogar ein frisch gepflückter Blumenstrauß sofort verwelken. Du siehst aber auch irgendwie anders aus.« Er beäugte seinen früheren Kollegen. Die Augen waren so zweifarbig wie eh und je, die blonden Haare zeigten wie immer in alle Richtungen, und die etwas zu großen Ohren standen leicht ab. Noch immer neigten sie zu einer starken Durchblutung, sobald sich der junge Mann überfordert fühlte. Dass Hannes sein Training nicht vernachlässigte, verrieten die Umrisse unter dem Pullover.

»Jetzt hab ich's!«, rief Fritz amüsiert. »Dein Kleidungsstil ist anders. Ich erkenne die Handschrift einer Frau.«

Hannes' Ohren erröteten, als er die Vermutung bestätigte. »Anna war mit mir Powershoppen. Sie hatte genug von meinem angeblichen Schlabberlook.«

»Schadet dir aber nicht«, beruhigte ihn Fritz mit seiner chronisch heiseren Stimme. »Schön, dass du gekommen bist! Ich hab mich schon beim Aufstehen darauf gefreut.«

Das war untertrieben. Die Aufseherin hatte Hannes gesteckt, dass der ehemalige Kommissar seit dem Moment, in dem sich Hannes angekündigt hatte, diesem Besuch entgegenfieberte. Das war vor zwei Tagen gewesen.

»Noch ein gutes neues Jahr nachträglich«, sagte Hannes und schob eine Pralinenschachtel über den Tisch. Neben einer regelmäßigen Dosis frisch aufgebrühten Kaffees war Naschzeug die zweite Leidenschaft des alten Fritz. »Tut mir leid, dass ich so lange nicht hier war, aber Anna und ich sind im Urlaub gewesen.«

Großzügig blickte Fritz über die Vernachlässigung hinweg. »Den hast du nach dem letzten Fall bestimmt gut gebrauchen können. Wie war es eigentlich an Silvester? Seid ihr tatsächlich mit meiner *Lena* rausgefahren?«

Noch immer hing sein Herz an dem alten Krabbenkutter, den er in kleinteiliger Arbeit zu einem gemütlichen Freizeitboot ausgebaut hatte. Interessiert lauschte er dem Silvesterbericht und gab Ratschläge für den Umgang mit dem störrischen Motor. Anschließend erzählte Hannes vom Skiurlaub und von Anna. Als Fritz von dem Plan, eine gemeinsame Wohnung zu beziehen, hörte, zog er die Augenbrauen nach oben. Er wusste, dass die beiden ein paar Anlaufschwierigkeiten gehabt hatten, bis endlich der Funke übergesprungen war. Als er plötzlich aufstöhnte, unterbrach Hannes seine Erzählungen.

»Schmerzen im Rücken? Kann man gar nichts dagegen tun?«

Fritz zog eine Pillendose hervor. »Schmerzmittel nehmen. Aber so richtig helfen die auch nicht mehr, ich brauche wohl eine stärkere Dosis.« Fritz hatte Prostatakrebs, der bereits Metastasen gebildet hatte.

»Eine Therapie würde nicht funktionieren?«

»Chemo? Das weiß man erst hinterher. Ich werde mir das aber nicht antun. Wofür auch? Auf mich wartet ohnehin nichts und niemand mehr.«

Hannes schwieg betroffen. Fritz war erst dreiundsechzig, hatte aber offenbar das Gefühl, dass sein Leben so gut wie vorbei war. Seine Frau hatte er schon vor vielen Jahren verloren, und der Gefängnisaufenthalt tötete nun langsam, aber sicher seinen Überlebenswillen ab. Um ihn abzulenken, berichtete Hannes von dem Mord an Sven Lehmann. Das war ein sicheres Thema, um Energie in den alten Kerl zu pusten. Es funktionierte auch wie erwartet.

»Ich hab mir gleich gedacht, dass du wieder an was dran bist«, erklärte Fritz aufgeregt. »Als du vorhin vom Urlaub berichtet hast, waren deine Gedanken ganz woanders. Du musst mir alles erzählen!«

Von einem Moment auf den anderen war Fritz wie ausgewechselt. Hannes beobachtete ihn amüsiert. Natürlich war ihm klar, dass er gegen alle Vorschriften verstieß. Doch er brachte es nicht übers Herz, Fritz im Ungewissen zappeln zu lassen. Außerdem hatte sein Mentor erst vor wenigen Wochen bewiesen, dass er dichthalten konnte. Seit er einem Gefängnisinsassen bei einer Hofschlägerei das Leben gerettet hatte, waren die strengen Besuchszeiten für ihn aufgeweicht worden. Hannes nahm sich also die Zeit, ihn ausführlich ins Bild zu setzen. Dies war jedoch nicht nur seinem Mitleid geschuldet, sondern auch der Hoffnung auf hilfreiche Anregungen und einen intensiven Austausch. Mit Federsen war dies nur schwer möglich. Fritz' Riecher für verborgene Hinweise war dagegen schon früher legendär gewesen.

Er verdaute die erhaltenen Informationen zunächst schweigend, und Hannes blickte abwartend in das zerknitterte Gesicht. Dann beugte sich der vom Dienst suspendierte Kommissar erregt nach vorne. Seine Augen funkelten, das Jagdfieber war zurück.

»Ich hab den Mord natürlich in den Nachrichten verfolgt. Sollte eigentlich eine Traumhochzeit werden, oder?«

»Na ja, wenn man von einer Hochzeit im Winter an einem Strand träumt, dann wohl schon. Es war beeindruckend arrangiert. Das Motto lautete *Feuer und Eis*. Spielte wohl auf die Charaktere des Brautpaares an.«

Fritz grinste. »Kein schlechtes Motto. Dürfte die Wirklichkeit mancher Ehen widerspiegeln. Das Feuer bringt das Eis zum Schmelzen, wird aber zugleich vom entstandenen Wasser ausgelöscht. Bis von beidem nichts mehr übrig bleibt. Aber zurück zum Thema. Dieser Sven Lehmann war also ein Star?«

»Das stimmt, die Band ist sehr populär. Heute Abend startet die Europatournee – mit einem neuen Gitarristen.«

»Dennis Hartfurt.« Fritz nickte. Er hatte jedes Wort der Schilderung in sich aufgesogen, und dennoch war Hannes beeindruckt. Immerhin hatte er Fritz in den letzten Minuten eine

Vielzahl von Namen entgegengeschleudert. Fritz legte die Stirn in Falten und ließ Hannes an seinen ersten Überlegungen teilhaben.

»Diese Backgroundsänger, Mia und Dennis, sind die einzigen Musiker der Band, die nicht zum inneren Kreis gehören und auch kein Alibi haben. Dennis hat auf den ersten Blick das stärkere Motiv von den beiden. Aber auch unerwiderte Liebe kann zu drastischen Handlungen führen. Etwa im Fall von Mia.«

»Die beiden waren aber nicht weit auseinander, als der Schuss fiel. Mia hätte eigentlich was mitkriegen müssen, sollte Dennis der Schütze gewesen sein. Andersherum genauso.«

»Vielleicht standen sie sogar dicht zusammen. Machten gemeinsame Sache, wenn auch aus unterschiedlichen Beweggründen.«

»Diese Theorie hatten wir auch schon. Bislang deutet nichts darauf hin.«

»Gerade das spricht dafür, dass man es sich genauer ansehen sollte.« Fritz rieb sich die großen Ohren. »Das Offensichtliche kann jeder sehen, und meist führt es nicht zum Erfolg. Übrigens erstaunt es mich nicht, dass die Spurensucher die Waffe nicht gefunden haben. Es gibt auf so einem Gelände tausend mögliche Verstecke, von denen man trotz größter Professionalität einige übersehen kann.«

»Welche Personen sind für dich am ehesten verdächtig?« Hannes war neugierig, wie ein Außenstehender die Situation einschätzte. Die Antwort kam sofort und deckte sich mit dem derzeitigen Ermittlungsschwerpunkt.

»Der Sicherheitschef und der Bassist. Tobias Steinfeld und Erik von Wagner. Bei dem Bassisten könnte ich es sogar nachvollziehen.« Angewidert verzog er das Gesicht. »Ich bin ja wirklich kein Moralapostel, aber einem Freund die Frau für ein schnelles Abenteuer auszuspannen, ist absolut verwerflich.«

»Wer kommt sonst noch infrage?«

»Alle.« Fritz setzte eine gewichtige Miene auf, und Hannes hatte den Eindruck, dass sich seine Falten in den letzten Minuten verringert hatten. »Zeugen können sich irren oder falsch erinnern. Vielleicht kommt daher auch jemand infrage, den ihr nicht auf dem Zettel habt. Der Bruder der Braut wäre für mich so jemand. Der saß neben dem halb blinden und tauben Großvater, da hätte er wahrscheinlich auch eine Handgranate auf den Steg werfen können, ohne dass der alte Herr etwas mitbekommen hätte. Wer war denn ganz am Anfang für dich der Hauptverdächtige?«

Hannes versuchte, sich an den Abend vor einer Woche zu erinnern. »Der Bruder des Toten, Niklas Lehmann. Aber da wussten wir noch nicht, dass er erwiesenermaßen ganz woanders stand.«

»Was war die nächste Fährte?«

»Der Bandmanager. Bastian Eckhoff. Ihm würde ich es auch heute noch am ehesten zutrauen. Wenn er nicht ein Alibi hätte.«

»Interessant.« Wohlwollend musterte Fritz den jungen Ermittler. »Du hast nämlich meiner Meinung nach eine gute Menschenkenntnis. Ist das Alibi wasserdicht?«

Hannes zuckte mit den Schultern. »Immerhin wurde es doppelt bestätigt. Von zwei Frauen, die den Fanclub von *Cloud Palace* in unserer Stadt leiten.«

»Hm. Stehen die in einer Verbindung zu diesem Eckhoff?«

»Keiner persönlichen, soweit wir wissen. Sie hatten aber immer mal wieder mit ihm zu tun, wenn sie um Treffen mit der Band baten. Was bis auf eine Ausnahme erfolglos war. Würden sie Eckhoff gut kennen, hätte er ihnen bestimmt mehr ermöglicht.«

»Ihr solltet noch Weiteres über die Band und ihre Umgebung herausbekommen«, sagte Fritz entschieden. »Die schotten sich zwar rigoros ab, doch davon dürft ihr euch nicht abhalten lassen.«

Hannes berichtete ihm von seinem Treffen mit Emil Wegberg und dessen zweifelhaftem Angebot. Er würde den Mann mittags treffen und hatte noch immer keine Idee, wie er mit ihm weiter umgehen sollte.

»Ganz einfach. Du gehst auf den Deal ein.« Der alte Fritz klang, als wäre dies die selbstverständlichste Sache der Welt.

Unschlüssig rutschte Hannes auf seinem Stuhl herum. »Wundert mich nicht, dass du das so gemacht hättest. Federsen hat es aber klar abgelehnt.«

»Er muss es ja nicht mitkriegen. Vereinbare absolute Verschwiegenheit als Voraussetzung für eure Zusammenarbeit.«

»Und wenn er darauf eingeht?«

»Dann soll er liefern. Nur wenn seine Informationen relevant sind, bekommt er am Ende einen kleinen Vorsprung in der Berichterstattung.«

»Es wird aber auffallen, wenn er vor seinen Kollegen über Dinge schreibt, die erst Stunden später in einer Pressekonferenz verkündet werden.«

»Ach, Hannes.« Fast schon mitleidig schaute Fritz ihn an. »Ein Informant erhält immer eine Gegenleistung. Steffen Lauer dürfte das im Gegensatz zu Henning auch klar sein. Wenn der Reporter zur Lösung des Falles beitragen sollte, wird Steffen dir bestimmt nicht den Kopf abreißen. Außerdem gibt es immer undichte Stellen im Polizeiapparat. Wegberg muss die Information also gar nicht von dir bekommen haben. Streite es einfach ab.«

Die Aufseherin trat an den Tisch und machte unmissverständlich deutlich, dass die Vorzugsbehandlung nun ihr Limit erreicht hatte. Die Besuchszeit war zu Ende. Hannes versprach, sich in der kommenden Woche wieder blicken zu lassen, und Fritz' Gesicht hellte sich auf. Er versprach, in der Zwischenzeit weiter über den Fall nachzugrübeln. Allerdings werde er das wie früher auf bewährte Art und Weise beim Klang klassischer

Musik tun und nicht zu dem Getöse von *Cloud Palace*, wie er augenzwinkernd verkündete, bevor er Hannes zum Abschied unbeholfen an sich drückte.

Die Durchsuchung von Tobias Steinfelds kleinem Einfamilienhaus dauerte bereits eine Stunde. Mit verschränkten Armen stand der Inhaber der Sicherheitsfirma im Flur und beobachtete, wie zwei Polizisten mit einem Spiegel hinter den Heizkörper schauten. Seine Frau war aus allen Wolken gefallen, als sich ihr ein dicker Polizist als Kommissar Federsen vorgestellt und ihr den Durchsuchungsbeschluss unter die Nase gehalten hatte. Ihr Mann hatte offenbar die gegen ihn laufenden Ermittlungen verschwiegen, für den Kommissar war dies ein weiterer Hinweis, dass er nicht so unschuldig war, wie er tat.

Offenbar war auch Frau Steinfeld dieser Ansicht. Mit Genugtuung hatte Federsen den Streit verfolgt, den die beiden in der Küche ausgetragen hatten. Tobias Steinfeld dürfte nicht besonders überzeugend gewesen sein, denn wenig später hatte seine Frau das Haus mit der zweijährigen Tochter verlassen. In aller Eile hatte sie zwei Koffer gepackt und wollte zu ihren Eltern fahren. Nach einer Überprüfung der Gepäckstücke wurde sie von den Polizisten ohne Beanstandung durchgelassen.

»Sind Sie nun zufrieden?« Böse sah der Mann den Ermittlungsleiter an. »Meine Frau vermutet, dass ich in ein Verbrechen verwickelt bin, und wird sich jetzt tagelang bei ihren Eltern verkriechen. Ich kann mir schon denken, was mein Schwiegervater sagen wird.«

»Allzu verständlich«, schleuderte ihm Federsen entgegen. »Zufrieden bin ich erst, wenn ich Ihnen die Handschellen anlege. Und der Moment ist nicht mehr fern.«

Sein Frust nahm mit jeder weiteren Minute zu, und er machte Steffen Lauer heftige Vorwürfe. Die Hausdurchsuchung kam um Tage zu spät. Welcher Mörder würde nun noch belastendes Material in seiner Wohnung aufbewahren? Steinfeld kam ihm nicht wie ein Dummkopf vor. Der Kommissar wollte aber wenigstens Hinweise finden, die den Verdacht erhärteten. Auf stichfeste Beweise hoffte er schon gar nicht mehr. Mürrisch überwachte er die Durchsuchung und rüffelte immer wieder seine Kollegen, sobald er eine mangelnde Gründlichkeit vermutete.

Auch Silke, die Nichte des Mannes, war inzwischen vernommen worden. Sie hatte bestätigt, mehrmals mit Sven Lehmann geschlafen zu haben. Sven habe penibel darauf geachtet, dass ihr Onkel nichts von den Treffen erfahren hatte. Erst als der Rockstar nichts mehr von ihr wissen wollte, hatte sie sich Steinfeld weinend anvertraut. Inzwischen schien sie jedoch erkannt zu haben, dass jede Träne nur vergeudete Flüssigkeit darstellte. Svens Tod berührte sie nicht, und die Songs von *Cloud Palace* hatte sie ausnahmslos von ihrem iPod gelöscht.

Ihr Onkel schien vernarrt in Silke zu sein. Vielleicht hatte der Umstand, dass er selbst lange kinderlos gewesen war, so etwas wie Vatergefühle in ihm geweckt. Mehrere Fotos waren in dem Haus verteilt und belegten, dass die beiden eine enge Beziehung hatten. Als Silke verlegen gestanden hatte, bis zu ihrer ersten Nacht mit Sven noch Jungfrau gewesen zu sein, steigerte sich Federsens Verdacht gegen Steinfeld. Widerstrebend hatte er Isabell Respekt zollen müssen, da sie diese pikante Information behutsam aus der jungen Frau ans Tageslicht befördert hatte. Dass ihr Onkel sich jedoch an Sven gerächt haben könnte, hatte bei Silke lediglich einen hysterischen Lachanfall ausgelöst.

Von Hysterie war Federsen trotz der Ernüchterung weit entfernt. Sie kreisten den Täter immer weiter ein, dessen war er sich sicher. Die Durchsuchung war allerdings enttäuschend verlaufen. Nichts war gefunden worden, das auch nur im Entferntesten einen Gesetzesverstoß belegen würde. Das minderte Federsens Misstrauen keineswegs, im Gegenteil. Bei einem

Kerl mit dieser zwielichtigen Vergangenheit hätte man doch zumindest irgendetwas finden müssen. Hier war gründlich sauber gemacht worden, so viel stand fest. Den beschlagnahmten Laptop hatten sie jedoch noch nicht ausgewertet, er stellte Federsens letzte Hoffnung dar. Er hielt ihn fest umklammert, als er durch die Haustür ins Freie trat.

Tobias Steinfeld sah ihm hinterher. Seine Gedanken waren nicht schwer zu erraten. Er hasste diesen übergewichtigen Polizisten, der gerade auf dem besten Weg war, sein Familienleben zu zerstören. Es war bekannt, dass er seine Frau und die kleine Tochter abgöttisch liebte. Im vertrauten Kreis gab er zu, früher nie gedacht zu haben, zu solch intensiven Gefühlen fähig zu sein. Dass er sich sogar in diesem Spießerleben richtig wohl fühle. Die Knöchel traten weiß hervor, als er die Fäuste ballte. Vermutlich hätte er am liebsten ein paar seiner früheren Kumpane aufgesucht und sie zu einer Vergeltungsaktion gegen den Ermittlungsleiter überredet. Doch damit hätte er sich nur noch tiefer in den Schlamassel hineingeritten. Er brauchte eine andere Lösung, und sein Gesichtsausdruck ließ vermuten, dass er bereits eine Vorstellung hatte, wie die aussehen konnte.

Hannes war überrascht gewesen, als Emil Wegberg das *Café Seaside* als Treffpunkt vorgeschlagen hatte. Es war die Lokalität, die von Leah Hartenbach gemeinsam mit einer Freundin betrieben wurde. Der Polizist entdeckte beim Näherkommen die Überwachungskameras, mit denen nach dem Stalker der Frau Ausschau gehalten wurde. Die Kameras waren gut verborgen, und dennoch waren bisher weder neue Blumen noch andere Liebesbeweise abgelegt worden.

Hannes betrat einen Gastraum, der detailverliebt eingerichtet war. Es roch nach frisch gemahlenem Kaffee. Viele Gegenstände hatten einen maritimen Bezug. Angefangen von Tauen und Schiffszubehör aus Messing bis hin zu einem großen hölzernen Steuerrad, das hinter dem Tresen an der Wand hing. Die Tische und Stühle waren aus grobem, dunklem Holz hergestellt worden. Man konnte sich leicht vorstellen, dass sie früher auf einem Segelschiff um die Welt gereist waren. Leah war es dennoch gelungen, die Einrichtung leicht und lässig wirken zu lassen. Der Muff einer Seemannskneipe fehlte völlig. Durch die Fenster bot sich den Gästen ein beeindruckender Blick auf einen Teil des Hafens. Davor befand sich eine Terrasse, die zu dieser Jahreszeit verwaist war.

Auch Leah schien überrascht, den Ermittler hier zu erblicken. Aufgrund der zweifarbigen Augen hatte sie den großgewachsenen Sportpolizisten sofort erkannt. Das *Seaside* war nur schwach besucht, und Hannes ließ sich an einem kleinen Tisch in der Ecke nieder. Von hier aus hatte man die beste Aussicht, da sich an zwei Seiten Fenster befanden. Zudem war an diesem Platz ein ungestörtes Gespräch am ehesten möglich, denn die leise Lounge-Musik war nicht geeignet, die Stimmen zu übertönen. Vor einer Gruppe junger Mütter stellte Leah mehrere Tassen mit Milchkaffee ab und trat dann an Hannes' Tisch. Wie bei jedem Treffen war er beeindruckt von ihrer Erscheinung. Sven Lehmann hatte sich nicht ohne Grund für sie entschieden.

»Es sind keine Blumen mehr aufgetaucht«, berichtete sie. »Auch vor meiner Wohnung nicht. Sonst hätte ich mich sofort bei Ihnen gemeldet. Aber ich habe trotzdem kein gutes Gefühl. Seh mich sogar ständig um, ob mich jemand beobachtet. Erst gestern hatte ich bei einem Mann so ein komisches Gefühl, aber dann stellte sich heraus, dass er nur auf jemanden gewartet hat. Wahrscheinlich bin ich schon paranoid.«

»Kann ich gut verstehen«, entgegnete Hannes. »Aber wir behalten Sie im Auge, und auch die Videokameras dienen Ihrem Schutz. Melden Sie sich trotzdem bitte sofort, wenn Ihnen etwas auffällt oder Sie sich bedroht fühlen.«

Leah nickte. »Das mache ich. Es ist auf jeden Fall nett, dass Sie persönlich vorbeigekommen sind.«

»Eigentlich bin ich gar nicht deswegen hier, sondern weil ich verabredet bin. Mir gefällt Ihr Café aber sehr gut.«

»Es ist genauso geworden, wie ich es mir vorgestellt hatte. Mein Bruder hat mir viel geholfen. Er ist Zimmermann und kann gut mit Holz umgehen. Sind Sie mit der Suche nach Svens Mörder weitergekommen?«

Hannes machte eine Handbewegung, die alles und nichts bedeuten konnte. »Sie werden es als Erste erfahren, wenn wir den endgültigen Durchbruch erzielt haben.« Er sah auf die Uhr. Wegberg verspätete sich. Um die Wartezeit zu überbrücken, bestellte er einen Latte Macchiato und ein Sandwich. Leah ging, um die Bestellung zuzubereiten. Ratternd nahm die Kaffeemaschine ihre Arbeit auf. Interessiert verfolgte Hannes die Bewegungen eines Hafenkrans, der ein kleines Frachtschiff entlud. Eine solche Aussicht hätte er auch gerne von seiner künftigen Wohnung aus. Aber das war wohl illusorisch.

Nach seinem Besuch bei Fritz hatte er auf die Schnelle noch zwei Besichtigungen mit Anna hinter sich gebracht, bevor er hierher gehetzt war. Die erste Wohnung war Anna zu dunkel gewesen, aber die zweite hatte beiden auf Anhieb gefallen. Zwar lag sie an einer stärker befahrenen Straße, doch das Haus war ein schmucker Altbau. Außerdem lagen das Wohn- und Schlafzimmer auf der hinteren Seite. Dort befand sich auch der ruhige Westbalkon, der gemütliche Sommerabende versprach. Die Vermieterin hatte allerdings reserviert gewirkt, als Hannes die geforderten Unterlagen überreichte. Dabei hatte er extra die repräsentativsten Kleidungsstücke von seiner Shoppingtour mit Anna angezogen.

»Tut mir leid, dass ich zu spät bin.« Unbemerkt war Emil Wegberg an den Tisch getreten.

Hannes drückte kurz die angebotene Hand. »Kein Problem, es gibt schlechtere Orte, an denen man warten muss.«

In diesem Moment erschien Leah mit einem Sandwich und dem Latte Macchiato. Heftiger als nötig stellte sie das Glas auf dem Tisch ab und warf dem Reporter einen finsteren Blick zu. Der Mann schien es nicht zu bemerken.

»Ich nehme das Gleiche, bitte«, sagte er und lächelte freundlich.

»Kennen Sie sich?«, fragte Hannes, als Leah ohne ein Wort wieder zur Theke zurückging.

»Weil sie mich ganz offensichtlich nicht ausstehen kann? Wir kennen uns nicht, aber sie weiß trotzdem, wer ich bin. Ich habe ein paar Dinge über die Band und über Sven und sie geschrieben, die nicht auf Begeisterung gestoßen sind.«

»Dann hoffe ich für Sie, dass Ihnen Frau Hartenbach nicht in den Kaffee spuckt«, scherzte Hannes. »Wie kommt es, dass Sie sich so sehr für diese Band interessieren?«

»Stars sind mein Geschäft. Eigentlich hatte ich nie eine Ader für Klatsch und Tratsch. Ich bin da mit der Zeit so reingerutscht. Derartige Geschichten bringen Sie immer an den Mann, also ist das einigermaßen krisensicher.« Wegberg schmunzelte, wurde kurz darauf aber wieder ernst. »*Cloud Palace* ist auch für mich etwas Besonderes. Diese Truppe ist keine gewöhnliche Band. Ihr ganzes Auftreten und die Wirkung, die sie erzeugt, sind sehr speziell. Das hat ja teilweise fast schon sektenartige Züge, wenn man sich die Hingabe der Fans ansieht.«

»Konzentrieren Sie sich momentan voll und ganz auf diese Gruppe?«

»Nein, in meinem Job muss man flexibel bleiben. Aber ich denke, dass ich einer der am besten informierten Menschen zu *Cloud Palace* bin. Was gut für Sie sein kann. Haben Sie über mein Angebot nachgedacht?«

»Habe ich. Aber wer sagt mir eigentlich, dass mir Ihre Informationen auch von Nutzen sein werden?«

»Niemand. Nur … zumindest besteht die Chance, nicht wahr?«

Hannes musterte den Mann abschätzend. Er hatte sich noch nicht entschieden. Sollte er tatsächlich in den Fußspuren des alten Fritz wandeln und den Grenzbereich zwischen erlaubten und unerlaubten Ermittlungsmaßnahmen betreten? Andererseits hatte er dies ohnehin schon dadurch getan, dass er seinen früheren Vorgesetzten eingeweiht hatte. Außerdem war ihm Wegberg sympathisch. Er hatte das Gefühl, ihm trauen zu können. Hannes wollte dennoch sicherstellen, dass nach seinen Regeln gespielt wurde.

»Nehmen wir mal an, wir einigen uns. Dann liegt die Entscheidung bei mir, ob Ihre Informationen einen entscheidenden Beitrag zur Aufklärung geleistet haben oder nicht.« Der Mann setzte zu einer Erwiderung an, doch Hannes sprach mit bestimmter Stimme weiter. Er beugte sich nach vorn und fixierte die Augen des Reporters. »Sie wären mein Informant, das heißt, ich werde Ihre Identität nicht preisgeben. Das gilt aber umgekehrt genauso. Sie werden mit niemandem darüber sprechen und schon gar nicht darüber schreiben, dass wir diese Vereinbarung getroffen haben. Sollten Sie sich daran nicht halten, mache ich Ihnen die Hölle heiß, und Sie werden in Zukunft niemals auch nur irgendeine Hintergrundinformation erhalten.«

»Das heißt, Sie denken an eine längerfristige Übereinkunft?« Der Gedanke schien Wegberg zu gefallen.

»Das habe ich nicht gesagt, ich will es aber auch nicht ausschließen. Es hängt davon ab, wie gut unsere Zusammenarbeit funktioniert. Damit wir uns nicht falsch verstehen: Während der Ermittlung werden Sie keine Details von mir erfahren. Aber sobald der Mörder gefasst ist, bekommen Sie die Informationen als Erster. Allerdings werden Sie nicht mehr erfahren als später Ihre Kollegen. Ihr Lohn ist der zeitliche Vorsprung, mehr nicht.«

»Na ja, ein paar Details, die sonst keiner erhält, sollten schon noch drin sein.«

»Sofern es sich um Kleinigkeiten handelt, vielleicht«, entgegnete Hannes. »Und sofern Sie tatsächlich eine große Hilfe waren.«

Auch Wegberg betrachtete ihn abschätzend. Offenbar fragte er sich, ob er mit dem jungen Sportpolizisten auf das richtige Pferd setzte. Doch er schien zu der Überzeugung zu gelangen, von dieser Verbindung profitieren zu können. Er wartete, bis Leah seine Bestellung schweigend abgestellt und sich wieder entfernt hatte. Dann stellte er eine letzte Forderung.

»Sie haben gesagt, dass Sie meine Identität nicht bekannt machen. Das ist schon mal gut. Genauso wichtig wäre aber, dass Sie die Informationen, die ich Ihnen gebe, vertraulich behandeln.«

Hannes sah ihn irritiert an. »Wie stellen Sie sich das vor? Der Sinn des Ganzen ist ja, dass uns Ihre Hinweise weiterhelfen sollen.«

»Stimmt, ich habe mich falsch ausgedrückt. Es geht darum, dass keiner meiner Kollegen davon Wind bekommen darf. Außerdem sollen Sie für sich behalten, wie ich an diese Informationen gekommen bin. Es ist nämlich so, dass ich manchmal etwas … kreativ sein muss.«

»Begehen Sie Gesetzesverstöße?« Hannes wurde misstrauisch.

»Das ist zu hart ausgedrückt. Aber vielleicht übertrete ich die Gesetze hin und wieder ganz leicht.«

Eine Weile schwiegen sie, und Hannes rang mit sich. Was hätte Fritz wohl getan? Die Antwort lag auf der Hand. Der alte Ermittler hatte es häufig selbst mit den Gesetzen nicht so genau genommen, sofern dies einem höheren Ziel diente. Mit Wegberg hätte er sich bestimmt auf Anhieb gut verstanden, die beiden waren aus ähnlichem Holz geschnitzt.

»Also gut, solange es nur kleinere Vergehen sind, überhöre ich das. Sofern keine Person zu Schaden gekommen ist oder es zu anderen ernsthaften Konsequenzen geführt hat. Das ist für mich die Grenze.«

Langsam nickte Wegberg, dann breitete sich ein Lächeln auf seinem Gesicht aus. Die Lachfalten neben seinen Augen vertieften sich. Er streckte den Arm über den Tisch, und mit einem festen Händedruck wurde die Übereinkunft ohne weitere Worte besiegelt.

Kai Hartenbach besuchte gerade seinen Großvater, als Isabell und Per im Seniorenstift *Rosengarten* aufkreuzten. Der alte Herr hatte soeben seinen Mittagsschlaf beendet und schien angesichts der vielen Leute in seinem stickigen kleinen Zimmer verwirrt zu sein. Die Ermittler hatten sich unter dem Vorwand angekündigt, noch einmal die Beobachtungen vom Hochzeitsabend durchsprechen zu wollen. In Wahrheit wollten sie sich einen Eindruck davon verschaffen, wie viel der Mann von seiner Umgebung überhaupt mitbekam.

Schon zu Beginn stießen sie auf ein erstes Hindernis, denn das Hörgerät versagte vollständig. Erst als Kai eine Weile daran herumgefummelt hatte, konnte sich Isabell verständlich machen.

»Passiert das öfter?«

»Was?«, fragte der alte Mann.

»Dass Ihr Hörgerät nicht funktioniert.«

»Was?«

Irritiert blickte Isabell zu Kai. Der zog dem alten Mann ein weiteres Mal das Gerät aus dem Ohr und hantierte an der Einstellung. Eine Minute später konnte Isabell ihre Frage wiederholen.

»Heute wird keine Qualität mehr hergestellt«, klagte der alte Hartenbach. »Früher hätte sich niemand getraut, einen solchen Mist herzustellen. Immer wieder fällt das Gerät aus, obwohl ich es erst vor vier Wochen gekauft habe.«

»Wie viel haben Sie von der Hochzeitsfeier Ihrer Enkelin mitbekommen? War das Gerät da auch gestört?«

»Nein, ich glaube nicht. Aber wir saßen so weit entfernt, dass ich sowieso nicht hören konnte, was auf dem Steg gesprochen wurde.«

»Dafür hattest du ja mich«, erinnerte ihn Kai und wandte sich den Ermittlern zu. »Ich habe für ihn souffliert, da er ja auch nicht gut sehen kann.«

»Jaja«, sagte der Großvater. »Ich konnte es mir im Kopf gut vorstellen. Leah war die schönste Braut der Welt. So tragisch, so tragisch.« Niedergeschlagen schüttelte er das weiße Haupt und verkroch sich tiefer in der Strickjacke.

»Wie haben Sie den Schuss auf den Bräutigam erlebt?«

»Was?«

»Wie Sie den Schuss auf Sven Lehmann erlebt haben«, wiederholte Isabell lauter.

»Hmm, ja. Auf einmal war so ein Trubel. Ich wusste gar nicht, was los war.«

»Haben Sie gesehen, wie er getroffen wurde?«

»Gesehen?« Der Mann lachte bitter auf. »Ich habe fast nichts gesehen.«

Per startete einen Test. Er deutete aus dem Fenster. »Erkennen Sie das Auto unten auf der Straße? Was ist das für eins?«

Herr Hartenbach richtete sich auf und spähte auf die Straße. »Äh, das … ich kenne mich nicht so gut mit Automarken aus.«

»Ist es eher eine Limousine oder ein Kleinwagen? Was für eine Farbe hat es?«

Kai Hartenbach gab ein empörtes Geräusch von sich, doch Per brachte ihn mit einer Handbewegung zum Schweigen. Der alte Herr räusperte sich verlegen.

»Farben kann ich nicht mehr so gut auseinanderhalten. Aber es könnte ein Golf sein oder etwas Ähnliches.«

Isabell und Per warfen sich einen kurzen Blick zu. Auf dem Bürgersteig parkte nur ein Fahrzeug – ein roter Sprinter. Der Mann musste fast blind sein. Isabell überging die Situation, die für beide Hartenbachs sichtlich unangenehm war.

»Sie konnten also nicht gut erkennen, was auf dem Steg vor sich ging. Haben Sie den Lärm von dem Feuerwerk gehört?«

»Natürlich!« Er nickte, als wäre diese Frage vollkommen unverständlich. »Das kam aus dem Nichts. Deshalb hab ich mich so erschrocken. Als ich die Augen aufmachte, liefen kurz darauf die Leute aufgeregt durcheinander.«

»Als Sie die Augen öffneten? Wieso hatten Sie die denn geschlossen?«

»Ach, ich nicke immer wieder mal kurz ein. Das war aber nur ein Moment. Ich wollte ja nicht die Hochzeit meiner Enkelin verschlafen.«

»Verstehe.« Isabell blickte Kai an. »Und Ihr Enkel saß zu dem Zeitpunkt noch immer neben Ihnen?«

»Habe ich das nicht schon gesagt? Ich fragte ihn, was los ist. Er sagte, dass es Sven nicht gut gehe. Dass er gestürzt sei. Da wusste ja noch niemand, was wirklich passiert war. Meine arme Leah! Wie kommt sie damit zurecht?«

Beide Ermittler fixierten Kai mit ihren Blicken, der nervös blinzelte. Auch ihm musste klar sein, was der Auftritt des Großvaters bedeutete. Zwar hatte er bestätigt, dass sein Enkel die ganze Zeit neben ihm gesessen hatte, doch selbst wenn er nicht kurz weggeschlummert wäre, hätte er vermutlich kaum bemerkt, wenn Kai eine Waffe gezogen hätte. Das Alibi des Zimmermanns war nicht mehr viel wert.

Seit einer halben Stunde saßen Hannes und Emil Wegberg zusammen und unterhielten sich mit gedämpften Stimmen. Das

Café hatte sich inzwischen aber gefüllt, und in dem Stimmengewirr konnte ihr Austausch nur schwer belauscht werden. Bislang hatte der Reporter insbesondere Hintergründe zu *Cloud Palace* und den Musikern mitgeteilt. Ein Teil davon war dem Polizisten bereits bekannt gewesen, anderes hatte er vermutet. Es waren auch neue Erkenntnisse darunter, die Wegberg teilweise sogar mit Fotos belegen konnte. Ein paar davon hatte er auch veröffentlicht und war dafür mit mehreren Klagen überzogen worden.

Das Bild, das er zeichnete, war farbenfroh. Die Mitglieder der Band kosteten ihren Ruhm und die ihnen entgegenschwappende Bewunderung fast schon exzessiv aus. Manche mehr, andere weniger. Im Besonderen galt dies für die Zwillingsbrüder Lehmann. Beiden war ihre Wirkung auf die Frauenwelt bewusst, wobei Niklas auch der männlichen Seite zugeneigt war. Wegberg hatte mehrere Fotos von der Wohnung des Sängers gezeigt, die von außen aufgenommen worden sein mussten. Die abgebildete Szene konnte Hannes nur als Orgie bezeichnen. Seine Ohren waren gerötet, als ihm der Reporter weitere Bilder zeigte. Neben Niklas waren zwei Männer und sechs Frauen im Raum gewesen, und, wie Wegberg es salopp formulierte: Jeder hatte es mit jedem getrieben. Die Bilder bewiesen auch, dass Niklas nicht nur über ein attraktives Gesicht, sondern ebenso über einen gut trainierten Körper verfügte. Nicht umsonst war er für viele seiner Fans ein Sexsymbol – und das nicht nur für den weiblichen Teil.

Bei der Auswahl ihrer Sexpartner hatten weder Sven noch Niklas Standesunterschiede gemacht. Hannes erkannte niemanden, weshalb Wegberg ihm erklärte, dass einige der Gesichter bekannten Persönlichkeiten gehörten. Zugleich hätten sich die beiden aber auch gern bei den zahlreichen Groupies bedient. Allerdings gab es dabei Altersgrenzen, wie der Reporter zu berichten wusste. Für Niklas begann sie bei Anfang zwanzig und endete bei Mitte dreißig. Auch Sven schien nicht auf reifere

Frauen gestanden zu haben, dafür hatte die untere Grenze deutlich niedriger als bei seinem Bruder gelegen.

»Allerdings, pädophil war er nicht«, hatte Wegberg hinzugefügt, als er den schockierten Ausdruck auf Hannes' Gesicht bemerkte. »Sechzehn sollten sie mindestens sein, von jüngeren Mädchen hat er die Finger gelassen.«

Von den anderen Bandmitgliedern seien insbesondere der Keyboarder Patrick und die Schlagzeugerin immer wieder mit Affären aufgefallen. Bei Tourneen hätten sich auch die Backgroundsänger nicht in Zurückhaltung geübt, ebenso wie der Manager Bastian Eckhoff in dieser Hinsicht kein Kind von Traurigkeit sei. Erik von Wagner dagegen wäre nach anfänglichen Eskapaden ruhiger geworden. Wegberg vermutete einen medizinischen Hintergrund.

»Ich glaube, dieser Typ ist manisch-depressiv. Noch vor anderthalb Jahren hat er richtig Vollgas gegeben. Auf einem Konzert ist er sogar ausgefallen, weil er sich vorher mit Drogen abgeschossen hatte. Gut möglich, dass er momentan nur in einer länger anhaltenden depressiven Phase steckt. Nach meiner Meinung ist dieser Starrummel alles andere als heilsam für seinen Zustand.«

Die anderen Musiker hätten ebenfalls kaum Berührungsängste mit sowohl weichen als auch härteren Drogen. Sogar Annika Morgen nähme angeblich ab und zu eine Prise Kokain, auch wenn sie sonst nicht mit einer extremen Lebensweise aufgefallen sei. Lediglich eine Ausnahme gäbe es, und die nahm Hannes verblüfft zur Kenntnis.

»Sven hat außer Alkohol nie Drogen angerührt. Zumindest weiß ich nichts davon. Es gab sogar heftige Auseinandersetzungen mit Niklas, dem er einen uferlosen Konsum vorwarf. Sven war gesundheitsbewusst, selbst Alkohol trank er deutlich maßvoller als seine Freunde. Er hatte nur eine Schwäche: Er aß gern und wahrscheinlich auch zu viel. Zuletzt hatte er einen leichten

Bauch, etwas, das Niklas nie passieren würde. Der betreibt einen intensiven Körperkult und vernachlässigt niemals sein Training.«

»Woher haben Sie all diese Informationen und Fotos?«, fragte Hannes.

»Jetzt kommen wir zu dem Teil, den Sie bitte für sich behalten.« Wegberg zwinkerte ihm zu und nippte an seinem inzwischen dritten Becher Kaffee. »Ich habe einen guten Informanten. Besser gesagt, ich hatte ihn, denn zuletzt musste er sich zurückhalten. Sven und Niklas sind ihm fast auf die Schliche gekommen.«

In Hannes keimte eine Ahnung auf. »Der Sicherheitschef. Tobias Steinfeld. Er hatte natürlich den perfekten Einblick, was sich hinter den Kulissen abspielte.«

Wegberg rang kurz mit sich. »Ich muss meine Informanten schützen, aber Sie haben ja zugesagt, dass derartige Dinge unter uns bleiben. Sie liegen richtig, Tobias war immer wieder eine große Hilfe. Sie haben sich also schon ein ganz gutes Bild von den einzelnen Charakteren gemacht. Aber sagen Sie ihm nicht, dass ich Ihnen das erzählt habe. Wenn das jemand hört, ist er seinen Job los.«

Beruhigend hob Hannes die Hände. »Wie ist Ihr Eindruck von ihm?«

»Dass er seinen Job gut macht. Abgesehen natürlich von den Indiskretionen.« Wegberg schmunzelte. »In puncto Sicherheit hat er aber alles im Griff und duldet keine Schlampereien.«

»Da gibt die missglückte Hochzeit aber ein anderes Bild ab!«

»Das wundert mich auch. Der Täter muss raffiniert gewesen sein. Anders kann ich es mir nicht erklären.«

Hannes hielt sich mit Kommentaren zurück. Schließlich musste sein Informant nicht wissen, dass Steinfeld ganz oben auf der Liste der Verdächtigen stand. Stattdessen kehrte er zu einem unverfänglicheren Thema zurück.

»Hat er Ihnen auch die Fotos zugeschoben? Sie selbst dürften ja kaum so dicht an diese Leute herangekommen sein.«

»Alles eine Frage des Objektivs und des richtigen Verstecks.« Wieder lachte der Mann. »Ich mache diesen Job schon einige Jahre. Trotzdem haben Sie recht. Ein paar der Fotos habe ich von Tobias bekommen, insbesondere aus dem Backstage-Bereich und aus Hotels nach den Konzerten. Darüber hinaus habe ich selbst einen perfekten Beobachtungspunkt, von dem aus sich das Treiben auf Niklas' Grundstück und im Inneren des Hauses gut verfolgen lässt.«

An dieser Stelle wollte er nicht weiter ins Detail gehen und wehrte Nachfragen strikt ab. Stattdessen hatte er andere Hinweise, um die Neugier des Polizisten zu befriedigen. Er hatte sich in den letzten Tagen wechselweise an die Fersen verschiedener Bandmitglieder geheftet und interessante Beobachtungen gemacht. Unter anderem über eine der beiden Backgroundsängerinnen.

»Mia Landberger hat seit Svens Beerdigung jeden Tag das Grab besucht. Auch heute. Daher bin ich vorhin zu spät gekommen. Sie leidet und sieht ständig schlechter aus. Ich denke, dass sie nicht als Täterin infrage kommt, auch wenn ich weiß, dass Sie diese Frau auf der Liste der Verdächtigen haben.« Er grinste frech, als er Hannes' gerunzelte Augenbrauen sah. »Auch ich verfüge über Informanten. Sogar im Polizeipräsidium.«

»Ist Ihr Informant klein, dick und unfreundlich?«, fragte Hannes misstrauisch.

Wegberg brach in schallendes Gelächter aus, sodass Leah argwöhnisch herüberblickte. »Sie meinen Ihren Chef? Der Chefredakteur der Tageszeitung hat ihn mir genau so beschrieben. Keine Sorge, es ist niemand aus Ihrem Ermittlerteam. Übrigens war ich am vergangenen Montag früh vor Niklas' Grundstück. Da war alles noch verwaist, die Belagerung der Fans begann erst später. Am Einfahrtstor habe ich das hier entdeckt.«

Er präsentierte Hannes sein Tablet, auf dem er zuvor schon die anderen Fotos gezeigt hatte. Hannes nahm es in die Hand und fuhr elektrisiert zusammen. Vor dem Tor lag ein abgetrennter Schweinekopf. Zwischen den Zähnen hing etwas, das wie eine Rolle aussah.

»Was ist das?«

»Sie wissen nichts davon?« Der Reporter riss die Augen auf. »In der Schnauze steckte ein zusammengerollter Zettel. Den habe ich mir natürlich angesehen. Wischen Sie das Bild zur Seite, dann können Sie den Text lesen.«

Hannes folgte der Aufforderung und wechselte zum nächsten Foto. Es zeigte einen Zettel, der nur mit größter Fantasie nicht als Drohung verstanden werden konnte: ›Sven war ein Schwein. Du bist auch nicht besser. Ich weiß, was er getan hat und was du getan hast. Nimm dich in Acht.‹ Hannes atmete erregt aus.

»Wieso hat Niklas uns das nicht gemeldet? Wenn er bedroht wird, sollte er daran interessiert sein, beschützt zu werden.«

»Keine Ahnung, wahrscheinlich traut er Tobias Steinfeld und seinen Leuten mehr zu als Ihnen. Seit er den Schweinekopf gefunden hat, wird sein Grundstück rund um die Uhr bewacht. Allerdings scheint er nicht zufrieden zu sein. In den letzten Tagen ist er oft mit Tobias aneinandergeraten. Erst heute haben sie sich wieder heftig gestritten.«

Hannes wurde übel. Seinen letzten Fall hatte er noch gut vor Augen, da war es der Polizei nicht gelungen, weitere Opfer zu verhindern. Das durfte auf keinen Fall noch einmal passieren! Alarmierend war, dass Niklas eventuell von dem Mann gesichert wurde, der zugleich die größte Gefahr für ihn darstellte.

»Wenn Niklas gefährdet ist, gilt das für die anderen Musiker vielleicht genauso. Werden die auch von Steinfelds Leuten bewacht?«

»Mir ist nichts aufgefallen. Ich wüsste auch nicht, dass die anderen vergleichbare Drohungen erhalten haben. Aber ich kann nicht überall zugleich sein.«

»Was glauben Sie? Was ist mit dieser Aussage gemeint? ›Ich weiß, was er getan hat, und was du getan hast.‹ Was kann Niklas getan haben?«

»Das kommt wohl auf die Sicht des Verfassers an.« Wegberg schmunzelte. Für ihn schien alles nur ein spannendes Spiel zu sein. »Sollte Erik dahinterstecken, kann ich Ihnen nicht weiterhelfen. Meines Wissens hat Niklas ihm zumindest keine Freundin ausgespannt. Aber ich habe eine andere Theorie: Niklas ist der unumstrittene Bandleader. Genau wie Sven wollte er den Manager loswerden. Ohne Niklas wäre *Cloud Palace* aber nicht das, was diese Band nun mal ist: einzigartig. Eckhoff könnte sich zunächst an Sven gerächt haben und damit Niklas signalisieren, dass er zum Äußersten bereit ist. *Cloud Palace* wird nur mit Niklas weiter ganz oben schwimmen. Wenn Eckhoff nicht mehr dabei sein darf, kann er auch gleich alles zerstören. Indem er zum Beispiel … Niklas wegpustet.«

Hannes dachte nach. Natürlich ergab das Sinn. Wegberg erledigte seine Recherchen sorgfältig. Nur wusste er natürlich nicht, dass der Manager den Schuss nicht abgegeben haben konnte. Hannes rief sich noch einmal das Gelände des *Meeresschlosses* vor Augen. Nein, es war unmöglich. Der Weg bis zum Tor wäre zu weit gewesen, als dass ihn die beiden Frauen kurz nach dem Einsetzen des Feuerwerks an der Einfahrt hätten sehen können. Da fiel Hannes etwas ein, was er schon zu Beginn des Gesprächs hatte fragen wollen.

»Woher kommen eigentlich die Fotos, die Sie von dem Tatort veröffentlicht haben? Welcher Gast oder Angestellte hat sie Ihnen zugesteckt?«

Wegberg strich sich zufrieden über seine rotblonden Haare. »Ich dachte, dass Ihnen das längst klar ist. Ich war natürlich selbst vor Ort.«

KAPITEL 10

Das Konzert sollte in wenigen Stunden beginnen. Der Tradition folgend hatten sich die Bandmitglieder von *Cloud Palace* im Backstage-Bereich versammelt. Eine Störung war unerwünscht und wurde nicht toleriert. Noch waren alle ungeschminkt und trugen ihre Alltagsklamotten. Die Stylisten würden erst in einer Stunde dazukommen. Ebenso die Backgroundsänger, denen damit zugleich vor Augen geführt wurde, dass sie nicht zum innersten Kreis gehörten.

Dennis Hartfurt war der Einzige, der diese unsichtbare, aber stets vorhandene Grenze überwunden hatte. Und er genoss es in vollen Zügen. Allerdings war die Stimmung weniger euphorisch als vor früheren Auftritten. Damals hatte er die Ausgelassenheit der Musiker bis vor die Tür gehört. Es lag nicht am fehlenden Alkohol, denn Niklas und Sven hatten schon immer darauf geachtet, dass niemand betrunken auf die Bühne torkelte. Sven fehlte, und das war für Dennis der einzige Wermutstropfen. Nicht, dass er den bisherigen Gitarristen vermisste, aber er merkte, dass er für die anderen noch ein Fremdkörper war.

Niklas versuchte, die Situation mit Routine zu überspielen. Zum wiederholten Mal ging er die Setlist durch. Er verdeutlichte jedem Bandmitglied seine Rolle, die Position auf der Bühne und die darauf abgestimmten Effekte. Schließlich verdrehte Patrick genervt die Augen.

»Wir haben das Programm so oft geübt, und die Generalprobe hat funktioniert. Hättest du nicht so überstürzt Olaf aus dem Chor geworfen, wäre mir allerdings wohler.«

»Findest du deine Stimme so schlecht?«, witzelte Niklas. »Du, Erik und Dennis, ihr tragt ein Kopfmikro. Dann ist der männliche Backgroundchor überflüssig.«

»Ich kann mich aber kaum gleichzeitig aufs Singen und auf das Keyboard konzentrieren«, nörgelte Patrick.

Niklas platzte von einem Moment auf den anderen der Kragen. Plötzliche Stimmungswechsel hatte er oft kurz vor Auftritten, wenn die Anspannung am größten war. »Dann hast du jetzt noch genau vier Stunden, es zu lernen«, schnauzte er. »Außerdem kannst du ja auf die Wodkaflasche neben deinem Keyboard verzichten, dann klappt es vielleicht besser. Wir sind Profis! Reißt euch also zusammen, wir bekommen alle genug Geld dafür.«

»Hätten wir die Technik nicht so aufgemotzt, würde noch mehr hängen bleiben«, traute sich Erik, zu widersprechen.

»Kapierst du nicht?« Niklas schrie. Sein sonst so attraktives Gesicht verzerrte sich und sah gar nicht mehr anziehend aus. »Das ist die beste Investition, die wir je gemacht haben, diese Tour wird uns noch mal in eine andere Dimension katapultieren. Man wird uns vergöttern! Und du jammerst hier rum, dass zu wenig Geld hängen bleibt? Bald kannst du deine Wände damit tapezieren!«

»Und?«, fragte Erik in einem seltenen Anfall von Angriffslust. »Wir können uns heute schon alles kaufen, was wir wollen. Was soll ich mit dem ganzen Geld?«

Dennis traute seinen Ohren nicht. Er verstand den Zorn des Bandleaders voll und ganz. Er selbst hatte sich bisher keinesfalls alles leisten können. Zwar wurden auch die Backgroundsänger anständig bezahlt, waren vom Reichtum aber weit entfernt. Auch Niklas schien kurz der Wind aus den Segeln genommen. Doch seine Irritation war schnell überwunden.

»Es geht doch nicht ums Geld«, schrie er den Bassisten an. »Wir sind dabei, den Musik-Olymp zu besteigen! *Cloud Palace* wird für immer unvergessen bleiben. So hoch wie wir werden nur wenige geflogen sein. Darum geht es!«

»Umso tiefer kann man fallen«, mischte sich Fuji ein. Dann grinste sie. »Aber Scheiße noch mal, ich will wissen, wie die Luft da oben schmeckt! Das wird extrem, das wird der Wahnsinn! Lasst uns Geschichte schreiben!«

Erleichtert spürte Dennis, dass sich der Wind drehte. Bei Patrick brauchte es nie viel, um ihn zu begeistern, und auch Annika ließ sich zunehmend mitreißen. Niklas registrierte den Stimmungswandel offenbar auch. Seine Züge glätteten sich wieder. Während die anderen Musiker die Highlights der Show diskutierten, hockte er sich neben Erik, der noch immer wie versteinert auf dem Boden saß.

»Glaub nicht, dass ich dich nicht verstehe«, sagte er. Seine Stimme war sanft. »Sogar besser als jeder andere hier. Aber wir sind so dicht vor dem absoluten Triumph und haben hart gearbeitet! Außerdem sind wir es Sven schuldig, dass wir nicht aufgeben. Unser Traum kann sich jetzt endgültig erfüllen. Willst du so kurz davor aufgeben?«

»Ich weiß nicht mehr, ob das auch noch mein Traum ist«, antwortete Erik leise. »Ich weiß überhaupt nichts mehr.« Doch er starrte nun weniger niedergeschlagen vor sich hin. Niklas legte ihm die Hände auf die Schultern.

»Nach dem Konzert weißt du es wieder, das versprech ich dir. Lass dich jetzt nicht in das schwarze Loch fallen. Du bist der beste Bassist, den ich kenne. Alle wissen es, nur du zweifelst immer. Mach dich davon frei! Wir sind alle bei dir, haben es x-mal geübt. Nichts kann schiefgehen, und nachher fühlst du dich wieder frei!«

Stück für Stück hatte Erik bei dem Vortrag seine Augen vom Boden gelöst. Niklas hatte es einfach drauf und wusste, wie er ihn packen musste. Zum ersten Mal seit Tagen grinste Erik leicht. Niklas' Charisma und der Wortgewandtheit konnte er nicht widerstehen. Langsam nickte er und stand auf.

»Okay, vielleicht hast du recht. Einen Versuch ist es wert.« Dann schrie er los. »Wir werden heute so rocken, wie es die Welt noch nicht gesehen hat!«

Nach einem Moment des Schweigens stimmten die restlichen Musiker in sein Triumphgebrüll ein. Es musste nur einer aus der Rolle fallen, und das Konzert war im Eimer. Annika zwinkerte Niklas anerkennend zu. Er war der Einzige, dem das Kunststück gelingen konnte, Erik aus seiner gedrückten Stimmung herauszureißen. Als sich alle beruhigten, blickte Niklas zufrieden in die Runde.

»Ich glaube, wir sollten nachher doch noch das i-Tüpfelchen setzen.« Er hob die Hände, als halbherziger Protest aufkam. »Ich weiß, wir haben diesen Song noch nie perfekt hinbekommen, aber heute wird es klappen. Das spür ich einfach, und es wäre ein grandioser Abschluss. Also: Was haltet ihr davon, wenn wir als Letztes *Immortal* spielen? Denn nach diesem Konzert werden wir tatsächlich unsterblich sein.«

Zwei weitere Wohnungsbesichtigungen lagen hinter Hannes. Er hatte eben Anna zu Hause abgesetzt, und beide waren ernüchtert gewesen. Bisher hatte ihnen nur eine einzige Wohnung gefallen, und nach Meinung des Polizisten war die Chance gering, den Zuschlag zu erhalten. Die Distanz der Besitzerin hatte er deutlich gespürt. Nun befand er sich auf dem Weg zurück in die Stadt, der Tourneeauftakt von *Cloud Palace* startete in wenigen Stunden. Er reihte sich in der Abbiegerspur in Richtung Hafengelände ein und stoppte vor der auf Rot umspringenden Ampel.

Gleich würde er auch wieder auf Emil Wegberg treffen. Dennoch waren seine Gefühle zwiegespalten. Mit der Übereinkunft eines gegenseitigen Informationsaustauschs hatte er sich auf dünnes Eis begeben, und auch der Abschluss des Gesprächs hatte nicht zu einem entspannten Zustand beigetragen. Der Reporter hatte ihm mitgeteilt, sich am Abend der Hochzeitsfeier selbst auf dem Gelände des *Meeresschlosses* aufgehalten zu haben. Niemand hatte ihn gesehen, und als die Polizei das Grundstück durchkämmt hatte, war er wieder verschwunden gewesen. Wie er das Gelände ungesehen hatte betreten und verlassen können, wollte er nicht verraten. Hannes ahnte jedoch den Hintergrund. Wegberg hatte bereits früher vom Sicherheitschef Interna und Fotos zugesteckt bekommen. Gut möglich, dass Steinfeld dem Reporter am vergangenen Samstag erneut einen Gefallen getan hatte.

Wegberg hatte Hannes sämtliche Bilder, die er vor Ort aufgenommen hatte, vorgeführt und auf einem USB-Stick zur weiteren Verwendung überreicht. Auf den ersten Blick lieferten die Fotos keine neuen Hinweise, eine genauere Überprüfung musste noch folgen. Wegberg hatte die Bilder des Tatorts von einem Versteck aus aufgenommen. Hinter dem Schloss gab es einen kleinen Felsvorsprung, von wo aus man einen freien seitlichen Blick auf die Hochzeitsgesellschaft gehabt hatte. Hannes grübelte vor sich hin.

Wegberg hatte sich frei und unbemerkt auf dem Gelände bewegen können. Er gab an, niemanden gesehen zu haben, der einen Schuss in Richtung Steg abgegeben haben könnte. Allerdings habe er wie alle anderen auf das explodierende Feuerwerk geachtet und den Moment des Mordes verpasst. Doch Hannes konnte nicht übersehen, dass auch Wegberg über kein Alibi verfügte. Trieb dieser Mann vielleicht ein so perfides Spiel, dass er sich der Polizei als Informant andiente, obwohl er in Wahrheit selbst der Täter war? Hannes war froh, zumindest die klare Regel aufgestellt zu haben, dem Reporter erst nach der Auflösung des Falls Ermittlungsdetails zur Verfügung zu stellen. Sollte der Mann hinter Svens Ermordung stecken und sich Einblick in den aktuellen Ermittlungsstand erhofft haben, würde diese Taktik zumindest nicht aufgehen.

Aber wie wahrscheinlich war es überhaupt, dass Wegberg den Gitarristen von *Cloud Palace* erschossen hatte? Wollte er sich selbst eine Story schaffen, die ihm jede Menge Aufmerksamkeit und Geld versprach? Das hielt Hannes für unwahrscheinlich. Gab es vielleicht eine persönliche Fehde zwischen den beiden? Er konnte es momentan nicht einschätzen. Allerdings sprach auch etwas für den Reporter. Der Felsvorsprung, von dem aus er die Hochzeit fotografiert hatte, lag klar außerhalb des Korridors, von dem der Schuss abgefeuert worden sein musste. Das erste Bild des Toten hatte er kurz nach dem Treffer aufgenommen. Eigentlich schied er damit als Täter aus. Aber natürlich konnte er seine Kamera auch auf dem Felsvorsprung zurückgelassen haben, um sie automatisch Fotos schießen zu lassen.

Hannes seufzte. Mit wem sollte er sich darüber austauschen? Seine Vereinbarung mit Wegberg musste geheim bleiben, es blieb ihm vorerst also nichts anderes übrig, als die Sache mit sich selbst zu diskutieren. Er nahm sich vor, Wegbergs Hintergrund zu durchleuchten und anschließend Fritz nach dessen Einschätzung zu fragen. Sollten sich die Verdachtsmomente erhärten, müsste er wohl oder übel Federsen einweihen. Allein die Vorstellung verursachte ein flaues Gefühl in seinem Magen.

Die *Hafenarena* tauchte vor ihm auf. Trotz des ungemütlichen Wetters herrschte vor der Halle ein reges Treiben. Der Einlass begann in einer Stunde, und viele Fans wollten sich die besten Plätze direkt vor der Bühne sichern. Der Parkplatz war noch nicht geschlossen, und Hannes stellte seinen Wagen auf einem der letzten freien Plätze ab. Neben der Veranstaltungsarena führte eine große Freitreppe zu einem ehemaligen Hafenbecken hinunter. Im Sommer waren die Stufen oft völlig überfüllt, an diesem Tag setzten sich nur wenige Menschen den kalten Windböen aus. Isabell und Per warteten mit eingezogenen Köpfen auf ihn. Die drei Kollegen sollten das Konzert gemeinsam besuchen, Federsen würde es dagegen lediglich vor dem Fernseher verfolgen. Zwischen einem dicken Schal und der tief heruntergezogenen Wollmütze schaute nur noch Pers spitze und leuchtend rote Nase hervor.

»Wird aber auch Zeit«, moserte er. »Wir sind schon fast steifgefroren.«

»Dann lasst uns gleich weiter in die Halle gehen«, erwiderte Hannes. »Habt ihr heute Fortschritte gemacht?«

Während sie sich der Halle näherten, tauschten sie sich über die letzten Entwicklungen aus. Von dem ehemaligen Bandmitglied Maximilian Schaffner fehlte genauso jede Spur wie von dem Stalker, der Leah Hartenbach nachstieg.

»Dafür dürften wir einen neuen Verdächtigen haben«, sprudelte es aus Isabell heraus, als sie von dem Besuch bei Kai Hartenbach und dessen Großvater berichtete. »Der alte Mann ist so gut wie blind und hört selbst mit Hörgerät sehr schlecht. Außerdem ist er während der Trauung kurz eingenickt. Sein Enkel war also so gut wie unbeobachtet.«

»Ich weiß nicht.« Hannes war skeptisch. »Die beiden saßen zwar abseits, aber eigentlich noch zu nahe am Steg. Ihre Stühle standen zwar im Schusskorridor, aber Maria ging von einer größeren Entfernung aus.«

»Hast du eigentlich den Reporter geknackt?«, fragte Isabell. »Ihr wart doch heute Mittag verabredet.«

Hannes überlegte kurz. Am Rand der Halle erblickte er die kleine Gestalt Emil Wegbergs, der sich mit Tobias Steinfeld unterhielt. Offenbar hatte ihm der Sicherheitschef Interessantes zu berichten, denn der Reporter wirkte erregt und hing geradezu an Steinfelds Lippen. Isabell und Per beachteten die Szene kaum.

»Ja«, meinte Hannes schließlich, »ich habe ihn zum Reden gebracht, und er hat mir alle Fotos gegeben. Aber«, fügte er zögernd hinzu, »er will immer noch nicht sagen, woher er diese Bilder hat. Dafür hat er mir einen guten Überblick über den Hintergrund der Band gegeben.«

Er fasste die Informationen für seine Kollegen zusammen, und Per schien nicht überrascht zu sein. »Einiges davon stand ja schon in der Klatschpresse. Es passt ins Bild. Auch auf der Bühne inszenieren sich diese Leute ziemlich größenwahnsinnig. Scheinbar sind sie also tatsächlich so drauf, und es ist nicht alles nur eine große Show.«

»Kommt aber gut an«, meinte Hannes und deutete auf die zahlreichen Fans, die schon seit Stunden auf den Einlass warteten.

Der Großteil war zwischen zwanzig und dreißig Jahre alt, doch auch Teenager waren stark vertreten. Frauen und Männer hielten sich in etwa die Waage. Eng zusammengerückt saßen sie auf dem Boden vor den Eingangstüren, als wollten sie sich an dem kalten Januarnachmittag gegenseitig wärmen. Die Stimmung war ausgelassen, aufgeregtes Stimmengewirr flutete über den Vorplatz. Die Möwen, die über den Köpfen kreisten und nach essbarem Abfall suchten, schienen den Menschenauflauf verwundert zu beobachten.

Auch das Medieninteresse war gewaltig. Mehrere Übertragungswagen und Vans mit Satellitenschüsseln parkten nahe der Arena. Kamerateams befragten immer wieder einzelne Anhänger von *Cloud Palace*. Die Ermittler bahnten sich einen Weg durch die Menschenmenge und präsentierten einem Sicherheitsmann hinter den Absperrgittern ihre Polizeiausweise. Sofort wurden sie in die Halle gelassen. Unter den Fans entstand Unruhe, da einige glaubten, der Einlass beginne schon. Im Vorraum der Arena wurden die Fanartikelstände bestückt und die Imbisse auf den bevorstehenden Ansturm vorbereitet.

»Lasst uns mal in die Halle sehen«, schlug Per vor und öffnete eine Tür, die zum Innenbereich der Arena führte. »Unglaublich«, flüsterte er. Isabell und Hannes traten hinter ihn, um den Grund seiner Faszination zu sehen.

Die Halle war hell erleuchtet, einige Techniker nahmen letzte Vorbereitungen vor. Am gegenüberliegenden Ende war eine riesige Bühne in die Sitzplatzränge hineingebaut worden. Auf diese Weise sollte möglichst wenig vom Innenraum beansprucht und somit mehr Platz für zahlende Besucher bereitgehalten werden. Die Rückwand der Bühne bestand aus einer überdimensionierten, leicht nach vorn geneigten Videowand. Überall waren Scheinwerfer und Boxen für das Showlicht angebracht, und auch die großen Lautsprecher würden bald zum Leben erwachen. So weit war alles genau so, wie man es an einem Veranstaltungsort einer Rockband erwartete. Es gab aber auch Unterschiede.

Die direkt an die Bühne grenzenden Sitzplätze auf den Rängen waren abgehängt. Links und rechts der Bühne hatte man dafür weitere Videoleinwände errichtet, die schräg nach vorne liefen. In dichten Abständen waren Ständer am Rande des Innenraums montiert, auf denen Kästen angebracht waren, deren Zweck sich Hannes nicht erschloss. In der Mitte der Arena war eine zusätzliche kleine Bühne errichtet worden, die später von Fans umgeben sein würde. Der ganze Saal strotzte vor Lautsprechern, Lichtspots und Windmaschinen.

»Die wollen das also wirklich durchziehen.« Per klang beeindruckt.

»Was meinst du?«, fragte Isabell.

»*Cloud Palace* hat angekündigt, eine 4-D-Tournee abzuliefern. Die Fans sollen nicht nur Zuschauer, sondern Bestandteil des Konzertes sein. Vor allem auf den Stehplätzen im Innenraum. Deshalb bindet die Showtechnik die gesamte Halle ein, also über zehntausend Fans. Das hat es in der Form noch nie gegeben!«

»Ich war schon auf Konzerten, bei denen man als Zuschauer mit einer Lichtershow überzogen wurde«, wandte Isabell ein.

»Das hier geht aber noch weiter. Die Boxen liefern einen Surroundeffekt. Das ist bei der Akustik in einer solchen Arena enorm aufwendig. Du hörst die Musik nicht nur von vorn, sondern von allen Seiten. In einem Interview hat Niklas Lehmann von einem Feuerwerk für alle Sinne gesprochen. Das war bestimmt nicht übertrieben.«

»Na ja. Neben dem Hören und Sehen gibt es noch ein paar weitere Sinne«, spottete Isabell.

»Deshalb«, Per deutete auf die aufgebaute Technik, »gibt es ein paar Extras. Wind, Nebel, Gerüche, Kälte, Wärme – die Aussage auf den Plakaten dürfte zutreffen: Heute werden wir eine völlig neue Konzertdimension erleben.«

»Da bin ich aber gespannt.« Isabell blieb trotz oder gerade wegen Pers Euphorie skeptisch. »Das alles muss ein Heidengeld kosten!«

»Davon haben diese Musiker genügend rumliegen.« Hannes hatte allmählich genug. Sie würden die Effekte ohnehin bald in Aktion erleben. »Wo ist der Backstage-Bereich? Wir sollten noch mal die Musiker aufsuchen, bevor sie nur noch an ihren Auftritt und das 4-D-Spektakel denken können.«

Spöttisch klopfte er Per auf die Schulter, der seine glänzenden Augen nur schwer von der installierten Technik wenden konnte. Ein Arbeiter wies ihnen den Weg, als sie die Arena durchquerten. Sie verließen den Innenraum und gingen mehrere Gänge entlang, bis sie an einer Tür angehalten wurden.

»Hier ist für Unbefugte kein Durchgang«, erklärte ihnen ein grobschlächtiger Mann und baute sich mit verschränkten Armen vor ihnen auf.

Hannes hielt ihm seinen Dienstausweis entgegen. »Reicht Ihnen das?«

Unschlüssig runzelte der Mann die Stirn. »Ähm … Sie brauchen einen All-area-Pass, sonst kann ich Sie nicht durchlassen.«

»So?«, fragte Hannes gedehnt. »Wenn Sie nicht sofort den Weg freimachen, verhafte ich Sie wegen Behinderung der Polizei!«

»Ich muss meinen Chef fragen«, wand sich der Mann und nuschelte in ein Funkgerät. Die Antwort war eindeutig, und die Ermittler meinten die Stimme von Tobias Steinfeld zu erkennen. Kurz darauf trat der Mann zur Seite, und das Ermittlertrio ging einen weiteren Gang entlang. Als sie um eine Ecke bogen, kam ihnen der Sicherheitschef entgegen.

»Entschuldigen Sie bitte meinen Mitarbeiter.« Er begrüßte alle mit Handschlag. »Aber wir sind äußerst vorsichtig. Vor allem nach Svens Tod. Auch die Kontrollen am Eingang werden so intensiv sein wie noch nie. Sie können sich drauf verlassen, dass hier niemand etwas hereinschmuggeln wird, das eine Gefahr darstellen könnte.«

»Haben Sie einen besonderen Anlass zur Sorge?«, fragte Isabell.

Steinfeld sah sie betreten an. »Das haben wir tatsächlich. Aber kommen Sie mit, Niklas sollte bei unserem Gespräch dabei sein.«

Maximilian Schaffner betrachtete aus zusammengekniffenen Augen den Vorplatz der *Hafenarena*. Wäre alles anders gekommen, er würde sich gerade im Inneren des Gebäudes befinden und auf den Auftritt vorbereiten. Zwei Assistentinnen würden an seinem Aussehen feilen, während der Adrenalinpegel im Blut langsam stiege. Stattdessen pulsierten nun Wut und Hass in ihm. Er musterte das große Banner, das über den Eingängen der Arena hing. ›Willkommen in der nächsten Dimension‹ prangte in dicken Lettern, darüber waren die Gesichter von

Niklas, Fuji, Patrick, Annika und Erik zu sehen. Und: ein ihm unbekannter Mann. Der neue Gitarrist. Max spuckte auf den Boden. Sven war tot, und statt sich an ihn als ehemals zweiten Gitarristen zu erinnern, holte die Band diesen Grünschnabel an Bord. Aber es passte natürlich zu Niklas und seinem Gefolge, dass sie trotz des Todesfalls egoistisch und aus Erfolgsgeilheit die Tournee durchzogen. Andererseits musste Max zugeben, dass er selbst nicht anders gehandelt hätte.

Er hatte die Halle mehrfach umrundet, sie war gesichert wie eine Festung. Trotz seiner ausgeprägten Erfahrung hatte er sich keinen Zutritt verschaffen können. Eine Karte konnte er sich nicht leisten, hätte seinen ehemaligen Bandkollegen aber ohnehin kein Geld in den Rachen stopfen wollen. Er sah sich um. Wie immer war es den Konzertveranstaltern nicht gelungen, einen Schwarzmarkt zu verhindern. An mehreren Stellen wurden Tickets angeboten – zu horrenden Preisen. Die bisher höchste Forderung hatte bei vierhundert Euro gelegen. Max hoffte, dass die Karte eine Fälschung war, und der Käufer es bitter bereuen würde, so viel Geld für Cloud Palace ausgegeben zu haben.

Seit Längerem hatte er zwei Männer im Blick, die ein Ticket für zweihundert Euro anboten. Max hatte sie angesprochen, obwohl er die Karte ohnehin nicht kaufen wollte. Die Männer hatten behauptet, ein Freund wäre krank geworden, daher sei die Karte übrig. Max glaubte ihnen – die Karte dürfte tatsächlich keine Fälschung sein. Er hatte ein Gespür dafür, wenn jemand ein krummes Ding drehte. Allerdings wollte er sich nicht mit ihnen anlegen, zumal sie an einer belebten Stelle standen. In diesem Moment näherte sich eine junge Frau, die höchstens achtzehn war, und sprach die Männer an. Max hielt den Atem an, als zweihundert Euro den Besitzer wechselten.

Die Frau steckte die Konzertkarte in ihre Manteltasche, entfernte sich ein Stück von den Verkäufern und zog ein Handy hervor. Unauffällig näherte sich Max.

»Ich hab noch ein Ticket bekommen!«, hörte er sie begeistert in das Telefon rufen. »Zwar total teuer, aber egal. Seid ihr auch schon vor der Halle?« Sie lauschte einen Moment, bevor sie sich umdrehte und in Richtung Straße ging. »Okay, dann komme ich zu euch. Wir sollten uns dann aber schnell wieder auf den Weg machen, hier ist schon richtig viel los. Ich will nicht in der letzten Reihe stehen, dafür war die Karte zu teuer.«

Sie verstaute das Mobiltelefon in ihrer Gesäßtasche und entfernte sich weiter von der *Hafenarena*. Offenbar befanden sich ihre Freunde woanders. Max atmete auf. Er wickelte sich seinen Schal so um das Gesicht, dass nur noch die Augen hervorsahen. Seine Haare waren von einer schmuddeligen Mütze bedeckt. Als die junge Frau auf einen schmalen Pfad zulief, beschleunigte er seine Schritte. Der Weg führte an einem kleinen Bachlauf entlang, auf der anderen Seite war er von Sträuchern begrenzt. Max sah sich um. Niemand zu sehen. Von hinten stürmte er auf die Frau zu. Sie hörte seine Schritte auf dem Kies und drehte sich um. Sie hatte keine Chance.

Mit voller Wucht riss er sie zu Boden und legte sofort eine behandschuhte Hand auf ihren Mund. Verzweifelt kämpfte sie gegen ihn an, und als er die andere Hand um ihre Kehle legte, schlug sie panisch um sich. Er spürte, wie sie in seine Hand beißen wollte. Der Handschuh schützte ihn.

»Bleib ruhig«, flüsterte er. »Ich tu dir nichts, ich will nur das Ticket.«

Aus aufgerissenen Augen starrte sie ihn an und stellte ihre Abwehrversuche ein. Seine Hand glitt in ihre Manteltasche, und triumphierend zog er das Papier hervor. In diesem Augenblick der Unachtsamkeit rutschte seine Hand von ihrem Mund. Gellend schrie die junge Frau nach Hilfe. Sein Zorn brach sich Bahn. Die Wut auf Niklas und den Rest der Band, der Hass auf die ganze Welt, der Ekel vor sich selbst. Max riss sich die Handschuhe von den Händen und prügelte mit seinen Fäusten auf das Gesicht der Frau ein. Aus der Ferne erklangen Rufe, doch er war wie von Sinnen. Ein Schleier lag vor seinen Augen. Als er mit einem heftigen Fausthieb die Schläfe der Frau traf, explodierte ein Schmerz in seinen Fingerknöcheln. Regungslos lag sie unter ihm. Auf dem Kiesweg hörte er Schritte, die schnell näher kamen.

Aus den Augenwinkeln schätzte er seine Situation ein. Von rechts stürmten zwei junge Kerle auf ihn zu, von links spazierte ihm ein älteres Paar entgegen, das entsetzt auf die Szene blickte. Er sprang auf und rannte den alten Leuten entgegen. Kurz drehte er sich herum. Einer der jungen Männer kümmerte sich um die verletzte Frau, während ihm der andere weiter nachsetzte. Das Paar vor ihm wusste offenbar nicht, wie es sich verhalten sollte, als er in seiner heruntergekommenen Kleidung auf sie zusprintete. Die Frau sagte etwas zu ihrem Mann, der den Kopf schüttelte und sie zur Seite ziehen wollte. Mutig stellte sie sich in die Mitte des Weges.

»Was haben Sie getan?«, rief sie mit zitternder Stimme.

Max spürte kaum einen Widerstand, als er sie mit beiden Armen grob zur Seite stieß. Sie verlor das Gleichgewicht und stürzte in den vereisten Bach. Es war kein schönes Geräusch, als sie hart aufschlug und das Eis unter ihr nachgab. Als sich Max im Rennen umdrehte, erkannte er, dass sich sein Verfolger und der ältere Herr um die Frau bemühten und keine Anstalten machten, ihn einholen zu wollen. Trotzdem behielt er sein Tempo bei und verfiel erst in einen langsameren Laufschritt, als die *Hafenarena* vor ihm auftauchte.

In den Katakomben der Arena hatten sich die Ermittler währenddessen mit dem Leadsänger und Tobias Steinfeld von den anderen Bandmitgliedern zurückgezogen. Mehrere Stylisten arbeiteten an den Outfits der Musiker. Der Bereich um Niklas' Augen war mit schwarzem Kajalstift bearbeitet worden. Er trug ein enganliegendes T-Shirt, und seine Haare waren zu Strähnen geformt, die ihm wirr ins Gesicht hingen. Niklas präsentierte einen Briefumschlag.

»Der wurde an der Einfahrt zu meinem Haus gefunden. Seit Svens Tod bekannt ist, kommen dort immer wieder Fans hin, um Blumen abzulegen und ihr Mitgefühl auszudrücken. Offenbar mischen sich aber auch andere darunter.«

Hannes las den Inhalt des anonymen Schreibens, das auf einem Computer verfasst worden war. »Eine klare Morddrohung«, rief er. »Sie haben an Ihrem Grundstück überall Überwachungskameras. Hat keine davon aufgezeichnet, wer den Brief abgelegt hat?«

Anstelle von Niklas schüttelte Tobias Steinfeld den Kopf. »Der Brief lag in einem toten Winkel. Entweder ist das Zufall, oder derjenige wusste, welchen Bereich die Kameras nicht erfassen.«

»Gab es weitere Drohungen? Auch gegen andere in der Band?«

»Bei den anderen ist noch nichts passiert. Aber bei Niklas jetzt schon wiederholt. An seine Grundstücksmauer hat letzte Nacht jemand Parolen gesprayt. Davon haben wir Videoaufnahmen. Allerdings erkennt man nicht viel, es war natürlich dunkel.«

»Stellen Sie uns das Material trotzdem zur Verfügung«, verlangte Isabell. »Wann war das?«

»Laut Videoaufzeichnung um dreiundzwanzig Uhr.«

»Was gab es sonst noch?« Hannes erinnerte sich an die Fotos, die ihm Emil Wegberg von dem Schweinekopf gezeigt hatte.

Niklas schwieg, und Steinfeld schaute ihn auffordernd an. »Du solltest auch das vom letzten Montag erzählen«, sagte er. »Es nimmt gefährliche Ausmaße an.«

»Na gut.« Niklas seufzte. »Am Montagmorgen habe ich vor der Einfahrt einen abgetrennten Schweineschädel gefunden.

Darin steckte auch eine Botschaft, aber noch nicht so konkret wie in diesem Brief hier. Sven sei ein Schwein gewesen, genau wie ich. Ich solle mich in Acht nehmen.«

»Warum sagen Sie uns das erst jetzt?«, fragte Isabell erregt. »Nach dem Tod Ihres Bruders sollte Ihnen klar sein, dass Sie das nicht auf die leichte Schulter nehmen dürfen.«

»Es hat immer mal wieder Anfeindungen oder Drohungen gegeben. Damit muss man leben, wenn man reich, berühmt und sexy ist.« Er lachte, doch es klang gezwungen. »Einen Schweinekopf hatte ich bisher allerdings noch nicht. Klar fand ich das beklemmend. Aber ich dachte, dass ein Verrückter diesmal übers Ziel hinausgeschossen ist.«

»Wo ist der Schädel jetzt?«

»Entsorgt. Tobias hat sich darum gekümmert.«

»Ich hab ihm gleich gesagt, dass wir Sie informieren sollten«, verteidigte sich der Sicherheitschef. »Aber Niklas wollte nichts davon wissen.«

»Weil so was auch nicht passieren würde, wenn ihr eure Arbeit richtig machen würdet«, erwiderte Niklas scharf.

Per stöhnte.

»Herr Lehmann, Verrückte finden immer ein Schlupfloch. Es ist unser Job, herauszufinden, wer dahinter steckt. Beim nächsten Vorfall informieren Sie uns bitte sofort!«

»Gut, das habe ich verstanden.« Ergeben hob Niklas die Hände. »Sehen wir uns noch nach dem Konzert? Tobias, gib ihnen bitte Pässe für den Backstage-Bereich, dann müssen sie nicht alle mit ihren Polizeiausweisen erschrecken. Viel Spaß beim Konzert, ich bin gespannt, wie Sie es finden werden!« Er grinste, drehte sich um und ging zu einem Stuhl vor dem großen Spiegel zurück, um die Stylisten weiter an sich arbeiten zu lassen.

»Sie haben echt Nerven«, maulte Hannes den Sicherheitschef an. »Hoffentlich haben Sie die Situation heute Abend besser im Griff. Andernfalls ist eine Absage des Konzerts die einzige

Option. Ich möchte nachher nicht den abgeschnittenen Kopf von Herrn Lehmann in einen Plastiksack stecken müssen.«

»Das wird auf keinen Fall passieren! So strenge Sicherheitsvorkehrungen wie heute dürfte es noch auf keinem Konzert gegeben haben.«

Die Ermittler hofften, dass der Mann wusste, wovon er sprach. Vor allem hofften Sie, dass er nicht selbst in diese ganze Sache verwickelt war. Als sie in die Halle zurückkehrten, fragte Isabell besorgt, ob man für die Band nicht einen Personenschutz durch die Polizei organisieren sollte.

»Dem müssten die Leute erst einmal zustimmen«, erwiderte Per. »Ich weiß, dass Federsen so was schon vorgeschlagen hat. Alle Musiker haben aber abgelehnt. Noch scheinen sie das Vertrauen in Herrn Steinfeld nicht verloren zu haben.«

»Hoffentlich werden sie dafür nicht bestraft«, sagte Hannes abwesend. Auf dem Oberrang hatte er Emil Wegberg entdeckt, der sich inzwischen auch in der Halle befand und sich interessiert umschaute. »Wir sehen uns später«, schlug er seinen Kollegen vor. »Da oben ist jemand, den ich kenne. Treffen wir uns in der Loge, wie von Herrn Steinfeld vorgeschlagen?«

Isabell nickte. Die Ermittler würden das Konzert nicht im Innenraum oder von einem normalen Sitzplatz aus verfolgen. Die Plattenfirma von *Cloud Palace* hatte mehrere Logen in der Halle reserviert, von wo aus man das Konzert in gehobener Atmosphäre verfolgen konnte. Den Polizisten war angeboten worden, sich in einem dieser Bereiche aufzuhalten.

»Sie kommen wohl überall rein«, meinte Hannes launisch, als er Emil Wegberg wenig später gegenüberstand.

»Fast überall.« Der Reporter feixte. »Näher werde ich der Band heute allerdings nicht kommen, da kann auch Tobias nichts dran ändern. Der Chef der Band hat ihm höchstpersönlich mitgeteilt, dass ich unerwünscht bin. Ich stehe auf der roten Liste.«

»Befinden Sie sich da in guter Gesellschaft?«

»Das weiß ich nicht. Aber ein paar meiner Kollegen haben zuletzt auch schon erschwerte Arbeitsbedingungen gehabt.«

»Was glauben Sie? Wird dieser ganze Schnickschnack hier funktionieren?« Hannes deutete auf die installierte Technik.

»Ich bin auch gespannt. So einen Versuch hat es meines Wissens noch nicht gegeben. Das kann aber auch böse enden.«

»Wie meinen Sie das?«

»Die Fans von *Cloud Palace* sind sowieso schon total euphorisch. Bei den Konzerten müssen immer wieder Leute mit einem Kreislaufzusammenbruch rausgebracht werden. Wenn deren Sinne jetzt noch zusätzlich stimuliert werden, könnte das Rote Kreuz einen harten Abend vor sich haben.«

»Beste Voraussetzungen für eine gute Story.«

Wegberg nickte lachend. »Das ist nun mal mein Job. Deshalb war es für mich auch so wichtig, dass ich heute Zugang bekomme. Was glauben Sie, warum hier so ein Medienaufgebot herrscht? Das ist nicht nur Sven geschuldet. Das Kontingent an Presseakkreditierungen war schon vor dem Mord restlos erschöpft. Da drüben ist die Pressetribüne. Kamerateams sind aber nicht zugelassen, nur die des Musiksenders, der das Konzert live überträgt.«

In diesem Moment öffneten sich die Türen zum Innenraum, und schreiend rannten die ersten Fans durch die Halle bis vor die Bühne. An dem Ort ihrer Sehnsucht angekommen, jubelten sie und fielen sich gegenseitig in die Arme. Das stundenlange Warten im eiskalten Wind vor der Arena hatte sich für sie ausgezahlt.

»Verrückt!« Hannes schüttelte den Kopf.

»Ja, die Fans sind sehr euphorisch. Die Musiker von *Cloud Palace* verstehen es, sie zu fesseln. Sie präsentieren sich als unangreifbar. Fast schon wie Heilsbringer. Da ist was Mystisches. Das machen sie ganz geschickt, geben auch kaum Interviews und wollen keine Homestorys. Enthüllungen, wie die von mir, schmecken ihnen natürlich auch nicht. Man soll nicht sehen, dass es sich um Menschen wie Sie und mich handelt. Deren Scheiße genauso stinkt wie die von allen anderen.«

»Götter also?«

»Ja. Das trifft es. Und es macht einen Teil ihres Erfolgs aus. Ihren Fans vermitteln sie das Gefühl, ein Teil von was ganz Besonderem zu sein. Das hat inzwischen eine eigene Gruppendynamik der Verehrung entwickelt.«

»Klingt fast religiös.«

Wegberg schmunzelte. »Passt eben zu Göttern, oder? Es mag übertrieben klingen. Aber es gibt verschiedene Mittel, mit denen Sie Leute ködern können. Fast jeder Mensch ist verführbar, man muss nur die richtigen Knöpfe drücken.«

»Und *Cloud Palace* drückt auf die Musikknöpfe?«

»Musik eignet sich dafür hervorragend. Sie ist emotional und berührt die Menschen, seit zum ersten Mal ein Höhlenbewohner einen Rhythmus mit einem Mammutknochen getrommelt hat. Auch Religionen setzen ja dieses Mittel ein. Die mächtigen Choräle in einer Kirche verfehlen ihre Wirkung nicht. Oder denken Sie an den Einmarsch eines Spitzenpolitikers, wenn er bei einer Wahlkampfveranstaltung aufläuft. Oder der eines Sportteams in die Arena oder …«

»Gut, das habe ich schon verstanden«, unterbrach ihn Hannes. »Aber was soll das Ziel dieser Band sein? Noch mehr Ruhm?«

Der Reporter sah sich um. Auch die Tribünen füllten sich allmählich. Er senkte die Stimme. »Die Beweggründe sind mir schleierhaft. Klar ist nur, dass sie einen bemerkenswerten Einfluss auf ihre Fans und deren Verhalten haben. Vielleicht soll denen auch nur das Geld aus der Tasche gezogen werden. Menschen sind für die Verlockungen einer Gemeinschaft anfällig. Das gilt für Fans eines Fußballvereins genauso wie für die

Anhänger einer Religion. Meist ist es harmlos, die Frage stellt sich daher: Ab wann wird es gefährlich?«

»Was meinen Sie damit?« Hannes fragte sich, ob er sich in Wegberg nicht getäuscht hatte. War der ein Verschwörungstheoretiker?

»Diese Band singt von einem selbstbestimmten Leben und Freiheit. Das saugen alle auf und merken dabei gar nicht, dass sie selbst *Cloud Palace* folgen – wie einem Führer. Dass sie also genau das Gegenteil tun. Es schmeckt zwar nach Freiheit, ist in Wahrheit aber nur eine Illusion.«

Das Konzert begann ohne Vorwarnung mit einem großen Knall. Seit Minuten war es stockdunkel gewesen. Es gab weder eine Vorgruppe noch das bei Konzerten sonst übliche erwartungsvolle Kreischen der Fans. Es herrschte eine fast schon andächtige Stille, die erst von der Detonation in Fetzen gerissen wurde. Mehrere Feuerfontänen explodierten rings um den Innenraum und schienen die Luft in Flammen zu setzen. Rauch waberte durch die Arena, und Hannes fragte sich, ob dieses Spektakel den strengen deutschen Brandschutzbestimmungen entsprach. Der Hall verebbte, und die Feuersäulen sackten in sich zusammen. Auf der Bühne befand sich noch immer kein Musiker. Weiße Formen flossen in ein bläuliches Licht auf den Videowänden und erzeugten ein psychedelisches Verschmelzen und Auseinandergleiten von Farben. Mit Lasern wurde dieses Bild über den Köpfen der Zuschauer in den Rauchschwaden nachgebildet.

»Genial«, hauchte Per. »Die Zeugung, der Moment, in dem alles beginnt.«

»Hä?«, war alles, was Hannes dazu hervorbringen konnte.

»Du kennst doch das neue Album, das den Weg eines Menschen von der Geburt bis zum Tod schildert. Die CD beginnt mit der Geburt, hier setzt man schon früher an.«

»Aha.« Hannes war noch weit von Pers beeindrucktem Zustand entfernt. Von der Loge zwischen dem Unter- und Oberrang hatten die Ermittler einen perfekten Überblick über die gesamte Halle. In diesem Moment begann eine Violine, eine getragene Melodie zu spielen. Auf der Bühne erschien eine Frauengestalt, und die Zuhörer schienen den Atem anzuhalten.

»Noch immer kein Jubel? Was sind das für Fans?« Isabell saß auf Hannes' anderer Seite und sprach aus, was er selbst dachte. Die Fans von *Cloud Palace* waren für ihre Euphorie bekannt. Momentan wirkten sie aber, als verfolgten sie die Predigt in einer Kirche.

»Das ist Annika Morgen, die früher im Symphonieorchester gespielt hat«, erkannte Isabell. »Sieht fast wie eine Druidin aus.«

Der Vergleich war passend. Die Frau trug weiße Röhrenjeans und ein ebenfalls weißes Hemd. Ihre langen Haare wehten leicht im Wind, der von einem der Ventilatoren erzeugt wurde, die Hannes beim Betreten der Halle gesehen hatte. Bei der Beleuchtung waren sie nicht zu erkennen. Es wirkte, als umspiele der Wind die Frau auf geheimnisvolle Weise. Zum Klang der Violine gesellte sich zurückhaltend eine E-Gitarre, und eine männliche Gestalt betrat die Bühne. Auch er trug ein weißes Hemd und eine enge Jeans, die jedoch knallgelb war.

»Dennis Hartfurt, der Neue«, sagte Per. »Den haben sie ganz schön verändert.«

Der neue Gitarrist von *Cloud Palace* war kaum wiederzuerkennen. Wirkte er im realen Leben farblos und wenig attraktiv, so strahlte er auf der Bühne etwas leicht Dämonisches aus. Die Stylisten mussten eine Weile mit ihm beschäftigt gewesen sein. Die schwarzen Haare standen stachelig in alle Richtungen ab, und er war bleicher, als ihn die Ermittler in Erinnerung hatten.

Die Musik gewann weiter an Volumen, als Patrick Steinbrink an sein Keyboard trat. Mit der blonden Irokesenfrisur und den Piercings machte er einen draufgängerischen Eindruck. Zu dem weißen Hemd trug er eine violette Jeans.

»Ist das Outfit eine Masche von denen?«, fragte Hannes.

»Ja. Alle tragen weiße Hemden, aber jeder hat seine eigene Hosenfarbe. Die Fans haben das übrigens übernommen.« Per deutete nach unten. Das Licht war inzwischen heller geworden, und Hannes erkannte, dass fast alle Zuschauer grüne Hosen anhatten.

»Was soll das?«, fragte er verblüfft.

»Sven trat immer in grünen Jeans auf«, informierte ihn Per. »Normalerweise tragen die Fans die Farbe des Bandmitglieds, das sie besonders verehren. Heute wollen sie ihm huldigen und der Band kondolieren.«

Fassungslos schüttelte Hannes den Kopf und schwieg. Verstohlen blickte er auf die Beine seines Kollegen, doch der hatte eine blaue Hose an. Wie gewöhnlich schlackerte sie um den dürren Unterkörper. Fuji Yoko trug dagegen eine rote Hose, als sie wenig später hinter ihrem Schlagzeug Platz nahm. Auf dem Bildschirm hinter ihr erschien ein heller Fleck, der allmählich größer wurde. Mit dem Bassisten Erik traten auch die Sängerinnen auf die Bühne – in blauen Kleidern, während Eriks Farbe offensichtlich braun war.

»Passt zu seinem Gemüt«, grinste Isabell. »Bin gespannt, was Niklas für eine hat.«

»Schwarz«, sagte Per. »Es sei denn, er hat das Grün seines Bruders übernommen.«

Dem war nicht so. Während der helle Fleck auf der Videowand rasch größer wurde, setzte ein Geräusch ein, das wie ein Herzschlag klang und immer lauter wurde. Hannes konnte es im Magen spüren, und sein eigener Puls schien sich dem Tempo anzupassen.

»Gleich kommt der Moment der Geburt«, erklärte Per mit rotem Gesicht.

Das hatte sich Hannes auch schon selbst gedacht. Mit einem erneuten Knall schien das Licht auf den Videowänden und in der gesamten Halle zu explodieren, und, wie aus einem Feuerball auf das Zentrum der Bühne geschleudert, stand auf einmal auch der Leadsänger vor den nun hysterisch kreischenden Fans. Eine gefühlte Ewigkeit schwiegen die Instrumente, und alle Musiker verharrten regungslos. Das Licht flackerte im Rhythmus des Pulsschlags, und ein ohrenbetäubendes Geschrei erfüllte die Arena. Mit offenem Mund verfolgten die Ermittler diese hemmungslose Begeisterung. Dann veränderte sich von einem Moment auf den anderen die Stimmung. Die Band gab Vollgas und stimmte mit *Birth* das erste Lied ihres neuen Albums an. Es schien jedoch von keiner besonders sanften Geburt zu handeln, so laut und schnell war der Song.

Cloud Palace sang auf Englisch. Hannes war kein Fremdsprachentalent, er hatte sich die Texte aber durchgelesen und kannte auch ungefähr ihren Inhalt. Bei mehreren hatte er länger über den Sinn nachgegrübelt. Das Ergebnis hatte er dann zwar oft nicht in Worte fassen, aber dennoch verstehen können. Auf diesem Gebiet war Niklas Lehmann unbestritten ein Meister.

Ihn live auf der Bühne zu sehen, war aber etwas völlig anderes. Hannes hatte Mühe, in ihm den Mann aus den Befragungen wiederzuerkennen. Emil Wegberg kam ihm in den Sinn, der vor dem Konzert davon gesprochen hatte, dass sich die Band einen mystischen und fast schon göttlichen Anstrich gab. Hannes verstand allmählich, was ihm der Reporter hatte sagen wollen. Die gesamte Truppe war sehr gut, aber Niklas war phänomenal. Er hatte ein Charisma und eine Aura, die fast schon mit Händen zu greifen war. Allerdings gab sich Hannes keinen Illusionen hin. Dafür war er zu rational. Ein Großteil des Effekts war auf die Stylisten und den monumentalen Einsatz der

Bühnentechnik zurückzuführen. Dennoch: Hätte er selbst auf der Bühne stehen müssen, diese Hilfsmittel hätten ihm nichts genützt.

Die Ankündigung eines 4-D-Konzerts war nicht übertrieben gewesen. Fasziniert verfolgte Hannes, wie die Effekte perfekt auf die Songs abgestimmt waren und die gesamte Arena einbezogen. Manchmal war es ein Lichtgewitter, dann wieder fuhren ihm die Bässe durch den ganzen Körper, während die Musik aus verschiedenen Richtungen in die Ohren drang. Nur selten traten ruhigere Abschnitte an die Stelle des rasanten Tempos. Dann waberten Nebelschwaden durch die Luft, angetrieben von einem kühlen oder warmen Wind. Tatsächlich waren da auch manchmal Gerüche, die er zwar nicht zuordnen konnte, die aber perfekt zur jeweiligen Stimmung passten. Mehrmals zeigte sich Niklas auf der Nebenbühne in der Hallenmitte. Jedes Mal führte sein Erscheinen zu tumultartigen Szenen unter den Fans.

Die Polizisten hatten ihre Unterhaltung seit Langem eingestellt und verfolgten gebannt, wie Niklas die einzelnen Lebensabschnitte eines Menschen durchschritt. Angefangen von der Kindheit, der Schule, den ersten Lebenskrisen, gesundheitlichen Rückschlägen, Verlusten, der großen Liebe, Ängsten und Hoffnungen, wurden die hellen und dunklen Seiten des Menschseins beleuchtet. Über allem lag der Tenor: Lass dich nicht unterkriegen, geh deinen Weg und kämpfe für dein Recht.

Die Spezialeffekte schienen die Botschaften – mit der rauen Stimme des Sängers und dem bombastischen Sound der Band – direkt in die Menschen einzuhämmern. Die Ermittler in der Loge waren dem Angriff auf ihre Sinne nicht ganz so stark ausgesetzt. Für die Fans im Innenraum musste das martialische Konzert eine Wirkung wie ein Drogentrip haben. Hannes beobachtete, dass Menschen zusammenbrachen und hinausgebracht wurden.

Als Niklas nach zwei Stunden den Titel *Death* anstimmte, schloss sich der thematische Kreis des Konzerts. Zuletzt spielte nur noch Annika Morgen auf einer irischen Flöte auf eine Weise, dass sogar Hannes Gänsehaut bekam. Die Lasershow erweckte den Eindruck, weiße Vögel flögen durch den Saal. Wie schon den ganzen Abend erschufen auch bei diesem Lied die Darstellungen auf der Videowand die passende visuelle Begleitung. Hannes fand, dass nicht nur die Musiker hervorragende Künstler waren. Gleiches galt für all jene, die dieses Konzert im Hintergrund mit den Spezialeffekten zu einem Meisterwerk machten.

Als alle dachten, mit dem letzten Ton wäre auch das Konzert zu Ende, wurden sie eines Besseren belehrt. Es war bekannt, dass *Cloud Palace* keine Zugaben spielte. Die Konzerte hatten einen thematischen Rahmen mit festgelegtem Anfang und Ende. Doch für Niklas war der Tod nicht das Ende, weshalb er bis zuletzt an dem noch unveröffentlichten Song *Immortal* gefeilt hatte. Er brauchte zehn Minuten, um zu zeigen, was er unter Unsterblichkeit verstand – und übertraf sich selbst. Als er noch ein letztes Mal mit ausgebreiteten Armen ›Can't you see that I am immortal?‹ in die Arena brüllte, leuchtete ihn von hinten ein helles Licht an und über zehntausend Kehlen schrien ihm ihre Begeisterung entgegen. Dann wurde es dunkel, und Hannes wusste, dass er diesen Abend nie vergessen würde.

KAPITEL 11

Um Mitternacht setzte wieder Schneefall ein, und das kam Maximilian Schaffner sehr gelegen. In den vergangenen Tagen hatte er einiges über den Frontmann von *Cloud Palace* herausgefunden. Dessen Haus wurde von Kameras überwacht und war alarmgesichert. Zusätzlich waren Sicherheitsleute vor dem Grundstück postiert, sodass es ein absolut hoffnungsloses Unterfangen darstellte, sich Zutritt verschaffen zu wollen. Außerhalb seines Hauses verhielt sich Niklas dagegen erstaunlich unvorsichtig. Wenn er das Grundstück mit seinem Audi A6 verließ, räumten ihm die Sicherheitsbediensteten zwar den Weg frei und hielten die Fans zurück, doch es gab kein Begleitfahrzeug, das dem Mann folgte. Und Max? Er besaß nicht einmal ein Fahrrad. Kurz hatte er mit dem Gedanken gespielt, ein Auto zu stehlen, aber er wollte keine Aufmerksamkeit erregen. Stattdessen hatte er darauf gesetzt, am Rande des Konzerts eine Möglichkeit zu finden, an den Rockstar heranzukommen.

Den Auftritt hatte er dank der gestohlenen Eintrittskarte in voller Länge verfolgen können. Es war ein Stehplatzticket gewesen, und widerstrebend musste er zugeben, dass *Cloud Palace* eine erstaunliche Show abgeliefert hatte. Diese Anerkennung hatte seinen Zorn zusätzlich befeuert. Er hätte Teil von etwas Außergewöhnlichem, ja sogar Einmaligem sein können. Stattdessen blieb ihm nur ein Platz unter den Zuschauern, den er noch nicht einmal mit eigenem Geld hatte bezahlen können. Am liebsten hätte er den enthusiastischen Fans um sich herum die Faust ins Gesicht geknallt – und er hatte sich nur mühsam beherrschen können. Er durfte seinen Plan auf keinen Fall gefährden.

Nach dem Konzert hatte er sich in der Nähe des Künstlereinganges herumgedrückt und war – als die Musiker gegen Mitternacht ins Freie getreten waren – fast erfroren. Die Band hatte in der *Hafenarena* noch eine kleine Aftershow-Party für die gesamte Crew veranstaltet, um den Tourneeauftakt zu feiern. Leise fluchend sah Max, wie die Musiker in zwei Limousinen stiegen und davongefahren wurden. Fast hätte er für diese Nacht aufgegeben, als er den Fahrzeugen hinterherrannte. Doch nur ein paar Straßen weiter endete die Fahrt bereits. Gut gelaunt fiel die Band in eine Szene-Bar ein, die nur dem engsten Kreis von *Cloud Palace* zugänglich war. Max beobachtete von der anderen Straßenseite, wie sie sich selbst feierten. Die Verfolgung hatte ihn aufgewärmt, aber nun kroch die Kälte wieder erbarmungslos durch die verschwitzte Kleidung. Er verzog sich hinter eine Hausecke, behielt den Eingang der Bar aber weiter im Blick.

Vier Security-Männer hatten sich davor aufgebaut und behielten die Straße im Blick. Max dachte nach. Es gab keine Chance, an den Kerlen vorbeizukommen. Vermutlich würden die Bandmitglieder ohnehin irgendwann von einem Fahrdienst abgeholt werden. Es schien ausgeschlossen, dass er in dieser Nacht noch zuschlagen konnte. Doch er konnte sich nicht losreißen. Zwei Stunden später war er vor Kälte völlig steif. Er bemerkte, dass sich Niklas von seinen Freunden abgesetzt hatte und telefonierend am Fenster stand. Max gab auf, er hatte kaum noch ein Gefühl in den Füßen. Gut, dass er heute noch mal bei seinem Kumpel übernachten konnte. Am nächsten Tag musste er weiterziehen, und er hatte keine Ahnung, wohin. Da trat Niklas vor die Tür, und Max erstarrte.

Der Sänger sprach kurz mit den Sicherheitsleuten und machte eine ablehnende Handbewegung. Dann setzte er sich in Bewegung und ging den Bürgersteig entlang. Allein. Max' Atem beschleunigte sich. Passierte das gerade wirklich? Konnte Niklas so dumm sein, sich zu Fuß und ohne Schutz mitten in der Nacht durch die Stadt zu bewegen? Wahrscheinlich vertraute er darauf, dass ihn niemand erkannte. Er trug einen dicken Wintermantel, hatte einen Schal um das halbe Gesicht gewickelt und eine Mütze aufgesetzt. Wie es jeder normale Mensch bei solchen Temperaturen tat. Geduckt folgte ihm Max auf der anderen Straßenseite. Er spähte um einen Lieferwagen herum zurück zur Bar: Die Männer der Security hatten ihn nicht bemerkt.

Niklas bog in eine Seitenstraße ab und beschleunigte seine Schritte, als sich der Schneefall verstärkte. Sein Gang war wacklig, vermutlich hatte er ordentlich gebechert. Max fühlte in seiner Tasche nach dem Messer, das er wegen der Sicherheitskontrollen außerhalb der Arena versteckt hatte: ein scharfes Küchenmesser, das er aus der Besteckschublade seines Kumpels entwendet hatte. Niklas überquerte die Straße und ging auf die Hofeinfahrt eines Altbaus zu. Max ahnte, was ihn hertrieb. Wahrscheinlich wohnte eine seiner Affären hier. Jetzt oder nie! Max sprintete los. Niklas verließ den Torbogen und betrat einen Innenhof, um auf die Haustür des Hintergebäudes zuzugehen. Aus dem Augenwinkel erkannte Max, dass die Fenster im zweiten Stock erleuchtet waren.

Mit einer geübten Bewegung trat er von hinten an seinen früheren Bandkollegen heran, riss ihn herum und drückte ihn an die Wand. Niklas konnte noch ein überraschtes Keuchen ausstoßen, als ihm Max auch schon die Hand auf den Mund und die Klinge des Messers an den Hals legte.

»Schön ruhig«, flüsterte er. »Es soll kein Blutbad geben. Jetzt nicht.« Er blickte zu den erleuchteten Fenstern hinauf und meinte, eine Bewegung in einem der Zimmer zu erkennen. Das fehlte ihm noch, dass irgendein Flittchen des Sängers nach unten sah und die Polizei rief. »Zurück unter den Torbogen!«, befahl er leise.

Niklas folgte der Aufforderung ohne Gegenwehr. »Was wollen Sie?«, keuchte er, als Max die Hand auf seinem Mund lockerte.

»Die Frage ist eher, was mir zusteht«, zischte Max ihn an. »Du hast alles, und ich nichts. Ist das gerecht?«

»Ich habe hart gearbeitet. Aber in meinem Mantel ist mein Portemonnaie. Nehmen Sie das, dann lassen wir es gut sein.«

»Nichts ist gut«, fuhr Max auf und drückte die Klinge fester an den Hals, um den sich am liebsten sämtliche Fans von *Cloud Palace* geworfen hätten. Befriedigt sah er, wie Blutstropfen an der Klinge hervortraten. Es wäre so einfach. Den Druck nur leicht erhöhen. Gerade noch rechtzeitig bremste er sich. Heute Nacht war er auf etwas anderes aus.

»Du glaubst, dass du mich mit Kleingeld abspeisen kannst?«, höhnte er. »Das reicht mir aber nicht. Ich will das, was du auch hast. Was ich hätte haben können, wenn … wenn ihr mich nicht rausgeworfen hättet!« Seine Wut hatte die Stimme lauter werden lassen, als er beabsichtigt hatte. Unruhig sah er sich um. Als er wieder in Niklas' Augen blickte, glomm dort Erkennen auf.

»Max?«, fragte Niklas fassungslos. »Das … was machst du hier? Verdammt, warum hältst du mir ein Messer an die Kehle?«

»Das fragst du? Ich hätte heute Abend auch auf der Bühne stehen können. Ich könnte so ein großes Haus haben wie du, einen teuren Wagen fahren und jede Frau ficken, die ich haben will. Stattdessen schlafe ich die meiste Zeit auf der Straße und …« Er brach ab, biss die Zähne zusammen und drehte den Kopf zur Seite. Verdammt sollte er sein, wenn dieser Kerl die Tränen in seinen Augen sah.

»Das wusste ich nicht. Wenn du Hilfe brauchst …«

»O nein, ich will keine Almosen! Du hörst mir jetzt genau zu. Du wirst mich ausbezahlen für das, was ihr mir angetan habt, du und dein Bruder. Hunderttausend Euro. Als Anzahlung, und zwar morgen Abend!«

»Bist du verrückt? Morgen ist Sonntag! Wo soll ich …?«

»Ich bin nicht verrückt«, stieß Max hervor. Weitere Blutstropfen färbten die Klinge des Messers. Niklas stöhnte und versuchte, dem Druck des Metalls nach hinten auszuweichen. Die Hauswand verhinderte es. Er blinzelte heftig, und Max ahnte, was seinem Opfer jetzt durch den Kopf ging: Das Konzert war ein fulminanter Triumph gewesen, alles hatte wie geplant funktioniert. *Cloud Palace* schrieb Geschichte. Endlich war Niklas da angekommen, wo er immer hatte sein wollen. Ganz oben. Sollte es nur wenige Stunden später vorbei sein?

»Ich bin nicht verrückt«, wiederholte Max. »Aber du bist verrückt, wenn du mir das Geld nicht gibst oder die Polizei informierst. Du willst bestimmt nicht wie dein Bruder enden?« Befriedigt registrierte er die Angst in den Augen. »Auch deine Sicherheitsleute werden dich nicht schützen können. Ich bin Profi. Es wird einen Moment geben, in dem ich an dich rankomme. Und wenn nicht an dich, dann an deine Freunde oder eine deiner Affären. Die werden es ausbaden müssen. Hast du das kapiert?«

»Ja«, krächzte Niklas.

»Schreib deine Handynummer auf diesen Zettel. Ich rufe dich morgen an und sage dir, wo du mir das Geld geben wirst. Und ich rate dir, allein zu kommen. Sonst …« Die Konsequenz lag auf der Hand und brauchte nicht ausgesprochen zu werden. Max beobachtete, wie Niklas seine Mobilnummer mit zitternder Hand auf den Zettel kritzelte. Dann stopfte er das Papier in seine Tasche und verschwand im Schneegestöber.

Am Sonntag war Hannes mal wieder auf dem Weg zu einer Wohnungsbesichtigung. Er hatte sich bewusst für stilvollere Kleidung entschieden und die sonst zerzausten Haare gebändigt.

Drei Termine hatte Anna für den Vormittag vereinbart, sodass er das Bett früher hatte verlassen müssen, als ihm lieb gewesen war. Sie hatten die Nacht getrennt verbracht, da Hannes ohnehin erst spät heimgekommen war. Gemeinsam mit Isabell und Per hatte er sich noch die Aftershow-Party von *Cloud Palace* angesehen und war eher ernüchtert gewesen. Nach Emil Wegbergs Erzählungen hatte er fast schon eine Orgie erwartet. Doch weder hatte es von Groupies gewimmelt noch war der Alkohol in Strömen geflossen. Vielleicht hatten sich die Musiker auch nur aufgrund der Anwesenheit der Polizisten zurückgehalten. Genauso gut konnte es auch den Nachwirkungen von Svens Tod geschuldet sein. Außerdem hatte sich die Band auf der Bühne vollkommen verausgabt.

Dennoch war eine tiefe Zufriedenheit zu spüren gewesen, dass der Auftritt, wie geplant, geglückt war. Die Ermittler hatten nicht den Eindruck, dass sich neben Niklas weitere Bandmitglieder bedroht fühlten. Auf direkte Fragen gaben alle an, keine Drohbriefe oder Ähnliches erhalten zu haben. Allein Niklas schien sich im Visier von irgendjemanden zu befinden, auf der Bühne hatte er jedoch keine Anzeichen von Anspannung gezeigt. Im Gegenteil. Am Anfang hatte er etwas irritiert registriert, dass der Großteil der Fans in grünen Hosen gekommen war. Eine solche Anteilnahme hatte er nicht erwartet, doch er hatte sich schnell gefangen. Hannes war überrascht gewesen, dass der Sänger seinen Bruder mit keinem Wort erwähnt und generell kein einziges Mal zu den Fans gesprochen hatte. Per hatte ihm aber erklärt, dass dies bei jedem Konzert so wäre.

Die Medien berichteten überschwänglich von dem Tourneeauftakt, wobei auch kritische Stimmen zu hören waren. Mehrere Fans waren während des Auftritts kollabiert, und in manchen Artikeln wurde entsprechend gewarnt, *Cloud Palace* könnte den Bogen überspannen. Federsen hatte Hannes am frühen Morgen angerufen und nach dessen Eindrücken gefragt.

Er selbst hatte das Konzert im Fernsehen verfolgt, und seine Meinung über die Band war dadurch nicht besser geworden. Für ihn handelte es sich um eine maßlose Übertreibung, die sogar die Gesundheit der Zuschauer aufs Spiel setzte. Sein Kunstverständnis begrenzte sich offenbar auf unförmige Gegenstände, während er mit derartigen Inszenierungen nichts anfangen konnte.

Auch Anna war auf der Fahrt zur Besichtigung neugierig, wie es ihrem Freund in der *Hafenarena* gefallen hatte. Sie hatte sich die Veranstaltung ebenfalls im Fernsehen angesehen und bedauerte, nicht selbst dabei gewesen zu sein.

»Ich war ja schon mal auf einem Konzert von denen, aber gestern war das eine ganz andere Liga. In der Halle muss das unglaublich gewesen sein.«

»Es war … speziell.« Hannes fiel kein passenderes Wort ein. »Aber irgendwie hat es auch ungute Gefühle in mir ausgelöst. Die Fans waren wie ferngesteuert. Als hätten sie keinen eigenen Willen mehr. Ich hab so was noch nie gesehen.«

»Ach, jetzt übertreib nicht«, schmunzelte Anna. »Die Leute hatten sicher so viel Spaß wie schon lange nicht. Du siehst das viel zu rational.«

Wenig später war es jedoch Anna, die Hannes auf rationale Art klarmachte, dass die soeben besichtigte Wohnung definitiv nicht infrage kam.

»Quadratisch, praktisch, gut. Aber kein Charme, alte Holzfenster, ungepflegtes Parkett und ein winziges Badezimmer. Der Mietpreis ist total überzogen. Selbst für weniger Geld würde ich da nicht einziehen.«

Enttäuscht stimmte Hannes ihr zu. Bisher hatte ihnen erst eine Wohnung gefallen. Das war am Vortag gewesen, und die Besitzerin hatte sich bislang nicht gemeldet. Er befürchtete, dass sich die Wohnungssuche noch bis weit in das Frühjahr ziehen würde. Die nächste Besichtigung änderte jedoch seine

Meinung. Die Wohnung lag zwar etwas außerhalb, war aber gut angebunden und frisch renoviert. Von dem Balkon hatte man einen Ausblick auf einen kleinen Wasserlauf, und sogar der Mietpreis war vergleichsweise günstig. Anna war aus dem Appartement kaum herauszubringen, begeistert fragte sie den Besitzer nach weiteren Details. Dem Mann schien ihre Euphorie zu schmeicheln, und Anna war sich sicher, ihn um den Finger gewickelt zu haben.

»Ich wette, dass wir die bekommen! Hast du ihn gesehen, als er hörte, dass du Polizist bist? Vielleicht denkt er, dass du im Haus für Ordnung sorgst.«

»Das fehlt mir grad noch!«, protestierte Hannes. Auch ihm hatte die Wohnung auf Anhieb gefallen.

Auf der Fahrt zur dritten Besichtigung überlegte Anna bereits, wie man die Zimmer aufteilen und einrichten könnte. Hannes fand das noch verfrüht, brachte es aber nicht übers Herz, sie in ihrer Vorfreude zu bremsen. Die letzte Besichtigung des Tages brachen sie dann schon nach fünf Minuten ab.

»Macht nichts«, meinte Anna gelassen, als sie wieder auf der Straße standen. »Bei der anderen Wohnung hab ich ein gutes Gefühl. Der Besitzer will sich noch heute entscheiden und wird sich abends melden. Was machen wir jetzt? Wir treffen die anderen erst um zwei Uhr zum Schlittschuhlaufen.«

Hannes' Telefon klingelte, und nach einem Blick auf das Display ahnte er, was er gleich tun würde. Vermutlich nicht Eislaufen.

»Verdammt«, knurrte er. »Wieder mein Chef.«

»Mich hat eben Niklas Lehmann angerufen«, begann Federsen ohne Begrüßung das Gespräch. »Letzte Nacht wurde er überfallen und mit einem Messer bedroht. Heute Abend soll er einhunderttausend Euro bezahlen, wenn er nicht wie sein Bruder enden will. Der Erpresser hat außerdem gedroht, sich an Niklas' Freunden zu vergreifen.«

»Das gibts nicht!« Hannes sah Anna entsetzt an, die ein fragendes Gesicht machte.

»Das Beste kommt aber noch«, fuhr Federsen fort. »Ihre Kollegen konnten das ehemalige Bandmitglied Maximilian Schaffner trotz tagelanger Suche nicht auftreiben. Dafür hat dieser Kerl seinerseits Herrn Lehmann gefunden. Er war es, der in der letzten Nacht das Messer gezückt hat. Machen Sie sich auf den Weg zu Lehmanns Villa. Wir treffen uns dort in fünfzehn Minuten.« Ohne ein weiteres Wort legte der Kommissar auf.

Isabell und Per waren schon vor Ort, als Hannes am Landsitz des Rockstars eintraf. Ein Sicherheitsmann geleitete ihn in das Wohnzimmer, in dem Niklas den anderen Ermittlern gegenüber saß. Der Raum war modern und zugleich spartanisch eingerichtet. Die Möbel waren alle aufeinander abgestimmt, ihre weiße Farbe war mit dunklem Holz kombiniert. Schon auf den ersten Blick war erkennbar, dass es sich ausnahmslos um Designerstücke handelte. Niklas nickte Hannes kurz zu, während er eine Frage von Federsen beantwortete.

»Ich habe Max nicht mehr gesehen, seit er aus der Band geflogen ist. Kurz danach hatte er Svens Auto zertrümmert und uns immer wieder telefonisch beschimpft. Das hielt aber nicht lange an, dann verlor er die Lust.«

»Die scheint er nun wieder gefunden zu haben«, knurrte Federsen und sah sich nach einem Aschenbecher um. »Halten Sie es für möglich, dass er Ihren Bruder auf dem Gewissen hat?«

Hilflos zuckte Niklas mit den Schultern. »Wie hätte er auf das Gelände des *Meeresschlosses* kommen sollen? Aber so wie er gestern drauf war, würde ich ihm alles zutrauen. Er war voller Hass und ist der Meinung, dass wir ihn um seinen Erfolg betrogen hätten. Dabei wären wir niemals so weit gekommen, wenn wir ihn weiter mitgeschleppt hätten.«

»Wo könnte er sich jetzt aufhalten?«

»Keine Ahnung. Es klang, als würde er auf der Straße leben.«

Isabell und Per warfen ihrem Chef einen aufmüpfigen Blick zu, offenbar hatten sie zuvor eine Standpauke wegen der erfolglosen Fahndung über sich ergehen lassen müssen. Einen Obdachlosen ausfindig zu machen, erledigte man aber nun mal nicht im Handumdrehen.

»Wohin waren Sie unterwegs, als er Sie überfallen hat?«, fragte Isabell.

»Zu Leah. Sie rief mich an, als unsere Band in einer Bar zusammensaß. Das Konzert hatte sie nur im Fernsehen gesehen. Sie war verstört, uns ohne Sven spielen zu sehen. Weinte ununterbrochen, und ich wollte mich um sie kümmern. Kurz vor ihrer Haustür stürzte sich auf einmal Max von hinten auf mich. Dann spürte ich schon das Messer am Hals.« Er zeigte auf die Schnittwunde.

Niklas war spürbar besorgt, ob er mit dem Einschalten der Polizei richtig gehandelt hatte. Die Konsequenzen hatte ihm Max schließlich klar vor Augen gehalten. Auch Federsen wirkte beunruhigt. Ein für ihn eher untypischer Zustand. Das Problem war, dass Maximilian Schaffner noch keinen Übergabeort für das Geld genannt hatte und die Polizei somit diese Stelle nicht präparieren konnte. Der Kommissar nahm seine Kollegen zur Seite und besprach die Optionen.

»Wir können die Erpressung ins Leere laufen und die Übergabe platzen lassen. Lehmann bekommt massiven Polizeischutz, und wir fahnden in der Zwischenzeit nach Maximilian Schaffner. Oder wir riskieren die Übergabe. Herr Lehmann könnte das Geld bis heute Abend auftreiben.«

»Das ist aber äußerst riskant, wenn wir den Ort vorher nicht kennen«, meinte Isabell. »Vielleicht schnappt sich der Kerl das Geld und sticht Niklas trotzdem ab.«

»Glaub ich nicht. Im ersten Schritt fordert er einhunderttausend Euro. Ihm ist klar, dass auf die Schnelle kein größerer Betrag aufgetrieben werden kann. Er will aber mehr. Außerdem habe ich nicht gesagt, dass wir Lehmann unvorbereitet losschicken. Er bekommt Schutzkleidung, und Einsatzkräfte werden sich in seiner Nähe aufhalten.«

»Und wenn Schaffner das mitkriegt?«

»Darf er eben nicht«, blaffte Federsen mit rotem Gesicht. »Das ist die perfekte Chance, wie wir den Kerl schnappen können. Sie haben das in den letzten Tagen ja vergeigt. Jetzt haben wir den Schlamassel.«

Er drehte sich abrupt um und ging zu Niklas zurück, um mit ihm die beiden Möglichkeiten zu besprechen. Der Sänger war bereit, das Risiko einzugehen.

»Ich habe keine Lust, mich ständig nach irgendwelchen Schatten umzudrehen und wie im goldenen Käfig zu leben. Können Sie garantieren, dass mir nichts passiert?«

»Natürlich nicht«. Federsen verzichtete darauf, die Situation zu beschönigen. »Aber wir werden unser Bestmögliches tun, damit es nicht aus dem Ruder läuft. Für solche Fälle haben wir Spezialisten.«

»Die können aber auch nicht zaubern«, murmelte Per, der mit seinen beiden Kollegen das Gespräch vom anderen Zimmerende aus verfolgte. »Wer hätte gedacht, dass dieser Max eine so zentrale Rolle spielen würde?«

»Habt ihr euch die Fotos angesehen, die mir der Reporter gegeben hat?«, fragte Hannes. »Vielleicht ist er darauf abgebildet?«

»Haben wir«, erwiderte Per. »Während du mit deiner Freundin Wohnungen besichtigt hast, waren wir nämlich im Präsidium.«

»Jetzt sei nicht ungerecht«, schaltete sich Isabell ein. »Das war so abgesprochen. Aber die Fotos haben uns leider nicht weitergebracht. Sie zeigen nichts, was wir nicht schon auf anderen Bildern gesehen hätten.«

»Auf Steinfelds Laptop war auch nichts Erwähnenswertes«, fügte Per mit betretenem Gesicht hinzu. Offenbar tat ihm seine Spitze gegen Hannes bereits leid. »Auf dem Drohbrief an Niklas haben wir auch keine fremden Fingerabdrücke gefunden. Dafür könnten uns die Aufzeichnungen der Überwachungskameras auf dem Grundstück weiterhelfen. Die Person, die Drohungen an die Grundstücksmauer gesprayt hat, könnte von der Statur her Maximilian Schaffner sein. Sicher ist sich Niklas aber nicht.«

Federsen trat wieder zu der kleinen Gruppe. »Lehmann will es durchziehen. Er meldet sich, sobald ihn der Kerl angerufen und den Übergabeort mitgeteilt hat.«

»Und dann folgen wir ihm unauffällig?« Per war die Skepsis anzusehen.

»Sie bestimmt nicht«, schnauzte der Kommissar. »Das gehört in die Hände von Experten. Ich werde das gleich in die Wege leiten.«

»Dann haben wir ja noch was vom Wochenende.« Isabell klang hoffnungsfroh.

Der Kommissar musterte sie. »Ist nicht noch eine Befragung durchzuführen?«

»Aber … aufgrund der neuen Entwicklungen ist das doch überflüssig …«

»Nichts da! Wir arbeiten weiter an allen Fronten. Sie besuchen wie besprochen noch mal die beiden Frauen des Fanclubs. Vielleicht sind die schon länger Anhänger von *Cloud Palace* und können was über dieses wild gewordene Exmitglied sagen.« Er sah Hannes an. »Sie können sich wieder verziehen. Aber behalten Sie das Handy in Reichweite, falls ich Sie noch brauchen sollte.«

Hannes nickte und sah zu, dass er das Weite suchte, bevor der Kommissar seine Meinung änderte.

Die Leiterin des Fanclubs und ihre Freundin waren noch immer tief bewegt, als Isabell und Per sie aufsuchten. Auf dem Fernsehgerät lief eine Aufzeichnung des tags zuvor stattgefundenen Konzerts, bei dem die Frauen dicht vor der Bühne dabei gewesen waren.

»Wir hatten ja schon geahnt, dass dieser Auftritt alles toppen würde, was wir bisher erlebt haben«, schwärmte Sara Vogler mit glänzenden Augen.

»Es war wie von einem anderen Stern«, bekräftigte ihre Freundin.

Per schloss sich ihrer Meinung vollständig an. »Wir waren in der *Hafenarena,* und … etwas Vergleichbares habe ich noch nicht erlebt.«

»Ach, sind Sie auch Fan von *Cloud Palace*?« Frau Vogler betrachtete ihn mit neuem Interesse.

»Unser Besuch hatte einen beruflichen Hintergrund«, stellte Isabell klar. Sie wollte diese Befragung schnellstmöglich hinter sich bringen und keine Zeit mit Schwärmereien vertrödeln. »Bei unseren Ermittlungen sind wir auf ein ehemaliges Mitglied der Band gestoßen, konnten den Mann aber bisher nicht auffinden. Wir würden ihm gern ein paar Fragen zu den Anfängen der Band stellen. Wissen Sie, von wem ich spreche?«

»Natürlich. Maximilian Schaffner. Er war der zweite Gitarrist, als die Gruppe noch *School's out!* hieß.« Sara Vogler war nicht umsonst die Vorsitzende des weltweit ersten Fanclubs, sie kannte sich bestens aus. »Das liegt viele Jahre zurück. Damals kannte ich die Band noch nicht und habe also auch keins der Konzerte besucht. Auf Youtube gibt es aber ein paar Ausschnitte. Wenn Sie sich das ansehen, werden Sie verstehen, warum er aus der Band geworfen wurde.«

Sie schob den Laptop vor die beiden Ermittler und startete nach kurzer Suche einen Clip. Die Musik war nicht mit dem aktuellen Niveau von *Cloud Palace* vergleichbar. Auch wenn die Aufnahmequalität des Videos schlecht war, konnten selbst unmusikalische Ohren die Coverversion eines Rolling-Stones-Songs kaum ertragen. Isabell betrachtete die einzelnen Bandmitglieder. Bei Niklas und Sven ließen sich die Ausstrahlung und Bühnentauglichkeit bereits erahnen, Max bewegte sich dagegen eher grobschlächtig und selbstgefällig vor der überschaubaren Zuhörermenge, obwohl er wiederholt falsche Töne produzierte. Er sah ganz anders aus, als ihn sich die Ermittler nach Niklas' Beschreibung vorgestellt hatten. Allerdings lagen zwischen dem auf Video festgehaltenen Auftritt und der vergangenen Nacht fast zehn Jahre.

»Schrecklich«, konstatierte Isabell und schob den Laptop zur Seite. »Wissen Sie noch mehr über ihn?«

»Er ging auf dieselbe Schule wie die anderen, aber was aus ihm geworden ist, weiß ich nicht.«

Sara Voglers Freundin sah die Ermittler aufmerksam an. »Wieso interessieren Sie sich für ihn? Steht er im Verdacht, Sven erschossen zu haben?«

»Wir wollen von ihm mehr über das frühere Umfeld von Sven Lehmann erfahren«, wiegelte Isabell ab.

»Wir … wir wollten Ihnen übrigens auch noch was sagen«, setzte Frau Vogler an. Sie errötete und fixierte ihre Freundin auffordernd.

»Äh ja, genau …« Auch die Gesichtsfarbe der anderen Frau wurde dunkler. »Wir hatten Ihnen bestätigt, dass der Manager von *Cloud Palace* das Grundstück während Svens Hochzeit kurz nach Beginn des Feuerwerks verlassen hat.«

»Stimmt.« Isabell wurde misstrauisch. »Haben Sie noch etwas hinzuzufügen?«

»Na ja …« Die Frau warf nun ihrerseits Sara Vogler einen appellierenden Blick zu, die weiter stur auf die Tischkante sah. »Also, wir haben noch mal nachgedacht. So ganz stimmt das nicht.« Ihre Stimme wurde immer leiser.

»Das glaube ich jetzt nicht«, rief Per. »Ist Ihnen klar, dass Sie damit unsere Ermittlungen beeinflusst haben? Wir haben extra nachgefragt, ob Sie sich wirklich sicher sind!«

»Wie erinnern Sie sich denn jetzt an den Abend?«, übernahm Isabell mit einem deutlich sanfteren Tonfall als ihr Kollege.

»Wir sind uns nicht ganz sicher. Aber er kam nicht zu Beginn des Feuerwerks durch das Tor. Eher gegen Ende.«

Isabell rechnete nach. Einmal gezündet, hatte das programmierte Feuerwerk über zehn Minuten gedauert und war dann unbeeindruckt weiter am Himmel explodiert, während auf dem Strand die Menschen panisch durcheinanderliefen. Die Zeit hätte für Bastian Eckhoff ausgereicht, um zuerst Sven zu erschießen und fünf bis zehn Minuten später das Gelände zu verlassen. Je nachdem, wie sehr er sich beeilt hatte.

»Wie sah er aus?«, forschte sie nach. »War er außer Atem? Schwitzte er?«

»Ja, er schnaufte leicht. Wir haben ihn gefragt, ob er unser Hochzeitsgeschenk für Sven übergeben könnte. Aber er musste weg.«

Per fixierte sie streng. »Warum haben Sie uns zuerst etwas anderes gesagt?«

»Er … er meldete sich bei uns und sagte, er bräuchte unsere Hilfe. Wir hätten ja gesehen, dass er das Gelände während des Feuerwerks verlassen hatte. Er bestand darauf, dass es zu diesem Zeitpunkt erst begonnen hatte und wir uns falsch erinnerten. Na ja, wir waren uns wirklich nicht ganz sicher … wussten nicht, dass es mal wichtig sein könnte. Aber wir haben jetzt noch mal genauer nachgedacht und … es war definitiv später.«

»Was steckt denn noch dahinter?«, fragte Isabell einfühlsam. »Hat er Sie bedroht, damit Sie diese Falschaussage machen?«

»Das nicht.« Sie senkte verschämt ihren Blick.

Sara Vogler dagegen wollte offenbar einen komplett reinen Tisch machen. »Er versprach uns, dass wir nach dem Konzert in den Backstagebereich dürfen, um mit der Band den Tourneeauftakt zu feiern.«

»Dort haben wir Sie gestern Abend aber nicht gesehen«, sagte Isabell.

»Nein. Als wir ihn daran erinnerten, wollte er nichts mehr davon wissen. Niklas habe angeordnet, niemand dürfe nach hinten. Wir wissen aber, dass nach jedem Konzert Fans durchgelassen werden. Er hat sein Versprechen gebrochen.«

Laut Wettervorhersage war es der vorerst letzte Tag mit klirrender Kälte. Schon abends sollte ein milder Westwind einsetzen, allerdings dürfte es eine Weile dauern, bis auch der letzte Schneehaufen geschmolzen war. Hannes konnte sich nicht erinnern, jemals so viel Schnee an der Küste gesehen zu haben, seit er vor sechs Jahren hierhergezogen war. Aus dem Keller hatte er seine Schlittschuhe hervorgekramt und noch schnell den Rost von den Kufen schleifen müssen. Als er an dem See im Stadtpark ankam, war die Eisfläche voller Menschen. Das aufgeregte Kreischen der Kinder hatte er schon von Weitem gehört.

Am Ufer waren kleine Buden aufgebaut worden, an denen man heiße Getränke und Snacks kaufen konnte. Es roch nach Bratwürsten und Glühwein. Die Atmosphäre erinnerte an ein großes Picknick, nur dass es mitten im Winter war. Hannes setzte sich auf eine Parkbank und zwängte seine großen Füße in die Schlittschuhe. Er hatte vergessen, wie unbequem sie waren und dass er sie schon längst hatte entsorgen wollen. Nachdem er seine Straßenschuhe in den Rucksack gepackt hatte, stakste er durch den Schnee und setzte dann vorsichtig einen Fuß nach dem anderen auf den zugefrorenen See. Eine Armee von Freiwilligen hatte das Eis mit Besen vom Schnee befreit. Die

Oberfläche war von den vielen Skatern zerkratzt worden und entsprechend uneben.

Unsicher versuchte sich Hannes an einem ersten Gleitschritt und konnte mit rudernden Armen gerade noch so das Gleichgewicht halten. Eine Gruppe Halbstarker kicherte über seine Unbeholfenheit. Sie selbst flitzten mit größter Körperbeherrschung kreuz und quer zwischen den tollpatschigeren Leuten hindurch, die dadurch nicht unbedingt sicherer auf den schmalen Kufen standen. Nach wenigen Schritten schien sich Hannes' Körper aber wieder an die Bewegungsabläufe zu erinnern, und so glitt er bis auf die Mitte des Sees. Dort hielt er nach seinen Freunden Ausschau und hätte fast einen Senioren über den Haufen gefahren, der ihm mit einer eleganten Drehung im letzten Moment noch ausweichen konnte. Plötzlich erhielt er von hinten einen leichten Schubs und hätte sich der Länge nach hingelegt, hätten ihn nicht zwei Hände an den Schultern gepackt.

»Sieht ja noch ganz schön schwerfällig aus«, ertönte Bens Stimme hinter ihm.

»Mach das nicht noch mal, sonst …«, drohte Hannes.

»Sonst was?«

Anstatt einer Antwort machte Hannes zwei schnelle Schritte in Richtung seines Freundes, der sich blitzschnell außer Reichweite brachte. Schon nach wenigen Metern war Hannes klar, dass er Ben hoffnungslos unterlegen war. Schnaufend blieb er stehen, während Ben lässig wieder zu ihm zurückfuhr. Das Eis spritzte, als er die Kufen querstellte und kurz vor Hannes abrupt stoppte.

»Hast du schon einen im Tee?«, fragte dieser.

»Nein, aber du hast wohl schlechte Laune«, grinste Ben. Mit dem Dreitagebart und den mittellangen blonden Dreadlocks wirkte er wie ein Wikinger. Seine hellblauen Augen strahlten. »Die anderen sind da hinten. Wir haben uns Eishockeyschläger ausgeliehen. Jetzt können wir drei gegen drei spielen.«

Die Teams waren ungleich verteilt, da Ben mit Kalle und Ines eine Mannschaft bildete und sie nicht – wie Hannes – zuletzt vor mehreren Jahren auf Schlittschuhen gestanden hatten. Er wäre mit Anna gnadenlos untergegangen, hätte nicht Elke alle in den Schatten gestellt. Sie hatte in ihrer Jugend Eiskunstlauf betrieben und ließ sogar Ben alt aussehen. Dennoch verlor das Team um Hannes am Ende chancenlos mit fünf zu zehn. Die fünf Tore seiner Mannschaft waren ausnahmslos von Elke erzielt worden. Kurz darauf versammelten sich die Freunde um eine Feuertonne am Ufer und hielten Tassen mit dampfendem Glühwein in den Händen. Ben trug als Einziger keine Handschuhe. Er streckte die roten Finger näher an das Feuer und blinzelte Hannes zu.

»Gefrorenes Wasser ist nicht so ganz dein Element.«

»Nein«, erwiderte Hannes gutmütig. »Zum Glück hat mein Kanu keine Kufen.« Er bückte sich, als wolle er sich den Schuh neu binden. Unauffällig füllte er seine Hand mit Schnee und richtete sich wieder auf. Ben sah gerade ins Feuer, als ihm mit einer schnellen Bewegung der kalte Schnee hinten in den Kragen gestopft wurde.

»Verdammt!«, schrie er und versuchte hektisch, aber erfolglos, den Schnee wieder loszuwerden.

»Geschieht dir recht«, rief Elke. »Schon mal was von schlechten Gewinnern gehört?«

»Okay, okay, schon gut.« Ben verzog das Gesicht, als ihm das Schmelzwasser den Rücken herunterlief. »Die Rache sei euch gegönnt. Du brauchst gar nicht so schadenfroh zu hecheln, Socke!«

Während des Eishockeyspiels hatte sich Socke am Ufer herumgetrieben und Freundschaft mit einigen Kindern geschlossen. Selbst Hannes hatte ihn nicht dazu bewegen können, seine Pfoten auf das Eis zu setzen. Das Feuer jagte ihm dagegen weniger Respekt ein, er lag so nah an den wärmenden Flammen, dass Ben ihn aus Angst vor einem Fellbrand ein Stück zur Seite zog.

Ines' Gesicht verdüsterte sich. »Ihr werdet uns fehlen, wenn wir erst nach München gezogen sind. Versprecht, dass ihr uns auf jeden Fall besucht!«

»Platz haben wir genug«, stimmte Kalle sofort zu. »Mein neuer Chef hat uns jetzt eine Wohnung vermittelt. Die ist zwar absurd teuer und frisst fast meinen Gehaltssprung auf, dafür hat sie aber drei Zimmer.«

»Da fällt mir ein, dass wir heute noch von dem Wohnungsbesitzer Bescheid bekommen sollen«, sagte Anna. Sie setzte ihren Rucksack ab und kramte nach dem Telefon. »Verdammt, es hat tatsächlich jemand versucht, mich zu erreichen. Ich rufe sofort zurück. Vielleicht ist unsere Suche ja auch schon beendet.«

Sie entfernte sich ein Stück vom Feuer und hielt das Handy ans Ohr. Elke und Ben besprachen unterdessen, wann die beste Zeit für einen Besuch in München wäre.

»Zum Oktoberfest«, schlug Ben vor. »Dann staffieren wir uns mit Lederhosen oder Dirndl aus und machen einen drauf.«

»Bist du verrückt?«, entgegnete Elke. »Dieses Massenbesäufnis gebe ich mir bestimmt nicht, und in einem Dirndl wirst du mich sowieso nie sehen.«

Anna trat wieder dazu, und Hannes erkannte sofort, dass es nicht geklappt hatte. Seine Vermutung wurde von ihr bestätigt.

»Das war der Vermieter von heute Nachmittag. Ich dachte, dass wir bei ihm ganz vorne mit im Rennen sind. Aber er hat eben abgesagt. Mist, ich hatte mir schon vorgestellt, wie wir alles einrichten können.«

Tröstend legte Hannes den Arm um sie. »Dann suchen wir eben weiter. Der Kerl ist selbst schuld, wenn er uns nicht will.« Angesichts des Telefons, das Anna noch immer in der Hand hielt, fiel ihm etwas ein.

Schnell kramte er sein eigenes Handy heraus. Natürlich war eingetreten, was er befürchtet hatte. Federsen hatte deutlich gemacht, dass Hannes erreichbar zu sein hatte. Vier erfolglose

Versuche dürften seiner Laune nicht gerade förderlich gewesen sein. Betreten entfernte sich nun Hannes von seinen Freunden und rief zurück. Als Federsen sich nicht meldete, versuchte er es bei Per.

»Sei froh, dass du nicht hier bist«, meinte dieser. »Federsen hat böse über dich geflucht.«

»Was ist denn los?«

Per berichtete von dem Geständnis der Fanclubmitglieder, Bastian Eckhoff ein falsches Alibi gegeben zu haben. »Natürlich haben wir sofort versucht, ihn zu finden. Er soll aber in Frankfurt sein, wo *Cloud Palace* morgen das zweite Konzert der Tournee spielt. Im Hotel ist er nicht und in der Halle auch nicht.«

»Wieso ist er schon in Frankfurt? Die Band fliegt doch auch erst morgen Mittag.«

»Weil er als Bandmanager vor einem Konzert einiges zu managen hat. Niklas konnte uns auch nicht sagen, wo der Mann im Augenblick steckt.«

»Hat sich Maximilian Schaffner schon gemeldet?«

»Nein. Federsen ist bei Niklas, und die Spezialkräfte sind einsatzbereit.«

»Fahrt ihr auch gleich dorthin?«

»Nö. Uns wurde unmissverständlich klargemacht, dass wir da nicht erwünscht sind. Wir würden nur im Weg rumstehen. Das gilt übrigens auch für dich.«

Das hörte Hannes gerne. Unter den gegebenen Umständen war es besser, seinem Chef erst am nächsten Tag wieder vor die Flinte zu laufen. Er nahm Per das Versprechen ab, ihn sofort über neue Entwicklungen zu informieren und steuerte dann wieder den Feuerkorb an. Anna lief ihm strahlend entgegen. Ihre grünen Augen funkelten.

»Wir haben die Wohnung!«

Überrumpelt blieb Hannes stehen. »Aber du hast doch eben …«

»Die andere Wohnung! Die von gestern, die wir auch gut fanden. Offenbar hat uns die Besitzerin doch nicht so kritisch eingeschätzt, wie du glaubtest. Der einzige Nachteil ist, dass sie schon in zwei Wochen frei wird. Was machen wir jetzt?«

Hannes musste nicht lange überlegen. Er hatte keine Lust auf weitere Besichtigungen, Selbstauskünfte und arrogante Makler oder Vermieter.

»Wir nehmen sie natürlich«, sagte er entschieden. »Für unsere jetzigen Wohnungen werden wir schon Nachmieter finden. Außerdem ist es ja nicht schlecht, wenn wir einen kleinen zeitlichen Puffer für den Umzug haben und …«

Er konnte den Satz nicht zu Ende bringen, da ihm Anna begeistert um den Hals fiel und ihm einen leidenschaftlichen Kuss auf den Mund drückte.

Der Anruf kam um halb sieben. Federsen wuchtete sich aus dem Sessel. Das Handy von Niklas Lehmann hatte bereits vor einer Stunde einmal geklingelt, allerdings war es nur Leah Hartenbach gewesen, die sich besorgt nach dem aktuellen Stand erkundigt hatte. Nun aber signalisierte Niklas mit einem Kopfschütteln dem Kommissar, dass der Anrufer nicht in dem gerätinternen Telefonbuch abgespeichert war.

»Unterdrückte Nummer«, sagte er.

Federsen aktivierte die Aufnahmefunktion an dem Gerät, mit dem das Smartphone verbunden worden war. »Wir sind bereit, nehmen Sie das Gespräch an«, sagte er und setzte die Kopfhörer auf, um das Telefonat mitzuhören.

Niklas schluckte und drückte angespannt auf das Display. »Ja?«

»Wo bist du?« Die Stimme von Maximilian Schaffner klang abgehackt.

»Max? Bist du das?«

»Wer sonst? Also, wo bist du?«

»Bei mir zu Hause.«

»Allein?«

»Ja.«

»Hast du mit jemandem über unser … Treffen gesprochen?«

»Nein.« Niklas klang glaubwürdig und machte keine verdächtigen Pausen. Federsen nickte ihm grimmig zu, was wohl als Aufmunterung zu verstehen sein sollte.

»Auch nicht mit der Frau, die du gestern wahrscheinlich flachlegen wolltest?«

»Natürlich nicht. Ich hab ihr gesagt, dass der Schnitt an meinem Hals von einem zerbrochenen Glas stammt«, erklärte Niklas geistesgegenwärtig.

»Hast du darüber nachgedacht, was ich dir gesagt habe?«

»Ja. Max, es tut mir leid, wenn du …«

»Hör auf damit«, schrie Max ihn an. »Ich will deine Heuchelei nicht hören! Hast du das Geld?«

Niklas schloss die Augen und atmete tief durch.

»Ob du das Geld hast«, wiederholte Max eine weitere Nuance lauter.

»Ich habe das Geld, aber …«

»Dann pass jetzt gut auf. Du setzt dich in deinen Wagen und fährst sofort zum Hauptbahnhof. Das Geld steckst du in einen Rucksack oder eine Reisetasche. Ich rufe dich in einer Dreiviertelstunde wieder an. Und Niklas: Sollte sich die Polizei in deiner Nähe aufhalten, ich bekomme das mit! Dann wird dieser Abend nicht gut für dich enden.« Die Verbindung wurde unterbrochen.

»Der Hauptbahnhof«, murmelte Federsen. »Dort ist um diese Uhrzeit noch einiges los. Er will das Gewühl nutzen, um unauffällig an Sie ranzutreten und dann mit der Tasche unterzutauchen. Vielleicht plant er, in einen Zug zu steigen und die Stadt zu verlassen. Herr Lehmann, wir verkabeln sie jetzt schnell, sodass Sie unbemerkt mit uns kommunizieren können. Über den Knopf in ihrem Ohr können Sie uns hören und an ihrem Mantelkragen befindet sich ein Mikrofon, sodass Sie mit uns sprechen können. Rufen Sie uns nicht über Ihr Handy an, das ist zu auffällig.«

»Der Bahnhof ist ideal für uns«, mischte sich der Leiter der Spezialtruppe ein. »Meine Leute sind in Zivil und werden wie normale Reisende aussehen. Sie werden sich immer in Ihrer Nähe befinden.«

Niklas fuhr sich mit beiden Händen über das Gesicht. »Hoffentlich geht das gut«, stöhnte er.

Maximilian Schaffner war nervös. Er traute Niklas nicht und ging fest davon aus, dass dieser trotz der unmissverständlichen Drohung die Polizei eingeschaltet hatte. Also hatte er diese Möglichkeit in seinem Plan berücksichtigt. Er brauchte das Geld. Dringend. Die Freundin seines Kumpels war wieder in die Wohnung zurückgekehrt, und Max war fest entschlossen, die Nacht in einem anständigen Hotel zu verbringen, nicht im Freien. Auch für die nächsten Tage standen die Pläne fest. Er brauchte eine neue Identität, ein neues Aussehen und einen unauffälligen Unterschlupf. Alles kein Problem, mit hunderttausend Euro.

Erregt kaute er auf der Unterlippe. Hatte er wirklich an alles gedacht? Die Tasche mit dem Geld würde mit einem Sender versehen sein, das war ihm klar. Am Nachmittag hatte er einer Frau auf dem Weg ins Fitnessstudio ihre Sporttasche entrissen. Das Geld würde er sofort umpacken. Entgegen seines ursprünglichen Vorsatzes hatte er nun doch ein Auto geknackt, denn es war nicht auszuschließen, dass er sich schnell außer Reichweite bringen musste. Er hatte darauf geachtet, ein Fahrzeug auszuwählen, das zwar zuverlässig wirkte, zugleich aber schon eine Weile nicht mehr bewegt worden zu sein schien. Auch das Handy hatte er gestohlen. Praktischerweise hatte es zusammen mit einer Geldbörse in der Sporttasche der Frau gelegen. Die SIM-Karte hatte er sofort weggeworfen und sich an einer Tankstelle von dem erbeuteten Geld eine neue gekauft. Hinter ihm lag ein ereignisreicher Tag, nun kam das große Finale.

Mit der Dunkelheit war auch milde Luft über die Küste gezogen. Die Temperaturen lagen deutlich im Plusbereich, überall war das Tropfen des schmelzenden Schnees zu hören. Max schaute auf die Uhr. Dreißig Minuten waren seit dem Telefonat vergangen. Phase zwei stand bevor.

»Das ist merkwürdig«, sagte der Leiter der Operation zu Federsen. Sie waren im Wohnzimmer von Niklas Lehmann zurückgeblieben und überwachten von dort den Einsatz. »Wir haben den Anrufer zurückverfolgt. Eine unregistrierte Prepaid-Nummer. Das Handy befindet sich aber nicht in einer Funkzelle in der Nähe des Hauptbahnhofs. Der Funkmast, mit dem es verbunden ist, steht außerhalb der Stadt an der Küste. Wir versuchen, die Position weiter einzugrenzen.«

»Vielleicht hat er einen Komplizen, der Lehmann am Bahnhof erwartet«, spekulierte Federsen. »Ihm selbst ist das Risiko zu groß, deshalb …«

»Denkbar. Ich habe trotzdem ein Team in das Gebiet des Funkmastes losgeschickt. Leider deckt er ein größeres Gebiet ab, da draußen stehen die Masten nicht gerade dicht beieinander.«

»Wo ist Lehmann im Moment?«

Der Mann sah auf einen Bildschirm. Nicht nur die Tasche mit dem Geld, auch Niklas selbst war mit einem Sender versehen worden. »Er ist am Bahnhof angekommen und betritt das Hauptgebäude. Die Kollegen sind überall verteilt.«

»Irgendwie gefällt mir das alles nicht«, gab der Kommissar zu. Sein Gesicht war fleckig, und das Hemd durchgeschwitzt. »Der Bahnhof ist ein merkwürdiger Ort für eine Geldübergabe. Überwachungskameras und die perfekte Möglichkeit, das Geschehen unauffällig zu beobachten.«

»Der Mann wird schon seine Gründe haben. Wir werden es gleich erfahren.«

Niklas betrat die Schalterhalle und sah sich um. Es war lange her, dass er einen Bahnhof von innen gesehen hatte, normalerweise reiste er per Flugzeug, Auto oder Tourbus. Es herrschte die übliche Betriebsamkeit, die Reisende an einem Sonntagabend verbreiten, wenn sie von einem Wochenendbesuch zurückkehren oder als Pendler vor dem montäglichen Arbeitsbeginn die Städte wechseln.

»Was soll ich machen?«, fragte Niklas leise in das Mikrofon. Er bemühte sich, die Lippen möglichst unauffällig zu bewegen.

»Verhalten Sie sich wie die anderen Reisenden«, klang es in seinem Ohr. »Und sprechen Sie nur, wenn sich etwas Neues ergeben hat.«

»In Ordnung, dann … warten Sie, mein Telefon klingelt.«

Fahrig zog er das Gerät hervor. Eine Lautsprecherdurchsage kündigte einen einfahrenden Zug auf Gleis fünf an.

»Max?«

»Willkommen am Hauptbahnhof«, sagte die bekannte Stimme spöttisch. »Du gehst jetzt zur Information. Dort hab ich einen Briefumschlag hinterlegt. Du lässt ihn dir geben und öffnest ihn erst, wenn ich dich wieder anrufe.«

»Was ist in dem …?« Niklas brach ab, denn Max hatte aufgelegt. »Am Infoschalter soll ein Umschlag für mich liegen«, informierte er den Einsatzleiter, der das Gespräch aber ohnehin mitgehört hatte. »Ich soll ihn erst aufmachen, wenn er mich wieder anruft.«

»Holen Sie ihn und tun Sie genau, was er sagt. Nichts anderes. Warten Sie auf seinen nächsten Anruf.«

»Okay.« Niklas ging zum Schalter und reihte sich in die Warteschlange ein. Er rückte seine Sonnenbrille zurecht, die verhindern sollte, dass er einen Menschenauflauf verursachte.

Die Polizei hatte an alles gedacht – diese Erkenntnis beruhigte ihn ein wenig.

»Für mich ist ein Umschlag hier abgegeben worden«, sagte er zu einer jungen Frau, als er an der Reihe war. »Für Lehmann.«

»Können Sie sich ausweisen?« Die Frau zog eine Schublade auf und holte einen braunen Umschlag hervor.

Niklas brach der Schweiß aus. Sein Ausweis war in seinem Portemonnaie, und das lag auf dem Schuhschrank in seinem Flur. »Äh, ich habe meinen Geldbeutel vergessen, und in dem steckt mein Ausweis. Ein … ein Freund hat das für mich hinterlegt.«

»Ohne Legitimation kann ich Ihnen den Umschlag leider nicht geben. Haben Sie etwas anderes? Vielleicht einen Führerschein?«

»Der liegt auch zu Hause. Der Brief ist für Niklas Lehmann. Ich bin Niklas Lehmann.«

Die Frau entzifferte die Beschriftung des Umschlags. »Das stimmt. Trotzdem kann ich Ihnen leider nicht so einfach …«

»Hören Sie!« Niklas beugte sich über den Tresen und zog die Sonnenbrille herunter. »Es ist wirklich wichtig, dass ich diesen Umschlag von Ihnen bekomme. Ich schwöre Ihnen, ich bin Niklas Lehmann!«

Die Frau war erst einen halben Schritt zurückgetreten, dann trat ein Ausdruck von Erkennen in ihr Gesicht. Sie schlug die Hand vor den Mund. »O mein Gott! Ich kenne Sie! Der Sänger von … Dachte schon, dass mir der Name was sagt. Ich hätte nie erwartet, dass … dass Sie …«

»Schon gut.« Niklas zwang sich zu einem Lächeln und setzte schnell die Sonnenbrille wieder auf. »Nachdem das ja geklärt ist, könnten Sie mir vielleicht freundlicherweise den Umschlag geben?«

»Natürlich!« Mit hochrotem Kopf hielt sie ihm das Kuvert hin.

Niklas schnappte danach. »Danke. Ich bin Ihnen einen Gefallen schuldig.«

»Äh, vielleicht … könnten Sie mir ein Autogramm geben?«

Er wandte sich schon ab. »Mach ich. Morgen. Jetzt hab ich es wahnsinnig eilig. Danke noch mal.« Schnell entfernte er sich, bevor er weiteres Aufsehen erregte. Er sah noch, wie die Frau hinter dem Schalter mit einer Kollegin tuschelte, bevor er zwischen den Fahrgästen des gerade eingetroffenen Zugs untertauchte. Seine Finger tasteten den Umschlag ab. Leicht und flach. Als fünf Minuten später sein Handy klingelte, stellte er die Reisetasche ab und lehnte sich an eine Säule.

»Du gehst jetzt zu Gleis acht«, sagte Max. »Ich bleibe so lange dran. Los!«

»Okay, ich bin schon auf dem Weg. Soll ich jetzt den Umschlag öffnen?«

»Nein. Du wartest noch.«

Niklas wollte den Finger auf das Mikrofon des Handys legen, um mit den Polizisten die weiteren Schritte zu besprechen. Max wusste das zu verhindern. Während sich Niklas dem Gleis näherte, wurde er mit kurzen Fragen bombardiert, und Max reagierte sofort ungehalten, wenn er nicht sofort eine Antwort erhielt. Ahnte er, dass die Polizei mit im Spiel war? Die Stimme des Einsatzleiters beruhigte Niklas in regelmäßigen Abständen über den kleinen Lautsprecher in seinem Ohr. Inzwischen war er am Gleis angekommen.

»Ich bin jetzt da, Max«, informierte er den Erpresser – und die Polizei. »Hier fährt in zehn Minuten ein Zug in Richtung Hannover ab. Soll ich jetzt den Umschlag öffnen?«

»Nein. Du gehst bis zum vierten Waggon und bleibst draußen vor der Tür stehen.«

»Und dann?«

»Wartest du, bis ich dir sage, was du tun sollst. Am liebsten wäre mir, wenn du dich vor die Räder wirfst.« Max war anzuhören, dass er seine Machtposition genoss. »Aber keine Angst. Wenn du weiter mitspielst, passiert dir nichts.«

Minutenlang hörte Niklas nur Atemgeräusche an seinem Ohr. Auf Fragen bekam er keine Antwort. Er sah sich um und versuchte zu erkennen, ob eine der ihn umgebenden Personen zur Polizei gehörte. Ihm fiel niemand auf, was auch Sinn der Sache war. Auf dem Gleis der gegenüberliegenden Bahnsteigseite stand eine alte Regionalbahn. Die Türen waren noch geöffnet, der Zug sollte planmäßig in zwei Minuten abfahren.

»Pass jetzt gut auf, Niklas.« Max meldete sich wieder. »Wenn du die folgenden Anweisungen nicht ganz genau ausführst, war es das für dich. Kapiert?«

Niklas schluckte und sah sich wieder um. Panik stieg in ihm auf. »Was soll ich tun?«

»Du gehst jetzt langsam wieder den Bahnsteig zurück in Richtung Haupthalle.«

Eine Lautsprecherdurchsage kündigte das Schließen der Türen der Regionalbahn an.

»Spring in die Regionalbahn! Sofort!«, brüllte Max.

Überrumpelt blieb Niklas stehen und schaute hektisch den Zug entlang. Die Türen klappten bereits zu, nur die des Schaffners war noch offen.

»Tu, was ich sage!«, schrie es aus dem Mobiltelefon.

Niklas setzte sich in Bewegung und rannte zu der offenen Tür. Er winkte dem Schaffner, der ihm mit einer verärgerten Handbewegung anzeigte, sich gefälligst noch mehr zu beeilen. Mit schnellen Schritten hastete Niklas die Stufen hinauf. Hinter ihm ertönte ein schriller Pfiff, und mit einem Knall schlug die Tür zu.

Kopfschüttelnd betrachtete ihn der Zugbegleiter. »Ihre Fahrkarte.«

»Jetzt kannst du den Umschlag öffnen«, kicherte Max. »Ich will ja nicht, dass du wegen Schwarzfahrens angezeigt wirst.«

»Scheiße!«, zeterte Federsen. »Und Sie behaupten, alles im Griff zu haben? Lehmann sitzt jetzt in diesem Zug, und Ihre Leute sehen ihm vom Bahnsteig aus blöd hinterher.«

Der Einsatzleiter blieb ruhig. »Das war mit Sicherheit geplant. Schaffner vermutete, dass sich Lehmann nicht ohne Polizeischutz auf den Weg macht. Hätte er aber auf uns gehört, wäre er nach wie vor in Sicherheit. Ich habe ihm mehrmals in sein Ohr gesprochen, dass er den Zug nicht besteigen soll.«

»Herrgott, der Mann stand unter extremem Stress«, polterte Federsen. »Er musste sich in Sekundenschnelle entscheiden! Was machen wir jetzt? Den Zug anhalten?«

»Auf keinen Fall! Wir kennen die Route. Die Regionalbahn hält noch einmal, bevor sie an der Küste entlang in Richtung Norden fährt. Unterwegs gibt es mehrere Stopps. Wir haben den Zugführer angewiesen, das Tempo leicht zu drosseln. Am übernächsten Bahnhof steigen dann unsere Leute zu. Sie sind bereits auf dem Weg und werden es rechtzeitig schaffen. Herr Lehmann wurde von seinem Erpresser aufgefordert, sich in den Wagen direkt hinter der Lok zu begeben. Wir wissen also, wo er sich befindet. Unsere Kollegen werden ihn beschützen.«

»Wenn es dann nicht zu spät ist! Wieso steigen die nicht schon beim nächsten Halt zu?«

»Der ist in fünf Minuten. Wir müssten den Zug anhalten. Unauffällig geht anders!«

»Professionell geht auch anders«, blaffte der Kommissar.

»Jetzt hören Sie mir mal zu!« Dem Einsatzleiter platzte der Kragen. »Ich mach das hier nicht zum ersten Mal, und meine Leute auch nicht. Es kann immer etwas Unvorhergesehenes in so einer Situation passieren. Dann muss man sich schnell auf die neue Lage einstellen und die nächsten Schritte anpassen. Lamentieren Sie ruhig weiter, wenn Sie wollen. Ich kümmere mich darum, dass wir wieder die Kontrolle übernehmen.«

Federsen musterte ihn. Selten bot ihm jemand Paroli. Damit konnte er nur schwer umgehen. Seine Gesichtsmuskeln zuckten, dann sah er zur Seite.

»Gut, blicken wir nach vorn. Sind bereits Einsatzkräfte in der Nähe von Schaffners Handy?«

»Zwanzig Mann halten sich in dem Gebiet der Funkzelle auf. An verschiedenen Stellen. Es hat schon seinen Grund, dass sich meine Aufregung in Grenzen hält. Schauen Sie hier auf den Bildschirm.« Er hatte Google Maps geöffnet und zeichnete mit dem Finger einen imaginären Kreis. »Dieses Gebiet deckt der Funkmast ungefähr ab. Fällt Ihnen was auf?«

»Abgeschiedene Gegend, dort ist nichts los.«

»Felder, Wiesen und das offene Meer. Aber es gibt noch etwas anderes.« Er deutete auf eine graue Linie.

»Was soll das sein?«

»Schienen. Auf dieser Strecke fährt die Regionalbahn, in der Niklas Lehmann sitzt. Zwischen dem ersten und zweiten Stopp. Vermutlich ist es nicht tragisch, dass unsere Kollegen dann noch nicht im Waggon sind. Der Erpresser erwartet den Zug auf offener Strecke. Ein Hubschrauber ist auf dem Weg.«

Max sah schon wieder auf die Uhr. Der Zug war seit fünf Minuten überfällig. Dabei war er pünktlich losgefahren. Hatte ihn die Polizei angehalten? Er fluchte. Der Ort war perfekt gewählt. Die Bahnstrecke machte kurz vorher eine enge Kurve, sodass der Zug sich mit langsamem Tempo nähern würde. Das gestohlene Auto hatte er auf einem Feldweg ganz in der Nähe geparkt. Zur Landstraße war es nicht weit, und von dort würde er die Autobahn nach wenigen Kilometern erreichen. Die Küste der Ostsee lag nur fünfhundert Meter hinter ihm. Die Polizei musste also ihre Kräfte aufteilen, da sie auch eine Flucht per Boot einzukalkulieren hatte.

Max war stolz. Er war zwar am Boden, aber dumm war er deswegen nicht. Und er hatte in den letzten Jahren einiges gelernt, das ihm bei der Vorbereitung des heutigen Abends von Nutzen gewesen war. Wo nur dieser Zug blieb. Da meinte er, ein Knattern zu hören. Konzentriert hielt er den Atem an. In der Ferne tauchten drei Lichter auf, und triumphierend ballte er die Faust. Die Scheinwerfer des Zuges! Das Geräusch musste von dem Rattern der Räder kommen. Zum letzten Mal an diesem Abend wählte er Niklas' Nummer.

»Hallo. Du lebst noch, also ist bisher alles gut gelaufen«, sagte er. »Aber täusch dich nicht. Jemand ist im Zug, der dich im Auge behält. Du kannst es immer noch vermasseln.« Er kicherte, als er sich vorstellte, wie Niklas in diesem Moment jeden Passagier in seinem Waggon betrachtete. »Du hast jetzt eine Aufgabe zu erledigen. Wenn du tust, was ich dir sage, kannst du morgen wie geplant in Frankfurt vor deinen Anhängern den Guru geben. Tust du es nicht, steigst du nicht mehr lebend aus dem Zug.«

»Was soll ich machen?«

Die Regionalbahn passierte quietschend die enge Kurve und näherte sich. Max schätzte aus zusammengekniffenen Augen die Entfernung und wartete noch einen Moment. All seine Aufmerksamkeit war auf die herannahenden Lichter der Lok gerichtet.

»Nimm die Tasche mit dem Geld und geh zum Fenster. In Fahrtrichtung auf der rechten Seite.« Nicht umsonst hatte sich Max gerade diesen Zug ausgesucht. Er fuhr als einer der wenigen noch mit den alten, unkomfortablen Waggons aus den Siebzigern. Sie hatten einen entscheidenden Vorteil: Man konnte die Fenster herunterschieben. Genau das verlangte Max in dem Moment von Niklas, als die Lichter der Lok nur noch fünfzig Meter entfernt waren.

»Schieb das Fenster herunter und nimm die Tasche in die Hand. Ich zähle bis drei, dann wirfst du sie raus. Eins, zwei, drei, jetzt! Wirf schon, oder …«

Er erkannte eine schemenhafte Gestalt hinter einem Fenster, und kurz darauf segelte tatsächlich ein Gegenstand heraus. Max stieß einen Triumphschrei aus und warf das Handy zur Seite. Es hatte geklappt, der Neustart war gesichert! Und beim nächsten Mal würde Niklas noch mehr Geld herausrücken müssen. Den entsprechenden Plan hatte er sich bereits zurechtgelegt. Er hastete neben dem Zug am Bahndamm entlang und fiel in seinem Übereifer nach vorn. Ein spitzer Stein bohrte sich in sein Knie. Fluchend hinkte er weiter zu der Stelle, an der die Tasche aufgeschlagen war. Das Rattern der Räder donnerte ihm in den Ohren. Rot leuchtete ihm die Tasche aus dem Schnee entgegen, und er rannte los. Den Schmerz im Knie ignorierte er.

Er riss sich die Sporttasche herunter, die er wie einen Rucksack auf dem Rücken getragen hatte. Er musste sofort das Geld umpacken, denn er war fest davon überzeugt, dass in Niklas' Tasche ein Sender versteckt war. Hektisch fiel er auf die Knie. Als er den Reißverschluss aufzog, drang ein lautes Lachen aus seiner Kehle. Eine fast unbegreifliche Anzahl von Packen mit Fünfzig-Euro-Scheinen! Gierig griff er hinein. Er zog die Arme wieder heraus und hielt mit jeder Hand einen Stapel fest umklammert. Als er sich nach hinten lehnte und den Triumph in den Nachthimmel schrie, blendete ihn ein gleißendes Licht.

Die Suchscheinwerfer des Helikopters hatten ihn erfasst. Eine Lautsprecherstimme donnerte ihm entgegen. »Eine Waffe ist auf Sie gerichtet! Legen Sie sich auf den Boden und verschränken Sie die Hände hinter dem Kopf!«

Maximilian Schaffner kippte nach vorn. Die ausgestreckten Arme hielten noch immer die Geldbündel umklammert. Er lag mit dem Gesicht auf dem Boden, und seine Tränen vermischten sich mit dem schmelzenden Schnee.

KAPITEL 12

Die Verhaftung von Bastian Eckhoff verlief erheblich unspektakulärer als wenige Stunden zuvor diejenige Maximilian Schaffners. Der Bandmanager war erst nach Mitternacht in sein Hotel in der Frankfurter Innenstadt zurückgekehrt und an der Lobby von Polizisten in Empfang genommen worden. Er hatte keinerlei Gegenwehr geleistet. Mit dem ersten Flugzeug war er morgens wieder zurück in den Norden geflogen worden. Als er nun Federsen und Isabell gegenüber saß, sah er übernächtigt aus.

»Haben Sie Ihren Aufenthalt in Frankfurt genossen?«, fragte Federsen.

»Wie man es nimmt. Die Auswahl der Ladys im Bahnhofsviertel war auch schon besser«, erwiderte der Mann.

»Sind Sie deshalb schon einen Tag vor der Band angereist? Um sich im Puff zu vergnügen?«

»Nein, natürlich nicht. Vor so einem Konzert gibt es genügend vorzubereiten. Pressetermine, Checks mit den Veranstaltern vor Ort und so weiter. Eigentlich wär es mir lieber, wenn auch die Musiker nicht erst heute dort aufkreuzen würden. Aber die haben schon immer ihren eigenen Kopf gehabt.«

»Und Sie können sich aus dem Kopf schlagen, heute Abend wieder zum Konzert in Frankfurt zu sein. Die Band wird einen anderen Babysitter brauchen. Sie bleiben vorerst in U-Haft.«

Federsen war die Zufriedenheit anzuhören. In der vergangenen Nacht waren gleich zwei Männer verhaftet worden, bei denen ein Zusammenhang mit dem Mord an Sven und den Drohungen gegenüber Niklas denkbar war. Den Sänger hatten sie unverletzt aus dem Zug geholt. Man ging davon aus, dass Max geblufft hatte, als er von einem Komplizen an Bord gesprochen hatte. Alle Fahrgäste waren überprüft worden, und es war so gut wie ausgeschlossen, dass einer von ihnen mit dem Erpresser zusammengearbeitet hatte. Der Mann hatte geheult wie der sprichwörtliche Schlosshund, als er in Handschellen abtransportiert worden war. Seitdem hatte er kein Wort gesagt, obwohl Federsen alle Register gezogen hatte. Die Beweislage war zumindest in Bezug auf die Erpressung erdrückend, Max würde das Gefängnis bis zur Gerichtsverhandlung nicht mehr verlassen. Der Kommissar war sich sicher, die Zunge des Mannes bald lockern zu können.

Nachdem er gefasst worden war, hatte man noch einmal die Aufzeichnungen der Überwachungskameras an Niklas' Grundstück überprüft. Sofern Max seine Kleidung nicht gewechselt hatte, konnte er jedoch nicht für das Graffiti an der Mauer verantwortlich sein. Ob der Drohbrief und der abgetrennte Schweinekopf auf sein Konto gingen, war auch unklar, lag für Federsen aber auf der Hand. Vermutlich hatte er zunächst eine Drohkulisse aufbauen wollen, bevor er Niklas die Geldforderung überbracht hatte. Nun bastelte auch Federsen an einer Drohkulisse, um diese Bastian Eckhoff genüsslich zu präsentieren.

»Sie haben uns angelogen und zwei Zeuginnen zu einer Falschaussage angestiftet. Als wäre das nicht schon verdächtig genug, ist nun auch klar, dass Sie den Veranstaltungsort der Hochzeit erst nach dem tödlichen Schuss verlassen haben. Niemand hat Sie in dem Zeitraum gesehen. Ihre Zigarettenkippen lagen hinter einem Busch, der exakt in der Schussrichtung wächst. Selbst wenn die Band Ihren Managervertrag wider Erwarten verlängern sollte, würde Ihnen das nichts nützen. Das heutige Konzert wird nicht das letzte sein, das Sie verpassen. Wahrscheinlich werden Sie überhaupt keins mehr live erleben. Sie sollten auch nicht so schlecht über die Frankfurter Nutten reden, denn vermutlich waren das die letzten nackten Frauen, die Sie für die nächsten Jahre gesehen haben.«

Bastian Eckhoff kaute auf einem Fingernagel. »Ich habe die Falschaussage nur gemacht, weil ich wusste, dass ich sonst schlecht dastehe. Da Sie mir nicht glauben wollten, brauchte ich Zeugen. Tut mir leid, dass ich die beiden Frauen da hineingezogen und ihnen falsche Hoffnungen gemacht habe.«

»Warum haben Sie Ihr Versprechen eigentlich nicht eingelöst?«, erkundigte sich Isabell. »Das war nicht besonders klug, denn andernfalls hätten die beiden ihre Aussage wahrscheinlich gar nicht zurückgezogen.«

»Es sollte kein leeres Versprechen sein. Sie wollten unbedingt an Niklas herankommen. Normalerweise hätte ich das leicht arrangieren können. Am Samstag wollte er aber partout keine Groupies hinter der Bühne. Damit hatte ich nicht gerechnet. Sonst hatten Tobias oder ich immer dafür zu sorgen, dass er sich mit ein paar Frauen oder sogar Kerlen amüsieren konnte. Ich kam gar nicht auf die Idee, dass er auf einmal so asketisch sein könnte.«

»Pech für Sie.« Federsens Mitleid hielt sich in Grenzen. »Jetzt sitzen Sie in der Tinte. Wie wäre es, wenn Sie zur Abwechslung mal die Wahrheit erzählen würden? Was ist an dem Hochzeitsabend passiert? Wieso haben Sie Sven Lehmann erschossen? War es eine Kurzschlusshandlung oder länger geplant?«

Eckhoff atmete erregt ein und aus. »Ich sage Ihnen, wie es gewesen ist. Aber ich habe nicht auf ihn geschossen. Das schwöre ich bei allem, was mir heilig ist.«

»Das dürfte ja nicht so viel sein«, erwiderte der Kommissar trocken. »Aber versuchen Sie, uns zu überzeugen.«

Der Manager holte etwas weiter aus. Ihm schien bewusst zu sein, dass er seine Situation nur noch mit einer vollständigen Kooperation verbessern konnte. Er bestätigte die Aussagen der Bandmitglieder, dass die Stimmung zuletzt angespannt gewesen war. Da er maßgeblich an dem Erfolg von *Cloud Palace* mitgewirkt habe, hätte er sich nicht so einfach rausdrängen lassen wollen. Die Gespräche mit Sven und Niklas hatten jedoch lediglich dazu geführt, dass die Beziehung mehr und mehr zerrüttet worden war. Dass er zunächst sogar von der Hochzeitsfeier ausgeladen worden war, habe ihn tief gekränkt.

Hier hakte Isabell ein. »Wieso sind Sie kurzfristig wieder eingeladen worden?«

»Mir war klar, dass ich meine Taktik ändern musste. Lieber wollte ich einen Vertrag zu schlechteren Konditionen abschließen, als mit völlig leeren Händen dazustehen. Ich hatte Niklas am Samstagmorgen per SMS mitgeteilt, dass ich zu deutlichen Zugeständnissen bereit wäre. Er antwortete mir mittags, dass er mit Sven gesprochen habe, und wir vor der Hochzeit kurz drüber reden könnten.«

»Was wieder in einem Streit endete.« Isabell spielte auf die entsprechenden Zeugenaussagen an.

»Das lag aber nicht an mir! Als wir vor Monaten noch am Anfang der Verhandlungen standen, machten mir die beiden ein Angebot, das ich damals nicht akzeptieren wollte. Inzwischen war ich aber dazu bereit, und das sagte ich ihnen am Samstagabend. Aber diese Scheißtypen wollten davon nichts mehr wissen. Die Situation habe sich verändert, und damit auch ihr Angebot. Sie schlugen mir so unverschämte Konditionen vor, dass mir der Kragen platzte. Ich hätte die ganze Arbeit gehabt, aber fast nichts mehr dran verdient. Natürlich habe ich abgelehnt.«

»Darum beauftragte Sven den Sicherheitschef, Sie vom Gelände zu werfen.«

»Ganz richtig. Wie einen dreckigen Straßenköter.«

»Warum hat Herr Steinfeld Sie nicht bis zum Tor begleitet, sondern nur bis zum Schloss?«

»Wir kennen uns lange und verstehen uns gut. Ich hatte ihn vor drei Jahren mit der Band bekannt gemacht. Er verdankt mir den Auftrag, an dem er nicht schlecht verdient. Ihm war es unangenehm, wie mich Niklas und Sven behandelten. Außerdem hatte er Besseres zu tun, als mich bis zum Ausgang zu bringen. Er kennt mich ja und wusste, dass er mir vertrauen kann.«

»Damit lag er offensichtlich falsch«, stellte Federsen fest. »Statt zum Tor sind Sie zurück in Richtung Strand gelaufen. Hinter dem Busch haben Sie sich eine Zigarette an der anderen angezündet und die Hochzeit beobachtet. Warum?«

»Das habe ich Ihnen schon mehrmals erklärt. Ich war stocksauer und überlegte, ob ich einen Skandal provozieren könnte. Aber als ich die festliche Stimmung und die glückliche Braut sah, brachte ich es nicht über mich. Außerdem wollte ich Tobias nicht in Schwierigkeiten bringen.«

»Das letzte Mal haben Sie behauptet, sich noch vor dem Schuss verzogen zu haben. Jetzt wissen wir, dass das gelogen war. Wie ging es tatsächlich weiter?«

»Die Zeremonie nahm ihren Lauf. Die Band spielte einen Song, der Pfarrer sprach eine Weile, und dann knallten auf einmal Raketen. Als ich wieder zum Steg sah, lag Sven am Boden, und alle schrien. Ich dachte zuerst, dass Sven der Kreislauf weggesackt ist. Dann hörte ich jemanden brüllen, dass er erschossen wurde. Da war mir klar, dass ich besser abhauen sollte.«

»Logisch«, schnappte Federsen. »Und zwar nur, um nicht unschuldig unter Verdacht zu geraten. Aber natürlich nicht, weil Sie für den tödlichen Schuss verantwortlich waren. Was haben Sie mit der Tatwaffe gemacht?«

»Ich schwöre Ihnen, dass ich es nicht war.« Eckhoff machte einen verzweifelten Eindruck. »Ich weiß, es sieht schlecht für mich aus. Aber so und nicht anders ist es gewesen.«

»Wenn es tatsächlich so war«, kam Isabell einem weiteren Ausbruch ihres Chefs zuvor, »dann sagen Sie uns noch einmal genau, wie Sie die Situation am Strand beobachtet haben. Woher kam der Schuss Ihrer Meinung nach?«

»Wenn ich das nur wüsste.« Er verbarg das Gesicht in den Händen. »Ich habe keine Ahnung.«

»Kurz bevor das Feuerwerk begann und Sie in den Himmel blickten, wo befanden sich da die Hochzeitsgäste? Stand jemand abseits von den anderen?«

Federsen schickte ihr einen wütenden Blick, während bei Eckhoff sichtlich Hoffnung aufkeimte. »Ich verstehe, was Sie meinen. Der Schuss kann nicht mitten aus einer Gruppe abgegeben worden sein. Lassen Sie mich überlegen.«

Er konnte sich angeblich an drei Personen erinnern, die von den restlichen entfernt gewesen waren. Annika, Mia und Dennis. »Ach, und Erik natürlich. Der sondert sich ja immer etwas ab. Er ging in Richtung Bar, dann habe ich ihn aus den Augen verloren. Als Sven auf dem Steg lag, habe ich aber nicht mehr darauf geachtet, wer sich wo befand. Ich hatte nur Sorge, dass mich jemand sieht. Fast ist es sogar schiefgegangen, denn ich wäre beinahe Tobias in die Arme gerannt, als er zum Strand lief.«

»Wann war das?« Isabell ließ sich ihre Erregung nicht anmerken.

»Hm, ich stand noch ein paar Minuten hinter dem Busch. Vielleicht waren es fünf. Dann wollte ich zurück auf den Weg, erkannte aber rechtzeitig, dass Tobias auf mich zukam. Ich wartete, bis er an mir vorbei war, und bin dann auf dem schnellsten Weg zur Ausfahrt gerannt.«

»Schmeckt es dir nicht?« Leah beobachtete, wie Niklas lustlos in seinem Rührei herumstocherte. Er hatte sie noch am Vorabend angerufen und erleichtert berichtet, dass der Albtraum der Erpressung vorüber war. Kurzentschlossen hatte er sie für den Montagmorgen zum Frühstück eingeladen, bevor er sich auf den Weg zum Flughafen machen musste.

»Ich hab keinen großen Appetit«, bestätigte er und schob den Teller zur Seite. »Das ging mir gestern an die Nieren. Als ich in dem Zug saß, rechnete ich jeden Moment damit, dass mir jemand mit einem Messer die Kehle durchschneidet. Max muss komplett verrückt geworden sein.«

»Nur gut, dass ihn die Polizei sofort aus dem Verkehr gezogen hat.«

Niklas nickte. »Damit hatte ich ehrlich gesagt gar nicht gerechnet. Der dicke Kommissar hat nicht gerade den besten Eindruck gemacht. Aber scheinbar ist er fähiger als erwartet.«

Ein Schatten glitt über Leahs Gesicht. »Dann wissen wir hoffentlich bald, wer Sven erschossen hat. Mir wäre noch wohler, wenn auch der Stalker endlich identifiziert wäre. Dann kann ich wieder zur Ruhe kommen und nach vorne schauen.«

Niklas griff über den Tisch und drückte sanft ihre Hand. »Bestimmt präsentiert uns die Polizei bald die Lösung.«

»Glaubst du, dass Max hinter dem Mord steckt?«

»Wer sonst? Er hat mir doch sogar gedroht, dass ich wie Sven enden würde, wenn ich mich nicht freikaufe. Allerdings habe ich gehört, dass auch Bastian verhaftet wurde. Er war wohl während eurer Trauung länger auf dem Grundstück, als er behauptet hat. Also kommt er auch infrage.«

»Das wäre …« Leah konnte den Gedanken nicht aussprechen. Sie wischte sich über die Augen und schluckte. »Unvorstellbar, wenn es jemand aus Svens Nähe war! Die beiden waren mal befreundet. Ihr wart alle mit Bastian befreundet!«

»Aber seitdem ist viel passiert. Ich würde es ihm zutrauen. Er ist gierig – nach Geld und Ruhm. Und er erträgt den Gedanken nicht, bald nicht mehr der hofierte Manager von *Cloud Palace* zu sein.«

»Ich habe gehört, dass sogar Tobias von der Polizei verdächtigt wird.«

Niklas schnaubte aus. »Ich sagte ja schon: Wirklich fähig kommt mir der Kommissar nicht vor. Sogar Erik schien er zuletzt in der engeren Auswahl zu haben. Blödsinn!« Besorgt fügte er hinzu: »Hoffentlich stecken sie Tobias nicht auch noch in U-Haft, wir brauchen ihn heut Abend in Frankfurt.«

»Damit er euch vor den frenetischen Fans beschützt? Vielleicht solltest du die Finger von den Groupies lassen.« Das sollte spöttisch klingen, doch Niklas bemerkte einen seltsamen Ausdruck in Leahs Augen.

»Ich glaube, das liegt eh hinter mir. Am Samstag sind wir auch schon unter uns geblieben. Ich habe Tobias gesagt, er soll uns in Frankfurt die Leute vom Hals halten.«

»Wann geht der Flieger?«

»Ich muss in zehn Minuten los.«

»Dann sehen wir uns erst wieder nach eurer Tour?«

Überrascht merkte Niklas, dass Leah niedergeschlagen schien. »Wir fliegen morgen Vormittag wieder zurück. Nach Frankfurt spielen wir in München. Aber erst am Donnerstag. Danach kommen wir zwischen den Konzerten nicht mehr zurück, weil wir fast jeden Tag auftreten. Wenn du willst, können wir uns also morgen noch mal sehen.«

Leah nickte, ihr Mund war zu einem schmalen Strich gepresst. Auch ihr Blinzeln konnte nicht verhindern, dass ihr die Tränen über die Wangen rollten.

Am Flughafen warteten mehrere Kamerateams darauf, vom Abflug der Band zur nächsten Station einer triumphalen Tournee zu berichten. Hannes war nach seinem morgendlichen Kanutraining von Federsen zum Flughafen gelotst worden. Sollte Bastian Eckhoff nicht bloß versuchen, seinen eigenen Hals mit Blendgranaten aus der Schlinge zu ziehen, war Tobias

Steinfeld den Ermittlern ein paar Erklärungen schuldig. Federsen hatte kurzzeitig erwogen, den Sicherheitschef ebenfalls in U-Haft zu nehmen, doch lediglich die Aussage eines überführten Lügners war dafür zu schwach. Ohnehin wuchs in ihm die Überzeugung, mit Maximilian Schaffner den Täter bereits verhaftet zu haben.

Als die Musiker vor dem Terminalgebäude auftauchten, brach das erwartete Chaos aus. Auch ein paar Fans hatten die Abflugzeit herausgefunden. Bis auf Niklas und Erik schienen die Bandmitglieder den begeisterten Abschied zu genießen. Alle blieben aber weiter ihrer Linie treu, in keines der ihnen entgegengestreckten Mikrofone einen Kommentar abzugeben. Das Sicherheitsteam um Tobias Steinfeld hielt die Menge routiniert auf Abstand. Federsen schnappte ihn sich kurz darauf und bugsierte ihn zur Seite.

»Um was geht es?«, fragte Steinfeld. »Wir müssen gleich zum Check-in.«

»Ihr Boarding ist ohnehin gefährdet«, gab der Kommissar zurück. »Es gibt eine neue Zeugenaussage. Wir haben Sie schon mal gefragt, warum Sie so lange brauchten, bis Sie am Steg eintrafen. Erinnern Sie sich an Ihre Antwort?«

»Kommen Sie schon wieder damit? Ich dachte, Sie haben diesen Max gestern festgenommen. Es ist doch offensichtlich, dass er nicht nur Niklas erpresst, sondern auch Sven erschossen hat.«

»Lenken Sie nicht ab! Was war Ihre Antwort?«

Steinfeld seufzte. »Dass ich in der Nähe des Wirtschaftsgebäudes war, als das Feuerwerk begann. Wegen meines Hüftschadens hat es etwas gedauert, bis ich den Steg erreichte. Außerdem war es gar nicht so spät, wie Sie mir unterstellen wollen. Die Gäste waren alle aufgeregt, da hat keiner die Minuten gezählt!«

»Inzwischen hat sich aber jemand ganz genau erinnert. Erst fünf Minuten nach der ersten Feuerwerksrakete hasteten Sie den Weg zum Strand herunter. Was haben Sie in der Zwischenzeit gemacht?«

»Wer behauptet das? So ein Unsinn! Ich habe zwar logischerweise nicht auf die Uhr geschaut, aber das ist ausgeschlossen!«

»Ach ja? Wieso waren Sie zu dem Zeitpunkt überhaupt irgendwo zwischen dem Schloss und diesem Wirtschaftsgebäude unterwegs? Sie hatten dem Manager schon lange vorher den Weg zum Ausgang gezeigt.«

»Weil ich nicht zum Feiern da war! Ich hab immer wieder über Funk mit meinen Leuten gesprochen und auch selbst die Lage gecheckt. Hätte ich in Seelenruhe Champagner schlürfen sollen?«

»Hätte letztlich auch keinen Unterschied gemacht«, knurrte Federsen. »Wobei, wer weiß? Vielleicht wäre Sven Lehmann dann sogar noch am Leben.«

»Hören Sie mal«, rief Steinfeld empört. »Glauben Sie etwa, ich hätte nicht daran zu knabbern, dass ich ihn nicht beschützen konnte? Es ist schon schlimm genug, auch ohne Ihre lächerlichen Anschuldigungen! Aber ich werde dafür sorgen, dass nicht noch einem der Musiker etwas passiert. Und deshalb steige ich jetzt in dieses Flugzeug. Oder wollen Sie mich daran hindern?«

Ohne eine Antwort abzuwarten, drehte er sich um und ging auf die Drehtür des Terminals zu. Die Band war längst im Inneren des Flughafens verschwunden.

»Mistkerl«, zischte ihm Federsen hinterher. Dann knöpfte er sich seinen Kollegen vor. »Warum haben Sie die ganze Zeit wie ein stummer Fisch daneben gestanden? Sie hätten mich ruhig unterstützen können! Wenn Sie so auch bei diesem Reporter aufgetreten sind, wundert mich seine begrenzte Kooperationsbereitschaft nicht.«

Hannes wusste es natürlich besser, doch er hütete sich, seinem Chef von der Übereinkunft mit Emil Wegberg zu berichten. Er hatte den Mann inzwischen ausgiebig überprüft. Sicher war schließlich sicher. Wegberg war seit vielen Jahren als Reporter tätig, sowohl mit Texten als auch mit Bildern. Der Sportpolizist hatte im Internet eine Vielzahl von Artikeln entdeckt, im vergangenen Jahr hatten sich diese schwerpunktmäßig um den Klatsch und Tratsch über *Cloud Palace* gedreht. Zuletzt hatte er sich allerdings zurückgehalten. Als Grund hatte er Hannes mitgeteilt, an einer größeren Story dran zu sein und sein Material nicht vorher verbrennen zu wollen.

Hannes vermutete einen profaneren Hintergrund. Mehrfach war die Band gegen die Berichterstattung mit Unterlassungsklagen und einstweiligen Verfügungen vorgegangen. Zum Teil mit Erfolg. Irgendwann musste für Sven Lehmann das Fass jedoch voll gewesen sein. Wegberg hatte Fotos veröffentlicht, auf denen sich der Gitarrist mit einer bekannten Schauspielerin nackt an einem Südseestrand vergnügt hatte. Zwar waren entscheidende Stellen der beiden Körper verpixelt gewesen, aber jedem Betrachter konnte auf Anhieb klar sein, mit was sich die Prominenten ihre Zeit vertrieben hatten. Der Zeitpunkt der Veröffentlichung war pikant gewesen. Kurz vorher hatte Sven die Verlobung mit Leah Hartenbach bekanntgegeben und eine baldige Hochzeit angekündigt.

Emil Wegberg war auf ein hohes Schmerzensgeld verklagt worden. Offenbar hatte ihn Sven für immer mundtot machen wollen. Das Gerichtsurteil war bislang noch nicht gesprochen worden, doch sollte es zu Lasten des Reporters ausfallen, dürfte das weitreichende Konsequenzen für dessen finanzielle Situation haben. Hannes hatte kurz davor gestanden, seinen Chef über diese Erkenntnisse zu informieren. Der auf den Plan getretene Maximilian Schaffner hatte ihn gerade noch davon abgehalten. Jetzt grübelte er, ob das nicht ein Fehler gewesen war.

Sie war eine Augenweide, die schönste Frau der Welt. Das war ihm schon klar gewesen, als er sie zum ersten Mal gesehen hatte. Zwei Monate war das her. Er erinnerte sich genau an den Tag. Seine Mutter hatte ihn besucht, und er hatte ihr den Hafen gezeigt. Als es angefangen hatte, zu regnen, waren sie in das *Café Seaside* geflüchtet. Wie oft hatte er dem Schicksal schon für das schlechte Wetter an dem Tag gedankt? Unzählige Male. Hätte es nicht geregnet, er wäre niemals im *Seaside* gelandet. Wahrscheinlich hätte er dann auch Leah Hartenbach nie gesehen. Sein Leben wäre verschwendet gewesen.

Er hatte befürchtet, an diesem Tag könnte nur ihre Freundin in dem Café arbeiten. Montags war dort nie viel los. Doch vor wenigen Minuten hatte Leah den Gastraum betreten. Die sogenannte *Eisprinzessin*. Er runzelte die Stirn. Den Spitznamen hatte er in einem Zeitungsbericht über die Hochzeit mit Sven gelesen. Für ihn war Leah eine Königin des Lichts. Seit er sie fast jeden Tag sah, spürte er wieder einen Sinn im Leben. Seine Mutter machte sich schon länger Sorgen, dass er nie eine Partnerin finden könnte. In seinem letzten Telefonat hatte er übertrieben und ihr berichtet, mehrmals in der Woche eine Frau zu treffen. Es war ja nicht ganz gelogen. Zwar konnte er sie noch nicht als seine Freundin bezeichnen, aber das war nur eine Frage der Zeit. Dafür würde er sorgen. Er hatte ihr mehrmals ein Zeichen geschickt. Vermutlich ahnte sie nicht, von wem die Blumen vor dem Café oder ihrer Wohnung stammten. Sobald sie es erfuhr, würde sie ihn umso mehr lieben. Er wusste, wie er sie überzeugen konnte. Bestimmt würde sie sich nicht dagegen wehren. Warum auch? Er musste nur weiter nach Plan vorgehen.

Vorsichtig nippte er an dem Milchkaffee. Überwachungskameras waren angebracht worden, seitdem hatte er sich zurückgehalten. Die Zeit war noch nicht ganz reif für den entscheidenden Schritt. Warum die Kameras? Fühlte sie sich bedroht? Etwa von ihm? Unmöglich! Alles würde sich aufklären. Wichtig war, dass er im Moment behutsam vorging. Als sie sich seinem Tisch näherte, sah sie noch immer mitgenommen aus.

»Hallo! Unser Stammgast!« Sie lächelte freundlich. »Möchten Sie noch etwas?«

»Ich … äh …« Er schämte sich. Immer das gleiche Gestammel! Sie musste ihn für einen Idioten halten.

»Wir haben frische Blaubeermuffins. Sollten Sie mal probieren!«

»Ja, gern.« Er räusperte sich. »Klingt gut.«

Nur vier weitere Tische waren mit Gästen besetzt, alle waren gerade frisch versorgt worden. Leah setzte sich ihm gegenüber auf die Bank. Das war noch nie passiert! Sie hatten nie mehr als ein paar Worte zur Bestellung gewechselt. Vielleicht konnte er doch schneller zur nächsten Phase übergehen. Ein Glücksgefühl durchströmte ihn.

»Arbeiten Sie in der Nähe?« Leah musterte ihn, dann lächelte sie. »Oder kommen Sie jeden Tag zu uns, weil wir den besten Milchkaffee kochen?«

»Das … ähm, definitiv tun Sie das! Er schmeckt köstlich! Aber es ist richtig, ich arbeite tatsächlich in der Nähe.« Das stimmte sogar. »Als Psychologe.« Das war übertrieben. »Meine Arbeitszeiten kann ich mir frei einteilen und komme deshalb nachmittags gern vorbei.« Das war gelogen. Zwar war er nicht arbeitslos, besaß aber lediglich eine Halbtagsstelle von zehn bis zwei.

»Psychologe, aha. Im Moment könnte ich eigentlich auch einen gebrauchen.«

»Geht es Ihnen nicht gut? Wenn … wenn Sie möchten …«

»Wird sich schon wieder einrenken. Falls nicht, komme ich mal in Ihre Praxis. Aber jetzt hol ich Ihnen den Muffin. Noch einen Milchkaffee dazu?«

Er nickte und lächelte. Das Eis war gebrochen. Natürlich wusste er, weshalb sie neben sich stand. Er hatte es schließlich gesehen. Die Hochzeit. Den Strand. Den Moment, als sie kurz davor gewesen war, zu heiraten. Einen Rockstar! Er ballte die Faust. Betrogen hatte der Kerl sie. Sogar in der Zeitung hatte es gestanden. Wie konnte man fremdgehen, wenn eine solche Traumfrau auf einen wartete? Aber das lag nun hinter ihr. Sie war wieder frei. Für ihn.

Sein zufriedenes Schmunzeln erlosch, als er an den vergangenen Donnerstag zurückdachte. Der Bruder des Bräutigams war im *Seaside* aufgetaucht. Eigentlich ein noch schlimmerer Typ. Gut aussehend, selbstbewusst – ein Frauenheld. Er war auffällig vertraut mit Leah umgegangen, und sie schien sich in seiner Anwesenheit wohlzufühlen. Seit Tagen ließ ihm diese Erinnerung keine Ruhe. Fühlte sich Leah zu dem Mann hingezogen? Er sah seinem Bruder ähnlich, war aber eher noch attraktiver. Eine Gefahr? Jetzt, wo Leah sich endlich zu interessieren begann? Er musste mehr herausfinden und wusste auch schon, wie.

»Ist was?« Leah stand vor ihm und betrachtete verwundert sein verbissenes Gesicht. Sie stellte einen kleinen Teller und eine weitere Tasse vor ihm ab.

»Nein … ich … Ich hatte nur an einen Patienten gedacht. Er … wurde als Kind missbraucht. In der eigenen Familie.«

Leah schien ihm die Geschichte zu glauben. »Furchtbar! Über so was kann man wahrscheinlich nie ganz hinwegkommen. Können Sie dem Mann helfen?«

»Das … weiß ich noch nicht. Ich hoffe es.«

»Bei Ihnen ist er bestimmt in den besten Händen.« Sie zeigte wieder ihr warmes Lächeln. »Rufen Sie mich, wenn Sie noch was bestellen möchten?«

Er brachte lediglich ein Nicken zustande. Alles schien sich zu drehen. Sie hielt ihn für einen guten Mann. Einen, der anderen helfen konnte. Er wollte verdammt sein, wenn sich jemand zwischen sie schob. Und schon gar nicht dieser Schnösel, der überall einen Menschenauflauf verursachte. Leah war viel zu schade für … den. Sie war nur für ihn reserviert. Für ihn ganz allein.

Noch minutenlang war der Jubel der Fans bis in die Katakomben der Arena zu hören gewesen, obwohl das Konzert in Frankfurt schon längst zu Ende war. Inzwischen hatte der Lärm nachgelassen, und der Adrenalinspiegel der Bandmitglieder sank zusehends.

»Hätten wir nicht doch noch mal auf die Bühne gehen sollen?«, fragte Dennis. Der neue Gitarrist konnte nicht genug bekommen und erinnerte Niklas damit an sein früheres Selbst. Dennoch wehrte er den Vorschlag ab.

»Auf keinen Fall. Wir müssen den Mythos aufrechterhalten. Außerdem gehen die Leute nie mehr nach Hause, wenn sie wissen, dass man uns wieder nach vorn locken kann. Wir haben über zwei Stunden gespielt, das muss reichen.«

»Außerdem sind wir nicht mehr die Jüngsten«, spottete Fuji. »Ich kann kaum noch meine Arme heben.«

Das war zwar übertrieben, wäre aber nicht verwunderlich gewesen. Sie hatte das Schlagzeug mit einer Energie bearbeitet, als würde es kein Morgen geben. Patrick trat nackt aus der Dusche. Das Schamgefühl voreinander hatten die Musiker schon vor langer Zeit abgelegt. Nur Annika stellte eine Ausnahme dar, doch vielleicht gehörte sie nur noch nicht lange genug dazu. Sie warf dem Keyboarder ein Handtuch zu, das er sich grinsend um die Hüfte band.

»Ohne Bastian ist es ganz angenehm«, stellte er fest. »Seine Großkotzigkeit ging mir schon länger auf die Nerven. Von mir aus kann er während der gesamten Tour in U-Haft bleiben.«

»Wenn er Sven wirklich erschossen hat, sind wir ihn ganz los«, sagte Niklas.

»Er war es aber nicht.« Erik schlüpfte aus seinen Schuhen, denen man die zahlreichen Auftritte als Glücksbringer ansah.

»Woher willst du das wissen?« Niklas sah ihn mit seinen grünen Augen aufmerksam an. »Weißt du etwas, das du uns bisher verschwiegen hast?«

»Ich weiß gar nichts. Mach mir nur meine Gedanken.« Er stieg aus der Hose und verschwand im Duschraum.

»Aus Erik wird man nicht schlau«, meinte Annika. »Aber wir brauchen einen Plan B. Was machen wir, wenn Bastian tatsächlich früher als erwartet als Manager ausfällt? Irgendwer muss doch alles organisieren.«

»Ich hatte das mit Sven übernehmen wollen«, antwortete Niklas. »Wir sollten uns auf keinen Fall wieder jemanden ans Bein binden, der uns nur reinreden und ausnehmen will. Ich kann es erst mal allein machen. Vielleicht stellen wir ein oder zwei Leute für das Operative ein. Aber die Richtung geben wir vor.«

»Du meinst wohl, du gibst die Richtung vor«, korrigierte Fuji trocken.

»Was willst du damit sagen? Waren meine Entscheidungen bisher etwa nicht in eurem Interesse? Wir sind bis ganz nach oben gekommen!«

»Brauchst nicht gleich aggressiv zu werden. Wir sollten nur klar aussprechen, was Sache ist.« Fuji blies ihm Zigarettenqualm entgegen und grinste. »Ich hab gar kein Problem damit, wenn du dich um alles kümmerst. Selber hab ich aber keine Lust dazu. Wenn du keinen Manager willst und dich stattdessen neben dem Komponieren und Texten auch noch um den Rest kümmerst, ist mir das recht. Beklag dich aber nicht, wenn es dir über den Kopf wächst.«

»Ich kann dir helfen«, bot Dennis eifrig an. »Ich ersetze Sven ja schon an der Gitarre, dann kann ich auch seinen Part bei der Organisation übernehmen.«

Belustigt zog Fuji ihre Augenbrauen nach oben. Es war vorhersehbar, was gleich folgen würde. Das Küken der Band würde seinen Platz zugewiesen bekommen. Dennis war schnell in die

Rolle eines Superstars geschlüpft. Vielleicht zu schnell. Zumindest war Niklas dieser Meinung. Er ging zu Dennis, der auf einem Stuhl lümmelte, und baute sich vor ihm auf.

»Jetzt hör mal gut zu: Du ersetzt Sven an der Gitarre, das ist richtig. Ob das auf Dauer so sein wird, steht aber noch nicht fest. Das hab ich dir von Anfang an gesagt. Im Moment bist du in der Probezeit, und so solltest du dich auch verhalten. Fahr mal dein selbstgefälliges Gehabe runter! Nur weil du jetzt anstelle von Sven an der Gitarre stehst, bedeutet das nicht, dass du auch sonst seinen Platz einnimmst. Klar?« Seine Stimme war immer lauter geworden.

Dennis war wie vor den Kopf geschlagen. »So … so habe ich das nicht gemeint. Ich wollte nur meine Hilfe anbieten.«

»Ich komm schon gut allein klar. Halt du dich in nächster Zeit mal zurück und konzentrier dich auf dein Instrument. Da waren heute ein paar Dissonanzen im Spiel. Außerdem bewegst du dich wie ein aufgedrehter Affe über die Bühne. Wenn du nicht besser wirst, war das deine letzte Tournee mit uns.«

Er drehte sich um und setzte sich auf den Boden neben die anderen. Dennis blieb abseits zurück und blickte mürrisch nach unten.

»Danke. Die Ansage war überfällig«, flüsterte Fuji dem Bandleader zu.

»Ich weiß.« Niklas blickte kurz zu dem Gitarristen und stockte. Der Blick, den er da gerade auffing, war fast schon hasserfüllt. Was hatte er sich da ins Nest geholt? Vielleicht musste er den Kerl schneller rausschmeißen, als ihm lieb war. Es war wohl besser, wenn sich die Fans nicht zu stark an ihn gewöhnten. Dennis würde auf der Bühne mehr in den Hintergrund verschoben werden müssen. Das brach zwar etwas mit dem Konzept der Show, doch dann musste eben Erik, entgegen seinem Naturell, mehr in den Vordergrund. Dennis dürfte zwar schnell Lunte riechen, aber was sollte dieser Jungspund schon dagegen tun?

Anna und Hannes stießen mit einem Glas Rotwein an. Vor zwei Stunden hatten sie den Mietvertrag für ihre erste gemeinsame Wohnung unterschrieben. Die Besitzerin hatte ihnen einen Grundriss überreicht, und Anna hatte ihrem Freund schon die verschiedensten Varianten der Wohnungseinrichtung vorgeschlagen. Da er über kein ausgeprägtes abstraktes Vorstellungsvermögen verfügte, hatte sich alles gleich gut angehört. Wichtiger waren nun die praktischen Dinge, denn wo man welchen Schrank hinstellte, konnten sie auch später noch festlegen. Innerhalb kürzester Zeit brauchten sie Nachmieter für ihre Wohnungen, weshalb er die entsprechenden Beschreibungen jetzt in ein Immobilienportal eintippte. Er stellte sein Weinglas auf dem Couchtisch ab und hob den Laptop auf die Knie.

»Sollen wir wirklich Fotos von meiner Wohnung hochladen? Dann meldet sich bestimmt niemand!«

»So schlimm ist es hier auch wieder nicht. Erinnere dich an unseren eigenen Ärger, wenn Bilder fehlten und wir erst vor Ort merkten, dass wir uns die Besichtigung eigentlich hätten sparen können. Kaum willst du deine eigene Wohnung loswerden, spielst du genau das Spiel, über das du dich letzte Woche noch aufgeregt hast.«

»Stimmt«, gab Hannes zu. »Also lege ich die Karten auf den Tisch. Dann rufen auch nur die an, die sich tatsächlich vorstellen können, hier einzuziehen. Frag doch mal in deiner Firma rum, vielleicht sucht grad jemand was.«

Anna hatte den ersten Tag in ihrem neuen Job erfolgreich hinter sich gebracht. Morgens war sie noch aufgeregt gewesen, doch die folgenden Stunden hatten sie dann darin bestärkt, die richtige Entscheidung getroffen zu haben. Sie arbeitete ab sofort als Referentin der Geschäftsführung eines Unternehmens mit dem Namen *LightFire*. Die Firma gab es erst seit knapp anderthalb Jahren, vieles war noch im Aufbau. Die Inhaber hatten erkannt, dass man mit trendiger Öko-Mode, die zudem unter strengsten sozialen Standards produziert wurde, eine immer größer werdende Nische bedienen konnte. Eine, in der sich noch nicht allzu viel Konkurrenz tummelte. Derzeit entwickelte die Marke sogar einen Kultstatus, da sie von den Musikern einer deutschen Pop-Band getragen wurde.

»Genial wär es natürlich, wenn unsere Klamotten von *Cloud Palace* zur Schau gestellt würden«, meinte Anna. »Das wäre eine ganz andere Liga und würde uns auch im Ausland schneller bekannt machen. Meinst du, die machen das?«

»Wenn du damit andeuten willst, dass ich sie fragen soll, muss ich dich enttäuschen. Das käme total unprofessionell rüber. Aber ihr könnt ja mal Kontakt aufnehmen. Euer Ansatz müsste denen eigentlich gefallen. Allerdings wartet ihr wahrscheinlich besser, bis die Tour zu Ende ist.«

»Ich will mich sowieso erst mal bei *LightFire* zurechtfinden«, meinte Anna. »Auf jeden Fall bin ich froh, dass der erste Eindruck so gut war. Es brodelt vor neuen Ideen, und das Team ist echt nett. Auch mein Chef ist super, er hat sich heute den halben Tag Zeit genommen, um mir alles zu zeigen und zu erklären. Unglaublich, dass er schon eine Firma hat. Er ist nicht viel älter als wir. Da kommt man sich fast klein und unbedeutend vor.«

Hannes zog die Augenbrauen hoch, erwiderte aber nichts. Ihm war beim Abendessen bereits aufgefallen, dass der Geschäftsführer Anna beeindruckt hatte. Den kleinen Stich von Eifersucht hatte er mit der Vermutung überspielt, die Begeisterung werde sich wahrscheinlich nach ein paar Tagen legen, sobald Anna das ganze Bild gesehen hatte. Zwischen ihrem früheren und dem neuen Job lagen mehrere Monate, und sie hatte zudem in einem etablierten und etwas schwerfälligen Pharmaunternehmen gearbeitet. Da war es verständlich, dass sie von der Energie und Dynamik eines Start-up-Unternehmens fasziniert war.

»Fertig«, sagte Hannes und stellte den Laptop zur Seite. »Unsere Wohnungen sind veröffentlicht – mal sehen, wann zum ersten Mal das Telefon klingelt.«

Das tat es den ganzen Abend nicht, vielleicht hatten die Fotos doch eine abschreckende Wirkung. Sie sahen sich noch eine Folge einer neu entdeckten Serie an, auch wenn Hannes seiner Freundin fast den Spaß verdarb.

»Jetzt hör endlich auf, immer rumzumosern, dass sich die Ermittler unrealistisch verhalten«, schimpfte sie. »Es ist spannend, das ist die Hauptsache!«

Zwar musste Hannes noch bei zwei weiteren Szenen den Kopf schütteln, hielt aber lieber den Mund. Als der Abspann einsetzte, schrie in der Wohnung über ihnen ein Baby. Es klang, als würde es direkt neben dem Fernseher liegen.

»Bin ich froh, hier endlich rauszukommen«, stöhnte Hannes. Er wusste, dass es eine Weile dauern konnte, bis wieder Ruhe einkehrte. »Auf eine Schalldämpfung wurde beim Bau des Hauses offenbar ganz verzichtet.«

»Angeblich hört man in der neuen Wohnung nichts von den Nachbarn«, sagte Anna. »Ich habe die Vormieter gefragt. Hier ist das aber wirklich extrem.«

Zu dem Geschrei hatte sich nun auch noch das Geräusch von Schritten gesellt, das über ihren Köpfen von links nach rechts und wieder zurückwanderte. Es war der etwas hilflose Versuch der Eltern, den Nachwuchs durch ständiges Herumtragen wieder in den Schlaf gleiten zu lassen.

»Willst du eigentlich Kinder?«, fragte Anna.

Hannes wäre fast zusammengezuckt. Er begriff, dass ihm da eine brandgefährliche Frage gestellt worden war. Seine Ohren reagierten sofort mit einer Verfärbung. Die Wahrheit war, er wusste es noch nicht. Das lag auch daran, dass er länger nicht mit einer Frau zusammen gewesen war, die dafür infrage gekommen wäre. Anna wäre sicher eine tolle Mutter. Ob er aber auch ein guter Vater sein würde, stand auf einem anderen Blatt. Einerseits mochte er Kinder, andererseits stand er ihnen auch immer leicht unbeholfen gegenüber. Außerdem fand er die Frage verfrüht. Trotzdem musste er Anna eine Antwort geben. Ihre Frage hing schon eine Weile in der Luft.

»Ich denke … schon«, meinte er langsam. »Also, nicht sofort. Eher so … irgendwann.«

Sie lachte. »Ich meinte das auch mehr perspektivisch. Trotzdem kann man ja nie früh genug zu üben anfangen, oder? Außerdem würde uns das von dem Geschrei über uns ablenken.«

Hannes grinste. Und wenig später nahm er das Babygeschrei tatsächlich nicht mehr wahr.

KAPITEL 13

Emil Wegberg schien die falsche Entscheidung getroffen zu haben. Niklas Lehmann hätte schon längst bei seiner Villa ankommen müssen. Das Flugzeug aus Frankfurt war vor Stunden gelandet, und auf den Autobahnen gab es an diesem Dienstagmittag keinen Stau. Beides hatte der Reporter mithilfe seines Smartphones überprüft. Es wäre wohl klüger gewesen, am Flughafen auf den Sänger zu warten und sich dann an dessen Fersen zu heften. Doch normalerweise strebte Niklas nach einem Konzert immer so schnell wie möglich der Sicherheit und Abgeschiedenheit seines Grundstücks zu, vermutlich brauchte er das als Ausgleich zu den kreischenden Fanhorden.

Wegberg hatte eine Ahnung, warum er von seinem Beobachtungspunkt im Baum noch immer auf ein verlassenes Grundstück blickte. Die alte Anziehungskraft zwischen Leah und Niklas schien nach Svens Tod neue Kraft zu gewinnen. Und zwar schneller, als es Wegberg vermutet hatte. Wahrscheinlich war das auch nur folgerichtig, denn die beiden hatten sich zuletzt häufig getroffen und intensiv über ihre tiefsten Gefühle ausgetauscht. Wegberg fand das auch gar nicht anstößig. Schließlich musste jeder selbst wissen, wie er einen erschossenen Bruder oder Bräutigam am besten verarbeitete. Ein paar Fotos von der sich anbahnenden Liaison hätte er aber schon gern.

Er wusste, dass die Musiker nach dem Konzert in München keine Gelegenheit für einen Zwischenstopp zu Hause haben würden. Daher ging er fest davon aus, dass sich Leah und Niklas heute noch einmal treffen würden. Doch offenbar geschah das bei ihr und nicht bei ihm. Auch das war erstaunlich, denn Niklas zog es in der Regel vor, Besucher zu sich kommen zu lassen, anstatt sich selbst auf den Weg zu machen. Warten war der Reporter gewohnt, und seine Geduld war oft belohnt worden. Ein Ortswechsel zu Leahs Wohnung hätte ihm ohnehin nichts gebracht, da ihre Wohnung nicht einsehbar war.

So blieb er zunächst, wo er war, und ließ seinen Blick über die Landschaft schweifen. Die milden Temperaturen hielten weiter an, hatten aber noch keine Löcher in die Schneedecke reißen können. Von den Bäumen tropfte stetig das Schmelzwasser herab, und Wegberg zuckte zusammen, als ihm ein abgerutschter Schneehaufen auf den Kopf klatschte. Er entschied, die Beobachtung bald abzubrechen, denn seine Füße waren trotz der Plusgrade eiskalt. Er hatte querfeldein durch den Schneematsch zu seiner Fichte laufen müssen und wieder einen Umweg eingelegt, um keine Spuren zu hinterlassen. Selbst seine dicken Wanderschuhe hatten dem Wasser irgendwann nichts mehr entgegenzusetzen gehabt.

Der Himmel war nur locker bewölkt, und die Sonnenstrahlen boten nach den tristen und trüben Januarwochen eine willkommene Abwechslung. Es roch allerdings noch immer mehr nach Winter als nach Frühling. Das Weiß des Schnees stach ihm in den Augen, als er zu der blauen Fläche der Ostsee blickte. In der Ferne verlief eine stark befahrene Wasserstraße, und er erkannte die kleinen Punkte als vorbeifahrende Frachtschiffe. Er hielt den Atem an, als sich eine Krähe auf einem Ast niederließ und ihn beäugte. Als sich der Vogel wieder erhob, kniff Wegberg die Augen zusammen und verfolgte dessen Flugbahn. Verwirrt konzentrierte er sich, als er in einiger Entfernung am Himmel ein Flimmern zu entdecken glaubte. Seine Augen waren nur noch schmale Schlitze, dennoch konnte er die

Bewegung nicht einordnen. Er zog seine Kamera nach vorn und zoomte die Stelle heran.

Überrascht schnalzte er mit der Zunge. Er erinnerte sich an Niehaus' Frage, ob er an dem Abend der Hochzeit eine Foto-Drohne eingesetzt habe. Der Polizist hätte das kaum erwähnt, wenn nicht tatsächlich so etwas in der Luft gewesen wäre. Was Wegberg jetzt erblickte, war genau so ein Objekt. An vier schmalen Auslegern befanden sich kleine Propeller, und in der Mitte trug das Gerät einen Gegenstand. Die Drohne näherte sich dem Grundstück von der Ostseeseite.

Die Aufmerksamkeit des Reporters wurde abgelenkt, als ihn von der Straße ein Motorengeräusch erreichte. Er grinste, als seine Kamera einen Audi A6 erfasste. Auf seine Intuition war eben Verlass. Niklas kehrte für einen Tag von der Tournee zurück, und auf dem Beifahrersitz saß eine blonde Frau. Die Eisprinzessin hatte offenbar den nächsten Zwilling an der Angel. Ein attraktives Paar, das musste der Reporter zugeben. Die Chancen standen also gut, ein paar aufsehenerregende Fotos von Sven Lehmanns Hinterbliebenen zu schießen. Wegberg hoffte, dass die beiden ihr gesamtes Pulver nicht schon in Leahs Wohnung verschossen hatten.

Das Verhör des Maximilian Schaffner musste eher als Monolog bezeichnet werden. Obwohl sich Federsen die größte Mühe gab, das Schweigen des Mannes zu brechen, war ihm kein Fortschritt vergönnt gewesen. Erschöpft gab er Hannes ein Zeichen, die Befragung zu übernehmen. Vielleicht würde ja eine andere Verhandlungstaktik zum Erfolg führen. Aggression und erhöhte Lautstärke hatten zumindest versagt.

Hannes versuchte zunächst erfolglos, die Aufmerksamkeit des Erpressers zu bekommen. Der Mann sah weiter stur auf die Tischplatte, er bot einen heruntergekommenen und erbärmlichen Anblick – und roch auch nicht gut. Fast wünschte sich

Hannes, Federsen würde sich eine Zigarette anzünden, um den schalen Schweißgeruch zu überdecken.

»Die letzten Jahre haben es nicht gut mit Ihnen gemeint«, simulierte er Empathie. »Muss schwer sein, sich auf der Straße durchzuschlagen, obwohl man eigentlich zu was ganz anderem berufen ist. Ich würde nicht damit klarkommen, wenn sich frühere Freunde die Taschen vollstopfen, nachdem sie mich vorher verstoßen haben. Vor allem, wenn man bedenkt, dass Sie durchaus das Zeug hätten, noch heute Teil der Band zu sein. Ich habe ein altes Video von *School's out!* gesehen. Ihr Talent fällt auf. Warum hat Sven Ihr Potenzial nicht erkannt?«

Max zeigte keine Reaktion. »Vielleicht«, fuhr Hannes fort, »wollte er keinen zweiten Gitarristen neben sich, um den Erfolg nicht zu teilen? Er soll ja generell ziemlich geizig gewesen sein. Niklas hat sich auch nicht für Sie stark gemacht. Dabei würde er es wahrscheinlich nicht mal merken, wenn Sie etwas von seinem Reichtum abbekämen. Zumindest eine Wiedergutmachung.«

Auch die Taktik des verständnisvollen Polizisten schien nicht zu fruchten. Dennoch gab Hannes nicht auf. »Die Beweislage vom Sonntag ist eindeutig, Sie wurden auf frischer Tat erwischt. Außerdem haben wir Aufzeichnungen von Ihren Telefonaten mit Niklas. Sie können Ihre Lage also nur verbessern, indem Sie mit uns reden. Warum haben Sie es getan? Wie groß war Ihre Notlage? Hätten Sie eine andere Möglichkeit gesehen, wären Sie gewiss nicht zum Erpresser geworden. Aber wenn man ganz unten ist, greift man natürlich nach jedem Strohhalm. Kann ich gut verstehen.«

In dem Gesicht des Mannes arbeitete es, doch noch immer war sein Blick an der Tischkante wie festgenagelt. »Was wissen Sie schon?« Es war mehr ein Flüstern, aber immerhin waren es die ersten Worte, die der Mann nach seiner Festnahme gesprochen hatte. Hannes schöpfte Hoffnung.

»Dann erklären Sie uns doch mal alles aus Ihrer Sicht.«

Im Raum herrschte Stille, dafür brodelte es in Federsen. Sein Gesicht war dunkelrot. Eine knappe Minute konnte er sich noch zusammenreißen, dann explodierte der aufgestaute Druck umso heftiger.

»Ich hab jetzt genug«, brüllte er los und erreichte zumindest, dass Max zusammenzuckte. »Ehrlich gesagt, mir ist völlig egal, warum Sie Niklas erpresst haben! Harte Kindheit, schlimme Schicksalsschläge, keine Chancen – diesen ganzen Scheißdreck hab ich schon oft genug gehört. Schuld sind immer andere oder die Lebensumstände. Aber Ihnen scheint die Situation nicht ganz klar zu sein. Sie sitzen hier nicht nur wegen der Erpressung. Wie mein Kollege sagte, die Beweise reichen zehnmal aus, um Sie dafür verurteilen zu lassen.«

Er musste innehalten, um wieder zu Atem zu kommen. Aus Rücksicht auf die Gesundheit seines Chefs spann Hannes den Faden weiter.

»Erpressung und Körperverletzung sind eine Sache, Mord ist aber eine ganz andere Liga. Wir haben starken Grund zu der Annahme, dass Sie Sven erschossen haben, bevor Sie aus seinem Bruder Geld herauspressen wollten. Der Mord war zugleich ein Warnschuss für Niklas. Entweder er zahlte Sie großzügig aus, oder auch sein Leben wäre früher oder später vorbei.«

Langsam schüttelte Max den Kopf. Sein Mund war noch immer zu einem schmalen Strich zusammengepresst. Dafür hatte Federsen wieder genug Luft in den Lungen, um eine letzte Offensive zu starten.

»Von mir aus können Sie bis an Ihr Lebensende schweigen! In der Zwischenzeit sammeln wir weiter Beweise, und Sie dürfen davon ausgehen, dass wir den Richter überzeugen werden. Schon jetzt deutet alles auf Sie hin. Ihr Geständnis wird gar nicht nötig sein. Mord, Erpressung und Körperverletzung. Das Strafmaß will ich mir gar nicht ausmalen.«

»Es könnte geringer ausfallen, wenn Sie mit uns kooperieren«, ergänzte Hannes. »Das wird vor Gericht immer mit Wohlwollen zur Kenntnis genommen.«

Doch auch die übertriebene Darstellung der Verdachtsmomente löste den Mann nicht aus seiner Erstarrung. Das gelang nur Federsens Faust, die noch einmal donnernd auf den Tisch krachte, bevor der Kommissar aus dem Vernehmungszimmer stürmte. Hannes gab dem anwesenden Kollegen ein Zeichen, den Mann wegzuführen, und folgte seinem Vorgesetzten.

»Früher oder später wird er reden«, meinte er optimistisch.

»Blödsinn!«, schnaufte der Ermittlungsleiter. »Ich sage Ihnen, was in seinem Kopf vor sich geht: Er war es, der Sven erschossen hat, und nun ahnt er, dass wir weniger gegen ihn in der Hand haben, als wir behaupten. Aus seiner Sicht würde er mit einem Geständnis mehr verlieren, als wenn er gar nichts sagt und am Ende mangels Beweisen zumindest von dem Mord freigesprochen wird.«

»Kann sein. Aber vielleicht hat er auch nur Angst?«

Federsen nickte heftig. »Vor dem Gefängnis sollte er die auch haben.«

»Das meine ich nicht. Angst vor jemand anderem. Vielleicht agierte er nicht allein? Er hat behauptet, am Sonntagabend hätte sich ein Komplize im Zug befunden.«

»Es gibt aber keine Hinweise dafür.«

»Na gut. Aber was, wenn er selbst bedroht wird? Irgendjemand wollte sich nicht die Finger schmutzig machen und hat Max in die erste Reihe geschoben.«

»Und wer soll das sein?«

Das wusste Hannes auch nicht. Am Morgen, als er im Kanutraining gewesen war, hatten seine Kollegen den Bandmanager allerdings ein weiteres Mal vernommen. »Was ist mit Eckhoff? Er ist eigentlich nicht der Typ, der selbst zum Mörder wird. Viel zu riskant. Aber er hat ein Motiv. In diesem heruntergekommenen früheren Bandmitglied könnte er einen willigen Unterstützer für einen Feldzug gegen die Lehmann-Zwillinge gefunden haben.«

»Ist mir zu weit hergeholt«, kommentierte Federsen unwirsch. »Eckhoff hat im Verhör auch nur wiederholt, was er gestern schon gesagt hat. Ließ sich nicht in Widersprüche verwickeln. Aber er ist clever, das muss also nichts bedeuten.«

Sie gingen nebeneinander den Flur entlang und hingen eine Weile ihren Gedanken nach. Als sie den Konferenzraum betraten, wartete schon Steffen Lauer mit Isabell und Per auf sie. Der Leiter der Mordkommission war gerade auf den aktuellen Stand gebracht worden. Federsen fügte noch hinzu, dass Maximilian Schaffner weiterhin »nicht das Maul aufmachte«.

»Wir konnten einen Kumpel von ihm ausfindig machen, bei dem er zuletzt einige Nächte untergekrochen ist«, berichtete Per. »Dieser Mann war über Max' Bitte wenig begeistert. Er erzählte, dass Schaffner sich in den letzten Jahren mit Einbrüchen und kleineren Raubüberfällen über Wasser gehalten habe. Geschickt scheint er sich angestellt zu haben, denn wir haben ihn nicht im System.«

»Woher kennen sich die beiden?«

»Aus der Ausbildung. Elektromechaniker.«

»Ich hoffe nur, dass wir uns nicht an dem Falschen festbeißen.« Steffen Lauer war besorgt. »Ihr solltet euch noch mal den Sicherheitschef zur Brust nehmen.«

»Ist eh das Gleiche wie bei Eckhoff«, murrte Federsen. »Auch Tobias Steinfeld wiederholt immer nur seine Aussagen. Nein, ich denke, wir sollten lieber noch mal alle Gäste befragen und gezielt nach Informationen zu den Hauptverdächtigen fahnden. Das wird uns eher neue Hinweise liefern, als wenn wir uns immer wieder den gleichen Kram anhören.«

Hannes verzog sich in eine Ecke des Raums, als sein Telefon klingelte. Es war Emil Wegberg.

»Bei unserem ersten Treffen haben Sie mich gefragt, ob ich eine Drohne bei Sven Lehmanns Hochzeit eingesetzt habe.«

»Genau, Sie verneinten das.«

»Korrekt. Ich bin noch auf die altmodische Art unterwegs. Hat es einen besonderen Hintergrund, dass Sie mich danach gefragt haben?«

Hannes stutzte. »Wie kommen Sie jetzt darauf?«

»Weil ich gerade etwas sehe, das Sie interessieren könnte. Ich befinde mich an Niklas' Grundstück. Er ist heute noch mal zurückgekommen, vermutlich für eine Nacht, bevor die Band enger getaktet weiter durch Europa tourt. Leah Hartenbach ist auch bei ihm.«

»Aha?« Hannes fand das noch nicht sonderlich interessant. Und auch für den Reporter hatten sich bislang nicht die Szenen abgespielt, die er mit seinem Fotoapparat einzufangen gehofft hatte. Er hatte sich schon gefragt, ob er nicht zu viel in die häufigen Treffen von Leah und Niklas hineingedeutet hatte. Wie er Hannes mitteilte, waren die beiden in der letzten halben Stunde freundschaftlich und harmlos miteinander umgegangen. Interessanter war aber etwas anderes, das sich der Reporter bislang nicht erklären konnte.

»Das Grundstück liegt ab vom Schuss. Fans sind keine hier. Hat sich wohl nicht herumgesprochen, dass Niklas vor dem nächsten Konzert noch mal zurückkommt. Vor dem Tor steht nur ein Sicherheitstyp, sonst kein Schwein.«

»Aha?«

»Dafür schwirrt hier aber etwas durch die Luft. Es hat vier Propeller und scheint irgendwas zu transportieren. Im Moment schwebt es über Niklas' Garten. Ich kenne Drohnen nur von Bildern, aber dieses unbekannte Flugobjekt sieht wie eine aus. Habe ich jetzt Ihr Interesse?«

Der Reporter hatte nicht nur das Interesse der Ermittler geweckt, sein Anruf hatte eine besorgte Betriebsamkeit ausgelöst. Der Bandleader war telefonisch aufgefordert worden, sich sofort in das Innere des Gebäudes zurückzuziehen und von den Fenstern fernzuhalten. Dass eine Schussvorrichtung an dem Fluggerät angebracht war, hielten die Ermittler zwar für unwahrscheinlich, doch man durfte kein Risiko eingehen. Federsen wollte sich die Drohne persönlich aus der Nähe ansehen, Isabell und Hannes begleiteten ihn.

»Gut, dass dieser Reporter zur Vernunft gekommen ist und mit uns zusammenarbeitet«, brummte er, als ein Mann am Rand der Landstraße auftauchte. »Ist er das?«

Hannes nickte. Wegberg befand sich noch ein gutes Stück vom Haus des Rockstars entfernt, der Anmarsch der Polizei sollte möglichst unauffällig erfolgen. Der Reporter grinste zufrieden, als Hannes aus dem Zivilfahrzeug stieg.

»War also ein nützlicher Hinweis«, frohlockte er mit gesenkter Stimme. »Ich erinnere Sie daran, sobald der Fall abgeschlossen ist. Ich kann das Geld für eine exklusive Topstory gut gebrauchen.«

»Nähert sich die Gerichtsverhandlung im Fall Lehmann gegen Sie dem Ende?« Auch Hannes sprach gedämpft. Sein Chef quetschte sich währenddessen hinter dem Lenkrad hervor.

»Sie haben sich also über mich informiert«, schmunzelte Wegberg. »Kann ich verstehen. Sie wollten wissen, ob Ihr Informant in Wahrheit nicht selbst der Täter sein könnte. Zu welchem Ergebnis sind Sie gekommen?«

Hannes konnte nicht mehr antworten, denn Federsen und Isabell traten hinzu.

»Wo ist diese Drohne?« Der Kommissar kam sofort zur zentralen Frage. Er hielt ein Fernglas in der Hand, und der Reporter deutete nach Norden.

»Lehmanns Grundstück liegt dort vorn. Als ich das Ding zuletzt gesehen habe, flog es um das Haus herum. Zwischendurch war es für eine Weile verschwunden, vielleicht musste der Akku gewechselt werden. Vor ein paar Minuten tauchte die Drohne dann wieder auf, fast so, als wollte sie in alle Fenster schauen. Etwas gruselig ist das ja.«

Eine Weile suchte Federsen den Himmel ab. Dann stoppten seine Arme das langsame Hin- und Herschwenken. An einem Rädchen justierte er die Schärfe.

»Sie haben sich nicht getäuscht. Das ist eine Drohne. Keine besonders große. Dürfte so ein Gerät sein, wie man es im Internet bestellen kann. Was unsere Einschätzung bestätigt, dass daran keine Waffe hängt, mit der ein Mensch zielsicher erschossen werden kann.«

Er schien die Anwesenheit des Reporters vergessen zu haben, der nun große Augen machte. »War das eine Ihrer Theorien? Das wäre ja … fast schon genial!«

»Sie vergessen ganz schnell, was Sie gehört haben.« Federsen nahm das Fernglas runter und reichte es Isabell. »Sehen Sie nach, ob Sie irgendwo jemanden mit einer Fernbedienung entdecken. Herr Niehaus, welche Reichweite hat so ein Ding?«

»Woher soll ich das wissen?«

»Weil sich Ihre Generation mit solchem Zeug auskennt.«

»Ich aber nicht. Per springt eher auf so was an.«

»Dann rufen Sie ihn an! Frau Forster, schon was entdeckt?«

Isabell schüttelte den Kopf und gab das Fernglas zurück. Auch der Kommissar versuchte noch einmal erfolglos sein Glück. »Ihnen ist auch niemand aufgefallen?«, sprach er den Reporter von der Seite an.

»Nein, aber da hinten ist ein kleines Wäldchen, vielleicht versteckt sich dort jemand. Sonst gibt es hier nur wenige Möglichkeiten, nicht gesehen zu werden.«

»Was haben Sie hier eigentlich gemacht?«, fragte Federsen launisch und musterte den Mann misstrauisch, als könnte der selbst irgendwo am Körper eine Fernbedienung tragen.

»Meinen Job«, erwiderte Wegberg gelassen.

»Und was bedeutet das?«

»Aufpassen, ob etwas Bemerkenswertes passiert. Ist so ähnlich wie bei Ihnen.«

Federsen schnaubte aus. »Herr Niehaus, was ist jetzt? Weiß Ihr Kollege etwas oder muss er erst in einen Technikmarkt fahren?«

Hannes hielt noch immer das Handy ans Ohr und signalisierte mit erhobenem Finger, dass er gleich fertig sein würde. Per hatte das Internet zu Hilfe genommen, um seinen eigenen Kenntnisstand über Drohnen zu verifizieren. Kurz darauf konnte Hannes seinen Chef über das Ergebnis informieren.

»Hobbydrohnen gibt es schon für unter hundert Euro. Allerdings mit mäßiger Qualität. Sinnvoll wird es erst mit einem Gerät, das mehrere Hundert kostet. Meist sind Videokameras schon eingebaut. Die größten Unterschiede gibt es bei Reichweite und Flugdauer. Die meisten Hobbydrohnen können sich maximal einen Kilometer von der Fernsteuerung entfernen. Je teurer das Gerät, umso größer die Reichweite.«

»Wo landen die Aufnahmen?«

»In der Regel auf einer Micro-SD-Karte, die man in die Fernbedienung steckt. Manche Drohnen haben auch einen eingebauten Speicher. Bei vielen Modellen bekommt man zusätzlich eine Liveübertragung auf dem Display der Fernbedienung. Mehr Infos konnte Per auf die Schnelle nicht finden.«

Federsens Technikinteresse war ohnehin befriedigt. »Gehen wir mal davon aus, dass sich die Reichweite im üblichen Rahmen bewegt und hier keine Hightech-Drohne rumfliegt. Ein Radius von ein bis zwei Kilometern um das Grundstück ist ja überschaubar. Dann müssten wir eigentlich schon jemanden entdeckt haben.«

»Wie gesagt, da hinten ist ein kleines Wäldchen …« setzte der Reporter an, wurde aber rüde unterbrochen.

»Sie sehen jetzt zu, dass Sie Land gewinnen! Hier läuft eine Polizeiaktion, bei der Sie nichts verloren haben!«

Beleidigt wandte sich Wegberg ab und warf Hannes einen Blick zu. Der nickte unmerklich. Sollte die Entdeckung des Reporters zur Auflösung des Falles führen, würde er sich an die Abmachung erinnern. Federsen wartete, bis sich der Informant entfernt hatte. Sein Auto stand weit entfernt am Rande eines kleinen Feldwegs.

»Sollen wir Verstärkung anfordern?«, fragte Isabell.

Federsen schüttelte den Kopf. »Wenn hier auf einmal massenhaft Leute auftauchen, schrecken wir den Piloten nur auf. Wir sind zu dritt, das muss reichen. Ich gehe zu den Häusern, die sich am nächsten zu Lehmanns Grundstück befinden. Ein paar dürften im Radius liegen. Sie beide nähern sich unauffällig dem kleinen Wäldchen.«

Hannes kam ein neuer Gedanke. »Vielleicht ist es eine Überwachungsdrohne der Sicherheitsfirma. Nach den letzten Vorfällen könnte eine andere Form der Überwachung eingesetzt worden sein. Aus der Luft hat man einen guten Überblick darüber, ob sich jemand nähert.«

»Vergessen Sie es!« Federsen setzte sich in Bewegung. »Das hab ich schon Herrn Lehmann gefragt, es ist aber nicht der Fall.«

»Warten Sie!« Hannes hielt seinen Chef am Arm und erntete einen Anraunzer.

»Was fällt Ihnen ein?«

»Das Meer!«, rief Hannes.

»Was soll damit sein?«

»Die Drohne könnte von einem Boot gestartet worden sein. Auch bei der Hochzeit am Strand wäre das möglich gewesen. Übers Wasser kann man sich noch am ehesten unauffällig nähern. Lehmanns Villa liegt auch nur wenige Hundert Meter von der Ostsee entfernt.«

Er nahm dem Chef das Fernglas aus der Hand, was der erstaunlicherweise zuließ. Mit offenem Mund verfolgte der Kommissar, wie Hannes zur Ostsee sah.

»Tatsächlich«, murmelte dieser. »Da dümpelt ein Boot. Eher ein Kahn mit Außenbordmotor.«

»Zeigen Sie her!« Federsen riss ihm die Gläser von den Augen. Er schnaufte heftig. Einen Moment später hatte er das Boot im Blick. »Eine Person sitzt drin und schaut nach unten. Könnte was in den Händen halten. Rufen Sie die Küstenwache zur Unterstützung!«

Das Schiff der Küstenwache sollte innerhalb der nächsten fünfzehn Minuten an dem Küstenabschnitt eintreffen. Isabell und Hannes stapften durch den nassen Schnee. Der Feldweg führte in einiger Entfernung an dem Wäldchen vorbei, sodass sie bald querfeldein gehen mussten. Kurz darauf erreichten sie die ersten Bäume, die etwa zweihundert Meter vom Strand entfernt auf einer kleinen Anhöhe wuchsen.

»Wenn die Drohne hier gestartet wurde, dann wohl am Rand des Waldes«, vermutete Isabell. »Sonst wär das Ding ja in den Ästen hängen geblieben.«

»Dann lass uns auf der Innenseite des Waldrands entlanggehen. Draußen auf dem Feld sieht man uns sofort. Zuerst die Seite, von der aus man freie Sicht auf Niklas' Grundstück hat. Ist die Drohne noch in der Luft?«

Isabell sah durch das Fernglas und brauchte eine Weile, bis sie das Flugobjekt entdeckte. »Ja, sie kreist immer noch um das Haus. Wir sind also nicht aufgefallen.«

So leise wie möglich gingen sie durch das Unterholz. Der Waldboden war nur mäßig bewachsen, sodass sie eine gute Sicht hatten. Ganz in der Nähe knackte ein Ast, und die Ermittler verharrten mitten in der Bewegung.

»Siehst du was?«, flüsterte Hannes.

»Ja.« Isabell kicherte leise. »Ich glaube allerdings nicht, dass es der Pilot der Drohne ist.«

Hannes' Blick folgte ihrem ausgestreckten Arm. Ein Reh drehte ihm in diesem Moment den Kopf zu und machte sich dann mit großen Sprüngen davon. Der Schnee spritzte unter den Hufen auf, dann war das Tier zwischen den Bäumen verschwunden. Die Ermittler setzten ihren Weg fort und blieben erst stehen, als die Grundstücksmauer kaum noch zu sehen war.

»Wir sind hier falsch«, bemerkte Hannes. »Liegt das Boot noch an derselben Stelle?«

Wieder hielt sich Isabell das Fernglas vor die Augen. Da sie sich nun näher am Wasser befand, konnte sie mehr Einzelheiten erkennen.

»Ja. Ein Mann hält etwas in den Händen und schaut die ganze Zeit darauf.«

Sie reichte das Fernglas an Hannes weiter. »Nach Pers Beschreibung könnte das die Steuerung einer Drohne sein«, bestätigte er. »Wahrscheinlich mit einem Bildschirm, der anzeigt, was die Drohne gerade aufnimmt.« Er setzte das Fernglas ab und blickte prüfend über das Meer. »Wir werden es bald wissen, denn unsere Verstärkung rückt an.«

Das Schiff mit dem markanten blauen Rumpf und den aufgemalten Streifen der Deutschlandfahne näherte sich mit hohem Tempo. Durch das Fernglas war der Schriftzug der Küstenwache zu erkennen. Der Mann in dem kleinen Kahn schien die Gefahr jedoch nicht zu bemerken, seine Aufmerksamkeit galt uneingeschränkt dem Gerät auf seinen Knien. Erst als das große Schiff die Geschwindigkeit drosselte, und eine Megafonstimme über das Wasser hallte, zuckte er erschrocken zusammen. Hannes verzog spöttisch die Mundwinkel, als der Mann hektisch auf den Anlasser des Außenbordmotors drückte. Glaubte er etwa, mit dieser Nussschale der Küstenwache entkommen zu können?

Tatsächlich setzte sich das Gefährt kurz darauf in Bewegung, während die Küstenwache ein Beiboot zu Wasser ließ. Da dieses über wesentlich stärkere Motoren verfügte, war es nur eine Frage von wenigen Minuten, bis der Kahn geentert werden würde. Das begriff offensichtlich auch der Mann am Außenbordmotor. Hatte er zunächst das offene Meer angesteuert, fuhr er nun eine enge Rechtskurve und hielt auf das Ufer zu.

»Verdammt!« Hannes setzte sich in Bewegung. »Der fährt zum Strand und will über Land abhauen. Wir müssen ihm den Weg abschneiden!«

Er verzichtete auf jede Deckung und rannte quer über einen matschigen Acker. Das Vorwärtskommen war mühsam, Isabells Keuchen verriet ihm, dass sie ähnliche Schwierigkeiten hatte. Auf einem glatten Stein rutschte er aus und fiel in den Schneematsch. Ein Schmerz fuhr in seinen linken Knöchel. Fluchend rappelte er sich auf und belastete vorsichtig den linken Fuß. Der Schmerz explodierte postwendend. Keuchend sackte er auf die Seite.

»Lauf weiter, sonst entkommt er!« Abwehrend stieß er Isabells Hände von sich.

Sie nickte und setzte ihren Weg fort. Hannes streckte das linke Bein aus, und sofort klang der Schmerz ab. Auf der Seite liegend nahm er das Fernglas zur Hand und verfolgte das weitere Geschehen. Das kleine Boot hatte den Strand fast erreicht, aber die letzten Meter waren noch immer vereist. Das Schnellboot der Küstenwache startete in diesem Moment mit aufheulendem Motor die Verfolgung. Dem Mann war es noch gelungen, eine kleine Schneise in das Eis zu brechen, dann steckte sein Kahn fest. Überrascht sah Hannes, dass er ohne zu zögern über die Bordwand sprang. Das Eis gab sofort nach. Halb schwimmend, halb krabbelnd versuchte er, sich weiter zum Strand vorzuarbeiten, der nur noch wenige Meter entfernt war. Er wuchtete sich wieder zurück auf die Eisfläche, die unter seinem Gewicht aber erneut zusammenbrach. Der Kopf verschwand unter der Wasseroberfläche.

Federsen hasste es, zu Fuß unterwegs zu sein. Schon nach wenigen Minuten war er außer Atem gewesen. Inzwischen hatte er sich fast überall in der kleinen Siedlung umgesehen. Nur eine Person war ihm bisher begegnet, eine ältere Frau mit einem Terrier, der den Kommissar boshaft angekläfft hatte. Federsen hatte sich beherrschen müssen, dem Hund keinen Fußtritt zu verpassen. Grimmig ging er die Straße entlang und sah sich nach allen Seiten um. Er erblickte überwiegend gepflegte Einfamilienhäuser mit großen Gärten. Als er sich einem Bauernhof näherte, nahm er an einer Scheune eine Bewegung wahr und blieb abrupt stehen. Auffällig hastig verschwand der Schatten eines Menschen hinter dem Gebäude.

Federsen dachte nicht lange nach und schritt zum Hoftor. Als er es aufschob, quietschte es leise. Aus dem Stall tönte das vielstimmige Muhen von Kühen heraus, und in der Luft lag der typische Geruch eines Bauernhofes. Rasch ging der Kommissar auf die Scheune zu. Er wollte sie von der anderen Seite umrunden und der Person, die offensichtlich nicht gesehen werden wollte, den Weg abschneiden. Schweiß stand auf seiner rotgefleckten Stirn, als er die Dienstwaffe hervorzog. Er drückte sich an die Wand der vorderen Scheunenseite und rückte langsam zur Ecke des Gebäudes vor. Mit einem schnellen Schritt trat er nach vorn und schwenkte die gestreckten Arme mit der Pistole herum. An der Längsseite der Scheune war niemand.

Mühsam regelte Federsen seine Atemgeräusche nach unten und ging Stück für Stück weiter vorwärts. Als er sich dem Ende der Wand näherte, meinte er, hinter der nächsten Ecke eine Stimme zu hören. Konzentriert schob er sich weiter, bis er dicht hinter der Hausecke kauerte. Dann sprang er nach vorn, ging in die Knie und legte die Waffe an. Seine Augen schienen herausspringen zu wollen, der Mund stand offen.

Er blickte auf eine ältere Frau, die eine Kittelschürze trug und in einem kleinen Gehege vor einem Hühnerstall Futter für die Legehennen ausstreute. Sie stieß einen Schrei aus, als sie die auf sich gerichtete Pistole erblickte. Die Futterschüssel fiel ihr aus den Händen, und sofort stürzten sich Hühner nach vorn, um die Körner zu ihren Füßen aufzupicken.

»Legen Sie die Waffe weg«, sagte eine zitternde Stimme hinter Federsen, und er spürte ein glattes, kaltes Metall an seinem fleischigen Nacken. Er erstarrte und erkannte aus den Augenwinkeln, dass ihm ein Spaten ins Genick gehalten wurde.

»Das … ist ein Missverständnis«, keuchte er und ließ die Waffe in den Schnee fallen. »Ich bin Polizist und verfolge jemanden. Nehmen Sie den Spaten runter!«

»Wen verfolgen Sie auf unserem Grund? Woher soll ich wissen, dass das stimmt?«

»Ganz ruhig!« Federsen zog den Reißverschluss seiner Jacke auf, der Druck in seinem Genick verstärkte sich. »Den Spaten weg!«, brüllte er entsetzt. »Ich will Ihnen nur meinen Dienstausweis zeigen.« Endlich hatte er ihn herausgefummelt und hielt ihn über die Schulter. Erleichtert stand er auf, als der Spaten weggezogen wurde. Er drehte sich um und stand einem alten Herrn gegenüber.

»Sind Sie irre?«, schrie Federsen. »Wie kommen Sie dazu, einem Polizisten einen Spaten ins Genick zu halten? Das hätte böse ausgehen können!«

»Ich konnte nicht wissen, dass Sie von der Polizei sind«, verteidigte sich der Mann. »Ich habe gesehen, dass Sie hier mit der Pistole herumgeschlichen sind.«

»Na gut.« Federsen zwang sich zur Ruhe. »Dann gab es eben ein doppeltes Missverständnis. Ist Ihnen jemand aufgefallen, der irgendwo in der Nähe eine Drohne hat starten lassen?«

Verständnislos blickte ihn der Mann an. »Eine Drohne? Hier? Wie sie die Amerikaner im Krieg einsetzen?« Seine Hände packten den Spaten wieder fester.

In diesem Moment meldete sich das Funkgerät des Kommissars. Mit einem misstrauischen Blick auf den Spaten entfernte er sich ein paar Schritte. Nachdem er sich kurz mit Isabell ausgetauscht hatte, drehte er sich wieder herum. »Meine Kollegen haben den Gesuchten offenbar gefunden. Können Sie mich mit dem Traktor zum Strand runterfahren? Jede Minute zählt!«

Am Strand hatte sich die Situation grundlegend geändert. Das Schnellboot der Küstenwache hatte den eingebrochenen Mann schnell erreicht und noch rechtzeitig herausfischen können. In dicke Decken eingewickelt saß er am Ufer, als auch Hannes endlich dort eintraf. Sein Knöchel schien nur verstaucht zu sein, denn nach dem ersten heftigen Stich hielt der Schmerz sich nun in Grenzen. Dennoch hinkte er bei dem Versuch, den linken Fuß möglichst wenig zu belasten. Auch der Verdächtige hatte keine ernsthaften Schäden davongetragen. Seine Zähne klapperten, und die Lippen waren blau. Außer einer Unterkühlung schien ihm nichts passiert zu sein. Dennoch war ein Rettungshubschrauber auf dem Weg, der bereits beim Einbrechen des Mannes angefordert worden war. Ein Kollege der Küstenwache trat dazu. In den Händen hielt er ein Gerät, das in der Mitte über einen Bildschirm verfügte. Links und rechts daneben waren kleine Joysticks angebracht.

»Das haben wir in dem Kahn gefunden. Ansonsten lagen nur noch ein Koffer für das Gerät, eine Decke, belegte Brote und eine Wasserflasche drin.«

Hannes nahm ihm die Fernsteuerung ab. Das Gerät war noch immer eingeschaltet und auch die Drohne musste noch über dem Haus von Niklas Lehmann schweben. Zumindest zeigte der Bildschirm eine Aufnahme des Grundstücks aus der Luft. Der Polizist ging vor dem Mann in die Hocke.

»Wie ist Ihr Name?«

»Kell… Kellermann«, stammelte er. Noch immer zitterte der Mann heftig.

»Vorname?«

»Paul.«

»Und wieso spähen Sie mit einer Drohne das Grundstück dort oben aus?«

»Ist … ein Hobby …«

»Leute auszuspionieren?«

»N… nein. Die Drohne zu fliegen.«

»Wie bringt man dieses Gerät dazu, dass es herfliegt und hier landet?«

Er streckte Kellermann die Fernbedienung entgegen und beobachtete misstrauisch, wie die zitternden Finger die kleinen Hebel bewegten. Über den Bildschirm verfolgte er die Flugroute. Sollte der Kerl die Drohne ins Wasser stürzen lassen wollen, würde er ihm die Fernsteuerung sofort entreißen. Kurz darauf erklang ein Surren, und das weiße Fluggerät mit den vier kleinen Propellern näherte sich. Die Landung erfolgte unsanft. Isabell hob es sofort auf, um es genauer zu betrachten.

»Keine Schussvorrichtung«, informierte sie ihren Kollegen. »Wir hatten also recht. Es befindet sich nur eine Kamera daran.«

»Schu… Schuss…vorrichtung?«, stammelte Kellermann. »Natürlich nicht!«

»Herr Kellermann, haben Sie diese Drohne auch am vorletzten Samstag eingesetzt?«, überging Hannes den Einwand. »In einem Gebiet weiter östlich von hier. Bei dem Hotel *Meeresschloss*?«

Kellermann schüttelte den Kopf.

»Wo befindet sich die Micro-SD-Karte, auf der die Aufnahmen gespeichert werden?«, hakte Hannes nach.

Kellermann deutete auf die entsprechende Stelle der Fernbedienung. Ein Knattern wurde lauter und Hannes vermutete, dass der Rettungshubschrauber im Anflug war. Isabell belehrte ihn eines Besseren.

»Da hat unser Chef aber ein sportliches Fahrzeug gefunden«, kicherte sie.

Hannes hob den Kopf. Ein altersschwacher Traktor rumpelte eine flachere Stelle herunter, die den Übergang vom Acker zum Strand bildete. Er besaß kein Führerhaus, und über dem linken Reifen schaukelte Federsens rundlicher Körper auf dem Beifahrersitz hin und her. Auch Hannes musste grinsen. Er nahm Isabell die Drohne aus der Hand und richtete die Kamera nach vorn auf den Strand.

»Das müssen wir festhalten«, meinte er belustigt.

Seine Fröhlichkeit erlosch schlagartig, als Federsen mühsam von seinem Sitz krabbelte und das Heft des Handelns sofort in die Hand nahm. Nachdem er sich von Isabell und Hannes über den bisherigen Verlauf hatte informieren lassen, baute er sich vor Paul Kellermann auf.

»Das Gerät ist beschlagnahmt! Haben Sie noch weitere Speicherkarten?«

Wieder schüttelte der Mann den Kopf. Ein Kollege der Küstenwache räusperte sich und deutete auf den Koffer. »Das stimmt nicht. Hier drin lagen noch zwei.«

»Die … sind leer«, brachte Kellermann hervor.

»Das werden wir überprüfen«, schnauzte Federsen ihn an. »Genauso werden wir nachsehen, ob sich in Ihrer Wohnung nicht noch weitere Karten befinden. Wenn Sie nicht wollen, dass bei Ihnen zu Hause alles auf den Kopf gestellt wird, rücken Sie die Dinger besser freiwillig raus. Finden werden wir sie sowieso.«

Langsam nickte Kellermann. »Okay. Ich geb sie Ihnen. Zu Hause … sind noch drei.«

Sein Zustand hatte sich in den letzten Minuten nicht gebessert. Als der Rettungshubschrauber landete, befanden sich Isabell und Hannes auf dem Rückweg über die Felder zum Dienstwagen. Federsen hatte dagegen herausgehandelt, mit Kellermann im Hubschrauber zurück in die Stadt gebracht zu werden. Ein weiterer Fußmarsch kam für ihn nicht infrage, und er hatte auch nicht vor, den klapprigen Traktor ein weiteres Mal zu besteigen.

KAPITEL 14

Per war beeindruckt. »Das ist keine Anfängerdrohne. Dieses Ding dürfte ausgezeichnet in der Luft liegen und auch Super-Aufnahmen machen.«

»Dann lass uns das sofort überprüfen«, schlug Isabell vor. »Beginnen wir mit der Speicherkarte, die Herr Kellermann heute benutzt hat.«

Der Inhalt führte jedoch dazu, dass sie den Inhalt im Schnelldurchlauf abspielten. Am Anfang war zu erkennen, wie sich die Drohe von dem kleinen Kahn erhob und auf direktem Weg das Grundstück von Niklas Lehmann ansteuerte. Dort flog sie eine Weile ziellos umher, bis sich der Wagen näherte. Als Leah aus der Beifahrertür stieg, stieß Per einen leisen Pfiff aus.

»Niklas scheint sich der Witwe ja intensiv zu widmen. Die beiden waren vor Jahren mal ein Paar. Ob sich da wieder was anbahnt?«

»Von einer normalen Freundschaft zwischen Mann und Frau hast du wohl noch nichts gehört«, erwiderte Isabell. »Beide sind enge Hinterbliebene von Sven. Ich finde es nicht besonders auffällig, dass sie jetzt Zeit miteinander verbringen.«

»Na, wer weiß«, antwortete Per diplomatisch und startete wieder den Schnelldurchlauf, als Niklas und Leah im Haus verschwanden. Die Drohne flog auf die dem Meer zugewandte Grundstücksseite, und die Kamera visierte die Fensterfront des Wohnzimmers an. Per wechselte zur normalen Abspielgeschwindigkeit zurück.

»Siehst du«, meinte Isabell, »sie sitzen auf dem Sofa und unterhalten sich. Sieht nicht so aus, als fielen sie gleich übereinander her.«

»Niklas wird nachher noch bei uns aufkreuzen«, sagte Hannes. »Es soll eine Gegenüberstellung mit Kellermann geben. Der behauptet zwar, mit Niklas nichts zu tun zu haben, aber irgendeinen Grund muss es ja geben, dass er sich so für ihn interessiert.«

»Was hat er denn für einen Grund angegeben?« Aufgrund der wenig spannenden Handlung spulte Per wieder ein Stück vor.

»Er habe mitbekommen, dass in der Villa ein Star wohnt. Die Drohne sei aber ohnehin ein Hobby von ihm. Da er sich gerade in der Nähe befand, wollte er sich etwas umsehen.«

»Und rein zufällig hat er dieses aufgemotzte Ruderboot an diesen Küstenabschnitt gesteuert?«

»Angeblich ist er damit öfter unterwegs. Um Wasservögel zu filmen.«

»Aha, na klar. Mitten im Winter wimmelt es da draußen ja auch von Geflügel«, war Pers sarkastischer Kommentar. »Seht mal, jetzt verschwinden Leah und Niklas aus dem Wohnzimmer. Das dürfte der Moment sein, in dem Federsen sie telefonisch gewarnt hat.«

Auf den Bildern war nun für längere Zeit kein Mensch zu sehen. Allein das machte Hannes misstrauisch. Wenn Kellermann die Drohne tatsächlich nur aus Neugier über das Haus gesteuert haben sollte, hätte er nun schnell das Interesse verlieren müssen. Sehenswerter wurde es erst wieder, als das Flugobjekt zurück zum Strand gesteuert wurde. Nachdem sie auf dem Sand aufgesetzt hatte, wurde die Drohne kurz darauf hochgehoben und in die Senkrechte gekippt. Die Kamera fing einen roten Traktor ein, der über den Strand rumpelte.

»Was ist das denn?«, rief Per erheitert.

»Das neueste Transportmittel, um einen übergewichtigen Ermittlungsleiter auch durch schwieriges Gelände zu transportieren.«

Isabell lachte. »Dieses Video sollten wir bei der nächsten Weihnachtsfeier abspielen.«

»Lasst uns einen Blick auf die beiden anderen Speicherkarten werfen«, schlug Hannes vor, ohne auf Isabells Lästereien einzugehen.

Kellermann hatte nicht gelogen. Die Karten hatten keinen Inhalt und dienten offenbar nur als Reserve. Die Ermittler hofften nun, dass Federsen nicht mit leeren Händen ins Präsidium zurückkehrte. Das tat er auch nicht.

Eine Stunde später brachte er Paul Kellermann und fünf weitere Speicherkarten mit. Da kurz zuvor auch Niklas eingetroffen war, hatte er sofort die Gegenüberstellung durchgeführt. Mit negativem Ergebnis. Der Sänger hatte Paul Kellermann nie zuvor gesehen. Auch der Name des Mannes sagte ihm nichts. Es hatte ihn aber aufgewühlt, dass jemand aus der Luft seine Privatsphäre verletzt hatte. Er hätte noch so hohe Mauern um sein Haus ziehen können, gegen eine derartige Ausspähung war er machtlos.

Auch der Leiter der Mordkommission befand sich im Konferenzzimmer, als Federsen schließlich zu seinen Kollegen stieß. Per spielte sofort den Inhalt der weiteren Speicherkarten ab. Einige enthielten tatsächlich Aufnahmen von Wasservögeln, andere zeigten Landschaften. Kellermann musste die Drohne schon länger im Einsatz haben, denn eine Speicherkarte zeigte ein ausgedehntes Video von der Ostseeküste im Sommer. Per ließ das Video im normalen Tempo laufen, als sich die Drohne einem Strandabschnitt näherte. Mehrere Menschen aalten sich in der Sonne, offenbar war die Drohne auch in diesem Fall von dem kleinen Boot gestartet worden.

»Herr Kellermann interessiert sich nicht nur für die Tierwelt«, lästerte Per. »Er setzt die Drohne auch zum Spannen ein. Schaut mal, das ist ein FKK-Strand.«

»Schweinerei!« Federsens Gesicht lief dunkelrot an, als er die nackten Menschen erblickte. »Bald ist man vor diesen

Dingern nirgendwo mehr sicher. Jetzt legen Sie aber mal diese Karte hier ein. Die lag in der Schublade, aus der Kellermann die anderen geholt hat. Er dachte wohl, ich hätte sie nicht gesehen, als er die Lade schnell wieder zuschob. Als ich ihn drauf aufmerksam machte, behauptete er, sie übersehen zu haben.«

Als das Video begann, rückten alle enger vor dem Bildschirm zusammen. Auch diesmal hob die Drohne von dem Kahn ab. Viel war nicht zu sehen, die Sonne musste zu dem Zeitpunkt gerade untergegangen sein.

»Treffer!«, rief Per. Er hatte sich parallel die Eigenschaften der Videodatei angesehen. »Das Datum von Sven Lehmanns Hochzeit! Die Aufnahme startete um Viertel nach fünf.«

Wie um seine Worte zu bestätigen, tauchte kurz darauf der Strand auf, der von Fackeln und Feuerschalen erleuchtet wurde. Die Drohne umflog den Strandabschnitt jedoch in einem weiten Bogen.

»Warum hat er das Ding nicht direkt darüber gesteuert?«, fragte Federsen.

»Damit sie nicht bemerkt wird«, vermutete Per. »Es war zwar schon ziemlich dunkel, aber man hätte das Geräusch der Propeller hören können. Die sind zwar nicht laut, aus naher Distanz aber zu hören. Außerdem wollte er sich wohl erst einen Überblick verschaffen. Hier: Jetzt taucht das erleuchtete Schloss auf.«

»Hoffentlich hielt er sich bei dem Hotel nicht zu lange auf«, meinte Hannes aufgeregt. »Der Schuss auf Sven dürfte in wenigen Minuten fallen.«

Die Drohne umrundete zunächst seelenruhig das Hotel. Dann filmte sie wieder den Vorplatz des Gebäudes.

»Stopp«, verlangte Federsen, und Per hielt die Aufnahme an. »Da, die beiden Leute. Das dürften dieser Mitarbeiter, Langfinger, und die Sicherheitsfrau sein. Die Aussagen der beiden haben also gestimmt. Wir müssen die Aufnahme vergrößern und schärfen lassen.«

Erneut startete Per die Wiedergabe. Die Drohne schwenkte ab und ließ das Hotel hinter sich. Für einen Moment war nur Dunkelheit zu sehen, dann tauchten kleine Lichter auf.

»Der Weg zum Strand«, rief Isabell, »der an dem Wirtschaftsgebäude vorbeiführt.«

Kurz darauf tauchte das genannte Gebäude auf dem Bildschirm auf.

»Jetzt wird es spannend«, meinte Hannes atemlos. »Die Drohne bewegt sich genau auf den Korridor zu, aus dem der Schuss abgegeben wurde. Vielleicht …«

»Seht mal!«, fiel ihm Isabell ins Wort. »Da war eine Bewegung hinter diesem Busch. Dort glimmt auch was.«

»Zigaretten«, stieß Federsen hervor. »Das muss der Busch sein, hinter dem sich Bastian Eckhoff versteckt hat. Die Kippen haben wir ja gefunden.« Seine Nerven benötigten offenbar eine Beruhigung, denn er steckte sich selbst hektisch einen Glimmstängel an. »Lassen Sie das Video ab jetzt in Slowmotion laufen.«

Per folgte der Anweisung. Dann drückte er entschlossen auf die Stopptaste und deutete auf den Bildschirm. »Hier, an dem Baum steht jemand! Achtet auf die Stelle, wenn ich das Video weiterlaufen lasse.«

Auch seine Kollegen konnten einen menschlichen Umriss erahnen, als der Film langsam weiterlief. Ein Lichtblitz zuckte auf, und die Drohne wackelte leicht.

»Das dürfte die erste Rakete des Feuerwerks gewesen sein«, vermutete Per. »Kellermann hat sich wahrscheinlich erschrocken, deshalb schwankt das Bild.«

Erneut drückte er die Wiedergabetaste. Die Kamera schwenkte nach oben und fing weitere Explosionen am Himmel ein. Allerdings waren die Effekte nicht im Vollbild zu erkennen, da die Kamera nicht weit genug nach oben gedreht werden konnte.

»Das darf nicht wahr sein«, stöhnte Isabell. »Im entscheidenden Moment filmte dieses blöde Ding den Himmel ab!«

»Wir müssen den Ausschnitt des Baumes herausarbeiten lassen«, bestimmte der Kommissar. »Wenn der Schütze an der Stelle stand, können wir ihn vielleicht erkennen. Die Kamera hat ihn immerhin kurz vor dem Moment erfasst, in dem der Schuss abgefeuert wurde.«

Der Film lief im Zeitlupentempo weiter. Die Kamera schwenkte zurück zum beleuchteten Schloss, offenbar sollte noch einmal die gesamte Szenerie abgefilmt werden. Dann senkte sie sich wieder zum Boden, und alle zuckten zusammen. Diesmal war es deutlich zu erkennen. Ein Mensch arbeitete sich mit schnellen Bewegungen durch das Gebüsch den Hang hinauf. Er befand sich noch immer ganz in der Nähe des Baumes, an dem die Ermittler kurz zuvor einen menschlichen Umriss vermutet hatten. Dann fing die Kamera den Strand ein, an dem die Hochzeitsgäste bereits panisch durcheinanderliefen. Ihre Aufmerksamkeit galt dem kleinen Steg. Die Kamera zoomte näher heran. Die Ermittler folgten stumm dem weiteren Geschehen, das sie bisher nur aus Zeugenbefragungen kannten. Irgendwann bewegte sich die Drohne vom Land weg, und nach ein bis zwei Minuten Dunkelheit kamen die Planken des Bootes ins Bild, als sie zur Landung ansetzte.

Eine Weile schwiegen alle und hingen ihren Gedanken nach. Steffen Lauer strich sich über den Schnurrbart, dann erhob er sich und blickte ernst in die Runde.

»Ich denke, Ihnen allen ist klar, dass wir kurz vor dem Durchbruch stehen. Dank dieser Aufnahmen müssen wir uns nicht mehr allein auf die Aussagen der Zeugen und Verdächtigen verlassen. Herr Hoffmann, Sie sorgen dafür, dass unsere Spezialisten die entscheidenden Szenen so gut wie möglich bearbeiten. Zum einen müssen wir wissen, wer diese Person war, die vor und nach dem Schuss schemenhaft zu sehen war. Zum anderen überprüfen Sie bitte mit Ihrer Kollegin, ob unsere bisherigen Annahmen zu den Aufenthaltsorten der Personen am Strand stimmen. Achten Sie vor allem darauf, wo sich die Verdächtigen tatsächlich befanden, als die Kamera wieder den Strand erfasste.«

Die Angesprochenen nickten. »Eine Sache ist mir schon aufgefallen«, merkte Isabell an. »Steinfeld kam erst verdächtig spät auf dem Steg an. Wir müssen noch mal die Zeit stoppen, aber ich glaube, dass die Zeugenaussagen stimmen, und er uns angelogen hat.«

»Tun Sie das. Und genauso gehen Sie bei den anderen Personen vor. Henning, du und Herr Niehaus, ihr werdet jetzt sofort Herrn Kellermann vernehmen. Wo ist er denn?«

»Im Verhörzimmer.« Federsen fletschte leicht die Zähne. »Er schuldet uns überzeugende Antworten.«

»Sehe ich auch so. Zunächst mal sollte er eine plausible Begründung parat haben, warum er uns das Material vorenthalten hat. Wenn es ihm nicht schon anhand des Videos klar gewesen ist, muss er doch spätestens aus der Presse erfahren haben, dass Sven Lehmann erschossen wurde.«

»Die Antwort darauf werde ich sofort aus ihm rausholen!« Federsen erhob sich und verließ das Zimmer, um der Ankündigung Taten folgen zu lassen.

Paul Kellermann war Mitte dreißig und bei der Stadt als Sozialarbeiter angestellt. Da die finanziellen Mittel in diesem Bereich begrenzt waren, übte er seine Tätigkeit nur mit zwanzig Stunden in der Woche aus. Die braunen Haare hingen ihm strähnig in ein Gesicht, das von einer Vielzahl von Leberflecken überzogen war. Er wirkte verunsichert, als der beleibte Kommissar und der junge Mann mit den verschiedenfarbigen Augen das Vernehmungszimmer betraten. Federsen vergeudete keine Zeit.

»Was haben Sie am vorletzten Samstag vor dem *Meeresschloss* gemacht und warum wollten Sie Ihren Aufenthalt vor uns geheim halten?«

»Ich … hatte gehört, dass es eine … Traumhochzeit gibt. Dachte, ich könnte ja mal was anderes filmen.« Der Mann zitterte inzwischen nicht mehr vor Kälte.

»Angenommen, das stimmt«, übernahm Hannes. »Wieso haben Sie uns das Filmmaterial dann nicht zur Verfügung gestellt? Ihnen war sicher klar, dass es wichtig für uns ist.«

»Weil … es ist ja sowieso nichts zu sehen. Ich war von dem Feuerwerk fasziniert, und als ich die Kamera wieder auf den Strand richtete, lag der Mann schon auf dem Steg.«

»Stellen Sie sich nicht dumm«, polterte Federsen. »Trotzdem handelt es sich um wichtiges Beweismaterial. Hätten wir es früher in den Händen gehabt, wäre der Täter vielleicht schon gefasst.«

»Vermutlich hatten Sie einen guten Grund«, ergänzte Hannes. »Sie haben selbst geschossen. Entweder von Ihrem Boot aus, oder an der Drohne war eine entsprechende Vorrichtung.« Dass sich das Boot komplett außerhalb des möglichen Schusskorridors befand, musste Kellermann nicht wissen. Genauso wenig, dass eine Schussvorrichtung an dem Fluggerät inzwischen ausgeschlossen werden konnte. Das Verschweigen dieser Tatsachen führte zum Erfolg. Der Mann verlor sämtliche Gesichtsfarbe. Dass er auch als Tatverdächtiger vernommen werden könnte, schien er nicht bedacht zu haben.

»Das ist … auf keinen Fall! Ich bin das nicht gewesen, das müssen Sie mir glauben!«

»So wie den Rest Ihres Geschwätzes?«, fuhr ihn Federsen an. »Was glauben Sie denn, welchen Eindruck Sie auf uns machen?«

»Das … weiß ich nicht. Aber gut, ich sage Ihnen, warum ich mich nicht bei Ihnen gemeldet habe. Ich darf meinen Job nicht verlieren! Es ist sowieso nur eine halbe Stelle. Es gibt Schwierigkeiten, wenn mein Arbeitgeber mitbekommt, dass ich heimlich diese Hochzeit gefilmt habe.«

»Nicht nur die Hochzeit. Heute haben Sie auch noch Niklas Lehmann ausgespäht. Den Bruder des Toten. Schon merkwürdig, dass Ihr Interesse ausgerechnet diesen beiden gilt.«

»Das ist, weil ich … bin ein Fan! Mich interessiert, was sie tun und wie sie leben.«

»Ach ja?«, zweifelte Hannes. »Dann wissen Sie sicher viel über die Band. Wie viele goldene Schallplatten hat *Cloud Palace*?«

»Ähm, ich glaube drei.«

»Das ist falsch. Aus wie vielen Musikern besteht die Gruppe?«

»Fünf.«

»Auch falsch. Wie heißt die aktuelle Single?«

Kellermann gab auf. »Das weiß ich nicht. Also gut, ich gebe zu, ich bin kein Fan. Trotzdem interessiert mich, wie Promis so leben. Außer den beiden gibt es ja nicht viele in unserer Gegend. Da ich sowieso öfter mit dem Boot rausfahre, wollte ich sie mir mal aus der Nähe ansehen. Hätte ich das bloß nicht getan!«

»Das wäre besser für Sie gewesen«, bestätigte Federsen. »Und wohl auch für Sven Lehmann! Mit diesen Ausflüchten haben Sie Ihre Situation nicht verbessert. Also noch mal von vorn.«

Doch es folgten nur neue Ausflüchte und abenteuerliche Begründungen. Kellermann redete sich um Kopf und Kragen, blieb in einem Punkt aber standhaft: Weder habe er Sven ermordet noch dessen Bruder schädigen wollen. Angesichts dieses Starrsinns wurde die Stimme des Kommissars lauter. Dann öffnete sich die Tür. Hektisch winkte Per ihn und Hannes zu sich heraus.

»Wir haben den Mörder«, rief er enthusiastisch, als die Tür ins Schloss fiel. »Ein Techniker hat die Person, die bei dem Baum stand und wenig später den Hang raufgehastet ist, sichtbar machen können. Es besteht kein Zweifel, denn er hält eine Waffe in der Hand! Seht selbst!«

Er hielt seinen Kollegen zwei Ausdrucke des Videoausschnitts entgegen. Tatsächlich waren sie eindeutig. Auf dem ersten Bild stand der Mann mit ausgestrecktem Arm hinter dem Baum. In der Hand hielt er einen Gegenstand, der einer Pistole stark ähnelte. Sie zeigte in Richtung des Strandes. Auf dem zweiten Bild entfernte sich der Mann von seinem Versteck, und diesmal war die Pistole klar zu erkennen – genauso klar wie die Identität des Schützen.

Isabell blieb im Präsidium, um weitere von den Technikern bearbeitete Bilder auszuwerten. Schon jetzt konnten die meisten Verdächtigen von der Liste genommen werden.

»Annika Morgen und die beiden Backgroundsänger Mia und Dennis haben uns ihre Position korrekt geschildert«, fasste Per den aktuellen Stand für Federsen und Hannes zusammen. Erst vor wenigen Sekunden hatte er mit Isabell telefoniert. Das Polizeifahrzeug hatte bereits den Großteil der Strecke zurückgelegt, in wenigen Minuten würden sie ihr Ziel erreicht haben. Auch ein Sondereinsatzkommando befand sich auf dem Weg.

»War bei den dreien etwas Verdächtiges erkennbar?«, hakte Hannes nach.

»Nein. Annika hielt ihre Violine in der Hand, bei Mia und Dennis war gar nichts zu sehen. Erik von Wagner dürfte uns auch nicht angelogen haben. Als ihn die Drohne wieder im Bild hatte, befand er sich sogar außerhalb des Schusskorridors. Bei Kai Hartenbach war auch nichts Auffälliges zu erkennen. Sogar die letzten Angaben des Managers stimmen, obwohl er uns oft genug angelogen hat. Er war hinter dem Busch und wäre später fast Tobias Steinfeld in die Arme gelaufen, als der sich auf den Weg zurück zum Strand machte.«

Wo sich der Sicherheitschef zuvor befunden hatte, war nun zweifelsfrei geklärt. Nachdem er den Bandmanager am Schloss verabschiedet hatte, war er nicht zum Strand zurückgekehrt.

Das erklärte auch, warum er Eckhoff nicht bis zum Tor hatte begleiten wollen. Stattdessen hatte er sich hinter dem Baum die perfekte Schussposition gesucht und auf den richtigen Moment gewartet. Nachdem er den tödlichen Schuss abgegeben hatte, war er hangaufwärts geeilt. Wohin, das verrieten auch die Aufnahmen der Drohne nicht. Vermutlich hatte er irgendwo ein Versteck vorbereitet. Dort musste er die Tatwaffe deponiert haben, bevor er sich zurück zum Strand begeben hatte.

Es dämmerte, als mehrere Einsatzfahrzeuge vor dem Einfamilienhaus der Steinfelds eintrafen. Soweit die Ermittler wussten, befanden sich die Frau und Tochter des Mannes noch immer bei dessen Schwiegereltern. Dennoch waren die Kollegen des Sondereinsatzkommandos zu erhöhter Vorsicht aufgerufen worden. Die Fenster des Gebäudes waren dunkel, lediglich am Nachbarhaus zeigte ein Schatten hinter einem erleuchteten Fenster, dass die Ankunft der Polizei nicht unbemerkt geblieben war. Die Aktion begann unverzüglich.

Federsen blieb mit Per und Hannes hinter dem Wagen in Deckung, während die Spezialkräfte auf das Gebäude zuliefen. Lautlos schwärmte ein Teil der Truppe aus, um das Haus von allen Seiten einzukreisen. Nur Sekunden später zerstörte eine kleine Explosion die Haustür. Da Steinfeld im Sicherheitsgewerbe tätig war und sein eigenes Haus schärfer als ein Durchschnittsbürger gesichert haben dürfte, hatte man sich von vornherein auf eine harte Gangart verständigt. Wie erwartet, begann in diesem Moment eine Alarmanlage lautstark ein piependes Signal von sich zu geben. Unbeeindruckt stürmten die Einsatzkräfte das Haus. Durch die Fenster konnte man das Flackern ihrer Lichter erkennen. Weitere Nachbarn zeigten sich an den Fenstern.

Gespannt verfolgten die Ermittler aus sicherer Distanz – aber so gut wie blind – das Geschehen. Erleichtert registrierte Hannes, dass bisher kein Schuss gefallen war.

»Hoffentlich ist Steinfeld zu Hause«, bemerkte er besorgt. »Es brannte kein Licht. Vielleicht ist er zu den Schwiegereltern gefahren, um seine Frau und die Tochter zu treffen.«

Der Leiter des Sondereinsatzkommandos trat hinzu. »Ich habe eben die Nachricht bekommen, dass Steinfeld im Gebäude gefunden wurde. In seinem Büro.«

»Hat er Gegenwehr geleistet?«, fragte Federsen und machte sich schon auf den Weg.

»Das war schlecht möglich. Er hat sich eine Kugel in den Kopf gejagt.«

Die Rechtsmedizinerin Maria Stern beendete mit konzentriertem Gesichtsausdruck ihre erste Untersuchung des Toten. Der Sicherheitschef von *Cloud Palace* saß auf einem Drehstuhl im Büro seines Hauses. Der Oberkörper war über dem Schreibtisch zusammengesackt, an der Schläfe klebte getrocknetes Blut. Auch der linke Arm lag auf dem Schreibtisch, und die dazugehörige Hand hielt eine Pistole fest umklammert. Unbehaglich musterte Hannes den Toten, in seinem Magen rumorte es. Er gewöhnte sich nie an den Anblick von Leichen, genauso wie er Marias Berufswahl niemals würde nachvollziehen können. Mühsam unterdrückte er das Verlangen, auf schnellstem Weg die Toilette anzusteuern, und wandte den Blick vom Schreibtisch ab.

Maria streifte die Gummihandschuhe ab und strich sich eine schwarze Haarsträhne aus der Stirn. »Zu neunzig Prozent Selbstmord. Der Schusswinkel, die Haltung des Armes und des Körpers, das passt auf den ersten Blick zusammen. Wir prüfen noch, ob er Schmauchspuren vom Abfeuern der Waffe am Handgelenk hat. Sollte das der Fall sein, kommen wir auf eine neunundneunzigprozentige Sicherheit.«

»Und das fehlende Prozent?«, fauchte Federsen. Ihn wurmte es sichtlich, dass sich Sven Lehmanns Mörder dem Zugriff entzogen hatte. Außerdem ging ihm die Rechtsmedizinerin auf die Nerven. Ließ sich wie immer ein Hintertürchen offen.

»Das wird wohl bestehen bleiben«, sagte die junge Frau ungerührt. »Wenn es keinen Augenzeugen gibt, können Sie bei einem Selbstmord nie ausschließen, dass ihn jemand bis ins kleinste Detail nachgestellt hat.«

»Verdammter Mist!« Federsen funkelte seine beiden Kollegen an. »Herr Niehaus und Herr Hoffmann, klappern Sie alle Nachbarn ab, ob denen was aufgefallen ist. Wie lange liegt der Kerl schon hier, Frau Stern?«

»Kann ich noch nicht exakt sagen. Da aber die Leichenstarre eingesetzt hat, sicher mehrere Stunden.«

»Wir müssen also nachvollziehen, was der Mann seit der Landung auf dem Flughafen gemacht hat«, bestimmte Federsen. »Herr Niehaus, rufen Sie Ihre Kollegin an. Die soll sich da schon dranmachen, während Sie die Nachbarhäuser abklappern. Wir müssen auch sein Telefon auswerten, ob er heute noch mit jemandem telefoniert hat. Dieser Scheißtyp! Er hat gespürt, dass wir ihm immer dichter auf die Pelle gerückt sind. Dass er sich aber gleich das Licht auspustet, hätte ich nicht erwartet.«

»Vielleicht steckt mehr dahinter«, spekulierte Per. »Kann ja sein, dass wir nicht sein einziges Problem waren.«

»Ich spreche mit seiner Frau«, entschied der Kommissar. »Heute Abend treffen wir uns alle noch mal mit Steffen im Präsidium. Frau Stern, Sie kommen auch dazu!«

In den folgenden zwei Stunden gingen alle Polizisten mit größter Sorgfalt ihren Aufgaben nach. Das Ergebnis, das sie Steffen Lauer anschließend im Konferenzraum vortragen konnten, war eindeutig. Isabell präsentierte die ersten Puzzleteile.

»Die Musiker von *Cloud Palace* sind pünktlich um zehn Minuten nach elf gelandet. Tobias Steinfeld war auch an Bord. Sie haben den Flughafen gemeinsam verlassen, dann ging jeder seiner eigenen Wege. Morgen früh wollten sie sich wieder zum Abflug nach München treffen. Die Backgroundsängerinnen fuhren gemeinsam los, Niklas nahm Erik mit, der Rest fuhr alleine ab. Da der Flughafen ja ein gutes Stück entfernt ist, hatten sie ihre Autos dort geparkt. Alle gingen davon aus, dass Steinfeld nach Hause fährt.«

»Das muss er auch getan haben«, bestätigte Maria. »Wir haben uns beim Todeszeitpunkt grob auf dreizehn Uhr festgelegt.«

»Hat er sich auffällig verhalten?«, fragte Per in Isabells Richtung.

»Den Musikern ist nichts Besonderes aufgefallen. Er sei aber seit gestern angespannt gewesen.«

»Da hatten wir ihn noch mal verhört«, erinnerte Hannes seine Kollegen. »Spätestens zu dem Zeitpunkt ist ihm klar geworden, dass er ganz oben auf der Liste stand.«

»Wir haben seine Telefonate ausgewertet«, fuhr Isabell fort. »Heute hat er nur ein Gespräch geführt, das muss auf der Fahrt vom Flughafen zu seinem Haus gewesen sein. Es dauerte knapp dreißig Minuten. Mit seiner Frau.«

»Die ihm die bevorstehende Trennung verkündet hat«, vervollständigte Federsen das Bild. »Ich war vorhin bei ihr. Sie erzählte, dass es schon länger zwischen den beiden kriselte. Aufgrund der Hausdurchsuchung vermutete sie, dass ihr Mann in krumme Dinger verwickelt ist, und flüchtete zu ihren Eltern. Bei denen hielt sie sich seitdem auf und dachte über ihre Ehe nach. Das Ergebnis fiel für Tobias Steinfeld nicht gut aus.«

»Wie hat er reagiert, als seine Frau ihm das mitteilte?«

»Er fiel wohl aus allen Wolken. Wollte sofort zu ihr fahren, aber das lehnte sie ab. Dann bettelte er sie an, sich die Trennung noch mal zu überlegen. Erfolglos.«

»Niklas hat mir auch noch etwas Interessantes erzählt.« Isabell zog bedeutungsvoll die rechte Augenbraue hoch. »Sein Vertrauensverhältnis zu Steinfeld habe wegen all der merkwürdigen

Vorkommnisse stark gelitten. Er erinnerte sich auch wieder, dass der Mann früher vermutlich Interna an die Presse gegeben hat, und wusste außerdem, dass wir einen starken Verdacht gegen Steinfeld haben. Also teilte Niklas ihm gestern nach dem Konzert mit, dass *Cloud Palace* sich einen neuen Sicherheitsdienst suchen würde.«

»Das ganze Leben des Mannes war dabei, sich in ein Scherbenmeer zu verwandeln«, resümierte Steffen Lauer. »Dass er von einer Drohne gefilmt worden war, konnte er zwar nicht wissen, wohl aber, dass wir ihm dicht auf den Fersen waren. Er hat nichts mehr gesehen, wofür es sich zu kämpfen lohnt. Ins Gefängnis wollte er nicht.«

Auch Maria konnte noch etwas beitragen. »An seinem Handgelenk haben wir tatsächlich Schmauchspuren gefunden. So gesehen deutet alles darauf hin, dass er sich selbst erschossen hat. Allerdings …« Sie schwieg einen Moment, als suchte sie nach Worten.

Steffen Lauer wurde sofort aufmerksam. »Gibt es andere Auffälligkeiten?«

»Seine Körperhaltung. Ganz genau kann man natürlich nie ausrechnen, wie ein Körper nach einem Kopfschuss zusammenklappt. Steinfelds Position könnte also schon passen, aber … ich bin nicht ganz überzeugt.«

»Es gibt noch etwas Merkwürdiges«, meldete sich Hannes. »Die Nachbarn haben nichts Ungewöhnliches gesehen, aber einer hat etwas gehört. Er kann sich nicht an die genaue Uhrzeit erinnern, aber um die Mittagszeit meint er, einen Knall gehört zu haben.«

»Der Schuss«, vermutete Federsen. »Passt doch.«

»Ja, klar. Allerdings folgte auf den ersten Knall ein zweiter. Steinfeld hat aber nur ein Loch im Kopf.«

»Vielleicht hat sich der Nachbar getäuscht. Oder es handelte sich bei dem, was er gehört hat, nicht um Schüsse.«

»Das muss auf jeden Fall untersucht werden«, sagte Lauer entschieden. »Lasst Steinfelds Haus noch mal dahingehend untersuchen, ob irgendwo eine weitere Kugel eingedrungen oder fremdes Blut zu finden ist. Vielleicht brach jemand bewaffnet bei dem Mann ein, Steinfeld gab einen Schuss ab, wurde dann im Gegenzug aber selbst erwischt.«

Federsen hielt das für abwegig. »Die Kugel in seinem Kopf stammt aber aus der Pistole, die in seiner Hand lag. Darauf waren keine fremden Fingerabdrücke. Laut Frau Stern spricht auch die Körperhaltung für den Selbstmord.«

»Ich habe gesagt, dass ich noch Restzweifel habe«, korrigierte ihn die Rechtsmedizinerin. »Ich kann sie allerdings nicht belegen, es ist ein Gefühl.«

»Beim Mord an Sven Lehmann gibt es dagegen gar keinen Zweifel«, wechselte Per das Thema. »Den ganzen Nachmittag wurde weiter an den Bildern der Drohne gearbeitet. Zwar hat sie den eigentlichen Schuss nicht gefilmt, zeigte Steinfeld aber unmittelbar davor und danach. Er stand am richtigen Ort, richtete die Waffe auf den Steg und entsorgte anschließend die Pistole. Vermutlich in einem präparierten Versteck, da die Spurensicherung nichts finden konnte.«

»Ich habe die Kollegen noch mal hingeschickt«, teilte Federsen mit. »Jetzt können wir das Gebiet enger eingrenzen, vielleicht wird die Arbeit diesmal ordentlich erledigt.«

Steffen Lauer ignorierte die gehässige Spitze des Kommissars und schaute beifällig in die Runde. »Das war hervorragende Arbeit, auch wenn wir den Täter nicht lebend fassen konnten. Für morgen Vormittag habe ich eine Pressekonferenz angesetzt, bei der wir die Lösung des Falls und den Mörder präsentieren werden. Lassen Sie uns jetzt noch kurz besprechen, welche Informationen wir an die Presse herausgeben.«

Hannes bekam ein flaues Gefühl im Magen. Nun galt es. Er erinnerte sich noch gut an das Versprechen, das er Emil

Wegberg gegeben hatte. Es war unbestreitbar, dass der Reporter hilfreiche Hinweise zur Ergreifung des Täters geliefert hatte. Wenn nicht sogar die entscheidenden. Ohne ihn wären die Ermittler nicht auf den Drohnenpiloten aufmerksam geworden, wodurch wiederum die Identität des Schützen weiter ungeklärt geblieben wäre. Aufmerksam verfolgte der Sportpolizist Lauers Vortrag darüber, welche Details der Leiter der Mordkommission der Presse weiterzugeben gedachte. Noch immer wusste Hannes nicht, wie er sich Wegberg gegenüber verhalten sollte.

Die Gardinen in Niklas Lehmanns Haus waren am Abend zugezogen. Zwar war der Drohnenpilot gefasst worden, doch das Gefühl, sich frei und unbeobachtet auf seinem Grund und Boden bewegen zu können, war ihm abhandengekommen. Dass die verdeckten Fenster auch Wegberg zu einem vorzeitigen Abstieg von seinem Beobachtungsbaum bewogen hatten, konnte Niklas nicht wissen. Am nächsten Tag sollte die Tournee, wie geplant, in München fortgesetzt werden. Anschließend würde er aufgrund der eng getakteten Auftritte eine Zeit lang nicht mehr in sein Haus am Meer zurückkommen können.

Das nächste Konzert erschien ihm an diesem Abend meilenweit entfernt. Der bisherige Tagesverlauf hatte einige unvorhergesehene Ereignisse mit sich gebracht, über die er gerade mit Leah sprach. Als er ihr erzählte, dass die Polizei Tobias Steinfeld als Mörder seines Bruders überführt hatte, brach sie in Tränen aus. Tröstend nahm er sie in die Arme und strich ihr behutsam über die Haare.

»Jetzt ist endlich alles vorbei. Wir können wieder nach vorne sehen«, sagte er.

»Ist sich die Polizei sicher?«, schniefte Leah und schnäuzte sich dann in ein Taschentuch.

»Ja. Dieser Kerl, der mich heute mit der Drohne ausspionieren wollte, hat auch Filmaufnahmen von der Hochzeit gemacht. Darauf ist Tobias mit einer Pistole zu sehen, mit der er auf Sven zielte. Wirklich unfassbar!«

Leah wischte sich über die Augen. »Im Rückblick ist es das vielleicht gar nicht. Von allen Leuten, die infrage kamen, war er im Grunde die wahrscheinlichste Option. Er hat sich zuletzt nicht mehr gut mit Sven verstanden, irgendwas muss zwischen den beiden vorgefallen sein.«

Niklas schwieg, denn von Svens Affäre mit Steinfelds Nichte musste Leah in ihrem derzeitigen Zustand nicht unbedingt erfahren. »Ich hatte zuletzt auch kein gutes Gefühl mehr«, bekräftigte er stattdessen. »Die Polizei dürfte sich ja nicht ohne Grund an Tobias festgebissen haben, und außerdem hatte er auch unsere Sicherheit kaum noch im Griff.«

»Meinst du, dass er dir auch was antun wollte?«

Niklas zögerte. »Eigentlich kann ich mir das nicht vorstellen, aber … wer weiß. Ich hatte ihm heute gesagt, dass wir einen neuen Sicherheitsdienst engagieren werden. Hätte er sich nicht selbst erschossen, wäre ich vielleicht auch in Gefahr gewesen. Ich hoffe, dass ich mich bald wieder ungezwungen bewegen kann und nicht hinter jeder Ecke einen Mörder, Erpresser oder Spion vermuten muss.«

»Du hast in den letzten Tagen wirklich einiges auszuhalten gehabt«, sagte Leah und betrachtete ihn mitfühlend. »Hoffentlich wird das nicht zum Normalzustand. *Cloud Palace* ist so populär, dass du dich wahrscheinlich nie mehr frei durch die Straßen bewegen kannst. Ist es das überhaupt wert?«

»Die Frage habe ich mir in den letzten Tagen auch gestellt. Aber jetzt ist es sowieso zu spät. Würden wir unsere Karriere sofort beenden, hätten wir trotzdem erst mal kein normales Leben. Außerdem macht es einfach zu viel Spaß. Die Musik ist mein Leben, was sollte ich stattdessen tun? Ich kann ja sonst nicht wirklich was.« Sein berüchtigtes Grinsen zeigte sich zum ersten Mal seit Tagen.

»Das stimmt doch nicht. Außerdem könntest du für andere Bands Songs komponieren oder ein Plattenlabel gründen.«

»Das ist eher was für später. Ich wollte immer genau dahin, wo ich im Moment stehe. Soll ich meinen Traum ausgerechnet jetzt aufgeben, wo er in Erfüllung geht? Dann ertrage ich es lieber noch ein paar Jahre, dass Fans und Reporter jeden meiner Schritte verfolgen.«

»Dieser Typ, der die Drohne gesteuert hat: Warum hat er das getan?«

Niklas zuckte mit den Schultern. »Er behauptete, ein Fan zu sein. Die Polizei nimmt ihm das aber nicht ab. Ich hab ihn heute gesehen, aber er kam mir kein bisschen bekannt vor. Paul Kellermann. Wahrscheinlich ist er einfach nur etwas verrückt und findet es spannend, was er tut.«

»Hoffentlich hast du recht.« Leah seufzte. »Ich … könnte es nicht ertragen, wenn auch dir noch was zustößt. Es hat so gut getan, dass du in den letzten Tagen in meiner Nähe warst. Ich hab mich dadurch sicherer gefühlt und … geborgen. Ich will gar nicht an die nächsten Wochen denken, in denen du in irgendeinem Hotelzimmer liegst und …«

Sie brach ab. Vermutlich sah sie in diesem Hotelzimmer leicht bekleidete Frauen vor sich, sagte aber nichts. Niklas bemerkte, dass sie mit den Tränen kämpfte, und wurde von einem warmen Gefühl durchflutet. Er verdrängte das schlechte Gewissen, das er deswegen gegenüber seinem Bruder empfand. Sanft legte er eine Hand unter Leahs Kinn und drehte ihr Gesicht zu sich.

»Heute Abend bin ich ja noch hier. Mir wäre es auch lieber, morgen nicht weg zu müssen. Aber die Zeit wird schnell vorbeigehen, und wenn du willst, kannst du mich ja in der einen oder anderen Stadt besuchen. Das … würde mir viel bedeuten.«

Sie blickten sich in die Augen. Sekunden später trafen ihre Lippen aufeinander. Mit steigender Erregung zerrten sie sich die Kleidung herunter und ließen ihren Gefühlen freien Lauf. Es war eine Mischung aus Verzweiflung, Trauer und schlechtem Gewissen, aber auch aus Leidenschaft, Sehnsucht nach Nähe und – einer neuen Liebe. Hätte er davon gewusst, es wäre für Emil Wegberg eine große Enttäuschung gewesen, dass er diesen entscheidenden Moment nun doch verpasst hatte.

Letztlich war Hannes die Entscheidung nicht mehr schwergefallen. Augen zu und durch. Eine Vereinbarung war nun mal mit Konsequenzen verbunden, und außerdem hätte der Mord an Sven Lehmann ohne die Hinweise des Reporters bislang nicht aufgeklärt werden können. Als die Besprechung mit Steffen Lauer beendet war, ging er in sein Büro und schloss die Tür sorgfältig. Emil Wegberg war sofort am Telefon.

»Ich wollte mich bedanken«, begann Hannes.

»Wegen der Drohne? Gern geschehen. Steckte ein Konkurrent von mir dahinter? Dann hat es sich ja auch für mich gelohnt.«

»Es war keiner Ihrer Konkurrenten. Trotzdem hat es sich für Sie gelohnt. Ich rufe Sie nämlich an, um meinen Teil der Vereinbarung einzuhalten.«

Der Sportpolizist erläuterte die Hintergründe und hielt sich an die Fakten, die Steffen Lauer am nächsten Tag im Rahmen einer Pressekonferenz öffentlich machen würde. Wegberg unterbrach ihn kein einziges Mal. Als Hannes seinen Bericht beendet hatte, klang der Reporter zufrieden.

»All das wird erst morgen bekannt gegeben?«

»Um zehn Uhr«, bestätigte Hannes.

»Das ist gut. Dann werde ich mich gleich an den Artikel setzen.«

»Ein Problem gibt es noch«, meinte Hannes betreten.

»Und zwar?«

»Wenn Sie Ihren Namen unter den Artikel setzen, kann sich mein Chef sofort zusammenreimen, woher Sie diese Informationen so früh bekommen haben.«

Wegberg schnaufte ungläubig aus. »Erwarten Sie etwa, dass ich jemand anderem den Vortritt lasse? Das kann nicht Ihr Ernst sein.«

Hannes suchte verzweifelt nach einem Ausweg, der seinen Kopf aus der Schlinge ziehen könnte. »Wenn herauskommt, dass ich Sie vorab informiert habe, bekomme ich Schwierigkeiten! Wir haben beide von unserer Vereinbarung profitiert. Das könnte … auch ein Modell für die Zukunft sein. Sobald sich mal wieder die Gelegenheit ergibt. Wenn ich nur noch Akten sortiere, ist das aber nicht möglich.«

Einen Moment herrschte Schweigen. Dann lachte Wegberg leise. »Da haben Sie genau meine Schwachstelle getroffen. Sie wissen ja, dass ich den langfristigen Erfolg einem schnellen Knaller vorziehe. Also gut, ich sehe Ihren Punkt. Es gibt eine Möglichkeit, die für uns beide funktionieren dürfte. In heikleren Geschichten verwende ich ab und zu ein Pseudonym. Teilweise muss ich mich nämlich auch selbst schützen. Nur wenige Chefredakteure wissen, dass ich dahinterstecke. Außerdem kann ich die Story einer überregionalen Zeitung anbieten, die ihren Sitz in einer anderen Stadt hat. Das hatte ich sowieso vor. Die Bezahlung ist dann auch besser.«

Hannes war erleichtert. »Das wäre fantastisch!«

»Eine Bedingung habe ich aber«, bremste Wegberg seine Euphorie. »Wenn ich Ihnen diesen Gefallen tue, müssen Sie mir im Gegenzug noch ein paar Extras geben. Etwas, das die Kollegen morgen nicht erfahren werden.«

»An was denken Sie?«

»Das Motiv.«

»Von Steinfeld?«

»Genau.« Der Reporter klang nun todernst. »Wie Sie wissen, war er einer meiner Informanten, und ich glaube, ihn ganz gut einschätzen zu können. Ich will nicht sagen, dass ich ihm die Tat nicht zutrauen würde. Mich macht aber sein Selbstmord stutzig.«

»Warum?«

»Genau das ist die Frage. Warum hat er sich umgebracht? Das passt überhaupt nicht zu seinem Charakter. Zumal er von der Drohne nichts wissen konnte, das kam für uns alle überraschend.«

»Dafür wusste er, dass wir ihn immer enger eingekreist haben.«

»Aber das reicht doch nicht, um sich umzubringen.«

Hannes lachte gepresst. »Da kennen Sie meinen Chef schlecht. Sollten Sie den mal an den Hacken haben, würden Sie sich auch weit weg wünschen. Außerdem brach gerade einiges für Steinfeld zusammen.«

»Ach ja?« Jetzt klang Wegberg interessiert.

»Niklas hatte ihn gerade informiert, dass sich *Cloud Palace* eine neue Sicherheitsfirma suchen wird. Außerdem hat ihm seine Frau die Trennung angekündigt. Steinfelds Leben ging den Bach runter. Sind das die Extra-Informationen, an die Sie gedacht haben?«

»Das ist interessant, ja«, erwiderte Wegberg nachdenklich. »Vor allem die bevorstehende Trennung von seiner Frau. Er hätte alles für sie getan, es muss ein harter Schlag für ihn gewesen sein. Aber es überzeugt mich nicht restlos.«

»Unsere Rechtsmedizin hat Steinfeld gründlich untersucht. Es ist so gut wie ausgeschlossen, dass es kein Selbstmord war.«

»Ich will auch gar nicht andeuten, dass bei Ihnen unsauber gearbeitet wird«, wiegelte der Reporter ab. Dann holte er tief Luft. »Am vergangenen Samstag traf ich mich vor dem Konzert mit ihm. Er war aufgewühlt, als ich ihn darauf ansprach, dass er offenbar zu den Tatverdächtigen zählt. Er meinte, die Polizei kratze eben nur an der Oberfläche. In Wahrheit sei alles viel komplizierter.«

»Was meinte er damit?«

»Damit wollte er nicht rausrücken. Er sagte nur, dass er sich Sorgen mache. Er habe ein paar Informationen und Beweise gesammelt, falls ihm jemand den Mord anhängen wolle.«

Hannes zweifelte. »Wenn er Beweise hatte, wieso hat er uns die nicht gegeben?«

»Das weiß ich auch nicht. Ich kann es mir nur so erklären: Er war tatsächlich involviert, befürchtete aber, dass am Ende alles an ihm hängen bliebe.«

»Sie meinen also, dass er nicht allein agierte?«

»Na ja, den Schuss kann ja nur eine Person abgegeben haben. Aber trotzdem kann er die Tat gemeinsam mit jemand anderem geplant und vorbereitet haben.«

»An wen denken Sie?«

»Mir fehlt noch der logische Zusammenhang. Aber ich weiß, dass er mit dem Manager befreundet war. Eckhoff hatte ihn ja sogar zu *Cloud Palace* geholt.«

»Der saß aber heute Nachmittag noch in U-Haft. Wurde erst vor einer Stunde entlassen. Er kann also keinen Selbstmord bei Steinfeld inszeniert haben.«

Wegberg seufzte. »Schade eigentlich. Hätte gut ins Bild gepasst. Dennoch sagt mir mein Gefühl, dass diese Geschichte noch nicht zu Ende ist.«

»Hat denn Steinfeld angedeutet, wo er die Beweise aufbewahrt? Seine Wohnung wurde durchsucht, dort war nichts.«

»Nein. Er sagte aber, dass ein Deal vorstellbar sei. Es werde bald der Zeitpunkt kommen, an dem er mir wertvolle Informationen liefern könne. Allerdings verlangte er dafür hunderttausend Euro.«

»Was haben Sie gesagt?«

»Dass ich so viel Geld nicht auftreiben könnte. Er entgegnete, er brauche das Geld, da er sich wahrscheinlich in Sicherheit bringen müsse. Aber Sie können mir glauben, dass ich der

Suche nach diesen Beweisen in den nächsten Tagen höchste Priorität einräumen werde.«

»Sie wissen, dass das unsere Aufgabe ist«, wandte Hannes entschieden ein.

Wegberg war die gute Laune anzuhören. »Dann bin ich gespannt, wer am Ende die Nase vorn hat. Eine gute Jagd, ich melde mich wieder bei Ihnen!«

KAPITEL 15

Am darauffolgenden Tag entschied sich Hannes, das morgendliche Training gegen einen erneuten Besuch bei Fritz Janssen einzutauschen. Bevor der ehemalige Kommissar in seiner Gefängniszelle weiter Theorien zum Mord an Sven Lehmann ausbrütete, wollte Hannes ihn über die Ergreifung des Täters informieren. Zugleich hoffte er, dass ihm der alte Fritz die Schuldgefühle wegen der Informationsweitergabe an den Reporter nehmen werde.

Fritz schien fast enttäuscht, dass der Fall inzwischen aufgeklärt war. »Da waren ja alle Überlegungen für die Katz! Ich hatte mich schon dran gewöhnt, wieder an einer Ermittlung teilhaben zu können. War eine willkommene Abwechslung.«

Die Beschäftigung mit dem Mord hatte ihm sichtlich neue Energie gegeben, beim Betreten des Raumes hatte er erheblich schwungvoller gewirkt als in der Woche davor. Nun machte er den Eindruck, als werde diese Energie durch ein Ventil abgelassen. Der Glanz in den Augen war hinter der eckigen Brille wieder erloschen, und Hannes bildete sich ein, dass sich die Furchen im Gesicht seines Gesprächspartners mit jeder Minute vertieften.

»Was für Theorien hattest du denn?«, bemühte er sich um eine Ablenkung. Bisher hatte er noch nicht verraten, wer den tödlichen Schuss abgegeben hatte.

»Aufgrund der neuen Entwicklungen reicht wohl die Kurzform«, meinte Fritz ernüchtert. »Zunächst habe ich überlegt, wer ein stichhaltiges Motiv haben könnte. Das waren der

Bassist, der Bandmanager, der Sicherheitschef und der Bruder der Braut. Kai Hartenbach habe ich aber schnell aussortiert. Er mochte den Bräutigam zwar nicht, hätte seiner Schwester aber sicher keine seelischen Qualen zufügen wollen, indem er ihren Auserwählten abknallte.«

»Er war es auch nicht«, bestätigte Hannes.

»Gut.« Zufriedenheit breitete sich auf Fritz' Gesicht aus. »Wenigstens funktioniert meine Ermittlernase also noch. Als Nächstes fiel der Bassist raus. Zwar hat Sven dessen Freundin verführt, aber so wie du mir den Mann beschrieben hast, wird er eher über sich selbst fluchen, sich auf so ein Flittchen eingelassen zu haben. Außerdem passten die Rahmenbedingungen nicht. Er hätte schon großes Glück haben müssen, wenn er den Abzug unbemerkt hätte drücken können.«

»Du liegst immer noch richtig. Erik steckt auch nicht dahinter.«

»Bleiben Eckhoff und Steinfeld. Hätte mich auch gewundert, wenn einer der Musiker für die Tat verantwortlich gewesen wäre. Ehrlich gesagt, ich kann mich bei den beiden nicht entscheiden. Ihre Alibis sind gleich schwach, die möglichen Motive ähnlich stark. Also lös das Rätsel schon auf. Vermutlich war es entweder der Manager oder der Sicherheitschef?«

»Der Sicherheitschef«, nickte Hannes und berichtete, wie sie Tobias Steinfeld auf die Spur gekommen waren. Er versäumte auch nicht, von dem Erpresser Maximilian Schaffner und dem Drohnenpiloten Paul Kellermann zu berichten.

»Diesen Schaffner hätte ich auch als vielversprechendste Spur gewertet«, bestätigte Fritz und spielte nachdenklich an seinen großen Ohren herum. »Zuerst hat er das ihm am meisten verhasste Bandmitglied erschossen und anschließend versucht, Geld aus Niklas herauszupressen. Dieser Kellermann ist dagegen nur eine armselige Figur, die gerne andere Leute beobachtet. Was für ein Motiv unterstellt ihr Steinfeld?«

»Ein zerrüttetes Verhältnis zu Sven, das insbesondere darauf beruhte, dass der sich an dessen junge Nichte herangemacht hat. Steinfeld ist ausgerastet, als er davon erfuhr. Außerdem hatte ihn Sven auf dem Kieker und wollte ihm den lukrativen Job als Sicherheitschef von *Cloud Palace* kündigen. Der Mann hatte eine schillernde und gewalttätige Vergangenheit, von seinem Naturell her war er zu einer so heftigen Vergeltungsmaßnahme also fähig.«

Fritz beobachtete den jungen Ermittler. Dann grinste er. »Reicht dir das?«

»Was meinst du?«, fragte Hannes verwirrt.

»Du wirkst nicht ganz überzeugt. Hättest du lieber ein stärkeres Motiv?«

Hannes wand sich. »Vielleicht wissen wir auch nicht, was sonst noch zwischen Steinfeld und Sven vorgefallen ist. Da könnte sich mehreres angestaut haben. Die Bilder der Drohne sprechen auf jeden Fall eine eindeutige Sprache.«

»Schon klar. Trotzdem wäre es ja möglich, dass Ihr noch nicht das ganze Bild kennt. Ein Gefühl, das ich übrigens teile.«

»Da bist du nicht allein.« Hannes erzählte von Wegbergs Zweifeln.

Angesichts dieser Information wurde Fritz wieder lebhafter. Vielleicht war der Fall ja doch noch nicht in Gänze aufgeklärt. Er zog seine buschigen Augenbrauen bedeutsam nach oben. »Wenn sich Steinfeld diesem Reporter gegenüber nicht nur wichtigmachen wollte, und es tatsächlich einen Komplizen gab, dann solltet Ihr äußerst wachsam bleiben. Außerdem ist es deiner Schilderung nach nicht völlig ausgeschlossen, dass auch Steinfeld ermordet wurde.«

»Zumindest haben wir ihn als Svens Mörder identifiziert«, erwiderte Hannes. »Da gibt es keinen Zweifel, und das ist erst mal das Wichtigste.«

»Sicher. Aber was, wenn Sven nicht das einzige Opfer bleiben sollte? Da Steinfeld nun nicht mehr zur Tat schreiten kann, könnte sein Komplize den Feldzug fortführen.«

»Aber gegen wen?«

»Hängt davon ab, wer dieser Komplize ist«, dozierte Fritz.

»Wäre ich jetzt nicht drauf gekommen«, murrte Hannes. »Wenn es jemand aus dem bisher bekannten Kreis ist, könnten wir die Möglichkeiten eingrenzen. Aber es kann auch eine Person sein, die selbst gar nicht auf der Hochzeit war.«

»Wie zum Beispiel Maximilian Schaffner«, stimmte Fritz zu. »Aber genauso gut könnte auch ein ganz Unbekannter involviert sein. Natürlich kann auch gar nichts dahinterstecken, und Steinfeld wollte dem Reporter nur Geld aus der Tasche ziehen.«

Hannes stöhnte. »Was soll ich bloß tun? Federsen wird die Ermittlung nur wegen dieser vagen Aussage kaum fortsetzen. Er ist froh, den Fall abgeschlossen zu haben.«

»Bei Henning ist das vielleicht so, aber Steffen tickt anders. Trag ihm deine Bedenken vor. Er wird sich sofort die Konsequenzen ausmalen, wenn als Nächstes zum Beispiel Niklas Lehmann erschossen wird, obwohl die Polizei den Fall für gelöst erklärte. Dieses Risiko wird er nicht eingehen.«

»Ich müsste ihm aber sagen, woher ich die Information habe. Dann kommt vielleicht raus, dass ich dem Reporter Infos zugesteckt habe.«

»Warte einfach bis nach der Pressekonferenz«, empfahl Fritz pragmatisch. »Behaupte, Wegberg habe dich anschließend angerufen, um nach weiteren Informationen zu fragen. Dabei hätte er dir von Steinfelds Aussage erzählt.«

»Meinst du, es war richtig, dass ich ihm die Vorabinformationen gegeben habe?« Die Zweifel standen Hannes ins Gesicht geschrieben.

Fritz betrachtete ihn. »Darüber machst du dir ernsthaft Gedanken? Ohne diesen Mann hättet ihr zwar den toten Herrn

Steinfeld trotzdem irgendwann gefunden, wüsstet aber wahrscheinlich immer noch nicht, dass er der Mörder war. Es wäre unanständig gewesen, wenn du dich nicht an eure Vereinbarung gehalten hättest. Außerdem hast du damit niemandem geschadet.«

Das war genau die Antwort, die Hannes erhofft und erwartet hatte. Dennoch fühlte sie sich gut an. Schon deshalb war der Besuch beim alten Fritz keine Zeitverschwendung gewesen.

Die Pressekonferenz war völlig überlaufen, die Kapazitätsgrenze des Raumes schon Minuten nach dem Einlass erreicht. Einen derartigen Ansturm von Medienvertretern hatte das Präsidium noch nie erlebt. Noch nicht einmal im Fall der Kreuzigung, die wenige Wochen zuvor bundesweit für Aufsehen gesorgt hatte. Die angesetzten sechzig Minuten hatten nicht ausgereicht, um alle Fragen der Journalisten zu beantworten. Allerdings war ein Großteil der herausgegebenen Informationen bereits auf dem Internetportal eines überregionalen Nachrichtenmagazins zu lesen gewesen. Misstrauisch hatte Hannes den Namen des Verfassers gesucht. Wegberg hatte Wort gehalten, denn das verwendete Pseudonym ließ keinen Rückschluss auf den tatsächlichen Verfasser zu. Dennoch war der Leiter der Mordkommission im höchsten Maße erregt, als er das Ermittlerteam mittags um sich versammelte.

»Eine Sauerei«, schimpfte Steffen Lauer. Sogar die Enden seines Schnurbarts schienen vor Empörung zu zittern. Es war einer der seltenen Momente, in denen er fast die Contenance verlor. »Die Journalisten waren zu Recht empört, dass irgendeiner ihrer Kollegen vorher Wind von der Sache bekommen hat.«

»Vielleicht steckt Niklas Lehmann dahinter?«, schlug Per halbherzig vor.

»Blödsinn«, donnerte Federsen. »Der kannte gar nicht alle Details. Dieser Schreiberling war aber unglaublich gut informiert.«

»Wir vermuten ja schon länger ein Leck«, stimmte Lauer zu. »Ich habe auch eine Ahnung, wer dahinterstecken könnte.«

Da er Hannes bei diesen Worten nicht ansah, atmete dieser innerlich auf. Ihm war allerdings klar, dass seine Ohren rot leuchteten, weshalb er sich mit einer Wortmeldung tunlichst zurückhielt. Zu seinem Glück sorgte Isabell für Ablenkung.

»Was geschieht jetzt mit den Inhaftierten? Den Bandmanager haben wir gestern schon rausgelassen. Aber Kellermann und Schaffner sitzen noch ein.«

»Das wird im Fall von Herrn Schaffner auch so bleiben«, teilte Lauer mit. »Für die Erpressung muss er sich verantworten, da sind die Beweise hieb- und stichfest. Vernehmt ihn noch mal, vielleicht macht er ja heute den Mund auf. Gegen den Drohnenpiloten besteht nur noch der Vorwurf, dass er uns Beweismaterial vorenthalten hat. Also habe ich seine Freilassung veranlasst.«

»Ich habe ihm noch klargemacht, dass er künftig aufpassen sollte, wen oder was er mit seiner Drohne filmt«, erklärte Federsen. »Sollte das Ding noch einmal über Lehmanns Haus auftauchen, würde ich ihn sofort wieder einkassieren. Ich glaube, die Drohung hat gewirkt.«

Das konnte sich Hannes gut vorstellen. Seine Ohren waren inzwischen abgekühlt, weshalb er nun Fritz' Rat folgen wollte.

»Vorhin hat mich dieser Reporter angerufen … Wegberg«, log er. »Er hatte noch weitere Fragen zu dem Mord. Ich sagte ihm natürlich, dass er von mir nicht mehr erfahren wird, als auf der Pressekonferenz veröffentlicht wurde. Er hat aber etwas Interessantes gesagt.« Schnell fasste er die Aussage des Mannes zusammen, bevor jemand einen unguten Zusammenhang herstellen konnte. Federsen reagierte als Erster.

»Und was sollen wir damit anfangen? Sie haben es eben gehört: Steinfeld war eindeutig der Schütze.«

Inzwischen war sogar die Mordwaffe gefunden worden, sodass kein Zweifel mehr bestand. Aufgrund der Videoaufnahmen hatte man das Gebiet, in dem der Täter die Waffe versteckt haben musste, enger eingrenzen können. Die Spurensicherung hatte sich das Gelände am Vormittag noch einmal vorgenommen und keinen Stein auf dem anderen gelassen. Doch erst der Einsatz eines Metalldetektors hatte schließlich zum Fund geführt. Steinfeld musste das Versteck im Vorfeld präpariert haben. Er hatte ein Stück Rasen ausgestochen, darunter befand sich eine kleine Kiste, in der die Waffe abgelegt worden war. Da Steinfeld das exakt passende Rasenstück anschließend wieder an seinen Platz gelegt und festgedrückt hatte, war die Stelle nicht zu erkennen gewesen. Zwar schien er die Waffe noch abgewischt zu haben, an einer Stelle konnte aber eindeutig sein Fingerabdruck nachgewiesen werden. Dass die Kugel aus Sven Lehmanns Körper zu dieser Pistole passte, war ebenfalls erwiesen.

»Ich will ja damit auch gar nicht sagen, dass jemand anders geschossen hat«, erklärte Hannes nun. »Wir dürfen nur keinen Komplizen übersehen. Sollte es einen geben, könnten weitere Menschen in Gefahr sein. Niklas zum Beispiel. Er war ja zuletzt mehrfach in Bedrängnis geraten. Wir wissen immer noch nicht, wer hinter den Drohungen gegen ihn steckt. Denkt zum Beispiel an den Schweinekopf.«

Steffen Lauer sah Hannes an. Fritz' Einschätzung schien sich zu bewahrheiten. »Diese Möglichkeit sollten wir auf keinen Fall außer Acht lassen! Wenn noch jemand aus der Band stirbt, nachdem wir heute großspurig die Auflösung des Mordes verkündet haben, können wir uns gleich selbst …«

»Das ist hirnrissig«, echauffierte sich Federsen genervt. »Der Fall ist abgeschlossen, der Mörder gefasst – wenn auch tot. Die Untersuchung seines Hauses hat stattgefunden, und es gibt keinen Hinweis auf einen Schusswechsel. Also wird es ein Selbstmord gewesen sein. Anzeichen, dass er mit jemandem zusammengearbeitet hat, gibt es ebenfalls keine. War ja auch gar nicht nötig, um Sven Lehmann zu erschießen.«

»Das nicht, aber vielleicht hatte noch jemand Interesse an Svens Tod«, insistierte Hannes. »Bastian Eckhoff zum Beispiel. Er war mit dem Sicherheitschef befreundet.«

»Dann verfolgen wir diese Theorie noch ein Stück weiter«, bestimmte Lauer und brachte den Kommissar mit einer Handbewegung zum Schweigen, als dieser sofort lospoltern wollte. »Zunächst sollten wir herausfinden, ob Herr Schaffner auch für den Schweinekopf und die anderen Drohungen verantwortlich war. Dann untersuchen wir noch mal das Verhältnis zwischen Eckhoff und Steinfeld und ob sonst noch jemand einen engeren Draht zu dem Sicherheitschef hatte. Aber … Herr Hoffmann, Sie brauche ich ab morgen in einem anderen Fall. Und kein Wort nach draußen! Wir halten gegenüber der Öffentlichkeit den Eindruck aufrecht, dass dieser Fall gelöst ist, haben wir uns verstanden?«

Drei Köpfe nickten. Nur Federsen versuchte, Hannes mit wütenden Blicken zu erdolchen.

Da Per erst am nächsten Tag abgezogen werden sollte, machte er sich gemeinsam mit Hannes auf den Weg zu Bastian Eckhoff. Der Flug nach München war ausgebucht gewesen, sodass er sich den Musikern nicht mehr hatte anschließen können. Der Manager würde erst in Wien wieder zu *Cloud Palace* stoßen, um im Rahmen der Tournee anschließend weitere europäische Hauptstädte anzusteuern.

»Glaubst du wirklich, dass sich Steinfeld mit jemandem zusammengetan hat?«, fragte Per skeptisch, während er den Wagen in einen Kreisverkehr einfädelte.

»Mit Max bestimmt nicht«, erwiderte sein Kollege. »Die beiden haben sich wahrscheinlich nie gesehen. Aber bei Eckhoff liegt die Vermutung nicht so fern. Zumal das jemand ist, der sich selbst die Finger nicht gern schmutzig macht.«

»Und du meinst, das könnte er jetzt bei Niklas ändern?«

»Zumindest arbeitet Niklas weiter daran, ihn als Manager loszuwerden. So gesehen hätte Svens Ermordung nicht zum gewünschten Erfolg geführt.«

»Schon, aber mit einem toten Niklas ist auch die Band tot. Das nützt Eckhoff dann auch nichts.«

Hannes seufzte. »Per, ich hab doch auch keine Ahnung. Aber sollen wir einfach die Hände in den Schoß legen, als hätte es diese Andeutung von Steinfeld nie gegeben?«

Zumindest vertrat offensichtlich Bastian Eckhoff diese Meinung. Er verzog das Gesicht, als er die Tür öffnete und in Hannes' Augen blickte. »Was wollen Sie denn schon wieder? Ich denke, der Mord ist aufgeklärt!«

»Natürlich«, erwiderte Hannes. »Wie kommen Sie darauf, dass das nicht der Fall sein könnte?«

»Weil ich nichts Gutes ahne, wenn Sie hier auftauchen.«

»Dann scheinen Sie ein schlechtes Gewissen zu haben«, konterte Hannes. »Dürfen wir reinkommen oder sollen die Nachbarn mithören?«

Widerwillig schob Eckhoff die Tür auf und geleitete die unerwünschten Besucher ins Wohnzimmer. An der Wand hingen Kopien der Auszeichnungen von *Cloud Palace* und Fotografien, die den Mann mit der Band zeigten.

»Dann werden Sie mal konkreter«, forderte Eckhoff und ließ sich auf einem eher stylishen als bequemen Sofa nieder. »Warum sind Sie hier?«

»Weil wir mehr über Tobias Steinfelds Hintergrund herausfinden möchten«, erklärte Hannes. »Sie haben ihn der Band als Sicherheitschef schmackhaft gemacht. Haben Sie gar kein schlechtes Gewissen?«

»Wie hätte ich wissen sollen, dass es so endet?«

»Woher kannten Sie ihn?«

»Als ich noch bei einem Plattenlabel angestellt war, haben wir manchmal mit ihm zusammengearbeitet. Das funktionierte immer einwandfrei. Außerdem habe ich ihn der Band nicht schmackhaft gemacht. Ich schlug Niklas und Sven lediglich vor, sich mal unverbindlich mit ihm zu treffen.«

»War Ihnen nicht bekannt, dass der Mann eine ziemlich dunkle Vergangenheit hatte? Er war im Rotlichtmilieu tätig und vermutlich auch in Drogengeschäfte und Frauenhandel verwickelt.«

»Diese Gerüchte habe ich vor Sven und Niklas nicht verheimlicht. Schien sie aber nicht gestört zu haben.«

»Und Sie störte es auch nicht?«, hakte Per ein. »Immerhin waren Sie sogar mit ihm befreundet.«

»Wer behauptet das denn? Wir verstanden uns gut, als Freundschaft würde ich das aber nicht bezeichnen.«

»Sie hatten zuletzt ja beide so Ihre Probleme mit Niklas und Sven. Haben Sie sich darüber ausgetauscht?«

»Natürlich. Wir fanden, dass denen der Ruhm zu Kopf steigt. Allerdings hätte ich nicht damit gerechnet, dass Tobias eine Waffe einsetzen würde.«

»Was glauben Sie, warum er das getan hat?«

»Das liegt doch auf der Hand. Für seine Nichte hatte er so was wie Vatergefühle. Dass sich Sven an ihr vergriffen hat, nahm er ihm richtig übel. Das konnte er nicht verzeihen.«

»Gab es daneben noch weitere Probleme zwischen ihm und Sven?«

»Die verstanden sich schon länger nicht mehr gut. Seit Sven und Niklas ihm vorwarfen, die Sicherheit zu vernachlässigen und stattdessen Interna an die Presse weiterzugeben. Aber wie gesagt, unsere Beziehung ging nicht so weit, dass wir uns bei dem jeweils anderen ausgeweint hätten. Zu Erik hatte er ein viel engeres Verhältnis als zu mir.«

»Erik von Wagner?«, vergewisserte sich Hannes überrascht. Eine Freundschaft zwischen dem sensiblen Bassisten und dem grobschlächtigen Steinfeld lag nicht gerade auf der Hand.

»Ist das so unwahrscheinlich?«, fragte Eckhoff ärgerlich. »Sie scheinen ein völlig falsches Bild von Tobias zu haben. Früher mag er ja ein Halbkrimineller gewesen sein, aber seit er seine Frau und das Kind hatte, war er ein absolut bürgerlicher Typ. Es ging ihm da ähnlich wie Erik, er fand die Exzesse – insbesondere von Sven und Niklas – zunehmend abstoßend.«

Während sich Per erfolglos bemühte, weiter eine mögliche Komplizenschaft zwischen Eckhoff und Steinfeld ans Licht zu bringen, dachte Hannes nach. Der Bassist hatte allen Grund gehabt, sich an Sven rächen zu wollen. Sogar aus ähnlichen Beweggründen wie Steinfeld. Dass Erik selbst eher nicht zu einem Mord in der Lage sein dürfte, war ziemlich offensichtlich. Konnte er die Tat aber gemeinsam mit dem Sicherheitschef geplant haben? Doch was machte das am Ende überhaupt für einen Unterschied? Den Finger hatte nun mal Steinfeld am Abzug gehabt, und Erik dürfte kaum zugeben, dies in irgendeiner Form begrüßt oder sogar mit organisiert zu haben. Die Frage war vielmehr, ob der Bassist nun selbst eine Gefahr darstellte. Und falls ja, für wen.

Diesmal musste Federsen nicht viel Energie investieren. Er sah fast schon enttäuscht aus, als Maximilian Schaffner endlich Kooperationsbereitschaft signalisierte. Der Grund für diese plötzliche Redebereitschaft war jedoch weniger in der Angst vor einem weiteren Tobsuchtsanfall des Kommissars zu suchen. Vielmehr sorgte Isabells Hinweis, dass Sven Lehmanns Mörder gefunden worden war, für ein Ende der Sprachblockade.

»Wer ist es gewesen?«, waren seine ersten Worte.

»Tobias Steinfeld, der Sicherheitschef von *Cloud Palace*. Kannten Sie ihn?«

»Nie gehört. Als ich noch mitspielte, brauchten wir keine Security. Warum hat er Sven erschossen?«

»Persönliche Gründe«, erwiderte Federsen knapp. »Kommen wir mal auf Ihre Erpressung von Niklas Lehmann zu sprechen. Wie sind Sie darauf gekommen?«

Nun verfiel er wieder in Schweigen. Bevor Federsen ihn zusammenstauchen konnte, übernahm Isabell die Initiative.

»Sie sollten sich Ihre nächsten Schritte jetzt gut überlegen. Sprechen Sie weiter nicht mit uns, können wir nichts mehr für Sie tun. Erzählen Sie uns alles, kann das aber strafmildernde Wirkung haben. Als Mörder kommen Sie nicht mehr infrage, Sie brauchen also keine Bedenken zu haben, sich selbst zu belasten.«

»Niklas hat alles, und ich habe nichts!«, brach es aus Max heraus. »Ist das so schwer zu verstehen? Ich wusste mir nicht mehr anders zu helfen.«

»Wie sind Sie vorgegangen?«

»Ich wollte ihn nach dem Konzert abfangen. An der Arena kam ich aber nicht an ihn ran. Später ist er plötzlich allein aus der Bar gegangen. Ich bin ihm gefolgt und habe ihn in einer Hofeinfahrt gestellt.«

»Sie haben ihm ein Messer an den Hals gehalten«, präzisierte Federsen.

Isabell interessierte etwas anderes. »Wie haben Sie Kontakt zu ihm aufgenommen?«

»Natürlich über das Handy.« Er sah sie an, als wäre sie begriffsstutzig. »Er musste mir seine Nummer aufschreiben, und ich hab mir dann ein Telefon geklaut. Anders ging es nicht.«

»Ich möchte auf etwas anderes hinaus. Wieso haben Sie ihn nicht in seinem Haus aufgesucht? Wir haben Sie doch schon in der ersten Vernehmung nach den Drohungen gegen Niklas gefragt. Wenn Sie sowieso dort waren, hätten Sie ihn sich doch auch gleich vorknöpfen können.«

»Ich habe aber keine Drohungen bei ihm platziert. Ich war mal bei seinem Grundstück, habe aber gesehen, dass es aussichtslos ist, da unbemerkt reinzukommen.«

»Sie streiten also ab, dass Sie eine Parole an die Mauer seines Grundstücks gesprayt haben?« Isabell glaubte ihm nicht.

Die Verwunderung in Schaffners Stimme klang jedoch echt. »Wieso hätte ich das machen sollen? Ich hab ihm meine Forderung ja persönlich gesagt. Face-to-face.« Er grinste dreckig.

Isabell blickte ihren Chef an. Wenn das stimmte, lief noch immer ein Feind von Niklas frei herum. Sofern die Drohungen nicht auf Steinfelds Konto gingen.

»Sie wissen nichts von dem Schweinekopf?«, vergewisserte sie sich.

Max schnaubte aus. »Schweinekopf? Was wollen Sie eigentlich von mir?«

»Sie haben keinen abgetrennten Schweinekopf vor Niklas' Einfahrt abgelegt? Und auch keine Drohbriefe?«

»Natürlich nicht! Wo hätte ich eine tote Sau herbekommen sollen? Und was hätte mir das gebracht? Ich wollte Geld. Sonst nichts.«

Wie er an dieses Geld zu kommen gedachte, legte er in den folgenden Minuten überzeugend dar. Dabei klang sogar Stolz heraus, als er von dem Plan berichtete, mit dem er die Ermittler hatte ausmanövrieren wollen. Dass sich Niklas an die Polizei wenden würde, hatte er von Anfang an einkalkuliert. Nur mit dem Einsatz eines Hubschraubers hatte er nicht gerechnet, räumte er kleinlaut ein.

»Wie war das mit dem Komplizen, der sich angeblich an Bord des Zuges befand?«, fragte Isabell.

Max sah zufrieden aus. »Hat es nie gegeben. Aber das konnte Niklas ja nicht wissen. Und Sie auch nicht. Ich musste sicherstellen, dass er das Geld auf jeden Fall aus dem Fenster wirft.«

»Und wie sollte es weitergehen?«

»Na ja, die Hunderttausend hätten mir erst mal weitergeholfen. Eine Wohnung, ein neuer Pass. Ich hätte zuerst alle Spuren verwischt.«

»Weil Niklas Sie erkannt hat.«

»Genau. Das hatte ich nicht eingeplant.«

»Und was wäre passiert, nachdem Sie die Spuren verwischt hätten?«

Max presste die Lippen zusammen. Doch den Polizisten war die Antwort ohnehin klar. Lange hätten die hunderttausend Euro nicht gereicht. Spätestens mit dem letzten Euro hätte Max eine neue Gelegenheit gesucht, wieder an Niklas heranzukommen.

»Sie hätten es mal mit Arbeiten versuchen können«, knurrte Federsen. »Wollten Sie sich bis an Ihr Lebensende von diesem Mann aushalten lassen?«

»Er war schuld, dass ich nicht mehr bei der Band bin! Er und sein Bruder. Alles wäre anders gekommen …«

»Da Sie seinen Bruder erwähnen«, unterbrach ihn der Kommissar schroff. »Wieso wollten Sie den nicht erpressen?«

»Als mir die Idee kam, war er schon tot. Sonst wäre er mein erstes Ziel gewesen. Ich war überrascht, dass er Leah heiraten wollte.«

»Warum?«

»Weil er mit ihr ja früher schon was gehabt hatte. Niklas auch. Die hat beide rangelassen.« Sein Kichern klang wieder schmutzig.

»Na, Frau Hartenbach hat Sie wohl nicht rangelassen«, sagte Isabell spitz.

»Ich hatte gar kein Interesse. Klar sah sie super aus, aber die hatte echt Haare auf den Zähnen. Obwohl, für eine Nacht … na ja«, fuhr er schnell fort, als er Isabells pikierten Blick bemerkte, »mich hat sie zwar nicht beachtet, aber das war mir egal. Ich war ja nicht Erik.«

»Was meinen Sie damit?«

»Der war doch schon immer spitz auf sie. Saß wie ein trauriger Hund daneben, wenn sie mit Niklas oder später mit Sven rumknutschte. Dürfte ihn hart getroffen haben, dass sie Sven am Ende sogar heiraten wollte.«

Da Ines' und Kalles Umzug unaufhaltsam näher rückte, stellte Ben am Abend mal wieder sein Gartenhaus als Treffpunkt zur Verfügung. Wie immer freute sich Socke überschwänglich über die volle Hütte. Er flitzte mehrere Runden durch den dunklen Garten, um seiner Freude Ausdruck zu verleihen. Die Schneereste spritzen unter ihm auf, bevor er sich schließlich auf die Hinterbeine stellte und Hannes die Vorderpfoten auf die Brust legte, um ihm das Gesicht abzuschlecken. Die weiße Schwanzspitze schwang wild hin und her.

»Willst du ein trockenes T-Shirt?«, fragte Ben amüsiert und schob Hannes nach drinnen.

Auf dem Sofa lümmelten bereits Ines, Kalle und Elke. Die leere Reihe an Bierflaschen zeigte, dass Hannes einiges aufzuholen hatte.

»Wo hast du Anna versteckt?«, fragte Elke, als er neben ihr Platz nahm.

»Die ist noch im Büro.«

»Jetzt noch? Ist doch neun Uhr durch.«

»Pass bloß auf, dass diese Klamottenfirma sie nicht gleich verheizt«, riet Kalle.

»Das macht sie ganz von selbst«, entgegnete Hannes. »Anna ist total begeistert von den neuen Aufgaben und ihren Kollegen. Sie hat früher schon mal erwähnt, dass sie sich leicht in einen Workaholic verwandeln kann.«

»Klingt nicht so, als wärst du darüber begeistert«, zog Ben ihn auf.

»Nein, nein«, versicherte Hannes schnell. »Ist doch gut, dass sie sich bei *LightFire* sofort wohlfühlt. Ich hoffe nur, dass es kein Dauerzustand wird. Immerhin haben wir ja auch einen Umzug vor uns.«

Auf dieses Stichwort wandte sich das Gespräch Ines und Kalle zu. Bens Angebot, als Umzugshelfer einzuspringen, wurde von Ines dankend abgelehnt.

»Kalles neue Firma zahlt uns ein Umzugsunternehmen. All inclusive. Wir müssen nicht mal die Kisten selber packen.«

»Anna und ich wären aber froh, wenn du stattdessen bei uns mit anpacken könntest«, nutzte Hannes sofort die Gunst der Stunde.

»Klar, wann steht denn euer Einzug an?«

»In knapp zwei Wochen können wir schon rein. Die Vormieter gehen früher raus, das entspannt alles etwas. Wir versuchen, unsere alten Wohnungen zum Monatsende loszuwerden. Dann bleibt genügend Zeit, um den Umzug entspannt anzugehen. Am Samstag finden schon die ersten Besichtigungen bei uns statt.«

»Ich kann euch auch helfen«, bot Elke an. »Wie ich heute gelesen habe, seid ihr bei eurer Mörderjagd erfolgreich gewesen?«

»Na ja, zumindest haben wir den Täter gefunden. Leider hat er sich vorher erschossen.«

»Dann kann *Cloud Palace* die Tournee ja beruhigt fortsetzen«, schlussfolgerte Kalle. »Die machen ganz schön Furore mit ihrer Show. Muss abgefahren sein.«

»Wem sagst du das«, stimmte Hannes in Erinnerung an seinen Konzertbesuch zu. »Heute Abend spielen sie in München, also eurer zukünftigen Heimat. Dann verlassen sie Deutschland, um in anderen europäischen Metropolen aufzutreten. Das Abschlusskonzert wird wieder bei uns stattfinden.«

»Ich bin ja fast versucht, hinzugehen«, überlegte Ben. »Diese Massenhysterie, die von denen ausgelöst wird, würde ich mir gern mal aus der Nähe ansehen.« Bens Interesse an der Verführbarkeit von Menschen schien sich neuerdings auch auf Musik zu beziehen. Hannes nahm ihm die Hoffnung.

»Die Konzerte waren alle innerhalb von wenigen Stunden ausverkauft. Du kannst dich höchstens auf dem Schwarzmarkt umsehen.«

»Nein, danke.« Bens Interesse war erloschen. »Socke frisst mir schon ein Loch in den Geldbeutel, da kann ich nicht noch Unsummen für ein Ticket hinblättern.«

Um halb elf tauchte Anna auf. Sie wirkte erschöpft, aber zufrieden. Ihre Augen funkelten, als sie der Runde von dem neuen Job erzählte. Hannes verfolgte ihre Begeisterung ein wenig skeptisch. Er wollte nicht in eine gemeinsame Wohnung ziehen, um dann am Ende die Abende doch wieder allein verbringen zu müssen.

»Wirst du immer so lange arbeiten müssen?«, fragte er und versuchte, seiner Stimme einen neutralen Klang zu geben.

»Das wird wohl immer mal wieder vorkommen. Im Moment ist es besonders extrem, weil eine neue Kollektion ansteht. Aber es stört mich eigentlich nicht, denn es macht unglaublich Spaß.«

»Na ja, wenigstens hast du es heute ja noch rechtzeitig geschafft«, sagte Ben, dem Hannes' miesepetriger Gesichtsausdruck nicht entgangen war.

»Ich hatte Glück, dass Micha mich mit dem Auto mitgenommen hat.«

»Wer ist Micha?«, wollte Hannes sofort wissen.

»Unser Geschäftsführer. Von dem hab ich dir schon erzählt. Also eigentlich Michael. Das ist ein Typ!«

Sie wandte sich wieder dem Rest der Gruppe zu, um die beeindruckende Karriere und die außergewöhnlichen Fähigkeiten ihres neuen Chefs zu schildern. Hannes saß stumm daneben. Er wusste, dass es lächerlich war, doch er konnte nichts dagegen tun, dass ihm die Eifersucht stechende Schmerzen zufügte. Er beschloss, in den nächsten Tagen abends mal unangekündigt bei *LightFire* aufzutauchen und sich diesen Typen aus der Nähe anzusehen.

KAPITEL 16

Die Identifizierung des Mörders führte dazu, dass sich Hannes in den nächsten Tagen intensiv und ohne schlechtes Gewissen seinem Training widmen konnte. Die Olympischen Spiele würden in sechs Monaten beginnen. Wenn er sich auch keinen Illusionen hingab, so wollte er zumindest nicht als Letzter über die Ziellinie kommen. Der Höhepunkt und Abschluss seiner Sportlerkarriere sollte mit angenehmen Erinnerungen verbunden sein. Da sich Anna weiter mit voller Kraft in ihre neuen Aufgaben warf, war er inzwischen dazu übergegangen, abends noch ein paar Einheiten Krafttraining einzulegen. So hatte die unbefriedigende Situation wenigstens etwas Gutes.

Nachdem Per einem anderen Fall zugeteilt worden war, hatten Isabell und Hannes sämtliche Verbindungen von Tobias Steinfeld zu anderen Personen überprüft. Federsen hatte sich eher zurückgehalten und nur täglich ein Update präsentieren lassen. Auch Steffen Lauers Interesse hatte spürbar nachgelassen, was sein unterdrücktes Gähnen verdeutlichte, als ihm Isabell und Hannes das Ergebnis ihrer bisherigen Untersuchungen vortrugen.

»Wir haben nicht nur die bisher bekannten Personen abgeklappert, sondern uns auch in Steinfelds Freundes- und Bekanntenkreis umgehört«, berichtete Isabell. »Es gibt keine Anhaltspunkte, dass unter diesen Leuten irgendjemand in einer Beziehung zu Sven oder *Cloud Palace* steht. Zwar befinden sich unter Steinfelds früheren Freunden zwielichtige Gestalten, aber das ist die einzige Auffälligkeit. Es gibt auch keine Hinweise, dass Sven und Tobias Steinfeld außerhalb von *Cloud Palace* Überschneidungen gehabt hätten.«

»Deshalb haben wir uns wieder auf die Anwesenden bei der Hochzeit konzentriert«, übernahm Hannes. »Wir haben die Leute nicht nur zu ihrem eigenen Verhältnis zu Steinfeld befragt, sondern auch zu dem von Dritten. Der Mann soll ein angenehmer Zeitgenosse gewesen sein und jede freie Minute in seine kleine Familie gesteckt haben. Außer mit Sven und Niklas schien er mit niemandem größere Schwierigkeiten zu haben. Eine persönliche Beziehung hatte er nur zu den Bandmitgliedern, die meisten Hochzeitsgäste sahen ihn zum ersten Mal. Vorsichtshalber haben wir auch seine Angestellten überprüft. Da könnte ja jemand ein Problem mit Sven gehabt haben. Aber – Fehlanzeige.«

»Ich hab gleich gesagt, dass es die reinste Zeitverschwendung ist«, erinnerte Federsen selbstzufrieden.

Lauer räusperte sich drohend. »Keinen Treffer zu landen, ist immer noch besser, als hinterher bedröppelt dazustehen. Steinfeld hat im Zusammenhang mit dem Mordopfer also nur Überschneidungen mit den anderen Musikern?«

»Das ist richtig«, bestätigte Isabell. »Von den üblichen Auseinandersetzungen in so einer Gruppe mal abgesehen, haben allerdings nur Mia, Dennis und Erik ein einigermaßen plausibles Motiv. Also die Backgroundsängerin, mit der Sven ein Verhältnis hatte, der neue Gitarrist, der seinen Platz einnehmen wollte und der Bassist, dem Sven die Freundin ausgespannt hat.«

»Von den dreien hatte aber nur Erik ein engeres Verhältnis zu Steinfeld«, konkretisierte Hannes. »Daneben kam der Mann noch mit dem Keyboarder Patrick gut klar, aber bei dem gibt es überhaupt keinen Verdacht, an Svens Tod interessiert zu sein. Außerdem verstand sich Steinfeld mit dem Bandmanager gut, auch wenn der das jetzt runterzuspielen versucht.«

»Sind Sie mit den Drohungen gegen Niklas Lehmann weitergekommen?«, erkundigte sich Lauer.

Etwas hilflos hob Hannes die Hände. »Der Schweinekopf wurde entsorgt, genauso der Zettel, der in der Schnauze steckte. Auf dem anderen Drohbrief waren keine Fingerabdrücke. Die einzige verwertbare Spur ist das Graffiti an der Mauer, da der Sprayer von den Überwachungskameras gefilmt wurde. Von der Statur her könnte es Max gewesen sein. Der streitet das ab. Für ihn spricht, dass der Sprayer andere Kleidung trug und Max über keinen großen Kleiderschrank verfügt. Die Klamotten, die er bei seiner Festnahme trug, waren alles, was er hatte.«

»Warum sollte er es auch leugnen?«, ergänzte Isabell. »Die Drohungen fallen im Vergleich zur Erpressung kaum ins Gewicht. Außerdem gibt es keine Verbindung zwischen ihm und Steinfeld.«

»Und zwischen diesem Drohnenpiloten und dem Sicherheitschef?«

»Auch nicht.«

Für einen Moment herrschte Schweigen. Lauer zwirbelte seinen Schnurrbart. »Wie lautet Ihre Einschätzung? Sollen wir die Akte schließen?«

»Nein«, sagte Hannes entschieden. Federsen stöhnte entnervt auf. »Wir haben jetzt ein ziemlich klares Bild«, fuhr der junge Polizist unbeeindruckt fort. »Sollte es tatsächlich einen Komplizen von Steinfeld gegeben haben, dann mit ziemlicher Sicherheit nur innerhalb der Band. Dort drängen sich der Manager und Erik auf. Bei denen sollten wir noch mal tiefer graben.«

»Zumal Bastian Eckhoff auch auf Niklas nicht gut zu sprechen ist«, unterstützte ihn Isabell.

Lauer nickte langsam. »Wo befindet sich die Band momentan?«

»Heute Abend spielen sie in Kopenhagen, übermorgen in Stockholm.«

»Gut. Sie beide fliegen nach Stockholm und sprechen noch mal mit allen. Gab es eigentlich inzwischen weitere Drohungen gegen Herrn Lehmann?«

»Soweit wir wissen nicht. Dafür hat der Stalker von Leah Hartenbach wieder eine Duftmarke hinterlassen.«

Leah war zunehmend genervt. Hatte sich ihr heimlicher Verehrer zuletzt mehrere Tage zurückgehalten, schien er nun neuen Elan gefunden zu haben. Am Vortag hatte ein großer Strauß roter Rosen auf der Kühlerhaube ihres Autos gelegen. Sie parkte immer um die Ecke ihres Cafés, und dieser Bereich wurde von den Überwachungskameras nicht erfasst. Daher war Leah nun dazu übergegangen, ihren Wagen direkt neben dem *Seaside* abzustellen.

Niklas war besorgt gewesen, als sie ihm am Telefon von dem erneuten unerwünschten Geschenk erzählt hatte. Sie telefonierten morgens und abends. Leah vermisste ihn schmerzlich. Das anfangs noch vorhandene schlechte Gewissen gegenüber Sven war fast ganz verflogen. Sie vermutete, dass er sich letztlich sogar darüber gefreut hätte, dass sie so schnell wieder neuen Lebensmut gefunden hatte. Doch sie schwankte noch, ob sie auf Niklas' Vorschlag eingehen und am nächsten Tag nach Stockholm fliegen sollte. Das Konzert würde sie sich in keinem Fall ansehen. Es würde die Wunde, die Svens Tod geschlagen hatte, neu aufreißen. Schließlich buchte sie kurzentschlossen einen Flug nach Barcelona, wo die Tournee ebenfalls Station machen würde. Wärme zog sie im Moment mehr an als der skandinavische Winter.

Die Vorfreude verschwand, als sie auf den Zettel in ihrer Hand blickte. Er war vor wenigen Minuten in einem roten Briefumschlag mit der Post gekommen. ›Du bist das Licht meines Lebens, ich möchte keinen Tag mehr ohne dich sein! Es wird Zeit, dass wir uns näher kommen. Ich verspreche dir, dich auf Händen zu tragen! Wenn du neugierig bist, dann stell heute Abend eine rote Kerze neben die Eingangstür deines Cafés. In ewiger Liebe, dein treuer Begleiter.‹

Leah überlegte, ob sie am Abend einen Totenkopf neben die Tür stellen sollte. Vielleicht ließe er sie dann in Ruhe. Sie wusste, was Niklas ihr raten würde. Dass sie sofort die Polizei rufen sollte. Bisher hatte das aber gar nichts gebracht. Als die Türglocke leise klingelte, legte sie den Brief neben das Telefon. Sie verließ das Hinterzimmer, um sich dem neuen Gast zu widmen. Ihre Freundin hatte hinter der Theke alle Hände voll zu tun, das *Seaside* war gut besucht.

»Wo soll ich weitermachen?«, fragte Leah, und ihre Freundin deutete auf einen Tisch am Fenster. »Unser Stammgast ist eben reingekommen. Wahrscheinlich will er eh wieder einen Milchkaffee, aber du fragst ihn besser trotzdem.«

Leah nickte und ging in die angezeigte Richtung. »Dasselbe wie immer?«, fragte sie und zwang sich zu einem Lächeln.

Der Mann blickte auf und strahlte sie an. »Heute habe ich Lust auf etwas anderes. Was empfehlen Sie mir?«

Leah stöhnte innerlich. Die Kaffeeauswahl war selbsterklärend, was sollte man da empfehlen? Doch sie war professionell genug, sich ihre Gereiztheit nicht anmerken zu lassen.

»Vielleicht einen Schoko-Mocca? Der hat ein angenehm rundes Aroma.«

»Klingt wunderbar. Haben Sie auch wieder diese tollen Muffins?«

Leah sah zur Vitrine hinüber. »Wenn Sie sich beeilen, können Sie noch zwischen Heidelbeere und Banane wählen.«

»Ich nehme beide«, sagte der Mann entschlossen, als hätte er sich für eine teure Markenuhr entschieden. In diesem Moment klingelte sein Mobiltelefon.

Leah nickte ihm zu und ging. Im Weggehen hörte sie, wie er sich meldete.

»Kellermann«

Ihre Schritte stockten. Der Name rief irgendetwas in ihr hervor. Sie durchwühlte ihr Gedächtnis, während sie das Getränk für den Gast zubereitete. Dann erinnerte sie sich an ein Gespräch mit Niklas. Der Löffel fiel ihr aus der Hand. Kellermann! Paul Kellermann. Der Kerl, der die Drohne über Niklas' Haus gesteuert hatte und seit mehreren Wochen regelmäßig im *Seaside* auftauchte. Ziemlich genau seit dem Zeitpunkt, als sie zum ersten Mal einen Blumenstrauß bekommen hatte.

»Was ist los?«, fragte ihre Freundin und hob den Löffel auf. »Du siehst aus, als hättest du ein Gespenst gesehen.«

»Ich muss telefonieren«, antwortete Leah mit bleichem Gesicht. »Kannst du die beiden Muffins und einen Schoko-Mocca an den Tisch da hinten bringen? Ich bin gleich zurück.«

Nur eine Viertelstunde später betraten Isabell und Hannes das Café. Sie blickten zur Theke, wo Leah Hartenbach unauffällig auf einen Fenstertisch deutete. Die Ermittler trennten sich.

»So sieht man sich wieder, Herr Kellermann«, meinte Hannes.

Erschrocken sah der Mann auf. Verwirrung stand in seinem Gesicht. An den jungen Ermittler mit den außergewöhnlichen Augen erinnerte er sich sofort.

»Was … was machen Sie hier?«

»Ich möchte mit Ihnen sprechen. Kommen Sie bitte kurz mit vor die Tür?«

»Woher wussten Sie, dass ich hier bin?«

»Kommen Sie bitte?« Einladend deutete Hannes zum Ausgang.

Isabell war mit Leah im Hinterzimmer verschwunden, um sich den Brief aushändigen zu lassen. Vorsichtig steckte sie ihn in eine Plastiktüte, um keine Fingerabdrücke zu verwischen. Aufmerksam verfolgte Leah ihre Bewegungen und hoffte, dass der Spuk nun endlich vorbei war.

»Sie sind hier Stammgast?«, fragte Hannes, als er Paul Kellermann endlich vor die Tür bugsiert hatte.

»Wie … woher wissen Sie das?«

»Ist ja auch ein schönes Fleckchen.« Hannes ließ seinen Blick über den Hafen gleiten. Dann wurde seine Stimme schärfer. »Und auch die Inhaberin des *Seaside* ist ein netter Anblick, oder?«

Kellermann schwitzte. »Ja … sie ist sehr nett. Aber …«

»Haben Sie der Frau Blumen und Liebesbriefe geschickt?«

»N… nein!«

»Das würde Ihr Interesse an Frau Hartenbachs Hochzeit erklären. Auch der Drohneneinsatz bei Niklas Lehmann ergibt dann auf einmal Sinn. Sie wollten herausfinden, ob er an die Stelle seines Bruders tritt. Ist es nicht so?«

»Auf keinen Fall. So was würde ich nicht …«

»Wenn Sie damit Frau Hartenbachs Herz erobern wollten, haben Sie sich ganz dämlich angestellt. Sie hatte Angst vor diesem mysteriösen Verehrer, verstehen Sie das nicht?«

»Angst? Wieso. Ich wollte ihr nur …« Er brach ab.

»… Ihre Gefühle zeigen? Ungeschickter hätten Sie das nicht tun können. Wir nehmen Sie mit zum Präsidium. Dann können Sie Ihr Geständnis ablegen.«

Am nächsten Tag besuchte Hannes Fritz im Gefängnis. Der schüttelte nur den grauhaarigen Kopf, als er von Paul Kellermann hörte.

»Manche Männer haben einfach nicht alle Tassen im Schrank! Wie kam er darauf, mit dieser Masche bei Leah landen zu können?«

»Ich frage mich, wie er sich überhaupt einbilden konnte, bei ihr zu landen. Diese Frau ist ohne Frage ein paar Kategorien zu hoch für ihn. Wenigstens hat er gleich gestanden. Seine Fingerabdrücke auf dem Brief waren gar nicht mehr entscheidend. Er hat allerdings ziemlich glaubhaft versichert, dass er ihr niemals etwas antun wollte. Sie wurde aber immer mehr zu einer fixen Idee.«

»Kannte er Tobias Steinfeld?« Fritz wollte sich noch nicht damit abfinden, dass der Mord an Sven Lehmann bereits vollständig aufgeklärt war.

»Er streitet es ab. Wir haben auch keine Anhaltspunkte, dass er in diesem Punkt lügt. Aber natürlich fragen wir uns, ob er nicht für die Drohungen gegenüber Niklas verantwortlich sein könnte. Wie man Botschaften hinterlässt, wusste er ja.«

»Das streitet er aber auch ab«, vermutete Fritz.

»Du sagst es. Allerdings hat er zumindest das Graffiti nicht angebracht. Seine Statur passt nicht zu den Aufnahmen der Überwachungskameras.«

»Wenigstens habt ihr Leah wieder Frieden verschafft.«

Hannes nickte zufrieden. Leah hatte Paul Kellermann angezeigt, und man brauchte wenig Fantasie, um die richterliche Entscheidung vorauszusagen: ein absolutes Verbot der Kontaktaufnahme und die Auflage, sich ihr bis auf eine bestimmte Entfernung nicht mehr zu nähern. Die Zeiten als Stammgast im *Seaside* waren für den Mann definitiv vorbei.

»Wer bleibt damit noch übrig?«

Hannes wusste sofort, was Fritz meinte. »Sollte Steinfeld einen Komplizen gehabt haben, dann wohl nur innerhalb der Band. Wir konzentrieren uns auf den Manager und den Bassisten. Beide würden übrigens mit ihrem Körperbau infrage kommen, die Drohung an Niklas' Mauer gesprayt zu haben.«

»Zumal sie einen engen Draht zu Steinfeld und ein solides Motiv hatten«, argumentierte Fritz zustimmend.

»Außerdem können wir nach wie vor nicht völlig ausschließen, dass Steinfelds Selbstmord nur inszeniert war. Die Restzweifel konnten nicht ausgeräumt werden. Auch seine Frau kann sich das übrigens nach wie vor nicht vorstellen. Ihr Mann wäre nicht der Typ dafür gewesen.«

»Na ja, du kannst niemandem ins Gehirn sehen. Vielleicht war es eine Kurzschlussreaktion.«

»Möglich. Auf jeden Fall werden Isabell und ich nach Stockholm fliegen und alle Musiker ein weiteres Mal befragen. Vielleicht sind wir dann schlauer. Aber es ist ziemlich verzwickt. Niemand wird freiwillig zugeben, den Mord an Sven mitgeplant zu haben. Da sind wir auf Hinweise von anderer Seite angewiesen.«

»Hast du noch mal mit diesem Reporter gesprochen?«

»Nein.«

»Das solltest du aber. Er kennt die Band schließlich sehr gut.«

»Ich kann ihn ja schlecht in unseren Verdacht einweihen.«

Fritz machte eine wegwerfende Handbewegung. »Er war es doch erst, der euch darauf gebracht hat, dass noch jemand drinstecken könnte. Sucht ihr auch nach diesen angeblichen Beweisen, die Steinfeld dem Reporter gegenüber angedeutet hat?«

»Klar. Sein ganzes Haus wurde auseinandergenommen, genauso die Garage, der Wagen, der Garten, seine Firma. Nichts!«

»Er könnte ein anderes Versteck haben. In einem Bankschließfach oder bei einem Freund.«

»Wir haben schon alles versucht. Allmählich glaube ich, dass da nichts dahintersteckt.«

»Außer das Motiv«, wandte Fritz ein.

»Was meinst du?«

»Dass ich Steinfelds Motiv für nicht ausreichend halte. Sven vögelte dessen Nichte, ja, das war etwas unangemessen. Aber auch kein Weltuntergang. Dann drohte die Sicherheitsfirma den Auftrag bei *Cloud Palace* zu verlieren. Auch nicht schön, aber gleich ein Drama? Der Kerl müsste schon extrem nachtragend gewesen sein, wenn ihm diese Dinge reichten, um Sven abzuknallen. Noch dazu auf der Hochzeit!«

»Vielleicht war er verrückt? Geisteskrank?«

»Das ist doch im Grunde jeder, der einen Mord begeht. Zumindest wenn es nicht im Affekt geschieht. Glaub mir, ich weiß, wovon ich rede. Aber du vermutest doch nicht, dass Steinfeld ein Wirrkopf war und den Mord im Wahn verübte?«

Nein, das glaubte Hannes nicht. Das allein brachte ihn aber noch keinen Schritt weiter.

Stockholm zog Isabell und Hannes sofort in den Bann. Beide waren noch nie dort gewesen. Fasziniert betrachteten sie aus dem Taxifenster die vielfältige Architektur und das allgegenwärtige Wasser. Die Hauptstadt Schwedens war auf vierzehn Inseln erbaut worden, und belustigt machte Isabell ihren Kollegen auf eine Gruppe Angler aufmerksam, die ihre Schnur mitten in der Stadt von einer Brücke ins Wasser auswarfen. Sie hatten sich die dicksten Winterklamotten eingepackt, doch Stockholm präsentierte sich an diesem Februartag bei strahlendem Sonnenschein und überraschend milden Temperaturen.

Für Sightseeing würde den Ermittlern jedoch keine Zeit bleiben, der Rückflug ging schon am nächsten Morgen. Hannes hätte gerne einen Bootsausflug in den weitläufigen Schärengarten unternommen und überlegte, ob er Anna von einem Wochenendurlaub im Sommer überzeugen konnte. Vor seinem Abflug hatte er Kontakt zu Emil Wegberg aufgenommen und erfahren, dass der Reporter ebenfalls in der Hafenstadt war. Bislang hatte Hannes allerdings noch keine Idee, wie er ihn unauffällig und ohne Isabell treffen sollte. Sie lieferte ihm schon bald die Gelegenheit. Als das Taxi vor einem Hotel am *Strandvägen* anhielt, blickte sie auf die Uhr.

»Wir haben noch eine Stunde, bis wir zur Veranstaltungsarena aufbrechen müssen. Ich würd mich gern noch kurz ausruhen, ist das okay?«

Hannes nickte. Kaum hatte er sein Hotelzimmer betreten, rief er Wegberg an. Er hatte Glück. Der Reporter streifte gerade durch die Altstadt, die nur einen Steinwurf entfernt lag. Sie trafen sich in einem Café, das sich auf halbem Weg befand und eine beeindruckende Aussicht über das funkelnde Wasser bot.

»Wirklich eine schöne Stadt«, sagte Wegberg, der dem Blick des Ermittlers folgte. Wie immer war er glatt rasiert.

Hannes roch das Rasierwasser und nickte. »Reisen Sie der Band zu jeder Station nach?«

»Nein, so groß ist mein Budget dann doch nicht. Außerdem fliege ich nicht gern. Ich konzentriere mich auf ausgewählte Konzerte. Da meine Schwester einen Schweden geheiratet hat und hier ganz in der Nähe wohnt, war Stockholm aber gesetzt. Wieso sind Sie hier?«

»Wir sind Ihrem Hinweis, dass Steinfeld noch einen Komplizen haben könnte, natürlich nachgegangen. Ohne Erfolg. Heute werden wir noch mal alle Musiker und den Manager befragen, dann schließen wir den Fall vermutlich endgültig ab.«

»Sollte es einen Komplizen geben, vermuten Sie diesen also innerhalb der Band«, schlussfolgerte Wegberg. Dass Hannes diese Frage unbeantwortet ließ, störte ihn nicht. »Geht mir genauso. Mir ist nicht bekannt, dass sonst jemand eine ernsthafte Fehde mit Sven hatte. Was natürlich nichts heißen muss.«

»An wen denken Sie?«, fragte Hannes. »Wer könnte sich mit Steinfeld zusammengetan haben? Und warum?«

»Meine Überlegungen gehen wahrscheinlich in dieselbe Richtung wie Ihre. Der Manager und Erik. Aber wer weiß schon genau, was in so einer Band los ist. Genauso gut könnte sich einer der anderen aus irgendeinem Grund ernsthaft an Sven gestört haben. Wie Dennis, dem Sven als Gitarrist im Weg stand.«

Hannes nickte. Bei dieser Bemerkung war etwas in ihm angesprungen. Abwesend verfolgte er die weiteren Ausführungen des Reporters und hing seinen eigenen Gedanken nach. Soeben war ihm eine ganz neue Möglichkeit eingefallen. Die war aber so absurd, dass er sie erst in Ruhe durchdenken wollte.

»Sind Sie bei der Suche nach dem Beweismaterial weitergekommen?«, fragte er schließlich. »Sie wissen, dass Sie es uns sofort zur Verfügung stellen müssten.«

»Selbstverständlich!« Wegberg schien entrüstet darüber, dass man ihm überhaupt etwas anderes unterstellen könnte. »Bisher war ich aber erfolglos. Sie haben da ja andere Möglichkeiten. Ich kann nicht einfach in sein Haus einsteigen und mich umsehen. Zumal seine Frau und Tochter wieder darin wohnen.«

»Das hätte Ihnen auch nichts genützt. Dort war nichts. Genauso wenig wie an anderen Stellen, die infrage kommen könnten. Gut möglich, dass Steinfeld Ihnen nur Geld aus der Tasche ziehen wollte.«

»Glaub ich nicht«, erwiderte Wegberg bestimmt. »Dafür konnte ich ihn zu gut einschätzen. Er hätte auch nicht eine so absurd hohe Summe genannt, wenn nichts dahinterstecken würde. Ich vermute, dass er sich eine Versicherung geschaffen hat. Für den Fall, dass er geschnappt wird. Umso merkwürdiger, dass er sich erschossen haben soll, ohne dieses Material vorher herauszugeben.«

Das fand Hannes auch und er stellte sich zum wiederholten Mal die Frage, ob der Sicherheitschef nicht nur ein Mörder, sondern auch ein Selbstmörder war.

Das Konzert von *Cloud Palace* würde im *Globen* stattfinden, einer kugelförmigen Veranstaltungsarena von gigantischem Ausmaß. Weit über zehntausend Fans wollten es verfolgen. Einige warteten schon mittags auf Einlass. Den Ermittlern war ein Raum zur Verfügung gestellt worden, in dem sie alle Musiker nacheinander empfangen konnten. Den Anfang machte jedoch Bastian Eckhoff. Er hatte sich mit der Band wieder so weit zusammengerauft, dass man zumindest die Tour mit Anstand über die Bühne zu bringen gedachte. Er war gereizt, weil ihm die Ermittler schon wieder auf die Pelle rückten und sogar bis nach Schweden gefolgt waren.

»Denken Sie, ich habe nichts Besseres zu tun?«, polterte er gleich los. »Was glauben Sie, was in dieser Stadt heute los ist? Außerdem muss ich den Leuten von der neuen Sicherheitsfirma noch etwas auf die Finger sehen. Ich bin bis zum Anschlag beschäftigt!«

»Wir sind auch nicht zum Spaß hier«, entgegnete Isabell. »Wir wollen alle Hintergründe der Tat restlos aufklären. Das ist doch auch in Ihrem Interesse.«

Er brummelte etwas Unverständliches. Weiter stritt er jede Beteiligung an der Tat ab, Steinfeld habe offenbar ein krankes Hirn gehabt und sich das selbst ausgedacht. Auch die Drohungen gegen Niklas stammten nicht von ihm.

»Wenn ich ihm was sagen will, dann tu ich das ohne Umwege. Außerdem wäre es nicht mein Stil, eine Mauer zu besprühen oder einen Schweinekopf vor das Tor zu legen.«

»Was glauben Sie, wer würde so etwas tun?«

»Es gibt genügend Verrückte da draußen. Fragen Sie mal Erik. Der kann Ihnen vielleicht sagen, wie man an so einen Schweinekopf rankommt.«

»Wieso?«, fragte Hannes hellhörig.

»Weil sein Schwager einen Schlachthof hat. Erik selbst ist Vegetarier und meidet meistens die Einladungen seiner Schwester.« Er lachte. »Sein sensibles Gemüt verträgt den Anblick von Schlachterplatten auf dem Esstisch nicht so gut.«

Nach dem Manager nahmen sich Isabell und Hannes sofort den Bassisten vor. Er sollte keine Gelegenheit haben, seinen Schwager vorzuwarnen. Isabell hatte Federsen sofort telefonisch über die Neuigkeit informiert, und der Kommissar war unverzüglich zu dem Schlachthof aufgebrochen.

»Da er selbst das Gemüt eines Metzgers hat, passt diese Aufgabe doch perfekt für ihn«, hatte Isabell schadenfroh gesagt.

Der Bassist zog die Augenbrauen zusammen, als ihn Hannes mit dem Vorwurf konfrontierte. »Ich fasse ein totes Schwein nicht mal mit der Gabel an! Warum sollte ich Niklas diesen Kopf vors Tor legen?«

»Weil er in Ihren Augen ein Schwein ist?«, schlug Isabell vor. »Das stand zumindest auf dem Zettel, den das Tier zwischen den Zähnen hatte.«

»Sie glauben also, dass ich Niklas für ein Schwein halte? Warum?«

»Seinen Bruder hätten Sie sicher ohne Schwierigkeiten so bezeichnet? Vielleicht hat auch Niklas Ihnen mal eine Frau ausgespannt?«

»Ach was. Klar war er in der Hinsicht nicht besser als Sven, aber wir sind uns nie in die Quere gekommen.«

»Auch nicht in Bezug auf Leah Hartenbach?«

Der Treffer saß. Erik von Wagner errötete und sein Atem beschleunigte sich. Missmutig sah er zur Wand. »Leah und ich … wir hatten nie was miteinander.«

»Aber es wäre Ihnen recht gewesen, wenn das der Fall wäre?«

»Unsinn.« Der flackernde Blick verriet jedoch, dass es alles andere als abwegig war. »Ja, sie war mal eine Teenager-Schwärmerei. Aber das ist ewig her!«

Trotz des ausdauernden Nachbohrens der beiden Polizisten bestand er auf dieser Aussage. Isabell und Hannes blieb nichts anderes übrig, als das Verhör nach einer halben Stunde zu beenden. Überprüfbare Alibis hatte er für die jeweiligen Zeitpunkte der Drohungen nicht nennen können, da er sich in seiner Wohnung aufgehalten habe. Anders als zuvor Bastian Eckhoff. In der Nacht vor dem Fund des Schweinekopfs sei er in Frankfurt gewesen, um Details des zweiten Konzerts von *Cloud Palace* zu besprechen. Zu dem Zeitpunkt, als das Graffiti angebracht wurde, habe er in einer Bar gesessen. Beide

Angaben hatten Isabell und Hannes sofort an Federsen zur Überprüfung weitergegeben.

Niklas machte sich zunächst noch darüber lustig, dass die Polizei die Theorie eines Komplizen oder zumindest Mitwissers verfolgte. Als er aber erkannte, dass er sich noch immer in Gefahr befinden könnte, ließ die Heiterkeit rasch nach.

»Wen haben Sie im Verdacht?«, fragte er. »Und wie kommen Sie auf die Idee?«

»Steinfeld hat einem Reporter gegenüber Andeutungen gemacht, dass er Beweise dafür habe«, sagte Isabell. »Sollte es die tatsächlich geben, hat er sie aber gut versteckt. Haben Sie noch eine Idee, wo wir suchen sollten?«

Das hatte Niklas zwar nicht, doch bei der Erwähnung des Reporters verdüsterte sich seine Miene. »Meinen Sie diesen Wegberg? Wir hatten früher schon den Verdacht, dass Tobias ihm Informationen und Fotos zuspielte. Der Kerl ist die reinste Plage. Wir haben schon mehrere Verfahren gegen ihn geführt. Eines läuft noch, das mein Bruder angestoßen hat. Wegberg versucht schon länger, uns mit Dreck zu bewerfen. Seien Sie lieber misstrauisch bei seinen Aussagen. Wenn Sie jemanden suchen, der mit Tobias gemeinsame Sache gemacht hat, sollten Sie sich Wegberg selbst etwas näher ansehen.«

Hannes gefror das Blut in den Adern. Sollte das zutreffen, dann spielte der Reporter ein ganz hinterhältiges Spiel. Doch was für persönliche Motive könnte er gegen Sven und gegebenenfalls sogar Niklas haben? Dieser Frage musste er sich noch widmen.

Die Befragung der übrigen Musiker zog sich in die Länge und endete erst, als es höchste Zeit für die Maske war. Das Konzert sollte in zwei Stunden beginnen, die Eingangstore waren soeben geöffnet worden. Die Vernehmungen hatten aber keine Überraschungen mehr bereitgehalten. Auch in das Beziehungsgeflecht von Tobias Steinfeld war kein weiteres Licht gekommen. Da sich inzwischen aber herumgesprochen hatte, dass die Ermittler den Mitwisser, so es überhaupt einen gab, innerhalb der Band vermuteten, hatten sich alle Befragten auch eher zugeknöpft gegeben. Leider führte dieser Selbstschutz nicht dazu, Beschuldigungen in andere Richtungen abzufeuern.

Zwischendurch hatte sich Federsen gemeldet. Der Schlachthof zerlegte tatsächlich auch Schweine, doch Eriks Schwager stritt ab, dass der Kopf von seinem Betrieb stammen könnte. Auf dem Gelände habe kein Unbefugter Zutritt, und er selbst habe Erik bestimmt keinen Schädel gegeben. Auch seine Frau wies derartige Unterstellungen weit von sich. Federsen hatte nichts anderes erwartet.

»Blut ist dicker als Wasser«, war sein naheliegender Kommentar gewesen. Erfolgreicher war die Überprüfung von Bastian Eckhoffs Alibis verlaufen. Dessen Anwesenheit in Frankfurt war bestätigt worden. Darüber hinaus hatten zwei Freunde ausgesagt, sich mit ihm in einer Bar getroffen zu haben, als das Graffiti aufgesprüht worden war. Als Überbringer der Drohungen schied der Mann damit aus. Ob er auch als Steinfelds etwaiger Komplize wegfiel, stand auf einem anderen Blatt.

Isabell und Hannes verließen den *Globen* und nahmen ein Taxi zurück in die Innenstadt. Ein Konzert von *Cloud Palace* reichte Hannes für dieses Jahr. Generell hatte er von der Band allmählich die Schnauze voll. Isabell ging es ähnlich.

»Ehrlich gesagt, glaube ich, dass wir uns verrennen. Erik könnte hinter den Drohungen stecken. Aber wir haben kein Motiv! Selbst Niklas konnte uns nicht bestätigen, dass Erik etwas gegen ihn haben könnte.«

»Hoffentlich war es nicht unklug, ihn über unseren Verdacht gegen Erik zu informieren«, argwöhnte Hannes. »Er war wütend, dass sein Kumpel hinter dem Schweinekopf und den anderen Dingen stecken könnte. Wenn ich er wäre, würde ich Erik sofort zur Rede stellen.«

»Na und?« Isabell zuckte mit den Schultern. »Schadet ja nichts. Uns blieb kaum was anderes übrig, als es ihm zu sagen. Wie hätten wir sonst herausfinden sollen, ob zwischen den beiden was passiert ist? Außerdem kann es nicht schaden, wenn sich Niklas vor seinem Bassisten in Acht nimmt.«

»Jetzt ist es eh zu spät. Was wollen wir heute Abend machen? Leider geht der Rückflug ja schon so früh.«

»Wolltest du noch ins Nachtleben eintauchen und auf die Jagd nach den schwedischen Blondinen gehen?«, frotzelte Isabell. »Dann musst du mir aber ein paar Drinks spendieren, damit ich deiner Freundin gegenüber dichthalte.«

»Eigentlich keine schlechte Idee«, grinste Hannes halbherzig. »So selten wie ich Anna im Moment zu Gesicht bekomme … Aber eigentlich dachte ich eher an Essen. Mir knurrt der Magen.«

Kurz darauf saßen sie im Inneren eines Restaurantbootes, und Hannes musterte schockiert die Speisekarte. »Ein Bier kostet fünfundsechzig Kronen! Fast sieben Euro!«

Isabell schmunzelte. »Nie was von der hohen Alkoholsteuer in Skandinavien gehört? Als Säufer brauchst du hier einen guten Job.«

»Schon, aber mit sieben Euro hätte ich nicht gerechnet.«

»Dann solltest du dir nur ein Bier gönnen, denn unsere Spesen fallen nicht grad üppig aus.«

Hannes ließ diesen Rat unberücksichtigt. Isabells Gesellschaft war wie immer fröhlich und unkompliziert, weshalb er erst fünf teure Biere später mit ihr zum Hotel zurückschwankte. Vernünftig konnte er am nächsten Tag wieder sein. Wohlwollend bemerkte er, dass die an ihm vorbeiziehenden Schwedinnen tatsächlich verdammt gut aussahen – was Isabell aber lachend auf seinen Alkoholpegel schob. Da sie selbst nur zwei

Gläser Wein getrunken hatte, war ihr Urteilsvermögen objektiver. Hannes war das in diesem Moment völlig egal. Er genoss den unbeschwerten Augenblick. In diesem Zustand fand er sogar seine Kollegin attraktiver als gewöhnlich, obwohl sie mal wieder ziemlich schräge Klamotten trug.

Weitere Tage waren ins Land gegangen, ohne dass die Ermittler einen Fortschritt hätten vorweisen können. Während *Cloud Palace* durch Europa tourte und in ausverkauften Hallen spielte, war das Ermittlerteam weiter geschrumpft. Auch Isabell arbeitete nun an einem anderen Fall, sodass Hannes seinem Chef wieder allein ausgeliefert war. Seine Stimmung hellte sich dadurch nicht auf. Ines und Kalle hatten den Umzug nach München hinter sich gebracht und zuvor noch eine rauschende Abschiedsparty gegeben. Anna war nicht dabei gewesen, da sie von ihrem Chef zu einem Kongress mitgenommen worden war. Hannes revanchierte sich auf seine Weise für die einsamen Abende.

Kurzentschlossen hatte er Marias Drängen nachgegeben und sich auf eine Verabredung in der Kletterhalle eingelassen. Dass die Rechtsmedizinerin dort eine gute Figur abgeben würde, hatte er geahnt. Außerdem hatte er fast vergessen, wie wohl er sich in ihrer Gegenwart fühlte, also waren weitere Verabredungen gefolgt. Da Maria wusste, dass er mit Anna zusammen war, fragte er sich, ob sie dies eher als Abschreckung oder als Ansporn ansah. Bisher hatte er das noch nicht getestet, vermutete aber, dass er auf wenig Widerstand stoßen würde.

In der Zwischenzeit hatte er zumindest seine Nerven in Bezug auf Emil Wegberg beruhigen können. Nichts deutete darauf hin, dass er eine private Fehde gegen die Lehmann-Zwillinge führte. Als Hannes ihn nach Alibis in Bezug auf die Drohungen gegen Niklas gefragt hatte, war Wegberg amüsiert gewesen.

»Diese Frage musste ja irgendwann kommen! Glauben Sie, ich setze Sie auf einen Komplizen von Steinfeld an, obwohl ich selbst derjenige bin?«

Tatsächlich waren seine Alibis so wasserdicht, dass Hannes beruhigt war. Neuigkeiten konnte der Reporter aber ebenfalls nicht liefern, seine Suche nach den angeblichen Beweisen war genauso erfolglos wie die der Polizei.

Neben dem Training und den sporadischen Treffen mit Maria gab es für Hannes wenig Abwechslung. Für die Wohnungen von Anna und ihm waren Nachmieter gefunden worden, also konnte er sich auf den eigentlichen Umzug vorbereiten. Da seine Freundin auch weiter spät und abgekämpft nach Hause kam, blieb der Großteil an ihm hängen. Noch immer hatte sich ihre Begeisterung für den neuen Chef nicht gelegt. Eines Abends war Hannes der Kragen geplatzt.

»Vielleicht kann ja dieser tolle Micha auch unser neues Sofa aussuchen«, hatte er gebrüllt. »Er hat doch so einen super Geschmack und würde unseren Umzug bestimmt mit links organisieren.«

Anna hatte ihn nur entgeistert angesehen und dann das Zimmer verlassen. Zuletzt war es häufiger zu Reibereien zwischen ihnen gekommen. Hannes bereute fast schon den Entschluss, eine gemeinsame Wohnung zu mieten. Anna wurde ihm zunehmend fremd. Als er seinem Freund Ben das Herz ausschüttete, erntete er wider Erwarten wenig Verständnis.

»Ich finde, du stellst dich etwas an.«

Entrüstet starrte Hannes ihn an.

»Du hast ja selbst Phasen, in denen du bis in die Nacht arbeiten musst. Hat Anna dir deswegen jemals eine Szene gemacht? Sie ist neu in dem Job, natürlich will sie sich erst mal beweisen.«

Überrumpelt schwieg Hannes. Da war natürlich was dran. Anna hatte ihm nie Vorhaltungen gemacht, sondern ihn sogar aufgebaut, wenn er erschöpft bei ihr aufgetaucht war. Trotzdem hatte er eine andere Antwort von Ben hören wollen.

»Das allein ist es ja nicht«, versuchte er das brennende Gefühl in seinem Magen zu erklären. »Anna schwärmt in einer Tour von Micha, ihrem Chef. Das muss so was von ein toller Hecht sein. Er nimmt sie in seinem Wagen mit, sie begleitet ihn auf Dienstreisen, und im Büro stecken sie bis in die Nacht die Köpfe über irgendwelchen Strategieplänen zusammen. Eigentlich … wäre es viel praktischer, wenn er gleich ganz an meine Stelle tritt.«

Ben schmunzelte. »Daher weht der Wind, du bist eifersüchtig!«

Hannes biss die Zähne zusammen. Diesen Vorwurf hatte er auch schon von Exfreundinnen gehört, es aber immer als Geschwätz abgetan. Aber es war nicht von der Hand zu weisen. Seine Freundin war nun mal sehr attraktiv – das dürfte ihrem neuen Chef auch aufgefallen sein.

»Findest du das erstaunlich?«, rief er daher angriffslustig. »Wie fändest du es, wenn deine Freundin ständig von irgendeinem tollen Typen erzählt?«

»Hast du Anna darauf angesprochen?«

»Hm, so indirekt«, grummelte Hannes.

»Direkt wäre vielleicht besser.«

»Besser wäre es, wenn ich dem Kerl eins auf die Stirn gebe«, entgegnete Hannes. »Aber bei meinem Glück ist er wahrscheinlich auch noch Hobby-Kickboxer.«

Da ihm dieser Micha keine Ruhe ließ, steuerte er am nächsten Tag nach Dienstschluss den Firmensitz von *LightFire* an. Überrascht musste er feststellen, dass dort noch jede Menge los war. Als er die Eingangstür aufschob, knallten Sektkorken. Musik donnerte durch die Empfangshalle, und an mehreren Stehtischen schoben sich junge Leute kleine Häppchen in den Mund. Anna hatte ihn entdeckt und löste sich aus einer Gruppe von Frauen in ihrem Alter.

»Was machst du denn hier?«, fragte sie überrascht, drückte ihm aber zur Begrüßung einen Kuss auf den Mund.

»Ich … äh … wollte dich überraschen. Was ist hier los? Geht das bei euch abends immer so zu?«

»Das wär schön. Nein, wir haben heute die neue Kollektion auf den Markt gebracht. Die harte Arbeit der letzten Wochen hat sich gelohnt. Da hinten stehen die Klamotten, kannst sie dir gern ansehen.«

Anna zog ihn am Arm, und willenlos ließ sich Hannes durch den Raum führen. Sie präsentierte ihm die Kleidungsstücke, die ihm auf Anhieb gefielen. Er befingerte gerade einen Pullover, als ihn seine Freundin erneut am Arm zog.

»Das dort drüben ist übrigens Micha, mein Chef. Der große Mann neben ihm ist einer unserer Investoren.«

Hannes' Gesicht verfinsterte sich. Der Kerl sah tatsächlich attraktiv aus. Er unterhielt sich angeregt mit einer Gruppe anderer Männer, und es schien ihm nicht schwerzufallen, eine gelöste Atmosphäre zu verbreiten. Wie ein Kampfsportler sah er allerdings nicht aus.

»Ach, und da hinten steht seine Frau, die mit dem Baby auf dem Arm«, sagte Anna. Dann bemerkte sie seinen missmutigen Gesichtsausdruck. »Was ist los?«

»Äh … Frau und Baby?«, fragte Hannes.

»Ja, Micha ist ganz verrückt nach seinem kleinen Sohn. Deshalb fiel es ihm zuletzt auch schwer, so viel zu arbeiten.« Dann dämmerte es ihr. »Hast du etwa gedacht, dass ich auf meinen neuen Chef stehe? Deshalb warst du in der letzten Zeit so komisch?«

Hannes räusperte sich verlegen. Seine Ohren glühten dunkelrot. »Hm, das … ich hab mir nur so meine Gedanken gemacht«, nuschelte er. »Außerdem haben wir uns kaum noch gesehen, und …« Ihm fiel nichts mehr ein.

Anna tat das einzig Richtige. Sie stellte sich auf die Zehenspitzen und schlang die Arme um ihren Freund. »Du musst nicht eifersüchtig sein«, flüsterte sie ihm in eins der roten Ohren. »Ist dir nicht klar, dass ich nur dich will?« Sie küsste ihn leidenschaftlich. »Ich werde auch wieder weniger arbeiten. Ich hab doch auch keine Lust, hier immer so lange zu sitzen. Aber in den letzten Wochen ging es nicht anders. Jetzt ist die Kollektion draußen und Micha hat schon gesagt, dass wir unser Pensum wieder auf ein Normalmaß zurückfahren sollen.«

Das klang schon viel sympathischer. Hannes fühlte sich wie ein Vollidiot. Anna schüttelte amüsiert den Kopf. »Da bin ich ja froh, dass wir das endlich geklärt haben! Komm mit, ich stell dir Micha vor!«

Hannes folgte ihr, und das schmerzende Gefühl in seinem Magen war endlich verflogen. Stattdessen fühlte er sich so glücklich wie schon lange nicht mehr. Kurz darauf informierte er Maria unauffällig per SMS, dass der für den nächsten Tag geplante Besuch der Kletterhalle ausfallen müsse.

KAPITEL 17

Die Tournee näherte sich dem Finale. Zuletzt hatten die Musiker in Lissabon gespielt und waren nun wieder an den Ausgangspunkt ihrer Tour zurückgekommen. Am nächsten Tag stand das Abschlusskonzert auf heimischem Terrain an. Dort, wo alles angefangen hatte. Eine Zeitung hatte die Tournee einen ›Triumphzug durch Europa‹ genannt und nicht übertrieben. *Cloud Palace* war in allen Städten frenetisch gefeiert worden. Die Fans fieberten schon jetzt der anstehenden Welttour entgegen, die im Sommer durch dreißig große Stadien führen sollte.

Emil Wegberg war entgegen seiner ursprünglichen Planung zu fast jedem Konzert mitgereist, da sich die Nachfrage nach seinen Berichten nicht erschöpft hatte. Immer wieder war es ihm gelungen, nahe an die Musiker – oder zumindest an entsprechende Informationen und Bilder – heranzukommen. Auch die neue Sicherheitsfirma hatte offenbar Angestellte in ihren Reihen, die sich gern den einen oder anderen Euro dazu verdienten. Insbesondere die zweite Backgroundsängerin neben Mia Landberger und der Keyboarder Patrick hatten es des Öfteren heftig krachen lassen, sodass Wegberg die Sensationsgier der Massen mühelos hatte befriedigen können.

»Niklas dagegen hat sich auffällig zurückgehalten«, berichtete er, als er Hannes am Freitagmorgen gegenübersaß. »Untypisch für ihn, aber vielleicht hat Leah einen Schalter in ihm umgelegt. Sie besuchte ihn in zwei Städten, allerdings ohne sich die Konzerte anzusehen. Niklas hat sich aber auch in den anderen Spielorten immer brav verhalten.«

»Haben Sie mitbekommen, ob er weitere Drohungen erhielt? Uns hat er jedenfalls nichts mitgeteilt.«

»Mir ebenfalls nicht, aber mit mir redet er ja auch nicht. Er ist wütend, dass ich immer wieder an Material komme, obwohl er ein Hallenverbot gegen mich ausgesprochen hat.«

»Sie stellen Ihre Kollegen aber auch in den Schatten«, bemerkte Hannes. Er hatte die Berichterstattung aufmerksam verfolgt.

»Wahrscheinlich bin ich einfach skrupelloser«, entgegnete Wegberg mit entwaffnender Ehrlichkeit. »Aber zumindest einer aus der Band stört sich nicht an mir. Erik hat zuletzt immer mal wieder das Gespräch mit mir gesucht.«

»Wieso?«

»Ehrlich gesagt, ich weiß das auch nicht«, musste Wegberg nachdenklich zugeben. »Er ließ immer nur Belanglosigkeiten raus. Ich habe fast das Gefühl, er wollte mich testen. Ob er mir vertrauen kann.«

»Ausgerechnet Ihnen? Verstehen Sie mich nicht falsch, aber Geheimhaltung zählt ja zwangsläufig nicht zu Ihren Jobmerkmalen. Was könnte er Ihnen sagen wollen?«

»Ich denke, es hat mit dem Mord an Sven Lehmann zu tun. Irgendetwas weiß der Kerl. Haben Sie den Fall inzwischen zu den Akten gelegt?«

»So gut wie.« Hannes hatte von seinem Chef die Ansage erhalten, sich ab der kommenden Woche wieder mit anderen Dingen zu beschäftigen. Der Kommissar selbst hatte sein Engagement bereits eingestellt.

»Mir geht es ähnlich«, sagte Wegberg. »Ich verfolge noch zwei oder drei Ideen, dann gebe ich auf. Die Band liefert auch so genügend Gesprächsstoff. Die Tour hat sie wieder eng zusammengeschweißt. Mit einer Ausnahme.«

»Und die wäre?«

»Niklas und Erik. Der Bassist scheint richtig gemobbt zu werden. Niklas wurde sogar handgreiflich. Daran dürften Sie nicht ganz unschuldig sein, denn er denkt wohl, dass Erik für die Drohungen gegen ihn verantwortlich ist.«

»Es wird ja auch kaum ein Zufall sein, dass ausgerechnet Eriks Schwager einen Schlachthof besitzt. Der Großteil der Bevölkerung wird eher Schwierigkeiten haben, an einen Schweinekopf zu kommen.«

»Allerdings. Aber warum hätte Erik das tun sollen? Das ist die große Frage. Vielleicht knacke ich dieses Rätsel ja noch. Er will sich morgen mit mir treffen, und ich hoffe, dass er sich dann den Ballast von der Seele redet.«

Hannes war skeptisch. Warum sollte sich der Mann ausgerechnet einem Klatschreporter anvertrauen? Da hätte er auch mitten auf der Bühne einen Seelenstriptease hinlegen können.

Am Abend setzten Anna und Hannes ihre Umzugsvorbereitungen fort. Gemeinsam packten sie die ersten Kartons, neben denen große Müllbeutel lagen. Das Zusammenlegen zweier Wohnungen ließ viele Dinge überflüssig werden. Vor allem Gegenstände, die zweimal vorhanden waren. Beim Küchenbedarf hatte Hannes keine Probleme, seinen Besitz zugunsten von Annas Ausstattung zu entsorgen. Bei den Möbeln hatte es dagegen schon intensivere Diskussionen gegeben. Bisher hatten sie sich auf einen fairen Mittelweg verständigen können. Die Frage, ob Hannes seinen Lieblingssessel mitnehmen sollte, sorgte dagegen für verhärtete Fronten.

»Ich habe noch nie ein so hässliches Teil gesehen«, behauptete Anna, während sie einen Packen T-Shirts in eine Tasche stopfte. »Außerdem ist er total abgescheuert, der würde das ganze Wohnzimmer verschandeln.«

»Dann stellen wir ihn eben ins Arbeits- und Gästezimmer.«

»Damit sich unsere Übernachtungsgäste morgens und abends fragen, ob wir an Geschmacksverirrung leiden? Ich habe einen anderen Vorschlag: Wir schmeißen das Ding weg, dafür darfst du dir einen Ersatz aussuchen.«

Hannes überlegte. »Ohne dass du dich einmischst?«

Anna ruderte vorsichtig zurück. »Na ja, ein oder zwei Vetorechte sollte ich schon …«

Hannes grinste. »Du solltest die Chefverhandlerin deiner neuen Firma werden. So gute Konditionen …«

Er brach ab, als sein Telefon klingelte. »Ah, Herr Wegberg!«

»Störe ich?«, fragte der Reporter.

»Nein. Sie hätten in keinem günstigeren Moment anrufen können«, schmunzelte Hannes und zwinkerte Anna frech zu.

»Gut. Ich glaube, ich habe eine neue Spur zu den Beweisen, von denen Tobias Steinfeld gesprochen hat. Ich bin gerade auf dem Weg dorthin. Mir ist nach unserem Treffen heute etwas eingefallen. Er hat mir mal erzählt, dass er an der Ostsee …«

Hannes zuckte zusammen, denn der Satz ging in einem Schrei unter. Es knackte und rauschte in der Leitung, als wäre das Handy seines Gesprächspartners auf den Boden gefallen.

»Herr Wegberg?«, rief Hannes alarmiert. Er hörte nur Stöhnen und dumpfe Geräusche. Dann brach die Verbindung ab.

Federsen und Hannes gingen unruhig im Flur des Krankenhauses auf und ab. Zehn Minuten nach dem abgebrochenen Telefonat war ein Notruf eingegangen, abgesetzt von einem Ehepaar, das mit einem Hund eine späte Runde gedreht hatte. Dadurch waren sie zu Lebensrettern geworden. Wäre der blutig zusammengeschlagene Mann in dem Wohngebiet auch nur wenig später gefunden worden, er hätte nicht gerettet werden können. Nun sahen die Ärzte zumindest noch eine Chance. Der Reporter wurde seit einer Stunde notoperiert.

»Was hat er Ihnen gesagt?«, fragte Federsen zum bestimmt zehnten Mal und sah zu seinem Kollegen hinauf.

In Ermangelung einer sinnvolleren Beschäftigung wiederholte Hannes geduldig den Wortlaut des Telefonats. »Das kann kein Zufall sein«, sagte er niedergeschlagen. »Kurz bevor er mir verraten konnte, wo sich die Beweise befinden könnten, fiel jemand über ihn her. Irgendwer hat ihn gerade noch rechtzeitig zum Schweigen gebracht.«

»Sieht so aus«, stimmte sein Chef widerwillig zu. »Also könnte an dieser Geschichte doch was dran sein. Sie sind sich sicher, dass Bastian Eckhoff und Erik von Wagner ein Alibi für den Zeitpunkt des Überfalls haben?«

Genervt nickte Hannes. Auch das hatte er schon mehrfach bestätigt. Der Manager befand sich auf einer Veranstaltung seines Schützenvereins, und Erik hatte seine Schwester besucht. Für Federsen zählte das nicht.

»Es ist nicht unwahrscheinlich, dass seine Schwester und der Schwager uns schon in Bezug auf den Schweinekopf angelogen haben.«

»Aber warum sollte Erik ihn überfallen? Er wollte sich morgen sowieso mit ihm treffen, sogar auf eigene Initiative.«

»Ihm war eben noch nicht klar, wie dicht der Reporter seinem Ziel gekommen ist. Er musste schnell handeln. Was wollten sie denn morgen besprechen?«

»Er behauptet, dass es nur allgemein um die Band gehen sollte. Erik wollte ein paar Dinge geraderücken, die in der Öffentlichkeit nach seiner Meinung falsch dargestellt werden.«

Federsen wirkte genauso wenig überzeugt wie Hannes. Doch ein Alibi war eben ein Alibi. Es gab keine Chance, den Bassisten in Untersuchungshaft zu nehmen. Endlich trat der Chefarzt zu den Ermittlern. Er wirkte ernst.

»Wir konnten seinen Zustand stabilisieren. Er muss mit einer Eisenstange attackiert worden sein. Mehrere Knochenbrüche,

Prellungen und starke Blutungen. Außerdem wurde ihm der Kehlkopf eingedrückt. Er ist gerade noch mal so davongekommen.«

»Wann können wir mit ihm sprechen?« Federsen wirkte, als wolle er in den Operationssaal stürmen.

»Das kann ich noch nicht sagen. Vielleicht in drei oder vier Tagen.«

»Machen Sie Witze?«, fragte der Kommissar schockiert.

»Überhaupt nicht. Seien Sie froh, dass der Mann noch am Leben ist.«

»Hören Sie …« Federsen versuchte sich erfolglos an einem treuherzigen Blick. »Dieser Mann hat Informationen, die einen Mordfall betreffen. Die wahrscheinlich auch für seinen Zustand verantwortlich sind. Es ist von größter Wichtigkeit, dass wir so schnell wie möglich …«

»Das verstehe ich«, ersparte sich der Chefarzt weitere Diskussionen. »Es ist aber momentan vollkommen ausgeschlossen. Er kann sowieso nicht mit Ihnen kommunizieren. Kommen Sie morgen Mittag noch mal vorbei, dann sehen wir, wie sich sein Zustand entwickelt hat. Große Hoffnungen kann ich Ihnen aber nicht machen. Wahrscheinlich wird es mehrere Tage dauern.«

Den Ermittlern blieb keine Wahl, als das Krankenhaus unverrichteter Dinge wieder zu verlassen. Draußen steckte sich der Kommissar als Erstes ernüchtert eine Zigarette an. Es gab keine Zeugen für den Überfall und auch keinen Tatverdächtigen. Hannes grübelte die ganze Nacht, wer ein Interesse daran gehabt haben könnte, den Reporter zum Schweigen zu bringen. Am frühen Morgen legte er sich auf eine Theorie fest.

Fritz war nicht schockiert, sondern elektrisiert, als Hannes ihm am nächsten Tag von dem Überfall auf den Reporter erzählte. Da sich die Abwechslung im Leben des Exkommissars in engen Grenzen hielt, saugte er Neuigkeiten gierig auf. Vor allem, wenn es sich dabei um Dinge handelte, mit denen er sich früher tagtäglich beschäftigt hatte und die seine absolute Leidenschaft waren. Auch wenn er das zu seiner aktiven Zeit nie zugegeben hätte. Hannes hatte sich bewusst entschieden, seine in der vorangegangenen Nacht zusammengeschusterte Theorie zuerst mit seinem früheren Vorgesetzten zu besprechen. Schließlich war sie so abenteuerlich, dass Federsen sie vermutlich ohne zu zögern in der Luft zerrissen hätte. Der junge Polizist brauchte die Erfahrung eines Mannes, der sich auch für die abwegigsten Spekulationen nicht zu schade war. Der alte Fritz war dafür der ideale Kandidat.

Dessen Ermittler-Gen arbeitete auch schon auf Hochtouren. »Die entscheidende Frage ist natürlich: Wer hat etwas davon, Wegberg auszuschalten? Und – kann ein Raubüberfall ausgeschlossen werden?«

»Zumindest hatte er sein Portemonnaie noch bei sich. Er verfolgte hartnäckig die These, dass Steinfeld nicht allein gehandelt hat. Da er dafür fast mit seinem Leben bezahlen musste, spricht einiges dafür, dass es kein Hirngespinst war.«

»Was hat er dir über seine Nachforschungen erzählt?«

»Er trat auf der Stelle – wie wir. Allerdings vermutete er, dass Erik mehr weiß. Das ist eigentlich ein zugeknöpfter Kerl, aber zu Wegberg schien er zunehmend Vertrauen zu fassen. Heute wollten sie sich treffen, bevor am Abend das Abschlusskonzert der Tournee stattfindet.«

Eine Weile diskutierten Fritz und Hannes, wie wahrscheinlich eine Beteiligung des Bassisten war. Hannes verlor daran zunehmend die Lust, denn diese Frage hatte er in den letzten Wochen schon oft genug erörtert. Ihm brannte etwas anderes unter den Nägeln.

»Vergessen wir mal die altbekannten Tatverdächtigen und beleuchten den Fall von einer ganz anderen Seite«, begann er. Sofort wurde Fritz aufmerksam. Diese Taktik hatte er Hannes schon des Öfteren gepredigt und er freute sich nun, dass der Ermittler dies allmählich verinnerlichte.

»Der Gedanke kam mir zum ersten Mal in Stockholm«, fuhr Hannes fort. »Wegberg sagte, dass Sven dem Backgroundsänger Dennis im Weg stand. Der ist selbst ein begnadeter Gitarrist, wie er inzwischen ja unter Beweis gestellt hat. Aber war er wirklich der Einzige, dem Sven im Weg stand?«

»Ich nehme an, du spielst damit nicht auf den Manager an?«, vermutete Fritz und massierte sein rechtes Bein, das er steif zur Seite gestreckt hatte.

»Nein, denn der war gleichzeitig auch abhängig von Sven. Ich will auf was anderes hinaus. Sven war eine von zwei Führungspersönlichkeiten der Band. Zugleich war er aber auch einer von zweien, über die sich der Ruhm und die Verehrung der Fans besonders ergossen. Du weißt, wer die andere Person ist.«

Fritz zog die buschigen Augenbrauen hoch. »Sein Bruder. Niklas.«

»Richtig. Du solltest mal sehen, wie sich Niklas auf der Bühne inszeniert. Fast wie ein Gott. Mit dem neuen Showkonzept noch mehr als zuvor. Er ist süchtig nach Verehrung und Anerkennung. Mit seinem Bruder hat er sich oft über die Ausrichtung der Band gestritten. Jetzt gibt er ganz allein die Richtung vor.«

»Und ist die unangefochtene Nummer eins bei den Fans.« Fritz nickte. »Er wollte den Ruhm nicht teilen, sondern möchte als Einziger vergöttert werden.«

»Übrigens nicht nur von den Fans. Erstaunlich, wie schnell er auch mit der Fast-Ehefrau seines Bruders zusammengekommen ist. Er war vor vielen Jahren schon mal mit ihr zusammen. Wahrscheinlich hat er nie aufgehört, sie zu lieben. Er ertrug es nicht, dass sie seinen Bruder heiraten wollte. Damit hätte er schon ein doppeltes Motiv!«

»Wieso hat er Sven aber nicht selbst erschossen? Warum Steinfeld? Zu ihm hatte Niklas zuletzt doch auch kein ungetrübtes Verhältnis.«

»Vielleicht war das nur vorgespielt? Auch Steinfeld war alles andere als gut auf Sven zu sprechen. Im Gegensatz zu Niklas kann er aber mit Waffen umgehen. Bei der Hochzeit ging das Feuerwerk zu früh los. Dafür war Niklas verantwortlich. Er behauptete, es sei aus Versehen passiert. In Wahrheit könnte er absichtlich den Knopf gedrückt haben, um für Ablenkung und Verwirrung zu sorgen.«

»Außerdem ging im Krachen des Feuerwerks der Schuss unter«, spann Fritz den Faden weiter. Er nahm die randlose Brille ab und putzte die eckigen Gläser mit einem Taschentuch. »Bis hierher kann ich dir folgen. Aber eines ist mir noch schleierhaft: Mir war Steinfelds Motiv schon vorher zu schwach. Sven hat die Nichte des Mannes ja nicht mal geschwängert. Letztlich ist ihr nichts passiert.«

»Zumindest hat er sie entjungfert«, wandte Hannes halbherzig ein. »Außerdem kennen wir da vielleicht noch nicht die ganze Geschichte. Es kann auch noch etwas anderes passiert sein.«

»Oder Niklas zwang den Sicherheitschef, den Schuss abzugeben.«

»Womit?«

»Keine Ahnung. Irgendwas eben.«

Hannes stellte diese Frage zunächst zurück. »Spielt erst mal keine Rolle. Steinfeld gab den Schuss ab und merkte schnell, dass wir ihm auf den Fersen sind. Natürlich wollte er nicht alleine für den Mord geradestehen, wenn es hart auf hart kommt. Daher deponierte er irgendwo Material, mit dem er beweisen konnte, dass auch Niklas mit drin hängt. Wegberg sagte mir gestern Abend, dass er eine neue Spur hat. Woher, weiß ich nicht. Niklas bekam Wind davon und schlug ihn zusammen, bevor es zu spät war.«

Fritz nickte. »Könnte passen! Vielleicht hat sich Steinfeld auch gar nicht selbst erschossen. Bei einem derartigen Selbstmord ohne Zeugen kannst du ein Fremdeinwirken nie ganz ausschließen. Niklas befürchtete, dass Steinfeld außer Kontrolle geriet und erschoss ihn vorsichtshalber. Du hast es selbst angedeutet: Er würde alles tun, um seine Karriere nicht zu gefährden.«

»Die Frage ist, was ich jetzt tun soll«, erwiderte Hannes. Seine Ohren waren knallrot. »Federsen wird mich auslachen, wenn ich mit dieser Theorie komme.«

»Dann musst du eben zu Steffen gehen«, entgegnete Fritz. »Selbst wenn deine Theorie sich nur als haltlose Spekulation herausstellen sollte, müsst ihr sie zumindest überprüfen. Konfrontiert Niklas offensiv mit diesen Anschuldigungen! Aus seiner Reaktion wirst du einiges ablesen können.«

Zur Hannes' Überraschung wurde er von seinem Chef keineswegs für verrückt erklärt. Federsen reagierte sogar euphorisch. Allerdings vermutete der Sportpolizist, dass dies vor allem daran lag, dass der Kommissar eine ausgeprägte Abneigung gegen den Leadsänger von *Cloud Palace* entwickelt hatte. Zumindest hatte Hannes seinen Vorgesetzten mal wieder unterschätzt. Nach dessen Meinung war Niklas ein größenwahnsinniger Menschenfänger, der sich an seinem Ruhm berauschte. Selbst wenn es sich am Ende als eine falsche Fährte herausstellen sollte, so bereitete dem Kommissar allein schon der Gedanke, Niklas mit den Vorwürfen zu konfrontieren, sichtlich Vergnügen.

Seinen fröhlichen Gesichtsausdruck hatte er eine Stunde später gegen eine grimmige Miene eingetauscht, als die beiden Ermittler dem Sänger in dessen Wohnzimmer gegenübersaßen. Federsen würdigte die Aussicht durch die breite Fensterfront keines Blickes, obwohl sie fast schon kitschig schön war. Der Schneematsch war längst verschwunden, und auf den Wiesen zeigte sich das erste frische Grün. Die Ostsee leuchtete im hellen Sonnenlicht tiefblau, und durch ein gekipptes Fenster drang Vogelgezwitscher herein. Der Frühling war nicht mehr fern.

Dagegen verströmte Federsen eine Eiseskälte. »Es gab Entwicklungen, die uns eine neue Sicht auf den Mord an Ihrem Bruder erlauben«, begann er seinen Angriff.

Niklas sah ihn fragend an. »Ich dachte, alles wäre aufgeklärt? Klammern Sie sich immer noch daran, dass irgendjemand mit Tobias gemeinsame Sache ...«

»Nicht irgendjemand.« Federsen beobachtete den Mann nun ganz genau. »Wir haben eine konkrete Vermutung, wer das gewesen ist. Sie!«

Hatte er eine erschrockene oder verräterische Reaktion erwartet, so wurde er enttäuscht. Amüsiert zog Niklas die Augenbrauen nach oben. Um seinen Mund lag ein spöttischer und überheblicher Zug. »Ich hoffe, Sie haben gute Gründe für diese absurde Beschuldigung.«

Der Kommissar leckte sich die Lippen. »Absurd? Für einen gesunden Charakter ist es tatsächlich absurd. Ihre Motive sind dagegen eher krankhaft! Sie sind süchtig nach Ruhm. Sie genießen es, wenn die ganze Welt auf Sie sieht und Sie bewundert. Ihr Bruder zog einen großen Teil der Verehrung auf sich. Aber Sie wollten sich nicht mit der Hälfte zufriedengeben!«

Niklas lachte. »Sollen das Ihre Beweise sein? Sind Sie etwa neidisch? Leiden Sie so sehr unter Ihrem armseligen Dasein als Polizeibeamter?«

»Spielen Sie sich nicht auf«, fuhr Federsen ihn an. »Armselig ist eher, wie Sie sich in der Bewunderung Ihrer Fans aalen. Glauben Sie, nach Ihnen kräht auch nur noch ein Hahn, wenn Ihr Stern im Sinken ist? Was früher oder später geschehen wird.«

Das war ein erster Treffer. Niklas' Gesicht verzerrte sich leicht. »Da bringen Sie aber was durcheinander. Die Fans waren schließlich nicht von Anfang an da. Sie haben mich erst erfolgreich und berühmt gemacht. Also dürfte es durchaus etwas mit meiner Person zu tun haben.«

»Und mit dem exzessiven Einsatz von moderner Technik«, warf Hannes trocken ein. »Aber von der Sucht nach Ruhm abgesehen, hatten Sie auch noch ein anderes Motiv.«

»Jetzt bin ich neugierig.«

»Leah Hartenbach. Sie waren schon als Teenager an ihr interessiert. Sogar so intensiv, dass die Frau sich gewehrt und Sie vor versammelten Freunden und Verwandten bloßgestellt hat. Und das im wahrsten Sinne des Wortes. Leah schubste Sie halbnackt ins Wohnzimmer.«

»Wissen Sie, wie lange das her ist? Und außerdem, warum hätte ich Sven dafür bestrafen sollen?«

»Sie wollten ihn auch gar nicht bestrafen, Sie wollten seine Braut haben«, erklärte Federsen. »Ist schon erstaunlich, wie schnell es Ihnen gelungen ist, mit dieser Frau eine Beziehung einzugehen. Der Körper Ihres Bruders war kaum kalt, als Sie Ihr Netz auswarfen.«

»Sie gehen jetzt besser«, erklärte Niklas kühl und erhob sich. »Die Gefühle zwischen Leah und mir gehen Sie nichts an!«

»Setzen Sie sich!«, schrie Federsen nun, erhob sich aber seinerseits. »Sonst können Sie unsere weiteren Fragen auch gern auf dem Präsidium beantworten. Ihr Abschlusskonzert heute Abend müssen Sie dann aber absagen.«

Die Drohung wirkte. Wütend starrte ihn Niklas einen Moment lang an, dann fiel er aufs Sofa zurück, die Hände zu Fäusten geballt. »Also gut«, presste er mühsam beherrscht hervor, »dann bringen wir dieses lächerliche Schauspiel schnell hinter uns. Stellen Sie mir Ihre Fragen.«

»Wie haben Sie Steinfeld dazu gebracht, die Schmutzarbeit zu erledigen?«

Niklas stöhnte. »Ich habe ihn nicht dazu gebracht! Sie wissen genau, dass Sven mit seiner Nichte ins Bett gestiegen ist.

Außerdem sind wir mehrfach mit ihm aneinandergeraten und haben überlegt, eine andere Sicherheitsfirma zu engagieren.«

»Hatten Sie etwas gegen ihn in der Hand?«, fragte Hannes. »Setzten Sie ihn mit irgendetwas unter Druck, sodass ihm keine Wahl blieb, als den tödlichen Schuss abzugeben?«

»Sie haben wirklich eine blühende Fantasie«, rief Niklas aufgebracht. »Ich habe nichts damit zu tun, dass Tobias durchgedreht ist!«

»Wieso haben Sie das Feuerwerk zu früh gestartet? Das war ein perfektes Ablenkungsmanöver. Keiner bekam den Knall des Schusses mit.«

»Ich hab schon gesagt, dass ich den Knopf versehentlich gedrückt habe.«

»Okay«, erwiderte Hannes sarkastisch. »Es war auch reiner Zufall, dass Sie sich an der Steuereinheit des Feuerwerks befanden. Wie praktisch, dass der zuständige Techniker so heftige Magenkrämpfe hatte, dass er seinen Platz verlassen musste. War es ein Abführmittel?«

»Sind Sie bescheuert?«, brüllte Niklas. Seine Selbstbeherrschung nahm weiter ab. »Was wollen Sie mir noch anhängen?«

»Der Reporter Emil Wegberg wurde letzte Nacht zusammengeschlagen«, fuhr Hannes ungerührt fort. »Steinfeld hatte ihm gegenüber angedeutet, nicht alleine gehandelt zu haben, und das auch belegen zu können. Wegberg suchte diese Beweise, genau wie wir. Gestern Abend rief er mich an, weil er eine vielversprechende Spur hatte. Kurz bevor er den Ort nennen konnte, knallten Sie ihm eine Eisenstange auf den Kopf. Was für Beweise könnte Steinfeld zur Seite geschafft haben?«

Mit offenem Mund blickte Niklas ihn an. Sein Gesicht verfärbte sich, und die Augen verwandelten sich in schmale Schlitze. »Sie behaupten, dass ich diesen Mistkerl Wegberg zusammengeschlagen habe? Grund genug hätte ich gehabt. Eine miese Ratte ist das, die ständig hinter uns herschnüffelt. Aber ich muss Sie enttäuschen. Ich war es nicht.«

»Wo befanden Sie sich denn gestern Abend gegen zwanzig Uhr?«

»Wo? Hier. Vor einem anstehenden Konzert ziehe ich mich immer zurück.«

»War jemand bei Ihnen?«

»Nein. Sie werden es mir schon glauben müssen.«

»Müssen wir das?«, fragte Federsen übellaunig. »Wie schade, dass gestern keine Drohne über dem Grundstück schwebte, um Ihre Aussage zu belegen. Wenn man so ein Ding mal brauchen könnte, ist weit und breit keines in Sicht. Den Sicherheitsdienst vor Ihrem Grundstück haben Sie auch abgezogen.«

»Auf die Security verzichte ich, weil nichts mehr vorgefallen ist und mein Grundstück zusätzlich gesichert wurde. Sie sollten sich lieber um die Hintergründe der Drohungen gegen mich kümmern, statt mir unverschämte Anschuldigungen an den Kopf zu knallen.«

»Sie meinen den Schweinekopf und den Drohbrief? Wir haben schon gehört, dass Sie Ihren Kumpel Erik deswegen nicht gerade freundlich behandeln. Aber vielleicht haben Sie die Drohungen ja selbst deponiert. Als Ablenkungsmanöver.«

»Das reicht jetzt«, wütete Niklas. »Hab ich mich auch selbst erpresst und mir eigenhändig ein Messer an den Hals gesetzt? Ist Max Ihrer Meinung nach unschuldig?«

»Das nicht. Aber vermutlich Erik. Ihre Unbeherrschtheit ihm gegenüber hat andere Gründe. Er verstand sich gut mit Steinfeld. Wahrscheinlich befürchten Sie, dass ihm der Mann etwas gesteckt hat. Wäre ja durchaus denkbar.«

Fassungslos schüttelte Niklas den Kopf. »Es stimmt, dass sich Erik und Tobias gut verstanden haben. Und das sollte Ihnen zu denken geben. Stattdessen verdrehen Sie die Tatsachen auf eine so aberwitzige Weise, dass Sie mich für den Täter halten! Ich habe das Gefühl, ich bin in einem falschen Film. Sie sind definitiv auf der falschen Spur. Das ist alles, was ich dazu sagen kann.«

Und genau so meinte er das auch. Hannes und Federsen setzten ihr Verhör noch dreißig Minuten fort, doch der Sänger hatte sich inzwischen wieder im Griff. Weder brüllte er noch brach er zusammen. Mit unbewegter Miene nahm er die wiederholten Anschuldigungen zur Kenntnis und wies sie zugleich weit von sich. Selbst Federsens letzte Herausforderung prallte wirkungslos an ihm ab.

»Machen Sie sich keine Hoffnungen, dass Wegberg nicht mehr aufwacht. Sein Zustand ist stabil. Sie werden Ihr Werk auch nicht beenden können, denn er wird rund um die Uhr bewacht. Sobald wie möglich wird er mit uns reden. Bis dahin behalten wir Sie im Auge!«

Federsen machte keine leeren Versprechungen. Vor dem Haus des Rockstars stand ein Einsatzfahrzeug, und die darin wartenden Polizisten sollten Niklas nicht mehr von der Seite weichen. Bis auf die Bühne würden sie ihm zwar nicht folgen, aber dort konnte der Mann auch keinen Schaden anrichten. »Außer, dass er weiter an seinem Image als göttliche Ikone bastelt«, schränkte Federsen ein.

Erik von Wagner, den sie im Anschluss aufgesucht hatten, erwies sich nicht als Hilfe. Er bestritt, von Steinfeld über einen Komplizen informiert worden zu sein, weshalb er auch dem Reporter keine entsprechenden Hinweise gegeben haben könne. Die Ermittler mussten daher weiter abwarten, bis Emil Wegberg aufwachte. Der Chefarzt hatte sie jedoch unverrichteter Dinge wieder weggeschickt, als sie hoffnungsvoll im Krankenhaus aufgelaufen waren. Er wollte sich sofort melden, sobald Wegbergs Zustand eine Befragung ermöglichte. Federsen hatte da so seine Zweifel.

»Ärzte übertreiben es oft mit der vermeintlichen Fürsorge für ihre Patienten«, behauptete er schlecht gelaunt. »Wenn es nach denen geht, sprechen wir mit Wegberg erst in einer Woche. Sie bleiben im Krankenhaus und platzieren sich vor seinem Zimmer. Verlassen Sie das Gebäude erst, wenn Sie mit ihm gesprochen haben!«

Resigniert war Hannes dieser Aufforderung gefolgt. Nun saß er schon seit Stunden in einem trostlosen Flur und starrte die Wand an. Die Kollegen, die vor der Tür postiert waren, trugen auch nicht zu einem kurzweiligen Aufenthalt bei. Beide waren wortkarg und phlegmatisch. Hannes war sich nicht sicher, wie viel Schutz sie für den Journalisten tatsächlich bedeuteten, sollte es hart auf hart kommen.

Dass sich Wegberg medizinisch dagegen in den besten Händen befand, davon war Hannes schnell überzeugt. Nicht nur der Chefarzt schaute hin und wieder nach ihm, auch eine junge Krankenschwester kam regelmäßig zu einem Kontrollbesuch vorbei. Jedes Mal war sie einem kurzen Schwätzchen nicht abgeneigt, obwohl sie sicherlich noch einige andere Patienten zu versorgen hatte. Fasziniert hatte sie ihn zu seinen Augen ausgefragt, ihr Großvater sei auch von dieser Pigmentstörung betroffen gewesen. Die Gespräche wurden immer vertrauter, einmal brachte sie ihm sogar einen Kaffeebecher vorbei. Hannes hatte keine Hemmungen, die Situation schamlos auszunutzen. Flirten zählte zwar überhaupt nicht zu seinen Stärken, doch die junge Frau machte es ihm einfach. Er durfte sogar einen kurzen Blick in das Krankenzimmer werfen. Wegberg hatte die Augen noch immer geschlossen.

Um neunzehn Uhr wurde Hannes endlich für seine Geduld belohnt. Seine Armbanduhr verriet ihm, dass *Cloud Palace* die Bühne in einer Stunde betreten würde. Er stellte sich die Stimmung in der Halle vor, als die Krankenschwester aus Wegbergs Zimmer trat und zu ihm herüberkam.

»Er ist aufgewacht. Ich hole den Chefarzt. Vielleicht haben Sie Glück, und er lässt Sie heute schon mit dem Patienten sprechen.«

Darauf wollte sich Hannes nicht verlassen. Die Schuhe der Frau quietschten auf dem Linoleumboden, als sie sich schnell entfernte. Er verlor keine Sekunde. Behutsam öffnete er die Tür und trat an das Bett. Wegberg sah nicht gut aus. Beide Arme waren eingegipst, die rotblonden Haare wurden von einem Kopfverband verborgen, und er trug eine Halskrause. Am schlimmsten sah das Gesicht aus. Der Mann war grün und blau geschlagen worden. Hannes schluckte.

»Hallo Herr Wegberg«, sagte er leise.

Erkennen leuchtete in den Augen des Reporters auf. Als Antwort zwinkerte er leicht. Hannes sank der Mut. Der Verletzte konnte offenbar noch immer nicht sprechen. Er griff nach der Hand, die aus dem Gips hervorragte.

»Herr Wegberg«, flüsterte er eindringlich. »Wir haben nicht viel Zeit. Gleich wird mich der Chefarzt rausschmeißen. Drücken Sie meine Hand, wenn Sie meine Fragen bejahen wollen. Hat Niklas Sie zusammengeschlagen?«

Die Hand des Reporters rührte sich nicht.

»War es Erik?«, versuchte Hannes es weiter. Wieder spürte er keinen Druck. »Sie wissen nicht, wer Sie niedergeschlagen hat?« Ganz leicht drückten Wegbergs kalte Finger gegen die Handfläche des Ermittlers. Hannes überlegte. Das war schlecht. Was sollte er als Nächstes fragen? Wahllos Orte aufzählen, zu denen der Reporter unterwegs gewesen sein könnte? Das schien ihm wenig zielführend. Wegberg leckte sich über die Lippen, seine Augen blinzelten nun heftig. Ein leises Stöhnen wehte vom Kissen an Hannes' Ohr, und erschrocken blickte er zum Notschalter. Da brachte der Mann mühsam ein Wort über die Lippen.

»Beweise …«

Aufgeregt beugte sich Hannes nach vorn. Er bemerkte nicht, dass er Wegbergs Hand fest umklammert hielt. »Genau, wo vermuten Sie die Beweise?«

»Steinfeld … Wohnwagen«, krächzte der Journalist mühsam.

Die drei Worte schienen seine Kraftreserven völlig aufgebraucht zu haben. Er atmete schnell und flach. Hannes wollte zu einer Nachfrage ansetzen, als die Tür aufschwang.

»Das …« Empört wurde er vom Chefarzt gemustert, bevor dieser der Krankenschwester einen bösen Blick zuwarf. Sie errötete und schlug die Augen nieder. Überhastet sprang Hannes von der Bettkante auf.

»Tut mir leid, dass ich mich einfach reingeschlichen habe, sobald Schwester Lisa außer Sichtweite war«, rief er schnell. Dann sah er zu, dass er Land gewann.

Hannes stand vor dem Krankenhaus und wählte die naheliegendste Option, um Licht in das Dunkel von Wegbergs wenigen Worten zu bringen: Ein Telefonat mit Tobias Steinfelds Frau. Sie hatte von dem Überfall auf den Reporter noch nichts mitbekommen und reagierte entsprechend bestürzt.

»Erst gestern Abend war er noch bei mir«, erzählte sie. »Er hatte die Suche nach einem möglichen Komplizen … meines Mannes noch immer nicht aufgegeben. Ich glaube da ehrlich gesagt nicht dran, genauso wenig wie übrigens der Bruder des Toten.«

»Hatten Sie mit dem Kontakt?«

»Niklas rief mich vor ein paar Tagen an und wollte wissen, ob er etwas für mich tun könnte. Jetzt, wo ich mit meiner kleinen Tochter auf mich allein gestellt bin. Ich war überrascht … na ja, Sie wissen ja, was mein Mann getan hat.«

Das war Hannes nur zu bewusst, und auch er war von der Großherzigkeit Niklas Lehmanns überrascht. Oder auch nicht. Denn wenn seine Theorie stimmte, dann wäre nicht ausgeschlossen, dass der Sänger Frau Steinfeld gegenüber ein schlechtes Gewissen hatte. Sofern er über ein Gewissen verfügte. Natürlich konnte sein Hilfsangebot auch nur ein vorgeschobener Grund gewesen sein.

»Hat er sonst noch etwas von Ihnen gewollt?«, erkundigte sich Hannes.

»Eigentlich nicht. Er sagte nur, dass die Polizei den Fall wohl noch nicht endgültig abgeschlossen habe. Das wusste ich aber schon von Ihnen. Außerdem war dieser Reporter immer wieder hier. Er wurde mit der Zeit richtig lästig.«

»Haben Sie Herrn Lehmann erzählt, dass der Journalist der Sache nachgeht?«

»Ja, aber er war nicht überrascht. Er lachte und tat es als Unsinn ab, als ich ihn über die Einschätzung des Mannes informierte, kurz vor der Lösung zu stehen.«

Hannes war bei dieser Aussage alles andere als nach Lachen zumute. »Deutete Wegberg an, welche Lösung er vermutete?«

»Nein. Gestern kam er aber, wie gesagt, noch mal. Er erinnerte sich, dass mein Mann ihm von einem Campingurlaub erzählt hatte. Merkwürdigerweise interessierte ihn das.«

»Der Wohnwagen«, sagte Hannes. »Besitzen Sie einen?«

»Nein … also das heißt Tobias besaß einen. Er steht auf einem Platz für Dauercamper an der Ostsee.«

Hannes atmete tief durch. »Warum haben Sie uns das bisher nicht gesagt? Wir hatten Sie doch gefragt, ob es irgendeinen Ort gibt, an dem Ihr Mann noch Unterlagen haben könnte.«

»Tut mir leid«, erwiderte Frau Steinfeld verlegen. »Ich war nur einmal dort, vor vielen Jahren. Aber Camping ist nichts für mich. Tobias hatte den Wohnwagen von seinen Eltern geerbt. Ich ging davon aus, dass er ihn längst verkauft hat. Das hatte er eigentlich vor. Aber vorgestern lag eine Mahnung im Briefkasten. Darin stand, dass die Stellplatzmiete schon länger überfällig ist.«

»Weiß Niklas von diesem Wohnwagen?«

»Von mir nicht. Aber Tobias könnte ihm natürlich davon erzählt haben.«

Hannes beließ es dabei, nachdem ihm Frau Steinfeld noch die Adresse des Campingplatzes genannt hatte. Er blickte auf, als ein Polizeiwagen um die Ecke sauste und abrupt bremste. Hannes war überrascht, wie schnell sich sein sonst eher träger Chef bewegen konnte. Er hatte ihm erst vor zehn Minuten telefonisch die überschaubare Mitteilung des Reporters gemeldet. Ungeduldig winkte der Kommissar nun Hannes an den Wagen heran.

»Wissen Sie inzwischen, was es mit dem Wohnwagen auf sich hat?«, fragte er, als Hannes sich auf dem Beifahrersitz niederließ und das Fenster halb herunterkurbelte, um den dichten Rauch abziehen zu lassen.

»Das weiß ich. Ob er uns aber tatsächlich zu Beweisen führt, kann ich auch nicht sagen.« Er fasste sein Gespräch mit Frau Steinfeld zusammen und gab gleichzeitig die Adresse des Campingplatzes in das Navigationsgerät ein. Er befand sich nur zwanzig Minuten entfernt. Federsen versuchte, die Fahrtzeit weiter zu verkürzen. Der Zeiger des Drehzahlmessers hing fast die gesamte Fahrt im roten Bereich fest, was jedoch auch an der mangelnden Schaltbereitschaft des Kommissars lag. Hannes versuchte, die gewöhnungsbedürftige Fahrweise zu ignorieren.

»Alles passt zusammen«, meinte er fast euphorisch. »Niklas wusste von Frau Steinfeld, dass der Reporter sich dicht am Ziel wähnte. Also griff er lieber vorbeugend ein und lauerte ihm mit einer Eisenstange auf. Vielleicht hat er sogar gehört, dass mir Wegberg den Ort mitteilen wollte.«

»Ob sich dort aber tatsächlich etwas befindet, steht auf einem anderen Blatt.« Federsen konnte seine Gewohnheiten nicht abschütteln und blieb pessimistisch. Dass Niklas hinter dem Überfall auf den Reporter steckte, erschien ihm aufgrund der neuen Informationen aber ebenfalls naheliegend. An einem

Hinweisschild bog er von der Landstraße ab und folgte einer holprigen Nebenstraße, die mit sanften Kurven auf die Ostseeküste zulief. Die Gegend war völlig abgeschieden, nicht einmal ein Bauernhof tauchte im Licht der Scheinwerfer auf. Dafür ein Fuchs, dem er mit einer ruckartigen Bewegung und einem heftigen Fluch gerade noch ausweichen konnte. Die Straße umrundete noch eine mächtige Kiefer, dann tauchten ein Parkplatz und eine Schranke auf. Daneben stand ein kleines Gebäude, in dem die Verwaltung des Campingplatzes *Seebrise* untergebracht war. Nirgendwo brannte Licht.

»Im Winter ist der Campingplatz geschlossen«, informierte Hannes seinen Chef, der den Polizeiwagen vor der Schranke parkte. »Frau Steinfeld hat mir aber die Nummer des Stellplatzes genannt. Dreiundachtzig. Hoffentlich gibt es hier irgendwo eine Übersichtstafel.«

Sie mussten nicht lange suchen. Nachdem sie unter der Schranke durchgekrochen waren, entdeckten sie direkt hinter der Einfahrt eine große Tafel mit einem Lageplan. Hannes leuchtete ihn mit der Taschenlampe ab. Der Platz hatte große Ausmaße und lag direkt hinter einem Strand. Der Ermittler konnte das gleichmäßige Rauschen der Wellen hören.

»Hier!« Er deutete mit dem Finger auf ein kleines Rechteck. »Dreiundachtzig. Das ist vorn am Wasser. Jetzt müssen wir in der Dunkelheit nur noch den richtigen Wohnwagen finden.«

Kopfschüttelnd betrachtete Federsen den Plan. »Hier gibt es sogar Straßennamen. Der Stellplatz liegt an der *Seeschwalben-Allee*.«

Er setzte seine kurzen Beine in Bewegung, und Hannes leuchtete mit der Taschenlampe immer wieder nach links und rechts. Um diese Jahreszeit wirkte der Campingplatz trostlos, man konnte sich jedoch leicht vorstellen, wie dort im Sommer das Leben tobte. Moderne Waschhäuser und gepflegte Spielgeräte zeigten, dass die Betreiber Wert auf Instandhaltung legten.

Die Mehrzahl der Stellplätze war verwaist, nur wenige Wohnwagen waren über den Winter zurückgelassen worden. Als die Polizisten an einem verlassenen Restaurant mit einer großen Terrasse vorbeigingen, tauchte vor ihnen das Meer auf. Genüsslich atmete Hannes die salzige Luft ein und blickte zu den Lichterflecken der vorbeifahrenden Schiffe hinaus. Sein Chef war dagegen voll bei der Sache. Er deutete auf ein Schild.

»Hier geht die Seeschwalben-Allee ab. Nummer dreiundachtzig müsste auf der linken Seite sein.«

Hannes folgte ihm und erblickte in der Dunkelheit mehrere kantige Umrisse. Die Plätze, die sich dem Wasser am nächsten befanden, waren ausnahmslos für Dauercamper reserviert. Sie befanden sich auf einer niedrigen Steilküste und hatten einen freien Blick hinaus auf die offene See. Im Licht der Taschenlampe tauchten kleine Schilder mit den Nummern der Stellplätze auf. Vor einem betagten Wohnwagen blieben die Ermittler stehen. Die Behausung war von einem Zäunchen umgeben, im Sommer dürfte man sich darin wie in einem Garten fühlen.

»Immerhin hat Steinfeld keine Gartenzwerge aufgestellt«, witzelte Hannes, denn auf anderen Stellplätzen hatte er welche entdeckt. Sein Chef war weniger an Zwergen interessiert. Wortlos nahm er Hannes die Lampe aus der Hand und öffnete ein kleines Tor. Als er die Tür des Wohnwagens erreicht hatte, rüttelte er am Griff.

»Einen Schlüssel hat Ihnen Frau Steinfeld wohl nicht gegeben?«

»Durchs Telefon?«, entgegnete Hannes amüsiert. »Wären wir aber bei ihr vorbeigefahren, hätte uns das eine Stunde gekostet. Außerdem wusste sie gar nicht, dass es den Wohnwagen noch gibt. Da wird sie auch keine Ahnung haben, wo der Schlüssel liegt.«

»Und wie sollen wir jetzt reinkommen?«, knurrte Federsen unwillig.

»Hiermit!« Hannes Zähne leuchteten im Dunkeln. Grinsend reichte er seinem Chef ein Brecheisen, das er zuvor unauffällig aus dem Kofferraum geholt hatte.

»Sie haben Nerven«, brummte der Kommissar. »Das machen Sie mal schön selbst! Und Sie erklären Frau Steinfeld, warum wir nicht den Schlüssel geholt haben.«

Hannes zuckte mit den Achseln und setzte die Brechstange an. »Gefahr im Verzug«, sagte er lakonisch und hebelte an der Tür herum. Das Schloss hatte nicht viel entgegenzusetzen, kurz darauf sprang die Tür auf.

Ein muffiger Geruch empfing sie. Hannes musste den Kopf einziehen, um nicht mit dem Türrahmen zu kollidieren. Der Wagen war ordentlich aufgeräumt, verfügte über eine Couchecke, ein Doppelbett und eine kleine Küche. Überall an den Wänden befanden sich Schrankklappen. Federsen leuchtete einmal durch den Raum, dann fiel er ächzend auf die Couch. Staub wirbelte auf.

»Ich leuchte, Sie suchen«, stellte der Kommissar hustend klar und deutete auf die Küchenschränke.

Ergeben fügte sich Hannes, und seine Erregung nahm zu, als er nacheinander die Schränke durchforstete. Zunächst stieß er nur auf Geschirr und andere Küchenutensilien, dann wühlte er sich durch Bettzeug und verschiedenen Krimskrams. Eine Schublade enthielt Handtücher und Badeklamotten. Als Hannes darin herumtastete, hörte er ein leises Rascheln. Sein Herzschlag beschleunigte sich, als er einen Umschlag herauszog. Ein schneller Blick hinein ließ neue Hoffnung in ihm aufkeimen, dass sich Tobias Steinfeld tatsächlich abgesichert hatte.

Das Gaspedal wurde von Federsen bis zum Boden durchgetreten. Links und rechts des Polizeifahrzeugs sausten vereinzelte Bäume vorbei, als der Kommissar den Wagen zurück in die Stadt jagte. Die Polizisten, die für die Überwachung von Niklas Lehmann zuständig waren, hatten mitgeteilt, dass sich das Abschlusskonzert von *Cloud Palace* dem Ende näherte. Im Hintergrund hatten Hannes und Federsen das Wummern der Bässe gehört und den Bericht ihrer Kollegen nur bruchstückhaft verstehen können. Noch befanden sich alle Musiker auf der Bühne, und das war im Moment das Wichtigste. Isabell und Per waren kurzfristig hinzugezogen worden. Gemeinsam mit weiteren Kollegen waren sie zu Niklas' Villa gefahren, um eine gründliche Durchsuchung vorzunehmen. Und dafür gab es gute Gründe.

In dem Briefumschlag, der von Hannes aus der Schublade gefischt worden war, hatte eine Speicherkarte gelegen. Als der Ermittler sie in das Lesegerät des Polizeiwagens geschoben hatte, waren kurz darauf die Stimmen von Niklas Lehmann und Tobias Steinfeld zu hören gewesen. Der Inhalt des Gesprächs war schon nach wenigen Sekunden klar gewesen: Der Mord an Sven Lehmann. Auf dem Speichermedium befanden sich die Mitschnitte von drei Gesprächen, in denen der Sicherheitschef geschickt dafür gesorgt hatte, dass sich Niklas schwer belastete. Der Sänger musste die Möglichkeit, dass Tobias Steinfeld die Unterhaltungen zu seiner Absicherung aufzeichnete, völlig außer Acht gelassen haben. Hannes und Federsen hatten sich halb schockiert und halb entgeistert angesehen. Die Mitschnitte belegten eindeutig, dass der eigentliche Drahtzieher des Mordes an Sven Lehmann dessen eigener Bruder gewesen war.

Sein Motiv war nicht zur Sprache gekommen, dafür war nun klar, warum er Tobias Steinfeld als Schützen auserkoren hatte. Steinfeld gab nicht nur zu, den tödlichen Schuss abgegeben zu haben. Es war eindeutig herauszuhören, dass er früher in Prostitution, Frauenhandel und Drogengeschäfte verwickelt gewesen war. Dabei hatte er genau die aktive Rolle gespielt, die ihm von der Polizei unterstellt, aber nie nachgewiesen werden konnte. Die Kronzeugin, die von der Polizei gewonnen worden war und ihn hätte überführen können, hatte er gerade noch rechtzeitig in einem Hafenbecken verschwinden lassen können.

Steinfelds Frau wusste von dieser Vergangenheit nichts. Sie kannte zwar ansatzweise die Gerüchte, hatte ihrem Mann aber geglaubt, dass es sich nur um Verleumdungen handelte. Steinfeld hätte alles dafür getan, sie in diesem Glauben zu lassen und das Zusammenleben mit der geliebten Familie zu sichern. Diese Schwachstelle hatte Niklas eiskalt ausgenutzt. Er hatte gegenüber Steinfeld behauptet, Beweise für den Mord an der Prostituierten und die Beteiligung am Frauenhandel zu haben. Auf Steinfelds Frage, woher er diese angeblichen Beweise habe, hatte Niklas nur vielsagend erwidert, dass man mit genügend Geld an jede Information herankommen könnte. Da Steinfeld seine früheren Partner gut einschätzen konnte, war dies offenbar eine plausible Erklärung für ihn gewesen.

Niklas hatte damit gedroht, der Polizei alle Beweise zu übergeben und Steinfelds bürgerliches Leben dadurch zu zertrümmern. Als Ausweg aus dieser wenig erfreulichen Situation hatte er dem Sicherheitschef nur eine Möglichkeit aufgezeigt: den Mord an seinem Bruder. Und für einen Mann, der sich an seine minderjährige Nichte herangemacht hatte, wollte Steinfeld nicht seine eigene Zukunft aufs Spiel setzen. Nachdem sich die Ermittlungen immer enger auf ihn eingeschossen hatten, war Steinfeld jedoch zunehmend klar geworden, dass ihn Niklas bereitwillig opfern würde. Zumindest legten das die Gesprächsmitschnitte nahe, in denen sich Niklas – nicht wissend, dass ein Aufnahmegerät mitlief – äußerst unvorsichtig geäußert hatte.

Starke Sorgen bereitete den Ermittlern eine eher beiläufige Bemerkung Steinfelds. Er hatte Niklas mitgeteilt, zunehmend das Gefühl zu haben, Erik von Wagner könne den tatsächlichen Hintergrund von Svens Tod ahnen. Immer wieder habe der Bassist ihm verdächtige Fragen gestellt, dabei aber weniger den Sicherheitschef als vielmehr Niklas im Visier gehabt. Hannes und Federsen hofften nun, der Bandleader würde sich auf der Bühne zusammenreißen. Kurzzeitig hatten sie einen Abbruch des Konzerts erwogen, den Gedanken aufgrund des zu erwartenden Fanaufstandes aber wieder verworfen.

Sie näherten sich bereits der *Hafenarena*, als Per anrief. »Ihr glaubt nicht, was wir gefunden haben! Sven war Niklas tatsächlich nicht nur auf der Bühne im Weg. Das grenzt schon an Besessenheit.«

»Reden Sie nicht in Rätseln«, ärgerte sich Federsen. »Was haben Sie?«

»Im Keller gibt es einen kleinen Raum. Wir mussten die Tür aufbrechen, da das Zimmer abgeschlossen war. Darin befinden sich haufenweise Bilder von Leah Hartenbach. Von ihrer Kindheit bis heute. Dort stand auch ein Parfüm herum, wahrscheinlich die Sorte, die sie immer benutzt. Niklas muss ihr völlig verfallen sein. Er hat ein Liebeslied für sie komponiert. *Ice princess*. Der Text hängt hier an der Wand und ist Anbetung in Perfektion.«

Die Halle tobte. Mit ausgebreiteten Armen ließ Niklas die Huldigung über sich ergehen. Eine Kamera fuhr näher an ihn heran und sendete seinen Triumph in die Welt hinaus. Nun stand nur noch ein Lied aus, dann war auch diese Tour Geschichte. Die Geschichte von *Cloud Palace* war dagegen noch lange nicht zu Ende. Er strebte nach noch mehr, das hatte er schon immer getan. Wer sollte ihn jetzt noch aufhalten? Er war unbesiegbar, verehrt von den Massen, geliebt von den Göttern. Da kam ihm der Besuch der beiden Polizisten am Nachmittag in den Sinn. Ärgerlich zwinkerte er. Alles, was sie ihm vorgeworfen hatten, stimmte. Aber sie konnten es nicht beweisen, denn sonst würde er nicht hier auf der Bühne stehen. Er entspannte sich wieder.

In diesem Moment begann der letzte Song. *Immortal*. Niklas lachte, als er die vertrauten Akkorde hörte. Ja, er war unsterblich geworden. Noch in vielen Generationen würde man seine Musik spielen und mit Hochachtung die Konzertmitschnitte betrachten. Niklas Lehmann würde für alle Zeiten ein Begriff bleiben. Für etwas, das es nie zuvor gegeben hatte. Ein Genie, das seinesgleichen suchte. Zu der E-Gitarre gesellte sich der Bass. Niklas warf einen Blick zu Erik hinüber. Hatte Tobias recht? Ahnte Erik etwas? Kannte er die Wahrheit sogar? Tobias könnte ihm alles gesagt oder zumindest Andeutungen gemacht haben. Er hätte den Kerl schon viel früher ausschalten müssen. Doch den fingierten Selbstmord hatte er sorgfältig planen und arrangieren müssen. Bei diesem Reporter hatte er zu lange gezögert. Ob Tobias tatsächlich irgendwo Beweise gegen ihn deponiert hatte? Aber was sollte das sein?

Er hatte seinen Einsatz verpasst. Überrascht sahen seine Bandkollegen zu ihm hinüber, überspielten den Aussetzer aber gekonnt. Niklas riss sich zusammen. Doch er konnte nicht verhindern, dass seine Stimme schwächer klang und seine Bewegungen fahriger als gewöhnlich ausfielen. Den Fans war es egal. Sollten sie es überhaupt bemerkt haben, schoben sie es auf die Strapazen der zurückliegenden Tournee. Gegen Ende des Songs hatte sich Niklas wieder im Griff. Er wusste, dass sich Leah im Publikum befand. Zum ersten Mal seit Svens Tod besuchte sie ein Konzert von *Cloud Palace*. Sie war wie gemacht für ihn. Eine Göttin! Mit ihr an seiner Seite konnte ihm nichts mehr passieren. Endlich war er an seinem Ziel. Mit Inbrunst schrie Niklas ein letztes Mal den Satz heraus, der für ihn zugleich Lebensmotto und Antrieb war. *Can't you see that I am immortal?* Die Worte schwebten noch lange durch die Luft, bevor sie von dem aufbrausenden Jubel der Fans verschluckt wurden.

Niklas genoss es, er war wieder ganz bei sich. Dann blickte er neben die Bühne und zuckte zusammen. Neben den Polizisten, die ihm seit dem Nachmittag nicht von der Seite gewichen waren, standen auch der übergewichtige Kommissar und sein junger Mitarbeiter. Der Ermittlungsleiter hielt einen Briefumschlag in den Händen und präsentierte den Inhalt mit wichtiger Miene seinen Kollegen. Er nickte mehrmals nachdrücklich und deutete dann in Niklas' Richtung. Mehrere Polizisten schwärmten aus, ihr Blick konzentrierte sich auf die Bühne und den Sänger. Niklas wurde schwindelig. In diesem Moment hob der junge Polizist den Kopf und sah ihn an. Niklas meinte, in dem grünen und blauen Auge versinken zu müssen. Er sah die Erkenntnis, dass es vorbei war.

Sie wussten es! Sie hatten irgendetwas gefunden. Hektisch blickte er auf der Bühne umher. Bis auf Erik waren schon alle verschwunden, und auch der Bassist stellte gerade sein Instrument beiseite, um sich mit einem letzten Winken von den Fans zu verabschieden. Niklas' Sichtfeld engte sich ein. Erik musste dahinterstecken. Er hatte es vermutet. Die ganze letzte Zeit hatte er sich merkwürdig verhalten. Merkwürdiger als sonst. Dieses depressive Arschloch hatte alles kaputt gemacht! Tränen der Wut stiegen auf, und unvermittelt rannte Niklas auf den früheren Freund zu. Ein erschreckter Aufschrei aus über zehntausend Kehlen gellte durch die Halle, als er Erik herumwirbelte und gegen eine große Lautsprecherbox stieß.

»Du warst es!«, zischte er. Seine Hand umschloss Eriks Hals und drückte erbarmungslos zu. Erik war wie versteinert. Sein Mund stand offen, er wehrte sich nicht. Niklas legte alle Kraft in seine rechte Hand. »Du hast alles zerstört«, brüllte er. »Mein Leben vernichtet. Dreckiger Bastard!«

Zwei Hände packten ihn an den Schultern und zogen ihn nach hinten. Dennoch hielten seine Finger Eriks Kehlkopf weiter fest umklammert. Ein Faustschlag traf Niklas an der Schläfe, und alle Kraft wich aus seinem Körper. Er sackte auf den Rücken. Kurz bevor er das Bewusstsein verlor, sah er noch einmal in das grüne und das blaue Auge des jungen Polizisten.

KAPITEL 18

Mit dem März waren auch die ersten wärmeren Frühlingstage ins Land gezogen. Anna und Hannes hatten ihren Umzug hinter sich gebracht, aber noch immer standen überall Kartons und Taschen im Weg herum. Elke und Ben hatten tatkräftig mit angepackt, genauso wie Annas beste Freundin. Ohne diese Hilfe wären sie gnadenlos untergegangen, zumal Ben über einen kraftvollen Schlagbohrer verfügte, der den widerspenstigen Wänden und Decken zuverlässig Löcher zugefügt hatte. Nur in der Küche waren die Wände weich, und besorgt hatte Ben die Hängeschränke gemustert, als diese endlich an der Wand hingen.

»Ihr solltet besser mehrere Winkelhaken unter die Schränke setzen«, hatte er empfohlen. »Als zusätzliche Stütze. Irgendwie traue ich den Halterungen nicht so ganz.«

Doch Hannes hatte genug vom Bohren und Baumarktbesuchen. Prüfend hatte er an den Schränken gerüttelt und dann demonstrativ den Daumen gehoben.

Als er nun auf dem Balkon saß und die warmen Strahlen der Frühlingssonne genoss, ertönte aus dem gekippten Küchenfenster das Klingen von Gläsern. Anna bereitete die ersten Cocktails des Jahres vor. Tatsächlich war es auf dem windgeschützten Balkon schon warm genug für die eisgekühlten Getränke.

Hannes' Gedanken schweiften zu der Festnahme von Niklas Lehmann zurück. Dessen Gier nach Ruhm in

Verbindung mit der nie erloschenen Liebe zu Leah hatten selbst vor seinem Zwillingsbruder nicht haltgemacht. Er hatte sich ihm meist unterlegen gefühlt und sich seit seiner Kindheit bemüht, immer besser als der nur fünf Minuten ältere Sven zu sein. Geschickt hatte der narzisstische Rockstar seinen Sicherheitschef als Werkzeug benutzt, obwohl Niklas schon im ersten Verhör behauptet hatte, keinerlei Beweise aus dem früher so zwielichtigen Leben des Mannes gehabt zu haben. Die entsprechenden Hinweise auf Steinfelds Vergangenheit hatte Niklas vom Bandmanager Bastian Eckhoff erhalten, der sich sicher gewesen war, dass an den Gerüchten etwas dran war. Es war somit eine leere Drohung gewesen, die dennoch auf verhängnisvolle Weise gewirkt hatte. Wie die Ermittler wussten, konnte Niklas sehr überzeugend auftreten. Seine Ehe und die Beziehung zu seiner Tochter hatte Steinfeld mit dem Mord an Sven aber nicht retten können. Niklas hatte ihn kaltblütig geopfert, bevor ihm die Polizei zu nahe kam. Vielleicht hatte Steinfeld zumindest Genugtuung verspürt, seine Nichte gerächt zu haben.

Bei dem fingierten Selbstmord hatte Niklas davon profitiert, dass eine derartige Inszenierung ursprünglich auch für Sven geplant gewesen war. Der Sicherheitschef war es selbst gewesen, der dem Bandleader die entscheidenden Hinweise gegeben hatte, wie eine solche Tat durchgeführt werden musste, damit es mit größter Wahrscheinlichkeit nach einem Selbstmord aussah. Damit hatte er zugleich seine eigene Todesart gewählt. Im Falle seines Bruders hatte sich Niklas letztlich gegen einen vorgetäuschten Selbstmord entschieden, da es wohl niemanden gab, der Sven eine Selbsttötung zugetraut hätte. Bei Steinfeld hatten die Dinge etwas anders gelegen. Nachdem Niklas ihm in den Kopf geschossen hatte, war noch ein zweiter Schuss gefallen. Er hatte die Pistole in die Hand des Toten gelegt und mit dessen Finger ein weiteres Mal den Abzug betätigt, um

Schmauchspuren am Handgelenk zu hinterlassen. Die Kugel war in einem dicken Kissen gelandet, damit sie von der Polizei nicht gefunden werden konnte.

Niklas war noch immer berühmt, die Bewunderung war jedoch in Abscheu und sogar Hass umgeschlagen. Auch bei Leah Hartenbach. Wie die zahlreichen Fans und TV-Zuschauer hatte sie den Angriff auf Erik und die Verhaftung auf offener Bühne miterleben müssen. Das Bühnenlicht war erst kurz danach ausgeschaltet worden. Niklas' Leben lag in Trümmern. Hannes vermutete, dass sich dessen Sehnsucht nach Unsterblichkeit inzwischen verflüchtigt haben dürfte. Auch *Cloud Palace* existierte nicht mehr. Erik hatte den Angriff seines früheren Freundes dank Hannes' Eingreifens einigermaßen unbeschadet überstanden. Tatsächlich hatte er Niklas schon früh als Drahtzieher vermutet, ohne jedoch konkrete Beweise gehabt zu haben. Auch von Steinfeld hatte er keine Hinweise erhalten. Weshalb Erik seinen Verdacht nicht der Polizei mitgeteilt hatte, erschloss sich für Hannes jedoch nicht. Stattdessen hatte der Bassist still vor sich hin gelitten, Niklas aber mit Schweinekopf und Graffiti eine Botschaft senden wollen. Er habe den Schädel ohne das Wissen seiner Schwester und seines Schwagers von deren Schlachthof entwendet. Hannes vermutete, dass dies nur eine Schutzbehauptung war. Den Drohbrief hatte Niklas dagegen selbst verfasst, als weiteres Ablenkungsmanöver für die Ermittler.

Die Musiker verfolgten nun eigene Projekte, ein vergleichbarer Höhenflug wie mit *Cloud Palace* war aber wohl nicht zu erwarten. Erik hatte seinen Bass sogar für immer weggepackt. Er konnte nicht einmal mehr den Anblick des Instrumentes ertragen. Am vielversprechendsten sah es für Fuji Yoko aus. Die Schlagzeugerin war von einer alternden Rockband engagiert worden und sollte für frische Energie sorgen. Sie hatte Hannes noch die Bedeutung der asiatischen Schriftzeichen erklärt, die Niklas auf seinem Arm eintätowiert hatte. Sie bedeuteten ›Ich bin das Licht‹ und verdeutlichten damit die Lebensphilosophie und den Größenwahn des begnadeten Musikers.

Emil Wegberg konnte inzwischen wieder zusammenhängende Sätze sprechen. Mit Genugtuung hatte er zur Kenntnis genommen, dass der Fall auch dank seines unermüdlichen Einsatzes lückenlos aufgeklärt werden konnte. Die ihm zustehende Bekanntheit war ihm jedoch verwehrt geblieben. Aufgrund seines Zustandes war er nicht in der Lage gewesen, an der aktuellen Berichterstattung mitzuwirken.

»Aber wer weiß, was die Zukunft bringt«, hatte er Hannes augenzwinkernd zugekrächzt. »Unsere Zusammenarbeit hat sich ausgezahlt, darauf sollten wir auch in Zukunft setzen!«

In diesem Punkt war Hannes zurückhaltend gewesen. Immerhin hatte er seine Befugnisse zuletzt gleich doppelt überschritten. Zum einen durfte weiterhin niemand von der engen Zusammenarbeit mit dem Reporter erfahren, und zum anderen musste auch sein Austausch mit Fritz im Verborgenen bleiben. Sein früherer Chef hatte sich die Auflösung bis ins letzte Detail erzählen lassen und Hannes das Versprechen abgenommen, sich das nächste Mal nicht erst wieder aufgrund eines Mordes bei ihm blicken zu lassen.

Ein heftiges Krachen gefolgt von einem ohrenbetäubenden Scheppern riss Hannes in die Gegenwart zurück und ließ ihn aus dem Liegestuhl aufspringen. Das Geräusch war aus der Küche gekommen und hatte Annas Schrei mühelos übertönt. Hannes stolperte über eine Umzugskiste, als er durch die Wohnung stürmte. Mit offenem Mund blieb er im Türrahmen zur Küche stehen. Der Boden war mit Scherben übersät und an der Wand klafften ausgefranste Bohrlöcher. Wenige Minuten zuvor hatte dort noch der Küchenschrank gehangen. Die darin aufbewahrten Teller und Tassen waren verloren. Anna hatte sich zum

Glück auf der anderen Seite des Raumes befunden und war unversehrt geblieben.

»Vielleicht hättest du auf Ben hören und diese Winkelhaken als Stütze anbringen sollen«, meinte sie altklug.

»Ja«, erwiderte Hannes langsam. »Was machen wir jetzt? Heute ist Sonntag, die Baumärkte haben geschlossen. Von dem Geschirr lässt sich auch nichts mehr benutzen.«

Anna hatte den Schock überwunden und musste über Hannes' niedergeschlagenen Gesichtsausdruck lachen. »Zum Glück habe ich diese Gläser retten können.« Sie deutete auf die beiden Cocktails. »Lass uns den Schreck erst mal draußen auf dem Balkon verdauen, bevor die Sonne hinter dem Nachbarhaus verschwindet.«

Ihre Sorge war unbegründet, denn die Sonne stand inzwischen schon deutlich höher am Himmel. Es war so warm, dass Hannes den Pullover auszog.

»Im Sommer werden wir hier einen Schirm brauchen«, vermutete er.

»Es gibt noch so einiges, das wir brauchen werden«, entgegnete Anna und zählte ihm die aus ihrer Sicht unverzichtbaren Dinge auf. »Außerdem sollten wir den Balkon begrünen. Vielleicht können wir sogar Erdbeeren ziehen. Der Sommer wird toll!«

Sie setzte sich auf seinen Schoß und stieß mit ihm an. Bei dem Gedanken an den Sommer war das Malheur in der Küche schnell vergessen. Sie schmiedeten erste Urlaubspläne, auch wenn Hannes angesichts der noch zu erwartenden Anschaffungen etwas sorgenvoll an seinen Kontostand dachte. Als Anna erklärte, ihn zu den Olympischen Spielen begleiten zu wollen, erschien ihm seine finanzielle Situation allerdings als absolut nebensächlich. Glücklich streichelte er ihr über den Rücken, als aus dem Wohnzimmer bekannte Klänge ertönten. Anna drehte fragend den Kopf.

»Spielen die im Radio da nicht gerade …?«

»*Cloud Palace*«, bestätigte Hannes. »Das Lied heißt *Immortal* und war auf der Tournee immer der letzte Song. Unsterblich ist Niklas in gewissem Sinn ja wirklich geworden. Wenn auch anders, als er sich das erträumt hat.« Versonnen blickte er seine Freundin an. »Mir ist diese Gier nach Ruhm unverständlich. Oder wärst du gern unsterblich?«

»Hmm.« Anna lachte. »Im Moment hätte ich nichts dagegen, wenn wir hier ewig so sitzen könnten. Darüber habe ich noch nie nachgedacht. Ich beschäftige mich nicht so gern mit dem Tod. Deshalb bin ich wohl auch keine Mordermittlerin geworden. Ich konzentriere mich lieber auf das Leben.«

»Gute Einstellung«, stimmte Hannes zu. »Und am Ende sind wir eh alle gleich. Es gibt also wirklich Wichtigeres.«

»Zum Beispiel uns«, bekräftigte Anna und stand auf. Sie zog ihn nach oben und deutete grinsend auf das Schlafzimmerfenster. »Dann lass uns das Leben doch gleich hier und jetzt feiern.«

Dagegen hatte Hannes nicht das Geringste einzuwenden. Während kurz darauf der Schlussakkord von *Immortal* leise im Radio ausklang, fühlten sich die beiden tatsächlich fast unsterblich.

35841892R00240

Printed in Poland
by Amazon Fulfillment
Poland Sp. z o.o., Wrocław